SPA FIC NOVAK
Novak, Brenda, author.
Hasta que me ames
on1311086647

AF082024

brenda novak
hasta que me ames

Cualquier forma de reproducción, distribución, comunicación pública o transformación de esta obra solo puede ser realizada con la autorización de sus titulares, salvo excepción prevista por la ley.
Diríjase a CEDRO si necesita reproducir algún fragmento de esta obra.
www.conlicencia.com - Tels.: 91 702 19 70 / 93 272 04 47

Editado por Harlequin Ibérica.
Una división de HarperCollins Ibérica, S.A.
Núñez de Balboa, 56
28001 Madrid

© 2017 Brenda Novak, Inc.
© 2019 Harlequin Ibérica, una división de HarperCollins Ibérica, S.A.
Hasta que me ames, n.º 184 - 10.4.19
Título original: Until you loved me
Publicada originalmente por Mira Books
© De la traducción del inglés, Amparo Sánchez Hoyos

Todos los derechos están reservados incluidos los de reproducción, total o parcial. Esta edición ha sido publicada con autorización de Harlequin Books S.A.
Esta es una obra de ficción. Nombres, caracteres, lugares, y situaciones son producto de la imaginación del autor o son utilizados ficticiamente, y cualquier parecido con personas, vivas o muertas, establecimientos de negocios (comerciales), hechos o situaciones son pura coincidencia.
® Harlequin, HQN y logotipo Harlequin son marcas registradas por Harlequin Enterprises Limited.
® y ™ son marcas registradas por Harlequin Enterprises Limited y sus filiales, utilizadas con licencia. Las marcas que lleven ® están registradas en la Oficina Española de Patentes y Marcas y en otros países.
Imagen de cubierta utilizada con permiso de Harlequin Enterprises Limited.
Todos los derechos están reservados.

I.S.B.N.: 978-84-1307-790-1
Depósito legal: M-8070-2019

Querido lector,

Bienvenido a Silver Springs, una población de cinco mil habitantes. Me encanta escribir esta nueva serie, sobre todo porque disfruto con los héroes heridos, y el rancho para chicos en el límite de mi ciudad inventada, al sur de California, situada a unos noventa minutos al noroeste de Los Ángeles, me surte convenientemente de ellos. Hudson King, el héroe de esta novela, fue abandonado al nacer en Bel Air, la zona más rica del estado. Nadie sabe quién lo abandonó, ni por qué. Pero ya no es un huérfano despreciado, sino uno de los mejores quarterback *de la liga nacional de fútbol americano, logrando lo que muchos otros solo podrían soñar con lograr. Lo tiene todo. Casi. Sigue buscando respuestas, sigue buscando a la persona, o personas, que lo abandonó para que muriera hace muchos años. Necesita saber por qué. El problema es que lo que averiguará le hará desear no haber resuelto el misterio. Lo bueno es que tiene a su lado a la persona adecuada, la científica Ellie Fisher...*

Me encanta recibir mensajes de mis lectores. Si tienes Facebook, me encontrarás en <u>www.Facebook.com/brendanovakauthor</u>. Puede que te interese unirte a mi grupo de lectura online, *formado por más de seis mil fanáticos de los libros. También hacemos muchas cosas divertidas, sudaderas y camisetas del grupo, marcapáginas personalizados y autografiados, todos los meses. «Cajas del lector profesional», un programa para cumpleaños, un evento anual «en persona», un pin conmemorativo para todo el que haya leído más de cincuenta novelas Novak, ¡y mucho más! Toda la información está en mi página web (<u>www.brendanovak.com</u>). Marca la página Book*

Group y allí encontrarás el enlace para darte de alta. Y ya que estás en ello, no olvides añadir tu nombre a mi lista de correo. Me encantará enviarte noticias de ventas, libros nuevos y otras cosas.

Felizmente hasta siempre...
Brenda Novak

Dedicado a mi esposo, que me escucha y ofrece consejos cada vez que le leo mis novelas... y le he leído las sesenta que he escrito.

¡En ocasiones las ha tenido que oír dos o tres veces!

En eso consiste ser un verdadero héroe.

Prólogo

Deslumbrado por el brillante sol que atravesaba el parabrisas delantero, el hombre conducía lentamente por Bel Air, California. Allí había mucho dinero. Él ni siquiera podía permitirse el alquiler de su diminuto apartamento de un dormitorio, mientras que esas personas eran dueñas de fincas que abarcaban más de dos mil metros cuadrados. No era justo.

El bebé, de tan solo unas pocas horas de vida, envuelto en una andrajosa manta y tumbado en el asiento delantero, empezó a revolverse. No iba en un portabebés. No tenía ninguno. Y no iba a gastar dinero en algo que no le hacía falta.

—No llores —murmuró casi sin aliento—. Ni te atrevas a llorar.

No soportaba el sonido. Para él era como el arañar de uñas contra una pizarra. Tenía que deshacerse de ese crío antes de que empezara a hacer ruido. Un ruido que llamaría la atención.

Había decidido llevarlo a la casa más alejada. Había estado en dos ocasiones en esa mansión y se le ocurrió que las mujeres que vivían allí podrían ser lo bastante empáticas como para acoger a un bebé abandonado. Pero el pequeño se estaba despertando, de modo que detuvo el coche, miró a ambos lados de la tranquila calle, y agarró el pequeño bulto.

Solo le llevó unos segundos esconder al recién nacido bajo el seto más cercano. No se atrevió a acercarse más a la casa rodeada por ese seto. Ni podía perder el tiempo, ni arriesgarse a ser visto. Por la tarde el barrio estaba muy tranquilo, pero siempre había empleados entrando y saliendo…

Oyó que el bebé empezaba a protestar y se apresuró. Tras entrar de nuevo en el coche, arrancó.

Capítulo 1

Treinta y dos años después

−Pareces aburrida.

−¿Qué? −Ellie Fisher se obligó a sonreír a su mejor amiga−. ¡Yo no estoy aburrida! −tuvo que gritar para ser oída por encima de la música que reverberaba en paredes y techo. No entendía por qué los lugares para solteros tenían que tener la música tan alta. Ciento veinte decibelios hacían que resultara casi imposible mantener una conversación, y por fuerza tenía que lastimar los oídos, pero optó por no mencionarlo. Conocía de sobra la reacción de Amy, su mejor amiga de toda la vida, y de Leslie, a la que acababa de conocer. Además, tras el trauma emocional que había sufrido la semana anterior, no se habría sentido mucho mejor en ninguna otra parte−. ¡Me lo estoy pasando muy bien!

−Sí, claro, se nota −Amy frunció los labios.

Después de ser inseparables durante toda primaria, Amy y ella se habían distanciado en secundaria, tomando caminos muy diferentes. Amy se había convertido en la típica animadora, popular, sociable y divertida, optando por estudiar estética en lugar de ir a la universidad.

Trabajaba en un exclusivo salón de belleza en Brickell, un barrio de Miami. Ellie nunca había sido tan popular, sobre todo entre los chicos, y hasta hacía poco tampoco le había importado. Siempre había preferido estudiar a ir de fiesta, siendo la mejor estudiante, aceptada en Yale, donde había estudiado la carrera y el posgrado. Tras acabar los estudios se había sumergido en la investigación en inmunología para hallar una cura para la diabetes. Su tía favorita había perdido una pierna por culpa de la odiosa enfermedad. Ellie trabajaba en uno de los centros de investigación punteros en el mundo, que se encontraba allí mismo, en Miami, donde había nacido. Pero gracias a ese vínculo de la infancia, Amy y ella siempre serían amigas. Ellie nunca se había sentido tan agradecida de tenerla como desde hacía una semana, ya que había sido la única en estar allí cuando su mundo se había desmoronado.

—Es verdad —Ellie miró de Amy a Leslie dándoles a entender que no podía haber nada mejor en el mundo que estar allí sentadas, en una diminuta mesa, en uno de los clubes nocturnos más populares de South Beach.

—Te conozco demasiado bien para tragármelo —Amy puso los ojos en blanco—. Pero no te voy a dejar que te largues en cuanto puedas, de modo que deja de consultar la hora en ese móvil. He invitado a un par de amigos para presentártelos, ¿recuerdas?

Ellie lo recordaba, pero Amy no había mencionado ningún nombre. Seguramente porque no tenía ni idea de qué amigos iban a aparecer. Sin duda había repasado su lista de clientes masculinos y otros contactos, invitando a cualquiera que estuviera disponible.

—No estaba mirando la hora —protestó.

—¡Te he visto! —la reprendió Amy.

—¡Estaba comprobando si tenía algún mensaje de mis

padres! Ya deberían haber llegado a París −Ellie deseó haberse marchado con ellos, pero para cuando su vida había estallado, ellos ya habían hecho sus planes para el viaje y era demasiado tarde para comprar otro billete de avión. Pasarían el siguiente curso dando clases en Francia. Y en cuanto ella terminara los ensayos que estaba llevando a cabo, esperaba poder hacerles una visita. Ya que no habría luna de miel, tendría vacaciones de sobra para pasar allí unas tres semanas. Sin duda París sería una buena distracción. Salir con Amy no parecía estarle ayudando.

−Tus padres estarán bien −la tranquilizó Amy−. Tienes que relajarte, tomarte unas copas y ponerte a bailar. Olvida todo lo demás, incluyendo a ese bastardo de Don y... el hombre con el que te engañó.

Ellie dudaba que lograra emborracharse lo suficiente como para olvidar a Don. El martes anterior lo había pillado en la cama con Leonardo Stubner, un administrativo de su centro. Iba a tener que verlos a los dos, tal y como había hecho el miércoles, jueves y viernes, cuando acudiera a su trabajo en el BDC: Banting Diabetes Center, el siguiente lunes. Pero eso no era lo peor. Desde el impactante descubrimiento, Leo y Don habían salido del armario y declarado su mutuo amor, añadiendo otro grado de humillación a sus sufrimientos al hacerlo público. La mitad de sus compañeros de trabajo sentía tanta lástima por la presión a la que se habían visto sometidos esos dos hombre para ocultar su sexualidad que los alababan públicamente por haber tenido el valor de revelarlo. La otra mitad, los molestos con su traición, no se atrevía a hablar por miedo a ser acusados de homófobos, poco comprensivos, o ambas cosas. En cualquier caso, casi todo el mundo que conocía hablaba de ella y su situación, y daba su opinión.

Tras oír las palabras de Amy, Leslie se inclinó hacia delante, por fin mostrando siquiera una chispa de interés por Ellie.

—¿Tu novio te engañó con otro hombre?

Ellie se encogió ante la horrorizada mirada de esa mujer. Cuando Amy había sugerido salir con Ellie para ayudarla a olvidar un compromiso anulado, Leslie apenas había reaccionado. Pero las circunstancias hacían que pareciera aún más patética. Cuando Ellie había pillado a su prometido con su mejor amigo, al que conocía desde la universidad, y al que él mismo había contratado para el centro de investigación, también había caído en que todos esos viajes «de chicos», que habían disfrutado desde que Don y ella habían empezado a salir no habían sido tan inocentes como ella había pensado.

El único hombre que le había asegurado querer pasar el resto de su vida con ella ni siquiera se sentía atraído hacia ella. La había utilizado como tapadera para evitar el repudio de sus ultra religiosos padres.

Y eso dolía más que perder su sueño de formar una familia.

Pero el que se sintiera tan incómoda en un club nocturno no era culpa de Don. Nunca se había sentido cómoda rodeada de mucha gente, no se consideraba especialmente dotada para esa clase de interacciones sociales. Había estado demasiado absorta en su carrera en ingeniería biomédica, seguida de una beca en el centro, donde había conocido a Don, un colega científico, como para haber frecuentado muchos clubes, de ahí su poca experiencia.

No debería haber permitido que Amy la arrastrara hasta allí, decidió mientras miraba a su alrededor. Aunque quizás apareciera algún amigo de Amy y le ayudara a sentirse un poco menos miserable. Nada había funcionado desde la traición de Don, de modo que intentó sentirse esperanzada. Si no se esforzaba por recuperarse y pasar página, aunque no fuera más que con una breve aventura, moriría solterona, como lo habría expresado su abuela. Nunca hasta ese momento le había parecido una posibilidad tan grande. Estaba a punto de cumplir los treinta, pero en lugar de planear una boda, tal y como había previsto hacer, haría todo lo posible por proseguir con sus investigaciones mientras se tropezaba a diario con su exnovio y su amante.

Un hombre se les acercó desde el otro extremo de la sala. Los cabellos, color rubio arena, apartados de la frente le daban un atractivo aire de universitario. Buen cuerpo, aspecto de niño pijo, algo que a ella siempre le había gustado.

—¿Os importa? —preguntó.

Niño Pijo se dirigió a Amy. Ellie no pudo culparlo por ello. Su amiga llevaba un vestido negro corto y ajustado, tacones de más de quince centímetros y maquillaje de ojos ahumado acompañado de carmín de labios rojo brillante. Amy exudaba *sex-appeal*. Y, para el caso, Leslie también. Ante la insistencia de su amiga, Ellie se había arreglado y vestido de manera muy parecida, salvo que su vestido era blanco y el escote pronunciado lo llevaba en la espalda y no delante, la única concesión que Amy le había permitido a la modestia innata de Ellie.

—Necesitas echar un polvo, eso es —le había asegurado Amy ante sus protestas por la diminuta lencería y los elevados tacones.

Si alguien la invitaba a bailar seguramente se torcería un tobillo, lo que no aumentaba precisamente sus posibilidades de tener sexo. Con lo cual sus primeras ingles brasileñas no habrían merecido el tremendo dolor.

Amy recorrió a Niño Pijo con la mirada antes de sonreír resplandeciente.

—Claro. Me ahorrarás tener que buscarte cuando quiera marcharme.

La respuesta pareció gustarle al hombre y Ellie tuvo que admitir que resultaba sugerente. Estuvo a punto de abrir la aplicación de notas del móvil para apuntársela, pero dudaba que la frase surgiera de sus labios con tanta fluidez si intentara utilizarla. En ella flirtear quedaba ridículo. A ella le gustaba el sarcasmo, compitiendo con su padre, pero dudaba que ese talento impresionara a otros hombres.

Con esfuerzo, dada la cantidad de gente que abarrotaba el local, el hombre encontró una silla y se presentó como Manny. Durante unos minutos habló de naderías, antes de hacer un gesto con la mano hacia un amigo, una versión más baja y robusta de él, que estaba pidiendo unas copas en el bar.

Manny les explicó que los dos eran agentes inmobiliarios de una agencia local, y presentó a su amigo como Nick. Nick se fijó en Leslie, dado que Manny ya se había pedido a Amy, convirtiendo a Ellie en la tercera pata que había esperado ser. Intentó intervenir en la conversación, pero se descubrió consultando el móvil cuando Amy no miraba. No solo se sentía incómoda, se aburría. Pero si intentaba llamar a un taxi, Amy le recordaría esos «amigos», que querían conocerla.

Cuando las dos parejas se levantaron para ir a bailar, dejando a Ellie sola en la mesa, suspiró y llamó a una camarera.

—Tres chupitos de vodka —le pidió.

Quizás si consiguiera emborracharse, el resto de la noche la pasaría en una piadosa neblina. El alcohol no era bueno para el hígado. Como científica no pudo evitar pensar en ello. Pero llegados a ese punto, resultaba esencial para su pobre y dolorido corazón.

A Hudson King le encantaban las mujeres, seguramente más que a la mayoría de los hombres. Pero no se fiaba de ellas. Le habían puesto el nombre por la intersección de Hudson y King, en el exclusivo barrio de Bel Air, donde lo habían abandonado, oculto bajo un seto, al nacer. Seguramente de ahí provenía su desconfianza. Si no había podido confiar en su propia madre para criarlo y protegerlo cuando estaba completamente indefenso... no podía decirse que hubiera empezado con buen pie. Incluso tras ser encontrado, hambriento, helado y casi muerto, gritando a pleno pulmón, su vida no había mejorado hasta pasado algún tiempo.

Como cabía esperar, había resultado ser un niño iracundo e indisciplinado y, sin duda, era responsable de algunos obstáculos que había encontrado en su propio camino. Había hecho que las cosas fueran más difíciles de lo que podrían haber sido. Y había pasado por varias familias de acogida, antes de ser enviado de vuelta al orfanato.

Por suerte esos días habían quedado muy atrás y Hudson había enterrado gran parte de la ira que le había hecho excederse en su comportamiento. O a lo mejor simplemente la controlaba. Algunas personas decían que jugaba al fútbol con cierta soberbia, que su infancia había contribuido a la dureza y determinación que demostraba en el campo, y podría ser verdad. En ocasiones, cuando jugaba, tenía la sensación de que lo impulsaba un demonio interior, obligándole a llegar al límite. Quizás intentara demostrar que era alguien, que era importante, que podía contribuir con algo. Varios comentaristas deportivos lo había sugerido, pero Hudson desconocía si esos comentaristas hablaban con conocimiento de causa. Se negaba a acudir a un psicólogo. Nadie podía cambiar el pasado.

En cualquier caso, en cuanto lo enviaron al instituto, en el rancho para chicos New Horizons, en Silver Springs, California, donde quedó claro que sabía jugar al fútbol, su suerte cambió. Posteriormente fue nombrado el mejor jugador de la liga en la universidad. Y, en esos momentos, era el *quarterback* de Los Angeles Devils, ya había sido nombrado mejor jugador del año en una ocasión y había jugado en la selección pro bowl tres años seguidos. En su dedo lucía el anillo de la Super Bowl. En otras palabras, tenía todo lo que un hombre podría desear, una carrera de éxito, más dinero del que podría gastarse y más atención de la que sabía administrar.

La atención no le gustaba especialmente. En general, consideraba la fama un inconveniente. Estar bajo los focos había servido para que algunas de las familias que lo habían acusado de ser demasiado difícil, pensaran que quizás habría merecido la pena esforzarse con él. Pero también empeoraba su pequeño problema con las mujeres. ¿Cómo iba a confiar en ellas cuando les proporcionaba tantos incentivos para perseguirlo y engañarlo? Relacionarse con la chica equivocada podría dar lugar a falsas acusaciones de violación o abuso físico, mentiras sobre su vida personal o alguna otra publicidad indeseada, incluso un embarazo buscado con la esperanza de lograr una sustancial pensión. Ya había visto sucederle eso con demasiada frecuencia a otros deportistas profesionales, y por eso solía evitar las fiestas. No era tan estúpido como para caer en esa trampa.

De modo que, mientras se reclinaba en el asiento y aceptaba su segunda copa en el club Envy, de South

Beach, se preguntó por qué había permitido que su nuevo agente deportivo, Teague Upton, lo convenciera para acudir a ese lugar. Supuso que porque Devon, el hermano pequeño de Teague, también había acudido, siendo dos votos a favor y uno en contra. Aun así, podría haberse escaqueado. Normalmente, cuando insistía, se salía con la suya. Pero desde la retirada de su anterior agente, Hudson había contratado a Teague, y Teague vivía en Miami y estaba orgulloso de la ciudad y ansioso por mostrársela. Además, el partido para el que había acudido allí no se celebraría hasta el domingo, y, hasta entonces, seguro que se aburriría. Dado que Bruiser, su mejor amigo en el equipo, no llegaría hasta el día siguiente, debido a un compromiso familiar, y el resto de los Devils había acudido a un club de *striptease*, la soledad también era un factor a tener en cuenta, aunque Hudson jamás lo admitiría. Él era el tipo del que se decía que lo tenía todo. ¿Por qué destruir una ilusión tan agradable? Ser ese tipo era un avance con respecto a la carga de indeseado que había llevado de niño.

Además, el dueño de Envy se había mostrado muy amable. Dado que Hudson no deseaba pasarse la noche firmando autógrafos, el dueño del club había acordado con Teague que entrarían por la puerta de atrás, y les había proporcionado un reservado en un rincón, tan oscuro que sería difícil reconocer a nadie. Desde su posición de ventaja, Hudson no veía toda la pista de baile, y solo una pequeña parte del bar iluminado, pero sí podía observar la mayor parte de lo que estaba sucediendo allí, al menos cerca de él. Y eso batía quedarse solo en la habitación del hotel, aunque los minúsculos vestidos y cuerpos curvilíneos de las mujeres le produjeran una considerable sensación de frustración sexual que tenía pocas esperanzas de satisfacer. Pero el club de *striptease* habría sido mucho peor...

—Hudson, ¿me escuchas?

Hudson aplacó la tormenta desatada en su interior para responder al hermano de Teague. El propio Teague ya había encontrado a una mujer de su gusto y hablaba con ella junto al bar.

—¿Qué has dicho?

—¿Qué piensas de esa? —Devon señaló con la cabeza hacia una rubia pechugona que daba vueltas alrededor de un tipo delgado y bien vestido.

—No está mal —concedió Hudson, aunque la rubia no le había impresionado demasiado. Le intrigaba mucho más la mujer a la que había estado observando disimuladamente desde su llegada. Delgada, de cabellos negros recogidos y apartados de un rostro oval, no era tan guapa como otras mujeres que había visto aquella noche, pero tampoco resultaba tan artificial. Parecía extrañamente sana, dado el entorno. Su pose indicaba que se merecía más atención de la que recibía. Por momentos parecía incluso ligeramente confusa, como si no comprendiera la frenética actividad que se desarrollaba a su alrededor, mucho menos disfrutara de ella. Acababa de pedir tres chupitos, bebiéndose los tres sin que nadie brindara con ella ni aplaudiera para animarla. Así no se conducían la mayoría de las chicas en las fiestas. Y mientras sus amigas seguían bailando, se había desecho de las evidencias y pedido algo que parecía una margarita de melocotón.

—Cómo me gustaría probar un poco de eso —continuaba Devon, en referencia a la rubia.

—Pues acércate a hablar con ella —sugirió Hudson con la esperanza de que lo dejara solo para poder seguir observando a la misteriosa mujer de la mesa cercana sin que nadie lo interrumpiera.

—¿Puedo decirle que estoy contigo? —la carcajada de Devon lo delató. Era una broma.

—No, no le digas a nadie que estoy aquí. Si lo haces me marcharé, y ahora mismo me estoy divirtiendo.

—¿En serio? Si ni siquiera querías venir.

—Pues me alegro de haberlo hecho.

—Lo único que estás haciendo es tomar una copa...

Al menos se la estaba tomando rodeado de personas, divirtiéndose a través de ellas.

—Con eso me basta —aseguró—. De momento.

—Podrías cambiar eso fácilmente. Lo único que tienes que hacer es señalar con un dedo y podrías tener a cualquier mujer de las que hay aquí.

Cualquiera seguramente no, pero sí más de las que podría manejar. Ese era en parte el problema. Hudson nunca sabía si las mujeres que conocía estaban interesadas en él o en su fama.

—La fama no es tan estupenda como se cree que es.

La expresión de Devon indicaba que no se lo creía ni un poquito.

—¿Me tomas el pelo, tío? Daría cualquier cosa por ser tú. Cada noche tendría a una distinta en mi cama.

A Hudson no le gustaban esas cosas. No se había acostado con nadie desde que su novia lo abandonara casi dos años antes. No se había propuesto permanecer célibe tanto tiempo, pero no había encontrado a nadie que pudiera sustituir a Melody. No solo prefería evitar ciertos riesgos, como que lo estafaran, no le parecía ético tenderle a alguien una trampa que solo conduciría a la decepción. Las personas como él, que sufrían para enamorarse, deberían llevar colgada una señal de advertencia. Por eso Melody y él se habían separado después de siete años. Ella había llegado a la conclusión de que Hudson nunca le iba a entregar su corazón, nunca podría confiar lo bastante como para entregarlo, y a ella no le interesaba otra cosa. Quería casarse y tener una familia.

Él la respetaba por abandonarlo y era consciente de que ella tenía razón. Había permanecido con ella tanto tiempo porque era una mujer cómoda y segura, no porque sintiera una gran pasión por ella.

Aun así le resultaba difícil no llamarla, sobre todo cuando necesitaba el consuelo, la dulzura y la satisfacción sexual que una mujer podía proporcionarle. Lo único que le impedía recaer era su voluntad de evitar hacerle daño, ya que la ruptura había sido muy dura para ella.

—Me niego a ser tan estúpido —le aseguró a Devon.

—¿Qué has dicho? —el hermano pequeño de Teague se acercó.

—Nada.

Aunque intentara explicárselo, Devon jamás entendería su reticencia a follarse a todas las mujeres. En parte por su edad. A los veinticuatro años, lo mejor del mundo era practicar sexo con todas las mujeres que pudiera. Ocho años atrás, Hudson había pensado lo mismo. Solo su particular pasado, y ese problema con la confianza, le habían impedido sucumbir a sus instintos más básicos. Además, ya en la universidad, en UCLA, había alcanzado cierto éxito y a los veinticuatro ya tenía algo que proteger.

—Entonces, ¿por qué no la abordas? —insistió Hudson, señalando a la rubia.

—¿Crees que debería hacerlo? —Devon tomó otro trago de su copa.

La canción había terminado y la rubia se dirigía, sola, a una mesa.

—¿Qué puedes perder? Puede que te rechace, pero no tienes más que probar con otra, ¿verdad?

Con renovada confianza, Devon soltó la copa y salió del reservado.

—Buena observación. De acuerdo. Allá voy.

En cuanto el muchacho se marchó, Hudson se puso las gafas de sol que llevaba en el bolsillo de la camisa, ya tenía puesta la gorra, y llamó a la camarera.

Por suerte, estaba tan ocupada que apenas lo miró, por lo que el disfraz pareció innecesario, pero no iba a correr ningún riesgo.

–¿Qué vas a tomar?

–Esa mujer de ahí, ¿qué está bebiendo? –señaló hacia la figura solitaria que tanto le intrigaba. No le preocupaba que lo pillara señalándola, pues aún no había mirado en su dirección.

–Creo que una margarita de melocotón –la camarera se volvió.

Tal y como había pensado.

–Pues necesita otra. ¿Puedes ocuparte de ello?

–Por supuesto.

–Gracias –él le entregó un billete de veinte–. Quédate con el cambio.

Capítulo 2

Cuando la camarera le llevó a Ellie otra copa y le explicó que un caballero de un reservado la invitaba, estuvo a punto de rechazarla, sobre todo porque al girarse vio que llevaba puestas unas gafas de sol. ¿Qué clase de tipo era tan despistado, o estaba tan tocado, que llevaba gafas de sol en un bar pobremente iluminado, y de noche?

Encontró el comportamiento sumamente ridículo, pero el resto que alcanzaba a ver de él resultaba bastante atractivo. Una camiseta ajustada marcaba un firme torso y atléticos bíceps. Parecía alto, aunque estaba sentado, y su rostro no era desagradable. Lo cierto era que a ella le gustaba la forma cuadrada de su mandíbula y la fuerza de la barbilla. Pensándolo bien, Don tenía la barbilla floja. Ese tipo tenía aspecto de militar, una agradable asociación dado que siempre había admirado a los hombres y mujeres que luchaban por la libertad de su país.

Además, había ido al club para no pensar en sus problemas, ¿no? Y sus amigas no estaban haciendo gran cosa por ayudarla. Cada vez que regresaban a la mesa para ver cómo estaba, los dos hombres las alejaban rápidamente de allí.

De modo que, tras aceptar la copa, la levantó en alto para mostrar su gratitud al hombre que la había invitado. Si un extraño que llevaba gafas de sol en un bar quería invitarla a una copa, que lo hiciera, se dijo a sí misma. Por lo menos empezaba a relajarse, a disfrutar, sin duda gracias al alcohol. Todavía le entraban ganas de llorar cada vez que pensaba en Don. De modo que no pensaría en Don. Como todos los demás en el Envy, se perdería en las luces estroboscópicas, la música y la margarita.

La mujer no parecía haberle reconocido. Su sonrisa había sido del tipo, «gracias, pero no me interesa».

Hudson no estaba acostumbrado a esa reacción. A lo mejor había subestimado el poder de unas gafas de sol. Sus Ray-Ban parecían comportarse como la capa de invisibilidad de Harry Potter.

O a lo mejor lo había reconocido, pero no le gustaban los jugadores de fútbol.

En cualquier caso, tras haberla visto un poco mejor, le apetecía insistir. Era guapa y tenía una piel sedosa a juego con ese pelo espeso y oscuro.

En cuanto vio que se le había terminado la copa, le pidió otra, que ella rechazó sin dudar ni un instante. Hudson le oyó explicarle a la camarera que gracias, pero que ya había bebido bastante. Algo sobre no ser irresponsable, lo cual confirmaba su primera impresión. No era la típica chica de bar.

La mujer se volvió y lo saludó con la mano, su manera de mostrarse amable, de darle las gracias a pesar de no haber aceptado la copa, y él le devolvió el saludo. Sin duda, en cuanto lo viera mejor, lo reconocería. Normalmente, a esas alturas, las chicas ya estarían sentadas en su regazo.

Pero esa chica se limitó a volverse hacia la pista de baile.

Hudson no quería salir del reservado, pero era evidente que ella no iba a acudir a él. Cada vez más intrigado, por el mero hecho de que no parecía morirse de ganas de conocerlo, se levantó y la miró mientras se acercaba a la mesa.

Dado que prácticamente estaba a su espalda, la joven se sobresaltó cuando él se sentó en una silla a su lado. «Ahora sí que se dará cuenta de quién soy», se dijo a sí mismo. Pero cuando se presentó como Ellie y le preguntó su nombre, no dio ninguna impresión de conocerlo.

¿Iba a tener que explicárselo? Le gustó la inhabitual sensación de pasar desapercibido. De ser como los demás. Pensó en inventarse una falsa identidad, pero no tuvo valor para ir tan lejos.

—Hudson —sin duda con eso se acabaría su anonimato. Su nombre no era habitual. Pero no pareció cambiar nada.

—¿A qué se debe este placer? —preguntó ella.

No estaba coqueteando. En realidad le daba exactamente igual si se sentaba con ella o no. Se notaba.

—Me pareció que te vendría bien un poco de compañía. Eso es todo.

Ellie reflexionó durante unos segundos antes de asentir, como si estuviera de acuerdo.

—Supongo que sí. Al menos es mucho mejor que quedarse sentada aquí sola —extendió una mano—. Encantada de conocerte.

—Lo mismo digo —contestó él mientras se estrechaban la mano.

—¿Vives en Miami?

Hudson se preguntó si pretendía ser graciosa. ¿Lo decía en serio? Todo el mundo sabía que jugaba con el equipo de Los Ángeles, por tanto había muchas posibilidades de que viviera en la otra punta del país. Pero tras observar detenidamente su expresión, llegó a la conclusión de que su primera impresión había sido acertada. Esa mujer no tenía ni idea de quién era.

–No, solo estoy de visita –contestó–. ¿Y tú?

–Nacida y criada en Doral. Ahora vivo de alquiler en Cooper City.

–Que es...

–Que es un barrio no muy lejos de aquí.

–Has rechazado mi copa –él señaló el vaso vacío–. Si te arrepientes, aún estás a tiempo.

–No. El alcohol es muy dañino. Ya he bebido bastante.

–¿No se supone que un poco de alcohol es bueno?

Hudson bromeaba, pero ella se lo tomó en serio.

–Supongo que te refieres al vino tinto. Eso dicen, pero estás matando neuronas a cambio de mantener un corazón sano. No tiene mucho sentido. Si haces ejercicio y comes sano, no te hace falta. Lo mejor es no tomar nada.

Hudson tenía en una mano el huracán que se había pedido. Dado que él se preocupaba por la salud y la forma física, de lo contrario no podría mantenerse en la cima, las palabras de Ellie le resultaron más lógicas de lo que le habrían parecido a otra persona.

–¿Qué eres? ¿Médico o algo así?

–Científica, especializada en inmunología, por eso sé bastante bien cómo funciona el cuerpo –Ellie se recogió un mechón de cabellos detrás de la oreja–. ¿Cuánto tiempo te quedarás aquí?

–Unos días.

–¿Trabajo o diversión?

–Pues, he venido para jugar –contestó él. Técnicamente era así. Solo que para él, además, era trabajo.

—¿Habías estado aquí alguna vez?

—Un par de veces —le explicó sin darle mucha importancia, esperando minimizar el hecho de que acudía a Miami cada dos o tres años para jugar contra los Dolphins.

—¿Y? ¿Te gusta?

—Es agradable —Hudson se fijó en los ojos de mirada inocente y la boca ancha y expresiva. La encontraba atractiva, tipo la vecina de enfrente—. Si te digo la verdad, después de conocerte, empieza a gustarme aún más —añadió con una sonrisa que le salió, para variar, de forma natural.

Hacía mucho tiempo que las conversaciones con una mujer no empezaban con alguna frase aduladora sobre su porte atlético, habilidad para el fútbol o fama. La normalidad que esa mujer imprimía era como un salvavidas, uno al que podría agarrarse para no ahogarse en un mar de cinismo.

Al verla desviar la mirada hacia la pista de baile, como si estuviera a punto de entrar en pánico y correr en busca de sus amigas, pensó que se había pasado. Pero la tensión en su cuerpo se aflojó.

—Después de la semana tan terrible que he tenido, resulta agradable oír algo así. A pesar de que lleves puestas las gafas de sol.

—¿Disculpa?

—¿No está algo oscuro para eso? —ella se acercó un poco.

Hudson casi soltó una carcajada al comprender que esa mujer se avergonzaba de él

—Mis ojos son sensibles a las luces estroboscópicas.

Era la única mentira que le había contado hasta el momento, y tampoco era muy grande, nada por lo que pudiera enfadarse cuando descubriera quién era.

—Entiendo. Supongo que tiene sentido.

Temiendo que las amigas regresaran y lo reconocieran, Hudson echó un vistazo a la pista de baile.

Por suerte no vio nada que lo alertara sobre un peligro inminente de ser descubierto.

—¿Qué ha tenido de horrible tu semana? —preguntó.

—Nada de lo que me apetezca hablar —contestó ella bruscamente.

—¿Por eso te has metido todos esos chupitos? ¿Intentas olvidar?

—¿Me viste? —ella lo contempló con expresión de disgusto.

—Me resultó curioso que estuvieras bebiendo sola cuando es más divertido hacerlo en grupo.

—Las circunstancias desesperadas requieren medidas desesperadas —ella se encogió de hombros.

A Hudson le gustaba el delicado cuello y las pequeñas y finas manos, sin rastro de esas uñas falsas que llevaban muchas mujeres. Demostraba cierto sentido práctico.

—¿Tan malo ha sido?

—Sí.

—¿No vas a darme ni una pista? —él estiró las piernas y cruzó los tobillos—. ¿Perdiste el empleo? ¿Te dieron alguna mala noticia?

La oscuridad de las gafas de sol le dificultaba adivinar el color de ojos de la mujer, pero sí se notaban las oscuras y espesas pestañas que los enmarcaban. Estaba casi seguro de que eran azules...

—Ojalá fuera algo así —contestó ella.

—¿Y qué podría haber peor que eso? —Hudson esperaba no estar metiendo la pata y que acabaran de diagnosticarle un cáncer o algo parecido. Se sentiría fatal por haber insistido. Pero supuso que no sería eso. Había dicho que era peor que recibir malas noticias.

—Pillé a mi prometido en la cama con otro.

—Has dicho «otro», ¿verdad? —él se detuvo con la copa a medio camino de la boca.

—Sí. Su mejor amigo de la universidad. Al parecer llevan juntos un tiempo.

—¡Vaya! —él soltó la copa—. Qué mierda.

—No tienes ni idea. Lo que vi quedará grabado en mi mente para siempre.

Hudson hizo una mueca de desagrado. No era ningún homófobo. En su opinión, la gente tenía derecho a vivir como quisiera. Él era el primero en luchar por ello. Simplemente no le encontraba el atractivo a practicar sexo con otro hombre, de modo que la imagen que ella había dibujado en su cabeza le dio grima.

—¿Estás segura de que no te apetece otra copa?

—Estoy segura. En realidad no vine para beber. Bueno, supongo que sí. Pero solo porque buscaba algo de diversión. Estoy harta de repasar el incidente una y otra vez en mi cabeza.

A Hudson se le ocurrió invitarla a bailar. Eso sería divertido, ¿no? Se moría por tener una excusa para tocarla. Había pasado mucho tiempo desde la última vez que había abrazado a una mujer, y esa parecía diferente, refrescante.

Sin embargo, no se atrevió a arriesgarse a ser reconocido. Medía metro noventa y ocho, suficiente solo con su estatura para llamar la atención. En cuanto alguien lo mirara detenidamente, lo descubrirían, a pesar de las gafas de sol.

—La música está muy alta. ¿Por qué no damos un paseo junto a la orilla y charlamos? —propuso.

Seguramente había dado el paso demasiado pronto, pero no tenía mucho tiempo. Si no regresaban sus amigas, lo harían los suyos.

Ella pareció dudar, de manera que Hudson levantó ambas manos, indicando que no quería presionarla.

–O, si lo prefieres, puedes darme tu número y te invito a salir mañana por la noche –llegado a ese punto, Teague podría buscarles algún lugar íntimo en el que poder cenar sin que lo interrumpieran o devoraran con la mirada.

–Son más de las once y media de la noche –Ellie consultó el móvil.

–¿Y eso qué significa?

–No creo que vayan a aparecer.

–¿Quién? –él enarcó las cejas.

–Mis amigas están esperando a unos amigos que iban a reunirse con nosotras.

–Y...

–Y que daré ese paseo contigo –contestó–. De lo contrario podría seguir aquí sentada otras dos horas.

–Estupendo –quizás no fuera la respuesta más entusiasta que hubiera recibido, pero era un sí.

Hudson se levantó y le ofreció una mano. En cuanto los finos dedos se cerraron en torno a los suyos, sintió acelerarse el pulso.

La luna estaba baja en el cielo, tan grande y llena que parecía flotar sobre el agua. A Ellie le parecía que podría confundirse con otro planeta.

–Esto es seguramente lo más bonito que he visto nunca –le confesó a Hudson, tirando de su mano para que se detuviera y le permitiera contemplarla.

–Preciosa, desde luego –murmuró él, aunque no miraba a la luna.

La miraba a ella. Desde que abandonaran el club no tenía ojos más que para ella. Quizás fuera el alcohol, pero Ellie sentía que ese hombre le estaba afectando bastante.

Se había quitado las gafas y al verle la cara al completo lo encontró no solo grande y robusto, sino también tremendamente atractivo. Nunca había recibido tanto interés por parte de un hombre tan atractivo.

–¿Sabías que nuestra luna es única en todo nuestro sistema solar? –preguntó ella.

–No –él posó su mirada en los labios de Ellie antes de volver a sus ojos–. ¿Qué tiene de única?

Se notaba que no estaba pensando en la luna. Pensaba en tocarla, en besarla, y la posibilidad hizo que a Ellie se le acelerara el corazón y le flaquearan las rodillas. Una locura. Acababa de ser eviscerada, en sentido emocional, por Don. Aun así, la calidez de la mano de Hudson, el brillo de sus dientes cuando sonreía de esa manera tan sexy, y el grave timbre de su voz pareció sepultar todo ese dolor, toda esa decepción, y hacerle sentirse capaz de volar.

Tragó nerviosamente antes de continuar.

–Para empezar, es desproporcionadamente grande. De no serlo, no tendría la gravedad suficiente para sujetar a la Tierra en su eje orbital. Eso hace que nuestro clima sea relativamente estable.

–Qué interesante –observó él mientras deslizaba una mano por el brazo de Ellie.

–Y no se formó a partir de restos de nubes de polvo y gas –continuó ella sin aliento, la piel de gallina–. Los astrónomos opinan que hubo o-otro planeta que chocó contra la Tierra hace casi cuatro billones de años.

–¿En serio? –la mano de Hudson se deslizó más arriba.

–Por suerte –Ellie se aclaró la garganta–, no fue más que un golpe de refilón. De lo contrario se habría destruido la Tierra.

–Qué tragedia.

—Sin embargo, la colisión arrancó un pedazo de la corteza terrestre, y ese pedazo empezó a orbitar a nuestro alrededor.

—Y acabó por convertirse en nuestra luna.

—Eso es —ella se esforzaba por mantener la mirada sobre el enorme disco blanco del que estaban hablando. Temía que, si lo miraba a él a la cara, perdería el escaso control que tenía sobre la realidad.

Llevaban más de dos horas caminando descalzos por la arena, hablando de cualquier cosa, salvo de los detalles mundanos de sus vidas. Al abandonar el club habían acordado ahorrarse la típica charla insustancial. Dado que vivían cada uno en una punta del país, y seguramente no volverían a verse, no parecía tener ningún sentido. Pero el atractivo físico de Hudson y la excitación que sentía resultaban difíciles de ignorar.

—Sabes un montón de muchas cosas, salvo de televisión, deportes, cine y cualquier otro aspecto de la cultura popular —bromeó él.

Ellie abrió la boca para defenderse, pero Hudson tenía razón. Siempre había estado enganchada a un libro o un experimento. En cualquier caso no tuvo ocasión de contestar, pues él bloqueó su visión de la luna, colocándose enfrente. Lentamente agachó la cabeza y posó los labios sobre su boca.

Ellie se aconsejó a sí misma recular. Ni siquiera conocía a ese hombre. Pero la conversación que habían mantenido durante las dos últimas horas había sido muy agradable y fluida. ¡Y cómo le hacía sentir! Jamás había respondido a nadie de una manera tan inmediata y visceral.

Un estremecimiento la recorrió de pies a cabeza cuando las grandes manos de Hudson se deslizaron por su espalda, apretándola contra él mientras le abría la boca.

Ellie oyó un gemido, y comprendió que provenía de ella. Nunca la habían besado tan bien. No la estaba avasallando, ni hundiendo la lengua en su garganta. La estaba saboreando e invitándola a saborearlo a él, con tal habilidad que sabía que podía confiar en que la iba a tratar como a ella le gustaba que la trataran.

La cabeza le empezó a dar vueltas, y no podía culpar a los chupitos que había tomado en el bar. El efecto del alcohol se le había pasado hacía un buen rato. Tenía la impresión de que Hudson había estado aguardando el momento, esperando a que ella fuera capaz de saber qué quería y qué no. Y lo respetó por ello. Pero su beso resultaba tan embriagador como el alcohol, quizás más.

Cuando Ellie despertó supo exactamente dónde estaba. Lo que no sabía era cómo explicar el comportamiento que la había llevado hasta la cama de Hudson. No era propio de ella.

Contuvo el aliento mientras escuchaba la rítmica respiración de ese hombre. Seguía dormido, gracias a Dios. No solo habían hecho el amor tres veces, habían dormido abrazados. ¿Por qué? Desde luego ella estaba dolida por el engaño de Don y, cuando le había enviado a Amy un mensaje explicándole que había conocido a alguien y que se iría sola a casa, su amiga había respondido que se merecía un poco de sexo vengativo. En cuanto al control de natalidad, había ido preparada. Leslie le había metido un puñado de preservativos en el bolso, y también en el de Amy, antes de llegar al club. Pero las horas que Ellie había pasado con Hudson no habían tenido nada que ver con el compromiso anulado. Después del primer beso ya no había vuelto a pensar en Don. Hudson lo había borrado del mapa, junto con todo lo demás. Nunca había empleado el término «viril», para referirse a alguien que conociera personalmente, pero encajaba a la perfección con Hudson. Era tan perfecto en todos los aspectos que había momentos en que sospechaba que Amy lo había preparado todo.

Y quizás lo hubiera hecho, pensó mientras repasaba la secuencia de los hechos. Quizás, tras regresar a la vida real, iba a descubrir que uno de los amigos de Amy había aparecido. Hudson. Y que ese hombre había fingido que ella le era completamente extraña para hacerle un favor a Amy, para ayudar a reconstruir su autoestima y demostrarle que había otros hombres, otras opciones.

De ser el caso, había picado, aunque no se sentía especialmente orgullosa de ello. En cualquier caso, sin embargo, se sentía animada. Hudson la había encandilado, hasta el punto de hacerle olvidar lo patética que era su vida, para hacerle vivir el momento. Y eso no era ninguna tontería. Toda la noche había resultado mágica, incluyendo el tiempo que habían pasado en la playa. Llegado un momento ella se había quitado los zapatos y se había lanzado al agua, Hudson la había seguido, levantándola con un brazo y salvándola de una ola particularmente grande. La ola había acabado por estrellarse contra él. Pero Hudson había conseguido mantenerse sereno y, completamente empapado, la había sacado del agua, cayendo ambos sobre la arena, riéndose.

Ellie sonrió ante el recuerdo y levantó la cabeza. No había duda alguna, había pasado la noche con el atractivo forastero del bar. Estaba a escasos centímetros de ella, tapado con una sábana, pero debajo sabía que estaba desnudo. ¿Cómo había podido permitir que las cosas llegaran tan lejos? Hudson se había excusado por haberla mantenido fuera hasta tan tarde y se había ofrecido a pedirle un taxi. Pero, tras la llegada del taxi, la había besado por segunda vez, un beso apasionado, con la boca abierta, y había estallado la locura. Tal y como había sucedido con el primer beso, la cabeza de Ellie había empezado a dar vueltas y su corazón a latir con fuerza. Pero en lugar de permitirle apartarse, se había mostrado más atrevida. Y cuando él había abierto la puerta del taxi para acomodarla en el asiento trasero, había tirado de él para que entrara también. Y, en lugar de darle su dirección al taxista, le había susurrado a Hudson al oído que quería saber lo que se sentía al practicar sexo con un hombre que te deseara de verdad. Un hombre que no se sintiera atraído hacia otra persona. Y Hudson había gritado el nombre de su hotel.

Diez minutos después corrían hacia su habitación como dos adolescentes salidos en la fiesta de graduación. Pero a Ellie no le había invitado nadie al baile de graduación. Se había labrado tal fama como ratón de biblioteca que ningún chico la invitaba a salir. Por eso tenía la sensación de que se lo debía a sí misma. Y por descuidado que hubiera sido su comportamiento, no conseguía arrepentirse de haberse acostado con él. No era una mujer superficial. Lo demostraba el hecho de que hubiera elegido a Don, con sus estrechos hombros y delicada barbilla. Pero Hudson... ¡Vaya! Ese cuerpo era una obra de arte, fuerte, sinuoso, perfectamente proporcionado.

No pudo evitar deslizar la mirada hacia donde sabía encontraría otras partes decididamente impresionantes. Incluso en ese aspecto era muy superior a cualquier hombre que hubiera conocido.

Una nueva oleada de calor la inundó al recordar la maestría con la que se había ocupado de ella. En un abrir y cerrar de ojos había encontrado todos sus puntos sensibles, se había adaptado a cada sonido o movimiento que ella hacía, y la había hecho vibrar de placer.

Ellie se tapó la boca al recordar cómo había gritado en el primer orgasmo. Le avergonzaba, eso y también cómo se había subido encima de él después.

Tenía que marcharse de allí. No quería enfrentarse a él. Antes de la pasada noche solo se había acostado con dos hombres, los dos novios desde hacía tiempo, no recién conocidos. De modo que seguía sin explicarse cómo se había desviado de su habitual ser cauteloso, preocupado por otras cosas, para dejarse ir de esa manera. ¿Cómo había podido hacer el amor con ese total y lascivo abandono?

No tenía ni idea, pero tampoco podía fingir lo bueno que podía ser conectar con un hombre al que deseaba.

Ellie tenía miedo de despertar a Hudson al salir de la cama. Ya debía ser de día. Pero con las cortinas echadas y el reloj apartado de la cama, no lo sabía con certeza.

Por suerte, Hudson ni se movió.

En cuanto pudo moverse sin miedo a tropezarse con él o mover la cama, se apresuró en ponerse el minúsculo vestido blanco tirado sobre un montón de ropa en el suelo. Si bien había terminado por agradecer las ingles brasileñas que Amy le había obligado a hacerse, y la diminuta lencería, en esos momentos echaba de menos algo más modesto. Cualquiera que la viera salir de ese lujoso hotel seguramente daría por hecho que era una prostituta de altos vuelos.

Al menos Amy se sentiría orgullosa de que hubiera dejado de ser tan puritana, de que se hubiera soltado la melena.

Intentó hallar consuelo en ese pensamiento mientras apuntaba su número de teléfono en el bloc que había junto al teléfono de la habitación. Quizás Hudson quisiera volver a verla. Tenía la impresión de que él también se había divertido. Pero tras echarle un último vistazo, el musculoso brazo extendido sobre la almohada, los oscuros rizos contra las blancas sábanas y esos enormemente anchos hombros, arrancó la hoja de papel del bloc y se lo metió en el bolso. No quería correr el riesgo de que no la llamara. Ya había sufrido bastante, y todo seguía muy reciente. Además, él vivía en la otra punta del país, de modo que no había motivos para correr el riesgo. Lo que habían empezado no podía llevarles a ninguna parte.

La noche anterior no había pasado de ser una estupenda y memorable aventura.

Mejor dejarlo así.

Capítulo 3

El constante zumbido del móvil, vibrando desde el bolsillo de los pantalones tirados en el suelo, despertó a Hudson. Levantó la cabeza para apagar el despertador antes de dejarse caer de nuevo sobre la almohada. Era más de mediodía. ¿Cómo había dormido hasta tan tarde? Normalmente se levantaba temprano, no siendo capaz de permanecer en la cama más allá de las siete o las ocho de la mañana, aunque lo intentara.

Estiró un brazo, buscando el cálido cuerpo de Ellie a su lado. A lo mejor la diversión aún no había terminado. Pero no la encontró.

El teléfono dejó de vibrar y él se sentó en la cama y entornó los ojos para intentar ver algo en la habitación a oscuras. Tenía una suite en el Four Seasons, de modo que el hecho de que ella no estuviera en el dormitorio no significaba que se hubiese marchado. Podría estar en uno de los cuartos de baño, o en la zona de estar, o el comedor.

Sin embargo no se oía ni un ruido, nada que indicara que hubiese alguien con él allí.

¿Por qué se habría marchado tan pronto? Sin siquiera darle su número de teléfono o asegurarse otra cita.

–¿Ellie? –llamó.

Nada.

Se levantó de la cama y se puso los calzoncillos antes de descorrer las cortinas para dejar pasar el sol. Después recorrió la suite entera.

Tal y como sospechaba, estaba vacía. Y sus ropas y bolso tampoco estaban.

¿Se habría ido a buscar el desayuno?

A Hudson no le habría importado llamar al servicio de habitaciones si le hubiese dicho que tenía hambre...

Si había salido a buscar comida, podría haberle dejado una nota indicándole que iba a regresar. Comprobó el escritorio, pero no había nada escrito en el bloc junto al teléfono.

Regresando a la cama, Hudson pegó la almohada de Ellie a su nariz. Olía a su perfume. Era lo único que había dejado tras ella.

El teléfono empezó a vibrar de nuevo. Decepcionado porque la mujer que había conocido, que tanto le había gustado, se hubiera marchado sin siquiera decir adiós, cuando aún le quedaban uno o dos días de estar en Miami, recogió los pantalones y sacó el móvil del bolsillo delantero. Al hacerlo sintió una pequeña punzada de esperanza. A lo mejor era ella que lo llamaba. Pero entonces recordó que esa mujer no sabía quién era él. No se habían intercambiado los números de teléfono, ni siquiera los apellidos.

Antes de marcharse, podría haberle sacado el móvil de los pantalones y llamarse a sí misma para así tener su número. Se lo había permitido hacer a otras mujeres. Pero, de haberlo intentado, lo habría encontrado bloqueado, porque hacía un buen rato que no lo utilizaba. Además, no le había parecido de esas. En parte le atraía por eso precisamente. No era tan agresiva como algunas otras mujeres a las que había conocido tras alcanzar la fama.

Por eso no le sorprendió descubrir que la llamada era de Teague.

—¿Hola? —descolgó tras suspirar decepcionado.

—¡Por fin! —saludó Teague—. Madre mía, te he llamado al menos diez veces. ¿Dónde demonios estabas?

—¿A qué te refieres? Estuve levantado hasta tarde. He estado durmiendo. ¿Por qué? ¿Pasa algo?

—No pasa nada. Solo quería saber de ti. Temía que te hubieses marchado enojado. De haberme dicho que te ibas, te habría acompañado. Intenté enviarte un mensaje, pero después de ese misterioso texto que me enviaste diciéndome que te ibas y hasta mañana, no conseguí comunicarme contigo.

—No esperaba que te marcharas del club. Me estaba divirtiendo sin ti —lo último que habría deseado, aparte del miedo a ser reconocido, era que Teague lo siguiera y le arruinara la diversión. Por eso se había inventado una excusa para convencer a Ellie de que debían salir por la puerta trasera y le había enviado el mensaje a Teague cuando ya estaban lejos de allí. De lo contrario, sabía que su agente lo habría seguido.

Lo curioso era que existía un millón de razones para que los sucesos de la noche anterior no se hubiesen producido como lo habían hecho. Y, aun así, había salido bien.

Jamás olvidaría cuando Ellie lo arrastró al interior del taxi. No se lo había esperado. Había pasado varias horas, antes y después, con una mujer que no tenía ni idea de que estaba con un deportista profesional, mucho menos el *quarterback* titular de Los Angeles Devils. Y, tal y como había sospechado, eliminar su fama de la ecuación había convertido su interacción en mucho más genuina. Por una vez podría estar seguro de que la persona con la que estaba no buscaba nada de él, que le gustaba por lo que era.

—¿Dices que te divertiste? —preguntó Teague sorprendido—. ¿Sentado tú solo en el reservado? No deberíamos haberte dejado. Sabíamos que no te entusiasmaba...

—¡Teague! —le interrumpió Hudson.

—¿Qué?

—Me marché con alguien, la traje al hotel.

—¿En serio? —preguntó su agente, aún más perplejo—. ¿Cómo? No te vi hablar con nadie.

—Bueno, tampoco estuviste vigilándome toda la noche.

—Cada vez que miraba te veía en ese maldito reservado.

—Había una mujer, llamada Ellie, sentada cerca. Conectamos.

—¿Así sin más?

—No fue tan rápido como suena, pero sí.

—¿Es aficionada al fútbol americano?

—No lo sé. No me reconoció. Por eso resultó tan agradable.

—¿No le dijiste quién eras? —Teague gruñó como si le costara trabajo procesar la información.

—No.

—¿Y ella no lo descubrió por sí misma?

Hudson percibía el escepticismo al otro lado de la línea y recordó haber sentido lo mismo al principio, mientras esperaba que ella sumara dos y dos.

—Supongo que no. No es aficionada al deporte. Lo cual no debería sorprenderme, supongo. Es científica.

—Qué interesante. Entonces me siento mejor. Me alegra que te lo pasaras bien.

Y así había sido. Y después había dormido como un bebé, algo que no conseguía desde hacía meses. Había estado muy preocupado por Aaron Stapleton, uno de los chicos a los que tutelaba en el centro New Horizons Boys

Ranch, el internado para chicos con problemas de comportamiento al que había asistido durante su adolescencia. El chico había sido diagnosticado con un cáncer de vejiga hacía seis meses, y estaba pasando por su segunda sesión de quimio, que le sentaba fatal, y además no tenía ningún apoyo de sus progenitores. A Hudson le aterrorizaba que los tratamientos no resultaran tan efectivos como deberían, que fuera a perder a la única persona en quien sentía que podía confiar.

Pero no quería obsesionarse con ello mientras estuviera en Miami. Pronto regresaría a su casa, a tiempo para la siguiente cita de Aaron.

—Me alegra haberla conocido —admitió.

—¿Y dónde está ella ahora? —preguntó Teague—. Si hablas con tanta franqueza debe ser que no está muy cerca...

Hudson se acercó a la ventana y miró hacia la calle, veintidós plantas más abajo. Pensó que quizás la vería subirse a un taxi, pero no había nadie con un vestido blanco.

—Se ha ido. Se marchó antes de que me despertara.

—Eso es bueno.

—¿Bueno? —repitió él, sorprendido ante el alivio que transmitía la voz de su agente.

—Al menos no has tenido que inventarte algo para deshacerte de ella, ni enfrentarte a una incómoda despedida.

—Supongo —Hudson suponía que, en efecto, había tenido suerte, puesto que no buscaba una relación permanente.

Había conseguido lo que quería, se dijo a sí mismo. Había disfrutado de un increíble encuentro con una mujer que le atraía realmente, y eso le había llevado al mejor sexo de su vida. Mejor aún, lo había hecho de manera anónima, de modo que no habría ninguna represalia, ninguna recriminación incómoda por no enamorarse, ninguna petición de dinero ni otros favores, ninguna información inesperada sobre su vida amorosa publicada en la prensa. Ni siquiera le había dado su autógrafo.

Debería sentirse aliviado, feliz, preparado para seguir su camino.

Entonces, ¿por qué añoraba su regreso?

Ellie permaneció sentada en la terraza del café próximo a donde había estado de compras y se subió las gafas de sol. Tras regresar a su casa y ducharse, había ido de compras al Mary Brickell Village, donde había comprado algo de ropa, incluyendo un vestido negro envolvente de cóctel, simplemente porque no tenía ninguno, ropa interior, ahí se había vuelto un poco loca, dados los precios, y un par de gafas de sol de Dolce & Gabbana. No entendía por qué pasar la noche con Hudson la había empujado a esa locura consumista. ¡Acostarse con él ya había sido bastante locura! Pero ese hombre le había hecho sentirse tan atractiva y deseable que seguía con su comportamiento loco y salvaje. Además, permanecer ocupada evitaba que reflexionara demasiado sobre sus acciones. Eso era todo. Y dado que la boda se había cancelado, no hacía falta que ayudara económicamente a sus padres a pagar el banquete ni la luna de miel en las Seychelles. Don no disponía de ahorros y era ella la que iba a cargar con los gastos económicos. Aunque el banquete ya había sido contratado, y había perdido un par de miles de dólares del depósito, no era más que una fracción de todo lo que habría costado el evento, de modo que disponía de una buena cantidad de dinero para gastar.

Contó las bolsas que llevaba, las había llevado al restaurante para no tener que regresar hasta el coche, y sintió una punzada de pánico. Quizás se había gastado demasiado...

No. Se negaba a lamentar lo que había hecho durante el día, mucho menos durante la noche. No estaría de más que empezara a disfrutar de la vida. Ya no era ninguna jovencita y, dado que no iba a casarse, no había nadie más a quien complacer, salvo ella misma.

¿Debería ir a las Seychelles sin Don?

Le apetecía mucho conocer esa parte del mundo.

Se imaginó pasar dos semanas en las islas ella sola. Si encontrara allí a otro hombre como Hudson, merecería el tiempo y el dinero...

–Por fin te encuentro.

Al oír la voz de Amy, Ellie se volvió hacia su amiga que avanzaba entre las mesas. Por suerte Leslie no iba con ella. No le había caído demasiado bien.

–¡Vaya, mírate! –Amy se detuvo sorprendida ante las evidencias de las actividades diurnas de Ellie–. Veo que te has estado divirtiendo.

–Aparte de comprar todas esas cosas que me sugeriste para anoche, hacía años que no iba de compras. Estaba demasiado obsesionada con ahorrar para la boda. Pero ahora... supongo que no habrá problema en que despilfarre un poco.

–Todo eso es de marca –su amiga se sentó frente a ella.

Amy la había telefoneado varias veces para hablar de la noche anterior. Y, en lugar de responder a sus preguntas por teléfono, Ellie la había invitado a reunirse con ella para disfrutar de una cena temprana. El salón de belleza de Amy estaba cerca del restaurante y reunirse permitiría a Ellie retrasar su vuelta a casa, donde tendría que enfrentarse a su vida habitual.

–¿Esas gafas son nuevas? –preguntó Amy.

–Sí. ¿Qué te parecen?

–Son elegantes. Estás estupenda.

—Gracias.

La camarera se acercó para tomar nota de las bebidas.

—Bueno, ¿qué sucedió anoche? —preguntó Amy cuando estuvieron de nuevo solas—. Pensé que bromeabas cuando dijiste que te ibas con alguien, pero pasé por tu casa camino de la mía, y no estabas. La verdad es que me asusté un poco. Tenía miedo de haberte animado a colocarte en una situación comprometedora, o peor.

Ellie se sonrojó y su amiga la miró con expresión de sospecha.

—¿Qué? ¡No me digas que hiciste algo con alguien!

—Sí.

—¿Con quién?

—Con un tipo que había en el bar.

—¿Un tipo? ¿No sabes cómo se llama?

—Hudson —Ellie estuvo atenta a la reacción de Amy—. ¿Te dice algo?

No hubo ninguna expresión de reconocimiento. O bien Amy era la mejor actriz del mundo, o no tenía nada que ver con el encuentro entre ella y Hudson.

—No. ¿Debería?

—Pensé que quizás fuera algún amigo tuyo.

—Nunca he conocido a nadie que se llamara así.

—Entonces sucedió sin más.

A Ellie le costaba creerlo. En el club había chicas mucho más guapas, y también con más curvas, y personalidad más sociable. ¿Por qué Hudson no había elegido a una de esas?

—¡Cuéntamelo! —la sonrisa de Amy se hizo más amplia.

Ellie esperó a que la camarera les sirviera el agua y pidieron la cena. Después le explicó a su amiga que Hudson la había invitado a una copa, sentándose con ella y luego le había pedido que fuera a dar un paseo con él.

—Y te fuiste con él a la playa.

—Estuvimos un par de horas. Pensé que no habría ningún peligro. No había mucha gente, pero habría conseguido llamar la atención si me hubiera parecido que algo no iba bien.

—Entonces te sentías a salvo.

—Completamente —Ellie recordó cómo la había salvado de caer a las heladas aguas.

—¿Y accediste a irte con él a su casa?

—Después de dos horas acabamos en su hotel. No en cualquier hotel. Debe ser un empresario importante o alguien con dinero, porque se aloja en la suite más lujosa que haya visto jamás. Nunca me he alojado en un lugar como ese. Tenían unos jabones carísimos. Casi me los metí en el bolso. Dudo que se diera cuenta, puesto que era evidente que no había entrado en el cuarto de baño de invitados.

—Deberías haberlo hecho.

—Seguramente. En cualquier caso, la toallas eran las más esponjosas que había tocado en mi vida, y en el armario había albornoces con zapatillas a juego. Bastante impresionante.

—¡Vaya! De modo que era atractivo y rico.

—Sí. Y también tenía otras cualidades.

Amy se agarró a los bordes de la mesa y se inclinó hacia delante.

—¿Estás hablando de lo que creo que estás hablando? No me digas que te acostaste con él…

Ellie sintió que el calor de sus mejillas aumentaba.

—¿Lo hiciste? —preguntó su amiga sin aliento.

—Y fue absolutamente increíble —ella asintió.

Amy la miró boquiabierta mientras se dejaba caer de nuevo en la silla.

—No me lo puedo creer. ¿Y era normal? ¿No hizo nada que te pareciera extraño o te hiciera sentir incómoda?

–No. Nunca me habían tocado así. Ha sido la mejor noche de mi vida.

–¡Vaya! –Amy volvió a inclinarse hacia delante–. Irte a casa con un extraño no siempre sale tan bien. Espero que lo entiendas.

–Y menos mal. De lo contrario iría todas las noches al club.

–Nunca te había visto así –su amiga soltó una carcajada.

–Es que nunca he estado así.

–Pues sí que debió ser bueno.

–Mejor que bueno. Pero no tengo mucha experiencia. Quizás simplemente fue mejor que Don –Ellie se interrumpió un segundo, recordando al novio que había tenido antes que Don, y cambió de idea–. No. Cualquiera estaría de acuerdo en que fue del mejor sexo que se podría conseguir.

Amy parecía no saber qué decir.

–Ahora mismo podrías tumbarme solo con rozarme con una pluma.

–Yo misma me sorprendí. Jamás pensé que sería capaz de comportarme con tal descuido.

–Y hablando de descuido... –Amy bajó el tono de voz–. Por favor, dime que usaste protección.

–Por supuesto –Ellie miró a su alrededor para asegurarse de que nadie escuchara–. Utilizamos los preservativos que Leslie me metió en el bolso.

–¿Preservativos? ¿En plural?

–Él... esto... se recuperaba pronto.

–¡Vaya! De acuerdo, pero, ¿él no aportó ningún método anticonceptivo propio?

–Ninguno. De no haberme dado Leslie esos preservativos habríamos tenido que parar y comprar algo. Así que salió muy bien.

—Y yo que pensaba que era una broma cuando nos los dio. Desde luego yo no utilicé los que metió en mi bolso, pero ella se divirtió de lo lindo haciendo que te sonrojaras. Me dijo que nunca había conocido a nadie que siga ruborizándose por esas cosas —Amy juntó las manos sobre la mesa—. Pero volvamos a nuestra... experiencia de anoche. ¿Qué clase de hombre va a un club nocturno y se lleva a una chica, y no lleva preservativos encima?

«Un hombre que lleva puestas las gafas de sol», pensó Ellie, aunque decidió no mencionarlo.

—Está de viaje. Supongo que no pensaba necesitar ningún método anticonceptivo.

—Eso hace que parezca aún mejor. Es evidente que no fue al club con la esperanza de acostarse con alguien —la expresión de Amy se volvió mohína—. Ojalá lo hubiera visto.

—No nos viste porque salimos por la puerta trasera.

—¿Y por qué hicisteis eso?

—Dijo que había demasiada gente en la parte delantera —ella se encogió de hombros.

—¿Y nadie intentó deteneros?

—Es bastante alto e impresionante, y se mueve con... autoridad. No creo que haya muchas personas que se atrevan a interponerse en su camino.

—Hay tipos a los que pagan por hacer eso. Los llaman gorilas, ¿recuerdas? Uno no puede salir sin más por la puerta trasera de un club.

—No sé qué decir. Hudson habló con un tipo, y el hombretón que vigilaba la puerta trasera nos dejó salir.

—¿Hudson? —Amy sacó su Smartphone—. ¿Hudson qué? Veamos si está en las redes sociales.

—No conozco su apellido.

—¿Y por qué no? —su amiga enarcó las cejas.

—No estábamos preocupados por esas cosas.

—¿No es algo básico?

—Lo es, pero... —casi nada más salir del Envy habían acordado no hablar de sus familias ni trabajos, los dos temas sobre los que la mayoría de las personas charlaban sin parar cuando conocían a alguien. Sin embargo, en retrospectiva, a Ellie le empezó a resultar algo raro.

—Pero ¿qué?

—Él dijo que estaba harto de repetir siempre lo mismo, y a mí ya me conoces, nunca se me ha dado bien hablar por hablar. En nuestro caso, además, no parecía tener ningún sentido. Ya me había dicho que no iba a estar aquí muchos días. Los dos sabíamos que no estábamos empezando nada, que en cuanto él se marchara, lo más seguro era que no volviéramos a vernos. Eso cambia tus expectativas.

—Has dicho que pasasteis dos horas en la playa.

—Así fue.

—¡Pues de algo hablaríais!

—Hablamos de filosofía, política, religión. Incluso de cierto fenómeno misterioso que él había visto en un programa de televisión la semana pasada, y en el que utilizaban satélites para descubrir estructuras extrañas sobre la tierra.

—¿Hablasteis de filosofía, política, religión y ciencia?

—Sí. Ya sabes: cómo se creó el Universo, y el hecho de que Venus fuera planeta hermano de la Tierra y que quizás hubiera habido vida antes de que un efecto invernadero arrollador convirtiera aquello en un horno. Hablamos de si nos dirigimos en la misma dirección.

—Eso solo puedes hacerlo tú —Amy sacudió la cabeza.

—¿Qué quieres decir con eso? Estuvo bien. Estamos de acuerdo en política y religión.

—Le explicaste que crees en la evolución.

—¡Por supuesto! Le dije que las evidencias son abrumadoras.

—Pues eso, que solo tú podrías hacerlo —su amiga rio mientras se apartaba para que la camarera pudiera servirles las ensaladas—. Incluso borracha hablas de temas profundos, arriesgados, o temas de los que casi nadie sabe.

—Pues él sabía bastante —a Ellie le había sorprendido la inteligencia de Hudson. No porque fuera arrogante sobre su propio coeficiente de inteligencia, sino porque no era habitual que un hombre tuviera tantas cosas positivas.

Un mensaje llegó a su móvil. Sus padres estaban sanos y salvos en París, sufrían *Jet lag*, pero la llamarían más tarde. Aliviada al saber que estaban bien, porque con ello su mundo parecía haberse estabilizado tras veinticuatro horas de locura, Ellie estaba a punto de guardar el móvil y atacar la ensalada cuando llegó otro mensaje. De Don:

Hola, me preguntaba si te iría bien que me pasara esta noche a recoger el resto de mis cosas.

Ellie se quedó mirando fijamente el mensaje. Parecía muy impersonal, la clase de mensaje que enviaría un viejo amigo. Cuatro días atrás era el hombre con el que iba a casarse, con el que iba a pasar el resto de su vida. Y de repente iba a recoger sus CD, su jersey, su gato, que se había quedado a vivir en su casa ya que allí solían pasar más tiempo, y unas cuantas sartenes. Su vida había cambiado bruscamente, por completo.

—¿Qué pasa? —preguntó Amy.

Ellie levantó la vista e intentó disimular el ceño fruncido.

—Nada.

—Venga ya. ¿Qué sucede? Hace un segundo estabas feliz.

—Don. Quiere pasar por casa esta noche.

—¿Para qué? —Amy bebió un sorbo de agua.

—Para recoger sus cosas.

—¿Vas a dejarle entrar?

—¿Por qué no?

—Lo último que supe fue que no querías volver a verlo —Amy parpadeó perpleja—. Dijiste que ya era bastante difícil cruzarte con él en el trabajo. Pero dado que no tienes elección en ese aspecto, ¿por qué no metes sus cosas en tu coche y se las llevas al laboratorio?

—Porque no puedo meter al gato en el maletero del coche.

—¿Se lleva a Lulu?

—¿Por qué no iba a hacerlo?

—¡Adoras a ese gato!

—Y él también.

—Eso es cruel.

—Es lo que es. ¿Por qué voy a aplazarlo? Lo mejor será dejarle venir esta noche —Ellie le envió la respuesta:

De acuerdo. Estaré en casa a partir de las siete.

—Supongo que no aparecerá con Leo...

—A lo mejor sí. Dudo que tenga ganas de verme a solas.

—Pues será mejor que no le acompañe —Amy se llenó la boca de ensalada y siguió hablando—. Me sorprende que no hayas destrozado sus cosas, salvo a Lulu, por supuesto. Lulu es un gato fantástico. Deberías quedártelo.

Ellie ni siquiera había considerado destrozar las cosas de Don, o quedarse con su gato. Se había sentido demasiado desconsolada para mostrarse enfadada o vengativa. ¿Sería la siguiente etapa? Había perdido algo importante para ella, y Don seguía importándole, y la ira formaba parte del proceso de duelo. Pero gracias a Hudson, quizás fuera capaz de saltarse ese paso. Lo que había hecho la noche anterior, acudir a la habitación de su hotel, había sido estúpido e impulsivo, y aun así había experimentado emociones y sensaciones que no había sentido con tanta fuerza en su vida. Esas pocas horas en sus brazos le habían enseñado que perder a Don quizás no hubiera sido el fin del mundo.

Jamás sería la señora Donald White. Tampoco volvería a ver a Hudson. Pero eso no significaba que ahí fuera no hubiera nadie más para ella, y quizás fuera aún mejor que la vida que había planeado vivir.

—Lo superaré, de algún modo —aseguró mientras guardaba el móvil en el bolso y agarraba el tenedor.

Capítulo 4

—¿Te ha gustado? –preguntó Teague mientras regresaban de la excursión que había insistido que realizaran por los Everglades.

—Me ha encantado –en un esfuerzo por resultar convincente, Hudson habló con más entusiasmo del habitual.

Su nuevo agente había hecho todo lo posible por hacerle pasar un buen rato. Hudson quería que Teague se sintiera valorado, pero la excursión no le había resultado demasiado interesante. Lo cierto era que nada le había vuelto a interesar desde la marcha de Ellie. Sabía que no era una reacción normal por su parte, pero tenía la sensación de que había perdido algo que debería haber amarrado un poco más. Esa mujer era tan distinta a cualquier otra con la que hubiera salido, a la que hubiera conocido.

Contuvo una sonrisa al recordar el entusiasmo con el que le había disertado sobre la luna. Nunca había conocido a nadie que hubiera contemplado el universo y todo lo que contenía con tanto asombro. Ellie no sabía hablar por hablar. Si el tema no tenía ninguna trascendencia, no le interesaba lo más mínimo, y no parecía haber nada fuera de los límites. Nunca había conocido a una mujer que le hubiera interrogado tan a fondo sobre sus creencias religiosas y políticas, al menos no en una primera cita.

Podría haberle resultado ofensivo, pero no lo había sido, porque Ellie había aceptado sus opiniones, sobre todo las relativas a esos temas, con el respeto y la objetividad de un estudiante, de alguien dispuesto a recibir una nueva información y ver las cosas desde otra perspectiva. Hudson no podía mostrar ninguna objeción a eso, en realidad había disfrutado con la profundidad de su conversación.

Esa mujer era curiosa y condenadamente lista, y al mismo tiempo no sabía nada de cultura popular. Por ejemplo, el hecho de que él fuera un jugador profesional de fútbol americano. Su imagen aparecía en televisión varias veces por semana, sobre todo durante la temporada de fútbol. Su careto también aparecía en casi todos los artículos que se publicaban sobre Los Angeles Devils. De no ser así, se habría sentido culpable por no haberle revelado su identidad. Pero con tanta exposición mediática, había supuesto que había más de una posibilidad de que ella terminara por reconocerlo. La verdad resultaba aparente para casi todo el mundo... menos para ella. No podía entrar en un restaurante sin que alguien lo parara para pedirle un autógrafo.

En realidad quizás sí que debería sentirse un poco mal por mantener la boca cerrada a ese respecto. Ellie no era como la mayoría de las personas. Había reconocido que apenas veía televisión, salvo el canal sobre ciencia, y que no sabía nada de deportes. Ni siquiera se había molestado cuando él se había metido con ella por no estar al tanto de los últimos estrenos de cine, música o moda. Si bien era capaz de darle toda clase de detalles sobre los fósiles humanoides que estaban siendo excavados en Sudáfrica, o explicarle sobre el motivo por el que el sistema inmune de los humanos respondía como lo hacía a determinadas toxinas o bacterias, era incapaz de decirle qué actores o películas habían ganado los últimos Óscars.

–¿Qué quieres hacer esta noche? –preguntó Teague–. ¿Te apetece volver al Envy?

¿Regresaría Ellie al club? Hudson lo dudaba. Le gustaban los bares casi menos que a él, y ni siquiera habría ido de no ser por sus amigas. Le había contado que habían insistido en que fuera porque pensaban que le ayudaría a olvidar el compromiso anulado.

Además, si quería verlo, sabía dónde se alojaba. Lo cierto era que esperaba que fuera a buscarlo.

–No.

–¿Por qué no, tío?

–Necesito descansar para el partido de mañana.

–Entendido. Seguramente será lo mejor. Esperemos que no sea verdad lo que dicen...

La obscena sonrisa de Teague por fin llamó la atención de Hudson.

–¿Lo que dicen de qué?

–De que las mujeres aflojan las piernas –su agente soltó una carcajada.

–Aunque perdamos, lo de anoche habrá merecido la pena –murmuró él.

–¡Vaya! Nunca pensé que oiría algo así salir de tu boca. Ganar te importa más que a cualquier deportista que conozco.

–A todo el mundo le importa ganar.

–Quizás deberías haberle pedido su número de teléfono.

–Quizás –una pena que ella no le hubiese dado la oportunidad de hacerlo.

Hudson no se ocultaba por una cuestión de ego. Simplemente no le apetecía seguir el juego. Estaba harto de esforzarse por ser sociable y se moría de ganas de retirarse al hotel.

–El año que viene te toca renovar el contrato, de modo que asegúrate mañana de patearle bien el trasero a alguno de los Dolphin. ¿Entendido, amigo?

Hudson no quería que le recordaran las inminentes negociaciones sobre su contrato, no quería empezar a obsesionarse con ello. Una cosa era jugar al fútbol concentrado, con un propósito, y otra jugar con miedo. Quizás fuera supersticioso, pero estaba convencido de que jugar asustado haría que acabara lesionándose, y si se lesionaba ya no valdría una mierda... para nadie. El fútbol le había concedido una vida, y sabía muy bien donde estaría sin él.

–De acuerdo, lo haré.

Cuando Teague se acercó a la puerta del hotel, Hudson señaló hacia la zona de aparcamiento.

–Déjame ahí mismo.

–No son más que las siete –Teague consultó la hora en su carísimo reloj–. ¿No quieres que entre contigo? El restaurante es muy bueno. Podríamos comer algo antes de que te retires.

–No, gracias. Pediré algo al servicio de habitaciones –un buen baño en la bañera de chorros le ayudaría a calmar el cuerpo y la mente.

Cuanto más tiempo permanecía en la liga, más machacado estaba. El truco estaba en no permitir que los dolores le impidieran dar lo mejor de sí mismo en cada partido.

–De acuerdo. Haré que te suban una botella de vino.

–No te molestes. Esta noche tampoco voy a beber. Pero te lo agradezco.

Mientras Hudson se bajaba del coche, Teague se asomó por la ventanilla.

—¿Va todo bien?

—Sí —contestó él con una mano apoyada sobre el capó del coche—. Todo va bien. Gracias por llevarme de paseo. Te veré mañana después del partido.

—Oye, espera un segundo. Pareces... no sé, como distante.

—Deja de preocuparte —Hudson cerró la puerta del coche.

Le había asegurado a Teague que estaba bien, y lo estaba. Cierto que se sentía un poco solo, pero también podía sentirse así rodeado de una multitud. Nunca había sido como los demás, nunca había disfrutado de los estrechos lazos que proporcionaban los padres y los hermanos.

Su equipo era su familia. Solo que, al final, todos regresaban con sus familias verdaderas.

Quizás había sido un error llevarse a Ellie al hotel. Estar con ella había calmado ese profundo dolor y, desde su marcha, sentía el aislamiento con más agudeza que nunca.

Don, por supuesto, apareció con Leo. Ellie lo veía desde la ventana. Estaba sentado en el asiento delantero del Chevy Volt de su exnovio cuando Don detuvo el coche frente a su casa, exactamente a las siete.

—Puntual como siempre —a ella le gustaba que nunca llegara tarde, pero eso era prácticamente lo único que le seguía gustando de él.

Había esperado que, al menos, tuviera el detalle de ir solo. Ver allí a Leo, verlos juntos, le hacía sentir como si se estuvieran burlando de ella. «¿En serio creías que te amaba?».

Don no se dirigió de inmediato hacia la casa. Permaneció sentado en el coche, hablando con Leo, como si no tuviera muchas ganas de verle la cara.

—Puedes hacerlo —susurró ella, en un intento de animarse a sí misma, al verlo bajar del coche.

Se agachó para tomar a Lulu en brazos. El gato acababa de terminarse la cena. La ruptura ya había sido bastante difícil. Perder a Lulu no hacía más que empeorarlo todo. Ellie había adoptado a la mascota de Don como suya. Pero él jamás se separaría de Lulu. No solo era un británico de pelo corto, una de las razas más caras del mundo, sino también un regalo de Navidad que su madre le había hecho hacía dos años. Ellie no tenía ningún derecho a quedárselo, ni siquiera se lo iba a pedir. Al menos Don no había aportado ningún hijo a la relación. Si se sentía así de mal por perder a un animal, ni se imaginaba cómo estaría si tuviera de despedirse de un niño.

Advirtiéndose a sí misma que no debería permitir que el encuentro derivara en una discusión, ¿qué sentido tenía ya discutir llegados a ese punto?, hizo acopio de toda la dignidad que pudo y abrió la puerta.

—Hola.

Don llevaba una camisa, pantalones cortos y sandalias. Siempre había vestido de manera impecable, siempre limpio, siempre elegante. A pesar de que era Amy quien solía cortarle el pelo, dos días atrás se había hecho teñir de negro por otra peluquera. A Ellie le pareció que le quedaba un poco ridículo, dado el tono pálido, casi traslúcido, de su piel, y todas esas pecas.

A lo mejor a Leo le gustaba así.

Deseó poder saludar a Don con indiferencia, deseó poder actuar como si no le hubiese destrozado el corazón, pero el nudo que se le formó en la garganta le impedía hablar. Tantos ejercicios mentales y preparación para el momento, para eso. «El tiempo cura todas las heridas.

Esto también pasará. Todo sucede por algún motivo. Si estuviésemos hechos el uno para el otro, seguiríamos juntos». Pero Ellie era incapaz de contemplar la ruptura con perspectiva. Era demasiado pronto.

Haciendo todo lo posible por imitar una sonrisa amable, dado que era incapaz de dibujar una sincera, le entregó al gato.

–Gracias por cuidar de Lulu. Has sido muy buena con ella.

Ellie también había sido buena con Don. Lo había amado. Había confiado en él. Había planeado pasar el resto de su vida con él. El olor de su colonia le despertó recuerdos de los dos acurrucados en el sofá viendo una película, abrazándolo antes de que se marchara, revoloteando a su alrededor en el trabajo para respirar su aroma.

Temiendo que se diera cuenta de que estaba esforzándose por no llorar, Ellie se agachó para recoger la caja con sus cosas, que había dejado junto a la puerta. Incluía el plato de Lulu y sus juguetes. También un saco de arena que había comprado para que el gato tuviera todo lo necesario en las dos casas.

–Déjamelo a mí –se apresuró Don–. Un segundo, primero me llevo a Lulu.

Normalmente, ella lo habría seguido hasta el coche para que no tuviera que regresar a la casa. Pero se negaba a acercarse a Leo, que el jueves anterior le había confesado a Mary Jane Deets, una científica del centro, lo desagradable que le había resultado a Don tener que acostarse con ella. Lo difícil que había sido para los dos hombres llevar a cabo la pantomima de la amistad, cuando era ella la que se acostaba con Don casi todas las noches.

Ellie hubiera preferido que Mary Jane no hubiera relatado esa conversación. Lo último que le apetecía oír era que hacer el amor con ella había resultado una tarea desagradable. El sexo requería mucha confianza... Ella no exponía fácilmente su cuerpo, ni su ser más íntimo y sensible, y por eso lo que había hecho la noche anterior había resultado tan devastador. Si había sido capaz de dejarse ir era porque no conocía a Hudson y no iba a volver a verlo jamás.

El recuerdo de sus manos sobre su cuerpo le ayudó a recomponerse. Tenía su propio pequeño y sucio secreto. Y no iba a ser tan torpe como para confesarle a nadie del laboratorio lo que había hecho, de manera que Don jamás lo sabría. Pero había disfrutado haciendo el amor con Hudson mucho más de lo que había disfrutado nunca con él. ¿Y qué si Don había abandonado su cama para irse a la de Leo? ¿Y qué si se habían burlado de ella o hablado de lo asqueroso que le había resultado tener que tocarla?

Por suerte, para cuando él regresó, había conseguido deshacerse de ese nudo en la garganta.

—Gracias por recoger todas mis cosas —le dijo él.

—No hay de qué —respondió ella. ¿Qué otra cosa podía hacer? Desde luego no estaba dispuesta a dejarle entrar de nuevo en su casa.

Don parecía querer añadir algo más, pero sin saber cómo. Al final tomó la caja y bajó del pequeño porche.

Agradecida de haberse librado con tan poca interacción, Ellie se dispuso a cerrar la puerta, pero se detuvo al oír su nombre.

—Leo y yo queremos que sepas que nos sentimos fatal por cómo... ya sabes... se vino abajo todo —le aseguró Don.

En primer lugar, se trataba de un chiste muy malo. En segundo lugar, ella no se tragaba lo de que se sentían fatal. Los dos tenían sus propias casas y, sin embargo, los había pillado en la suya, en su cama, simplemente porque estaba más cerca del trabajo, porque resultaba más conveniente. Eso demostraba que no tenían ningún respeto ni consideración hacia ella. Y en esos momentos parecían aliviados, incluso contentos de que ella les hubiera dado el empujón definitivo para salir del armario. Para ser ellos mismos.

Todo el mundo tenía ese derecho. Ella no tenía ningún problema con las relaciones entre personas del mismo sexo, lo que le molestaba era que la hubieran utilizado. Se sentía engañada, timada.

–De acuerdo –contestó–. Buena suerte para los dos.

–Lo he dicho en serio –insistió Don–. Eres una buena persona. Lo sé.

Por supuesto que lo sabía. Por eso se había sentido tan cómodo aprovechándose de ella. Don era consciente de que, en cuanto a relaciones amorosas, ella no tenía tanta experiencia como la mayoría de mujeres de su edad. Se había aprovechado de esa inocencia y, de algún modo, ella no se había dado cuenta.

–Gracias.

Don parecía sorprendido de no conseguir provocarla para iniciar una discusión. Había tantas cosas que le gustaría decir, y que tenía derecho a decir, pero ponerse a gritar no cambiaría nada. No iba a proporcionarle encima una ocasión para excusar sus acciones, tildarla de zorra.

–Debería haberte contado que me sentía confuso –insistió él.

A pesar de su intento de no picar, Ellie no pudo pasarle eso por alto.

–Tú no estabas confundido. Lo que te pasaba era que no querías que tu familia descubriera que estabas enamorado de Leo.

–Estaba confuso en cuanto a cómo manejarlo –le aclaró–. Tú no entiendes la presión a la que he estado sometido para ser alguien que no soy. Al menos intenta comprender que los dos hemos sido víctimas.

Quizás en eso tuviera razón. Por agradable que fuera su familia en muchos aspectos, no tenían derecho a hacerle sentirse inferior por culpa de sus preferencias sexuales. Pero ella no había empezado a ser una víctima hasta que él le había dicho que la amaba y le había pedido que fuera su esposa. La situación se podría haber saldado con una víctima menos si él hubiera sido sincero con ella.

—Me dijiste más de una vez que querías una familia.

—¡Y es verdad! —él pareció sobresaltarse ante el cambio de tema.

—¿Por eso lo hiciste? —preguntó Ellie—. ¿Estabas esperando a que yo pariera un par de críos antes de revelar la verdad?

—¡No! —Don juntó las cejas, teñidas del mismo color que su pelo—. ¿Cómo se te ocurre pensar eso?

—Quizás por las otras mentiras que me has contado.

Lo cierto era que, si bien un plan como ese sería censurable y totalmente injusto para ella, saldría mucho más barato que tener que pagar por un vientre de alquiler...

—Sabía lo mucho que ibas a gustarles a mis padres —le explicó él.

—Tus padres —repitió ella. ¿No sería ese el momento perfecto para sugerir que ella le importaba también a él, al menos un poquito?

—A toda mi familia —le aclaró.

El nudo regresó a la garganta de Ellie. Parte de sus ganas de llorar se debía al dolor, pero había más. A pesar de sus defectos, Ellie adoraba a los padres de Don, les había hecho un hueco en su corazón.

—Los echaré de menos —admitió.

—Esa es la cuestión. No hace falta que los eches de menos. Espero que podamos seguir siendo amigos.

—No creo que pueda hacerlo, Don —ella sacudió la cabeza—. Al menos no en un tiempo.

—Pues entonces tómate un par de semanas. Pero puedes seguir formando parte de mi vida, de la vida de mi familia. Para serte sincero, creo que les ayudaría a aceptar a Leo si no tuvieran que renunciar a ti. El día veintiuno mi madre celebra una gran fiesta de cumpleaños. ¿Por qué no asistes, como harías normalmente? Podríamos ir los tres juntos y les explicas que comprendes la presión a la que estaba sometido y que entiendes lo mucho que he sufrido, y...?

—¿Quieres que yo te allane el terreno con tus padres? —interrumpió ella, perpleja—. ¿Quieres que les ayude a aceptar a Leo?

Don no tuvo ocasión de responder antes de que Ellie pusiera los ojos en blanco, asqueada.

—Esto es increíble —exclamó mientras cerraba la puerta.

—Eh, tío, no te tortures. Ya les ganaremos la próxima vez.

Hudson apenas consiguió evitar gruñir mientras su guardia izquierdo apoyaba una mano, grande como un jamón, en su hombro antes de abandonar el vestuario.

Will Hart, Bruiser, era un buen tipo y enseguida se había convertido en el mejor amigo de Hudson desde que se hubiera unido al club la primavera anterior. Pero Hudson no estaba de humor para escuchar gilipolleces destinadas a hacerle sentirse mejor. Acababa de jugar el peor partido de su vida, había permitido dos intercepciones y fallado en la línea roja, donde debería haber convertido. Aunque había tenido unos cuantos detalles de brillantez, uno cuando había anotado desde treinta seis yardas, poniendo a los Devils brevemente por delante, la última intercepción había sellado su destino. Podrían haber ganado por catorce puntos, y lo habrían hecho si su *quarterback* no la hubiera cagado a base de bien.

Un golpe metálico sonó en el vestuario, ya vacío, cuando dejó caer la cabeza hacia atrás contra las taquillas. ¿Por qué no se había dejado derribar? Si no hubiese intentado alargar la jugada, hacer algo sin posibilidades, a lo mejor habrían ganado. Nunca debería haber arrojado ese último balón. Debería haberse dejado caer y confiar en su defensa durante los dos últimos minutos, como muy acertadamente le había señalado la comentarista de ESPN al entrevistarlo.

Ya se imaginaba lo que dirían los expertos durante la semana siguiente. Se preguntarían si no había resultado lesionado durante el primer ataque de los Dolphins, cuando recibió un enorme golpe del liniero, Hap Palmer. Se preguntarían si, tras diez años jugando, no estaría perdiendo sus facultades. Si se había convertido en un obstáculo para su equipo.

Se quitó la camiseta empapada de sudor de los Devils, la que llevaba debajo de los protectores, y se quitó también los pantalones para contemplar el moratón que empezaba a formarse en su cadera. Había recibido un golpe realmente fuerte, pero no podía culpar a ese golpe por su mala actuación. Durante el partido había vertido tanta adrenalina al torrente sanguíneo que apenas había sentido dolor.

Lamentablemente ya no era así. La cadera parecía estar ardiendo.

—Mierda —murmuró mientras se inclinaba hacia delante y agachaba la cabeza.

No solo estaba disgustado por su actuación, también estaba preocupado. Al no poder contactar con Aaron antes del partido, había llamado a Aiyana Turner, la mujer encargada del rancho para chicos de Silver Springs. Y ella le había comunicado que Aaron no estaba bien, que no toleraba ningún alimento y estaba de nuevo ingresado en el hospital. Por la voz se le notaba que estaba asustada, y eso le había asustado a él también.

¿Habrían empeorado las noticias?

Tenía miedo de averiguarlo, pero sacó el móvil de la bolsa de deportes y la llamó.

–Hola, ¿cómo está?

–Mejor.

El dolor de la cadera pareció disminuir ligeramente.

–¿En serio? –Hudson suspiró aliviado.

–Le van a poner una vía para alimentarlo.

Aaron, al igual que el propio Hudson carecía de padres, al menos de padres en quien pudiera confiar. El chico tenía una madre en un centro de rehabilitación en alguna parte. Aiyana hacía todo lo que podía por cuidar de él, del mismo modo que había intentado cuidar de él mismo cuando había estado en New Horizons. Sin embargo, con casi trescientos estudiantes, muchos con trágicos antecedentes, y ocho chicos a los que había adoptado oficialmente a lo largo de los años, una persona sola no podía hacer gran cosa. Y por eso hacía tres meses, Hudson había terminado por comprarse una casa en el límite de Silver Springs, aunque ya tenía una residencia en Los Ángeles, y cuando acababa la temporada se ocupaba allí de los muchachos con mayores necesidades.

–Apuesto a que le encanta tener otra aguja clavada en el brazo –observó él. El pobre crío había soportado mucho...

–De momento he conseguido convencerle para que no se la arranque –contestó ella.

–Con lo testarudo que es, no debe haberte resultado fácil.

—No, pero ya hablaremos después. Está aquí sentado y quiere que le pase el teléfono.

—¿Estás en el hospital?

—Sí. Antes tenía algunas cosas que hacer, pero volví hacia las tres.

—De acuerdo, pásamelo.

—¿En serio, tío? —Aaron ni se molestó en saludar—. ¿Dos intercepciones? ¿Qué ha pasado?

El alivio que le produjo a Hudson la irritación en la voz de Aaron, irritación que no sentiría si se encontrara muy mal, le hizo ver la pérdida del partido, y su mala actuación, de otra manera. A lo mejor el chico estaba mejorando de verdad.

—Tuve un mal día, tío.

—Eso ya lo he visto. Supongo que eres consciente de que me debes veinte pavos.

—¿De verdad? —Hudson se irguió—. ¿Por qué?

—Aposté contra un amigo a que los Devils iban a ganar, ¡joder!

—Cuida ese lenguaje —aunque unas cuantas palabrotas no le molestaban, era el mentor de ese muchacho.

Sin embargo, no consiguió impregnar a su voz de mucha seriedad.

—¿Joder? ¿Te parece una palabrota? —preguntó Aaron.

Quizás estuviera siendo un poco ridículo, pero tenía que dar un buen ejemplo.

—Es una palabrota. Y Aiyana está ahí al lado.

—A ella no le importa.

—Sí que le importa. Muéstrale un poco de respeto. Y, además, no deberías apostar en los partidos.

—¿Por qué no? —quiso saber el chico.

—¡Porque no eres lo bastante mayor para poder apostar!

—¡Pero puede que no viva para cumplir los diecisiete!

Las palabras colocaron de nuevo a Hudson en la realidad, y le ayudaron a comprobar sus emociones. Aaron sonaba mejor, pero ¿cómo sonaría al día siguiente?

–No digas eso, te vas a poner bien.

–Hay muchas posibilidades de que no me ponga bien. Tienes que estar preparado.

–No pienso escucharte.

–Solo porque no quieras enfrentarte a ello no significa que no esté ahí. A veces creo que tienes más miedo a la muerte que yo.

Hudson no le tenía miedo a su propia muerte, pero sí a la de Aaron. Más que miedo, estaba aterrorizado.

–Tú no irás a ninguna parte.

–Si tú lo dices. En cualquier caso, a propósito de los veinte pavos…

–Olvídalo. No pienso pagar eso.

–¿Por qué no? Estás forrado.

Hudson no pudo evitar sonreír.

–Apostar a menudo es sinónimo de perder. Tienes que experimentarlo para que así te lo pienses mejor la siguiente vez.

–No habría sabido lo que es perder si hoy hubieses jugado como sueles hacer. Sigo sin entender cómo se te pudo escapar el partido de las manos. ¿En qué estabas pensando al arrojar el último pase, tío? ¿Qué intentabas conseguir si te estabas cayendo de espaldas?

Intentaba recuperar el control de… algo, lo intentaba desesperadamente, comprendió en retrospectiva, porque no podía controlar lo que le estaba sucediendo a Aaron. Ni siquiera había podido estar a su lado cuando el chico había necesitado ir al hospital.

–Todos podemos tener un mal día.

–Ya, bueno, pues avísame la próxima vez que pierdas la sincronía para que pueda apostar a favor del equipo contrario, ¿de acuerdo?

Hudson se prometió a sí mismo que no volvería a mostrarse autodestructivo en un partido, sobre todo si lo estaba viendo Aaron. El chico necesitaba motivos para sonreír. Y en lugar de ofrecérselos, le había entrado el pánico y había permitido que el miedo socavara su concentración.

—Nunca recibirás una llamada así de mí porque no volverá a suceder.

—Eso espero. ¿Cuándo vuelves a casa?

—El vuelo del equipo sale a las once y cuarto de la noche —viajaban en un vuelo chárter de una de las principales compañías aéreas, en un Boeing 757 adaptado con la mitad de los asientos de lo normal. Incluso disponía de dieciocho camas adaptadas para los típicos enormes cuerpos de los jugadores de fútbol. También disponía de masajista, pantalla gigante para jugar y un bufé de comida servido por un restaurante local.

Pero dado que habían perdido, los ánimos a bordo no serían muy buenos. Hudson no esperaba con ansia las cinco horas encerrado en un avión con sus compañeros de equipo, sobre todo porque era él el culpable de haber perdido.

—Oye, ¿has terminado ya de ducharte? El autobús espera.

Bruiser había regresado, con sus más de dos metros y casi ciento sesenta y ocho kilos. No había nadie más que se atreviera a meterle prisa a Hudson. El hecho de que hubiera concedido sus entrevistas antes de quitarse el uniforme dejaba claro que no estaba de humor para que lo molestaran.

—Estoy en diez minutos —respondió.

Bruiser parecía dispuesto a quedarse hasta que Hudson cumpliera su palabra y se dirigiera a la ducha, pero no lo hizo. Tras mirarlo con escepticismo, se marchó.

—¿Te veré mañana? —preguntó Aaron, aún al teléfono.
—Sí —Hudson volvió a la conversación—. Me pasaré por el hospital.
—No será necesario. Van a darme el alta.
—¿Cuándo?
—Esta noche. Eso ha dicho el médico. Estaré bien, Hudson. Al menos por ahora. Deja de preocuparte como una nena. No ha sido más que una mala reacción al medicamento.

Riéndose ante el comentario sobre la «nena», e ignorando el «por ahora», Hudson al fin se puso en pie y se quitó la camiseta.

—Entonces iré a verte a New Horizons.
—¿Estás dispuesto a conducir tanto?

La ciudad de Silver Springs estaba a una distancia de entre noventa minutos y dos horas al noroeste de Los Ángeles, pero en cuanto dejara atrás el tráfico de la ciudad, el trayecto no sería tan penoso. Hudson lo hacía a menudo. Ojai, donde estaba el hospital, tampoco estaba mucho más lejos por si, por algún motivo, a Aaron no le daban el alta tal y como estaba previsto.

—Por supuesto que lo estoy.
—Quizás deberías quedarte en la ciudad y descansar. Recibiste un buen golpe al comienzo del partido. Me fijé en lo despacio que te levantaste. Y no vas a disponer de mucho tiempo para recuperarte. El próximo fin de semana jugáis contra los 49ers.

Por suerte ese partido se celebraba en casa. Lo peor del trabajo de Hudson eran los viajes durante la temporada.

—Estaré bien —insistió, convencido de que sería así mientras Aaron también lo estuviera.

Tras despedirse, colgó el teléfono y se apresuró a ducharse.

Cuando al fin subió al autobús, a Hudson le sorprendió un poco ver a tantos compañeros de equipo intentando animarlo. Tras regresar de la rueda de prensa, le habían dejado su espacio, duchándose en silencio, vistiéndose y abandonando el vestuario, dejándole a solas para asimilar la frustración y la decepción. Pero en esos momentos le ofrecían su apoyo.

–Cualquiera puede hacer un mal partido... Cuando se pierde no es solo por uno de los jugadores... Esto es una labor de equipo... Recuperaremos el ritmo... No han sido más que cuatro tiempos. Todavía queda mucha temporada por delante... No te preocupes por lo de hoy, tío. La próxima vez, ¿de acuerdo?

Ante cada palabra de ánimo, Hudson asentía, y se prometía a sí mismo que no volvería a decepcionarlos.

Capítulo 5

Los siguientes siete días fueron todo lo complicados que había temido Ellie que serían. Al principio, Don se había mostrado lo bastante arrepentido como para sonreírle o hablarle como un amigo cada vez que se cruzaban en los pasillos del laboratorio, pero pronto se empezó a mostrar resentido porque ella no estaba haciendo más para ayudar a su familia en la adaptación al nuevo estilo de vida de su hijo. Al parecer seguían teniendo problemas con su orientación sexual, o no les gustaba Leo, o algo así. Ellie no pretendía sublevarse, pero no consideraba su deber implicarse. Ya tenía problemas de sobra, como esforzarse por superar el abandono y habituarse a un futuro totalmente distinto del que había planeado.

Por desgracia, Don y Leo no lo veían del mismo modo. Cada vez que se encontraban le lanzaban miradas hurañas y cargadas de decepción, y se encontraban muy a menudo porque todos los empleados participaban de las reuniones para analizar progresos, establecer prioridades y valorar los méritos de proyectos externos. La tensión en la sala era palpable, y el resto de los colegas solían removerse nerviosos o, peor aún, comenzar a cuchichear. Ellie siempre tenía la sensación de que hablaban de ella, porque seguramente era así. «Pobre doctora Fisher. ¿Te imaginas lo que debe ser encontrar a tu novio en la cama con otro hombre?».

Para empeorarlo todo, con sus padres tan lejos, no tenía nada que hacer durante las tardes. Estaba acostumbrada a pasar casi todo su tiempo libre con Don, la familia de Don, o su gato (cada vez que él pasaba una tarde «de chicos», con Leo), y de repente todas esas personas habían desaparecido de su vida, incluyendo la mascota. Aunque Amy la invitaba a ir a algún club casi todos los fines de semana, hasta el momento no se había animado a hacerlo. Había disfrutado de la velada en el Envy, seguramente demasiado, pero no buscaba repetir. No era la clase de persona que hacía esas cosas, y no quería colocarse en una situación de vulnerabilidad hacia lo que podría salir mal si algo parecido volviera a sucederle. Sabía que era poco probable que pudiera disfrutar de otro final de cuento de hadas.

Así pues, intentó ignorar el vacío en su vida sumergiéndose en su sueño de descubrir un método seguro y eficaz para proteger las células islote, productoras de insulina, trasplantadas, para que nadie tuviera que sufrir lo que había padecido su tía. Sin una potente medicación inmunosupresora, el sistema inmune contemplaba esas células como extrañas y las destruía. Encontrar el modo de sortearlo era importante llegado el caso de que los trasplantes se convirtieran en una solución rutinaria para los diabéticos.

Se convenció a sí misma de que no le importaba pasar cada vez más horas en el laboratorio. El desafío no solo la mantenía concentrada, sino que le daba un propósito.

Pero una tarde de sábado de finales de octubre, se topó con un muro. Demasiado agotada para continuar, se obligó a sí misma a dejarlo a las seis de la tarde. Tenía pensado prepararse un sándwich de queso a la plancha, acompañado de unas galletas de pepitas de chocolate mientras se veía la primera temporada de *Outlander*. Diane DeVry, directora de la unidad recaudadora de fondos para el laboratorio, le había prestado las dos primeras temporadas. Y si *Outlander* no la «conquistaba», tal y como le había asegurado Diane que haría, había unas cuantas revistas médicas que tenía intención de leer.

Feliz con sus planes, estuvo a punto de no contestar al teléfono cuando Amy llamó mientras conducía de vuelta a su casa. Temía que su amiga intentara convencerla de nuevo para que fuera a algún club, y no le interesaba.

Dejó que sonara cuatro veces antes de hundir la mano y revolver en el bolso para contestar a la llamada. Sería una estupidez enfadar a Amy, la única amiga que le quedaba, aparte de sus colegas del laboratorio, casi todos los cuales tenían familias junto a las que regresaban por las noches, o bien trabajaban las mismas horas que ella, o se habían puesto de parte de Don.

Contestó mientras metía el coche por el camino de entrada hacia su casa de alquiler.

–¿Qué planes tienes para esta noche? –preguntó Amy.

A Ellie le parecía un detalle por parte de su amiga seguir intentando animarla. Ella seguramente ya se habría rendido, de estar en el lugar de Amy. Pero Amy, gracias a Dios, era mucho más insistente que ella. Aunque no la viera muy a menudo, recibir noticias suyas le resultaba reconfortante.

–No creo que lo apruebes.

–Sigues en el trabajo.

–No es tan malo como eso –Ellie pulsó el botón que abría la puerta del garaje–. Acabo de llegar a casa.

–Estupendo. Por lo menos no podrás decirme que estás demasiado ocupada salvando el mundo como para salir esta noche.

—No me apetece ir a ningún club, Amy.

—Había pensado en ir al cine.

—¿Te perderías Halloween por ir al cine?

—Celebraré Halloween mañana por la noche, ya que cae en domingo. Es un año un poco raro.

—¿Y qué te parece una maratón de *Outlander* en mi casa?

—¿Tienes *Outlander*?

—Alguien del trabajo me la prestó y me aseguró que me gustaría.

—He visto unos cuantos episodios, y tenía la intención de ver el resto. Es imposible no enamorarte del actor que hace de James Fraser.

—Eso parece bastante inocuo. Un personaje de ficción no puede romperme el corazón, ¿verdad? ¿Por qué no te pasas?

—¿Tienes algo para comer? —preguntó Amy tras un prolongado silencio.

—En unos minutos habrá galletas caseras de pepitas de chocolate.

—Acepto.

Ellie soltó una carcajada. Si Amy se reunía con ella, no podría ponerse a estudiar, pero no pasaba nada. Necesitaba al menos intentar dejar de reducir su mundo al trabajo.

—Estupendo. ¿A qué hora llegarás?

—Dame una hora.

—Hasta luego.

Ellie apagó el motor del coche, bajó la puerta del garaje y se desabrochó el cinturón. Antes de entrar en su casa debía recoger todo lo que se había salido del bolso al intentar contestar la llamada.

Recogió las bonitas tarjetas de visita que sus padres le habían regalado cuando había empezado a trabajar en el centro, las llaves del laboratorio, un brillo labial, un preservativo que le había sobrado de la noche del Envy, y que no sabía por qué conservaba, y un par de tampones.

Tras echar un rápido vistazo entre el asiento y el salpicadero para asegurarse de que no quedaba nada más por recoger, estaba a punto de bajarse del coche cuando el sentido de esos tampones quedó registrado en su mente. Hacía ya un tiempo que no había utilizado ningún producto de higiene femenina. ¿No le tocaba ya la regla?

Sin salir del coche contó hacia atrás. Había tenido su última regla antes de que Don hubiese cortado con ella. ¿Era posible?

¡No! O quizás...

Su corazón empezó a latir con fuerza. Sí podía ser. Se le había retrasado, y no solo unos cuantos días. Había terminado de estar con la regla más o menos cuando había pillado a Don con Leo. A lo mejor se habría dado cuenta del tiempo que había pasado si no hubiese estado tan obsesionada con intentar ajustarse a los radicales cambios en su vida.

Pero ¿qué significaba ese retraso? Tampoco era algo inhabitual, ¿no? El retraso podía deberse a muchos factores, uno de ellos el estrés. El estrés podía provocar un terremoto en el organismo.

Salvo que... a ella nunca le había sucedido. No hasta el punto de saltarse la regla. Siempre había sido regular, tanto que nunca le había prestado mucha atención a sus ciclos. Esa parte de su vida funcionaba de manera automática. No sufría calambres ni dolores de cabeza, ni nada que hiciera que la menstruación fuera algo más que una pequeña molestia.

Pero ¡siete semanas! Eso era un retraso significativo, que señalaba hacia algún otro problema.

—¡Oh, Dios! —exclamó mientras empezaba a sudar ante la posibilidad de un embarazo.

Abrió un calendario en el Smartphone. Había descubierto a Don con Leo el siete de septiembre. La cita para la peluquería que había tenido ese mismo día confirmaba la fecha. Al salir de la peluquería, en lugar de dirigirse directamente al laboratorio, había pasado por su casa para poner un redondo de carne y unas verduras en la olla de cocción lenta. Le había parecido que sería una bonita sorpresa para Don: una comida caliente recién hecha al volver del trabajo. Pero al llegar a su casa había visto el coche de Leo. De haber sido el de Don habría entrado por la puerta gritando su nombre. Encontrarlo allí no era normal, dado que se le suponía en el trabajo, pero no tanto como ver el coche de Leo. De modo que, mientras se preguntaba qué estaría pasando, había entrado sin hacer ruido. Una desagradable inquietud que se había instalado en la boca de su estómago le sugería que estaba a punto de descubrir algo que no le iba a gustar, y había acertado. Tan solo unos segundos después de entrar había oído gemidos... provenientes de su dormitorio.

Hizo un gesto de aprensión al recordar cómo había caminado sigilosamente por el pasillo. Aunque no le apetecía rememorar lo que había visto al abrir la puerta del dormitorio, el incidente había sido tan impactante que era imposible borrarlo de su memoria, o equivocarse con la fecha.

Pero ¿estaba segura de no haber vuelto a tener la regla desde entonces?

Segurísima. Había dejado de tomar la píldora dos meses antes porque había empezado a sufrir náuseas y dolores de cabeza, y su médico le había recomendado dejar de tomarlas, al menos durante un tiempo. Don y ella habían utilizado preservativos desde entonces. Pero no habían estado íntimamente juntos desde hacía al menos dos semanas antes de encontrárselo con Leo. Don y ella habían estado demasiado concentrados en sus respectivos proyectos en el trabajo.

Y el único hombre con el que se había acostado después de aquello era... Hudson.

El teléfono volvió a sonar, pero Ellie ni siquiera era capaz de alargar una mano hacia el bolso. Permaneció sentada en el coche, petrificada de terror, apenas respirando mientras contemplaba sin ver la pared del garaje. Después de todo lo que había pasado, no podía estar además embarazada. No sería justo. Solo se había acostado con tres hombres en toda su vida, y casi tenía treinta años. Había disfrutado de ese revolcón de una noche. Y además había tomado precauciones. Todas las veces que lo habían hecho, Hudson se había puesto uno de los preservativos que Leslie le había dado.

Con una mano temblorosa, Ellie tomó el móvil para hacer una consulta en internet: «¿Cómo de fiables son los preservativos?». Mientras aguardaba la respuesta de Google se mordisqueó el labio. Al fin aparecieron varios enlaces. Una de las páginas web aseguraba que los preservativos masculinos tenían una fiabilidad de entre el 82 y el 98 por ciento. Otra lo situaba en un 85 por ciento.

–Ochenta y cinco –murmuró ella, aterrada. Ochenta y cinco significaba que seguía existiendo un riesgo significativo de embarazo. ¿Por qué la gente no hablaba más de los fallos? ¿Por qué todo el mundo actuaba como si bastara con el preservativo?

El teléfono volvió a sonar en su mano, sobresaltándola en su estado ya de por sí alterado. Amy. La llamada que no había contestado también era suya. Sin duda su amiga no entendería por qué no contestaba, puesto que acababan de hablar.

Ellie cerró los ojos y se apoyó contra el reposacabezas antes de contestar.

—¿Hola? —contestó, pero con una voz tan suave, tan ahogada que no estuvo segura de que su amiga la hubiese oído.

—¿Hola? —sonó la voz de Amy tras una pausa, y mucho más estridente—. ¿Ellie? ¿Estás ahí?

—Sí, estoy aquí —contestó ella mientras se sujetaba el estómago con una mano.

—Iba a preguntarte si querías que comprara algo de comida para llevar de camino. Pero... suenas rara. ¿Sucede algo?

Ellie consideró la posibilidad de mentir. Quería mentir, y también a sí misma. Pero ¿de qué serviría esconderse de la verdad? Era demasiado práctica. Si estaba embarazada, la barriga abultada pronto resultaría evidente para todos.

—Sí.

—¿Has dicho «sí»? —preguntó Amy con voz chillona.

—Me, me temo que voy a vomitar.

—¿Por qué? ¿Qué sucede? ¿Tienes la gripe?

—No, no es eso.

—Entonces, ¿qué es? ¡Me estás asustando!

—¿Podrías comprar un test de embarazo de camino?

—¿Un qué?

Ellie era incapaz de repetir el encargo. Empezaba a hiperventilar y necesitaba centrarse en calmar su respiración. «Eso es. Tranquilízate. Inspira, espira. Todo saldrá bien... de algún modo».

Por suerte, Amy lo pilló a pesar de la falta de aclaraciones por parte de su amiga.

—¡Joder! ¿Has dicho lo que creo que has dicho?

—Sí, lo he dicho. ¿Puedes traerme uno?

—Por supuesto. Ya estoy de camino.

Capítulo 6

Durante la temporada de fútbol, Hudson siempre estaba ocupado. Tomaba dos vuelos por semana, unos más largos que otros, dependiendo del calendario de competiciones, entrenamientos habituales, reuniones con los entrenadores y manager, revisiones médicas periódicas y fisioterapia para mantener su cuerpo en forma y poder aguantar toda la temporada. También hacía una entrevista tras otra con los periodistas deportivos, sesiones de fotos para las distintas causas que apoyaba, incluso un anuncio para una nueva bebida energética, y numerosas apariciones en galas benéficas. Dedicaba horas a ver partidos grabados para prepararse para el siguiente contrincante. Y eso no le dejaba mucho tiempo libre, pero siempre que podía regresaba a Silver Springs, aunque solo dispusiera de una noche y un día.

Por suerte los médicos habían ajustado la medicación de Aaron. Los nuevos fármacos no le sentaban tan mal y parecía encontrarse bien. Cuanto mejor estaba Aaron, mejor se sentía Hudson y eso parecía reflejarse en su juego. Después de lo de Miami, los Devils no habían vuelto a perder. Hudson no era el único hacedor de esas victorias. Algunos de sus compañeros de equipo habían mejorado mucho su rendimiento, sobre todo el jugador de primera línea. En las últimas seis semanas no habían permitido más de un puñado de derribos. La temporada personal de Hudson también estaba siendo buena y confiaba en que jugarían de nuevo la Super Bowl.

—¿O sea que esta es tu nueva casa?

Hudson acababa de hacer pasar a Bruiser por la puerta de su casa de Silver Springs. Al igual que Hudson y el resto del equipo, Bruiser vivía casi todo el tiempo en Los Ángeles, con su esposa y su hija de dos años. Pero su mujer se había llevado a la pequeña a Nueva York a ver a la abuela y, al estar solo durante unos días, había decidido acompañar a Hudson a Silver Springs. Su amigo se había mostrado muy interesado en la labor de mecenazgo que hacía en New Horizons y el lunes, a primera hora, Hudson le había llevado a la escuela. Se habían dirigido a los estudiantes, animando a los chicos a trabajar para cumplir sus sueños. Bruiser y él incluso tenían pensado asistir al entrenamiento de fútbol americano que se celebraría aquella misma tarde y ayudar a los entrenadores con unos cuantos ejercicios.

—No está mal, ¿eh? —observó Hudson mientras arrojaba las llaves sobre el mostrador de granito de la cocina.

Bruiser frunció el ceño al contemplar los suelos de madera, los altos techos, el revestimiento de las paredes y el ventilador de techo en el enorme salón del rancho. Hudson no había adquirido la propiedad más cara de la zona, pero en el valle de Ojai las casas no eran baratas, sobre todo si se asentaban sobre un terreno del tamaño del suyo. Sentía la necesidad de espacio para preservar su intimidad. Había pagado más de nueve millones de dólares por algo más de seis hectáreas de terreno, una casa de casi mil metros cuadrados con cuatro dormitorios y cinco baños, y las correspondientes vistas de las montañas Topatopa.

—Te puedes permitir algo mucho mejor —bromeó Bruiser.

—Me gusta esto —Hudson le guiñó un ojo—. Y a ti también te gustará. Por eso le he pedido al agente inmobiliario que me la vendió que te enseñe algunas propiedades mientras estás aquí.

—Te has tomado muchas molestias, ¿verdad? —Bruiser soltó la bolsa de lona.

—Sí, hermano —Hudson le dio una palmada en la espalda—. Tenemos una cita con ella mañana.

Bruiser se acarició con un dedo el bigote de Fu Manchú que se había dejado crecer esa temporada. Según él, no se lo afeitaría hasta que ganaran la Super Bowl.

—No sé si mi mujer va a querer mudarse a este lugar. Ya te lo dije.

—Ya veremos —contestó él como si no le importase lo más mínimo.

—¿Crees que podrás convencerla? —su amigo enarcó las cejas.

—Sí. Jacqueline es muy blanda. En cuanto conozca a algunos de los chicos y comprenda lo que tú podrías hacer por ellos, estará dispuesta a vivir aquí cuando se termine la temporada, al menos durante los próximos dos años, hasta que tengáis otro hijo, o Britanne empiece a ir al colegio.

—Quizás —Bruiser se encogió de hombros, cediendo fácilmente, como de costumbre. Hudson nunca había conocido a un tipo tan agradable, aunque no le apetecía estar cerca cuando se enfadaba. Solo había visto a su amigo llegar al límite en una ocasión, cuando un jugador contrario casi le había roto la pierna a Hudson. Bruiser fue tras él y los árbitros apenas lograron apartarlo del otro hombre. Desde ese día, todos en la FNL, la liga nacional de fútbol americano, supieron que nadie se metía con

Hudson si Bruiser estaba cerca para protegerlo. Hudson era el *quarterback* de Bruiser, el hombre al que debía defender, y se lo tomaba muy en serio. Y por eso, en parte, les iba tan bien esa temporada. Hudson había estado bien protegido, y el resultado había sido un cien por cien de anotaciones.

—¿Tienes una cerveza? —preguntó Bruiser.

Maggie, la asistenta que Hudson había contratado al comprar la casa, mantenía el lugar limpio y bien abastecido. Vivía en la casa de invitados, en la parte trasera de la propiedad, y se aseguraba de que los jardineros cumplieran con su trabajo y de que la casa estuviera lista para cuando él decidiera ir. En cuanto llegaba, Maggie se instalaba en su propia casa, a no ser que la visita fuera de larga duración y la necesitara para hacer las comidas o la colada. Le pagaba un fijo todos los meses, hiciera mucho o poco en la casa principal, de modo que no le importaba que su jefe prefiriera la intimidad a verla por ahí.

—Tengo una nevera llena de Bud Light, Heineken, Sam Adams, lo que más te guste —contestó Hudson—. ¿Elegimos una bien fría y echamos una partida de billar?

—Solo si estás preparado para que te patee el trasero.

Hudson sonrió. Nunca había jugado contra él. Bruiser no llevaba tanto tiempo en el equipo. Pero sí se habían hecho íntimos amigos muy pronto. Y Hudson no tenía mesa de billar en su casa de Los Ángeles.

—¿Alguna posibilidad de que estés dispuesto a apostar algo?

Hudson vio a su amigo sopesar las posibilidades.

—Venga ya. Eres un hombre de apuestas.

—Sí, pero yo jamás apostaría contra ti —masculló finalmente Bruiser con expresión recelosa.

—Pues peor para ti. Soy malísimo al billar —le aseguró Hudson, demostrándoselo al perder dos partidas seguidas.

—Mierda —se quejó Bruiser—. Debería haber aceptado la apuesta. Podría haberte desplumado.

—Te doy otra oportunidad —Hudson apoyó el taco de billar en el suelo—. Una tercera partida. Mil pavos.

Su amigo parecía tentado a aceptar, pero al cabo de un rato entornó los ojos.

—Te crees muy listo, ¿verdad? Olvídalo. No me engañas.

Hudson empezó a reír y no dejó de hacerlo, sobre todo después de que Bruiser le ganara la tercera partida.

—No me estabas engañando —se quejó su amigo—. Es verdad que el billar se te da fatal. ¡Eres condenadamente bueno para los juegos mentales!

—Si quieres apostamos en una cuarta partida… —Hudson ladeó la cabeza.

—¡Vete a la mierda!

Aunque no fue fácil, y ambos terminaron jadeando por el esfuerzo de la lucha, Bruiser al final consiguió cargarse a Hudson al hombro y sacarlo al patio, desde donde lo lanzó a la piscina.

—Lo has hecho porque me he dejado —le aseguró Hudson, sin parar de reír tras asomar la cabeza sobre el agua.

—Lo que tú digas. Voy a por otra cerveza.

Bruiser se marchó, pero al regresar, además de dos cervezas, llevaba una toalla. Se sentó en una silla mientras Hudson se secaba.

—Esto es muy agradable —observó Bruiser mientras contemplaba la puesta de sol teñida de color lavanda y oro—. Podría llegar a acostumbrarme.

—Es muy tranquilo, ¿verdad?

—Sí. Me alegra que esta semana tengamos un hueco. De vez en cuando está bien salir de la ciudad, sobre todo a mitad de temporada, cuando estamos tan ocupados. En ocasiones el tráfico y el ruido, todo el mundo dando su opinión, el teléfono sonando y la televisión retumbando en las paredes, hace que me cueste poder pensar. Pero esto, esto es casi como si hubiésemos detenido el tiempo en Los Ángeles.

Hudson se dejó caer sobre una hamaca. Con un promedio de veintiséis grados en octubre, el tiempo en Silver Springs era bastante suave. Pero la temperatura caía a medida que avanzaba la tarde, y además estaba mojado. Intentando conservar el calor corporal, se frotó vigorosamente la cabeza para secarse el pelo. No quería resfriarse, pero tampoco le apetecía entrar en casa. Él también estaba disfrutando viendo la puesta de sol sentado en el patio.

–No te estarás cansando de jugar, ¿verdad? –le preguntó a su amigo.

–Nunca podría cansarme de jugar –contestó Bruiser–. Pero sí de todo lo que le rodea. Y eso que no tengo ni la mitad de trabajo que tú. No sé cómo haces para conservar la cordura.

Tras colgarse la toalla de los hombros, Hudson abrió la segunda cerveza.

–Aparte de New Horizons, no tengo otra cosa que el trabajo. Prefiero mantenerme ocupado.

–¿Has tenido noticias de ese detective privado que contrataste la semana pasada? –Bruiser apoyó los codos en las rodillas.

Hudson no estaba muy seguro de querer hablar de ello, y ni siquiera sabía por qué se lo había contado a Bruiser. El asunto le confundía tanto que no había hablado de ello con nadie, y le había llevado años tomar la decisión. Seguramente había confiado en que su amigo le quitara la idea de la cabeza, le hiciera ver lo inútil que sería. Pero Bruiser ni siquiera lo había intentado. Se había mostrado tan esperanzado como en ocasiones deseaba sentirse Hudson, y lo había apoyado en silencio, como siempre.

—Todavía no —contestó Hudson—. La verdad es que puede que lo cancele. Puede que deje estar todo el asunto.

—¿Por qué? Estuviste buscando en internet al tipo ideal. Y era él el que tenía todas esas estupendas reseñas en su página web, ¿verdad? ¿Qué mal puede haber en dejarle hacer su trabajo? A ver qué averigua.

—Hay muchas probabilidades de que no averigüe nada. La policía no fue capaz de ello.

—En ese caso tendrás que vivir con tu pasado, pero al menos lo habrás intentado.

—¿Y si sale al revés? ¿Y si resuelve el misterio y me proporciona una respuesta?

Bruiser se echó hacia atrás y cruzó los tobillos.

—No estás obligado a hacer nada con la información que obtengas.

—¿Podré evitarlo? —Hudson tomó un buen trago de cerveza—. A veces es mejor no saber.

—La realidad no podrá ser peor de lo que te estés imaginando.

—¿Quién dice eso? Podría ser como la caja de Pandora, mejor no abrirla —precisamente eso era lo que le había frenado hasta ese momento—. Aunque encuentre a la persona que me abandonó, ¿qué le diré? ¿Gracias por nada? Y debido a mi fama, y dinero, ¿cómo sabré que esa persona es sincera si me dice que quiere formar parte de mi vida? Estoy en la cima de mi carrera. Casi todo el mundo quiere un pedazo de mí —aunque no siempre por los mismos motivos.

Por eso se le había escapado la mujer que había conocido en el Envy. Había intentado volver a salir después de aquello, pero sus opciones siempre le habían defraudado. Los breves destellos de atracción que había experimentado habían sido con mujeres que no habían resultado ni la mitad de sinceras.

—Tienes mucho que ofrecer sin tu fama y tu dinero —Bruiser lo miró como si le enfureciera que Hudson pudiera pensar lo contrario.

—Puede que sí. Pero estamos hablando de alguien que me abandonó bajo un seto para que me muriera. ¿Qué crees que querrá una persona así? ¿Ayudarme a pagar las facturas? ¿Comprarme un coche nuevo? ¿O conectar conmigo a un nivel más profundo?

—Escucha, soy la última persona que querría verte sufrir.

—No pretendía insinuar que pudiera sufrir —Hudson hizo una mueca—. No exactamente.

—Corta ya esa mierda de macho —exclamó Bruiser mientras agitaba una mano en el aire—. Estás hablando conmigo. Lo que estás buscando podría resultar devastador, lo sé. Y por eso tienes miedo. Bueno, pues mi obligación es protegerte, y no termina cuando acaba el partido. Eres como un hermano para mí. Pero necesitas conocer la información que ese investigador privado pueda proporcionarte. Hace mucho tiempo que necesitas saberlo, quizás desde siempre, para responder a todas tus preguntas y enterrar todos tus problemas.

—¿Mis problemas? —Hudson lo desafió con una mirada penetrante.

—Sí —Bruiser sonrió sin arrepentirse lo más mínimo—. Tienes unos cuantos.

—Eso me hace sentir mucho mejor. Gracias.

—Siempre puedes contar conmigo para ser sincero —su amigo hizo un gesto de brindar con la botella ante el sarcasmo de Hudson.

—Pues ha llegado el momento de anunciar que podría haberte vapuleado en al menos tres de las partidas de billar que hemos jugado. Uno no posee una mesa de billar si no sabe jugar.

Bruiser comenzó a soltar juramentos, mientras reía a carcajadas y sacudía la cabeza.

—¡Lo sabía! Por lo menos no piqué.

—No, no lo hiciste —Hudson también levantó la botella y señaló a su amigo con ella.

—Gilipollas.

—Y volviendo al detective privado —continuó Hudson—. Piensa en el revuelo mediático que se produciría si encuentro a mi madre y se hace público. ¿Cómo voy a enfrentarme a eso, junto con todo lo demás? Los medios de comunicación ya siguen todos mis pasos. Sacan a relucir mi pasado en cada maldito artículo. Hace poco vi uno con mi foto y un pie de página que decía: «El famoso *quarterback* que podría no haber existido de no ser por el repartidor de pizzas que le oyó llorar».

Hudson contempló la botella que tenía en la mano.

—Todos estos años ha habido gente que aparecía asegurando ser algún pariente mío. A unos cuantos sí los creí, pero nunca se demostró la veracidad. Si sigo buscando respuestas, recibiré más de lo mismo.

—¿Y qué? Eres una estrella, tío. Vas a tener que aguantar esas cosas. Necesitas saber qué sucedió ese día.

Hudson se alisó los cabellos con una mano, tarea nada fácil por culpa del cloro de la piscina.

—¿Por qué necesito saberlo? Eso es lo que no dejo de preguntarme. ¿Por qué no puedo dejarlo estar?

—¿Por curiosidad? ¿Por cerrar una etapa? Es normal que busques respuestas. Aunque despidas a ese tipo, estoy seguro de que volverás a contratarlo, o a algún otro.

Era evidente que la persona que le había abandonado ese día no lo había querido. Pero en el fondo esperaba que hubiera sido un error. Esperaba que no se hubiesen desecho de él tal y como parecía. Que su madre, y quizás su padre, lo hubiesen estado buscando toda su vida, pero que, por algún motivo, no hubieran seguido las noticias sobre su pasado. Esperaba tener abuelos, tías, tíos, primos y quizás hermanos en alguna parte, y que no hubiesen participado en la decisión de abandonarlo.

La cuestión era por qué había sucedido. Por fuerza había sido intencionado. ¿Cómo podía alguien abandonar a un bebé para que muriera... por error?

Y como era incapaz de responder a eso, sintió el impulso de despedir al investigador privado. Lo único que mantenía sus esperanzas de que hubiera algo más, algo digno de averiguar, era la zona en la que había sido encontrado. Bel Air no era conocido por ser un barrio de drogas, crimen o bebés abandonados. Formaba parte del triángulo de platino que incluía a Beverly Hills y Holmby Hills, donde la célebre mansión Playboy había sido vendida recientemente por cien millones de dólares. Era una zona residencial en la que se situaban algunas de las casas más lujosas del sur de California. Las propiedades estaban rodeadas de altos setos que preservaban la intimidad, solo tres calles llevaban al interior del barrio y no había aceras, por tanto el tráfico era escaso. A lo mejor alguna niña rica y mimada se había quedado embarazada, se lo había ocultado a sus padres, dado a luz en el cuarto de baño y abandonado al bebé bajo ese seto para que el jardinero o alguna otra persona lo encontrara por la mañana.

Era la explicación más lógica. Pero, de ser así, esa chica no podría tener relación con ninguna de las familias que vivían en los alrededores de donde lo habían encontrado, envuelto en una manta raída. Treinta y dos años atrás, la mansión tras ese seto había pertenecido a una pareja octogenaria con un hijo adulto que tenía su propia familia, y que vivía y trabajaba en China. La siguiente casa pertenecía a una pareja de lesbianas. Tenían un hijo adolescente, pero el chico convenció a la policía de que no sabía nada de una chica embarazada o de un bebé recién nacido. La propiedad al otro lado de la calle, en la esquina de enfrente, era de un director de cine divorciado que ni siquiera estaba allí en aquel momento. Su casa estaba cerrada mientras él rodaba una película en Alaska.

Hudson tenía una copia del archivo policial. Lo había solicitado poco después de entrar en la FNL. Nadie del barrio había sido capaz de dar una sola pista sobre el bebé abandonado entre Hudson y King. Por eso lo habían llevado a Maryvale, el centro infantil de beneficencia más antiguo de Los Ángeles, y luego a una casa de acogida, la primera de muchas, hasta acabar en el rancho para chicos, New Horizons. Allí había pasado los tres últimos años de su adolescencia, antes de ser fichado para jugar en UCLA, empezando así su carrera en el fútbol americano.

—Seguramente tengas razón —murmuró Hudson—. No voy a poder dejarlo estar —apuró la cerveza y se levantó—. Supongo que soy un masoquista.

—¿Seguro que estarás bien?

Ellie miró a Amy y gruñó. Tras hacerse la prueba de embarazo y ver la delatora línea rosa, se había tambaleado hasta el sofá y no se había movido de allí. Sentía que de sus brazos y piernas colgaban pesos de más de veinte kilos. No creía ser capaz de volver a levantarse.

—No.

El rostro de Amy se arrugó de preocupación mientras agarraba una silla para sentarse.

—Estar embarazada no es lo peor que podría pasarte. Quiero decir que hace un par de meses estabas hablando de formar una familia.

—¡Hace dos meses estaba prometida y me iba a casar!

—exclamó ella–. Creía estar preparada para dar ese nuevo paso en mi vida. Pero ahora... –sacudió la cabeza, todavía sin poder creérselo. ¿Cómo le había podido suceder después de todo lo que había sufrido tras encontrar a Don y a Leo en su cama?

—¿Estás segura de que no es de Don? –preguntó Amy tras una pausa.

—Sí, lo estoy –contestó Ellie–. Tuve la regla después de la última vez que practicamos sexo.

—Pues eso facilita la identificación del padre. Algo es algo.

—Cierto. ¡Alabado sea Dios! ¿Te imaginas lo que sería llevar a un bebé dentro durante nueve meses sin saber quién es el padre? Por no mencionar que, si hubiera alguna duda al respecto, Don estaría encantado, esperando a confirmarlo para celebrarlo con su nueva pareja. Creo que era lo que buscaba en nuestra relación desde el principio.

—Yo creía que lo que quería era utilizarte como parapeto frente a su familia.

—Eso también. Pero siempre ha querido tener hijos, y sabe que con Leo le será más difícil tenerlos que conmigo.

—Pues entonces estás de suerte –Amy sonrió para animarla, pero la mirada de Ellie hizo que la sonrisa se desvaneciera–. Lo siento –murmuró.

—No pasa nada –contestó ella, aunque siguió haciéndose la ofendida.

Tenía derecho a sentir lástima de sí misma durante un tiempo. Pero también había algunos puntos positivos. El hecho de que el bebé fuera de Hudson era más afortunado que si fuera de Don. La relación con su exnovio y su nueva pareja se había vuelto muy hostil. No se imaginaba tener que anunciarles que estaba embarazada. Tendría que hablar del tema de la custodia y la manutención, una auténtica pesadilla. Por no mencionar que un bebé la habría atado a Don para siempre, justo cuando empezaba a pensar que había tenido suerte de apartarlo de su vida.

—De modo que estás segura de poder asociarlo a esa noche en el Envy.

Ellie detectó una nota de vergüenza en la voz de su amiga, seguramente porque había sido ella la que había insistido en llevarla al club y la había animado a que se soltara.

—Sí. No hay duda alguna. Dado que no es de Don, tiene que ser de Hudson. En los últimos siete u ocho años solo me he acostado con ellos dos.

—De acuerdo —Amy soltó un sonoro suspiro—. Eso resuelve unos cuantos problemas.

—¿Como cuál? —Ellie levantó la cabeza.

—Tú tienes todo el control. No tendrás que decirle a Hudson que tiene un hijo.

—Es que no puedo decírselo. ¡Ni siquiera sé su apellido!

¿Cómo podía ser eso bueno? Tenía derecho a saberlo. Debería haberle dejado su número aquella mañana en el Four Seasons. A lo mejor no la habría llamado, pero entonces sería culpa de él el que no le pudiera contar que iba a ser padre. De momento, la sensación era que la culpa era de ella...

—¡Ahí voy! Podrás quedarte el bebé solo para ti sin tener que sentirte culpable por ello.

El caso era que sí se sentía culpable. Ese era el problema. Además, ¿quedarse el bebé solo para ella sería bueno? Sería la única responsable del cuidado y la crianza de otro ser humano. Su bebé solo tendría un progenitor. Tampoco era nada raro. Muchos progenitores solteros funcionaban bien y hacían una magnífica labor. Pero la cuestión era si ella sería capaz de ocuparse de ello lo bastante bien como para no joder a la personita que dependía enteramente de ella. Estaba muy absorta en su trabajo. ¿Cómo afectaría el criar a un bebé como madre soltera a su éxito como científica, y al revés?

—Me parece que no estás siendo de una gran ayuda.

—Estoy un poco perdida —Amy se levantó de la silla y empezó a caminar por el salón—. Yo no quiero tener hijos. Nunca. Y me siento realmente mal por ti.

—Ahora sí que no estás ayudando —Ellie puso los ojos en blanco.

—Puede que esté soltando cosas sin sentido, pero intento encontrar el modo de tranquilizarte. Tú sí que quieres tener hijos, ¿verdad?

—Sí. Siempre he querido tenerlos.

—¡Pues ya está! —su amiga levantó las manos en el aire—. Así te lo aseguras.

Ellie había empezado a sentir el avance de su reloj biológico. Y ese era uno de los motivos por los que la ruptura con Don había resultado tan dolorosa. No se le daba muy bien salir a conocer gente, y no tenía muchas esperanzas de conocer a nadie en los siguientes cinco o diez años. No quería renunciar a una familia, pero tener un bebé sola no lo había considerado jamás.

—Para los hombres es tan fácil —murmuró.

Hudson había disfrutado de la noche que habían pasado juntos y luego se había vuelto a su casa, adonde fuera que viviera, sin siquiera mirar atrás. En cambio ella iba a tener que pagar el precio de su fugaz encuentro. Un bebé lo cambiaría todo en su vida.

—No es justo —Amy se mostró de acuerdo—. Pero tienes un buen trabajo y un buen seguro médico. Puedes permitirte tener un hijo. Y... cuando nazca, estoy segura de que lo, o la, amarás. Por supuesto está toda esa parte negativa que tendrás que soportar hasta entonces: engordar, tobillos hinchados, la posibilidad de sufrir diabetes gestacional, estrías, dolor de espalda y el agónico parto. Dios, ni siquiera me imagino lo que debe ser el parto. No volverás a ser la misma, pero...

Al darse cuenta de que Ellie la estaba fulminando con la mirada, Amy al fin tuvo el buen juicio de callarse.

—De acuerdo, ya cierro el pico.

—Gracias.

Amy se frotó las manos contra los pantalones vaqueros mientras seguía paseando por la habitación, pero no se mantuvo en silencio mucho rato.

—Lo siento, El —balbuceó—. Esto es una mierda. Normalmente tengo respuesta para todo, pero ni siquiera yo sé cómo arreglar esto.

Ellie cerró los ojos.

—Podrías decir que me ayudarás a...

—Y te ayudaré —le aseguró Amy, interrumpiéndola—. Puede que yo no desee tener hijos, pero eso no significa que no pueda ser una estupenda madrina y tía honorífica. Seré perfecta para el cargo puesto que no tendré una familia propia de la que ocuparme.

—Supongo —Ellie no veía a su amiga como el prototipo de madrina, pero siempre había sido una amiga fiel y quizás la estuviera juzgando mal.

—No pareces del todo convencida de que vaya a ser buena para tu hijo —observó Amy, la voz cargada de sospecha.

De no sentirse tan abatida, Ellie se habría reído. Abrió los ojos y se contempló la barriga. Aunque de momento seguía plana, su bebé tendría, si acaso, el tamaño de un cacahuete, a medida que pasaran los meses iba a parecer que se hubiese tragado una sandía. Ya no había vuelta atrás.

—No tengo ni idea de cómo contárselo a mis padres –observó–. Va a arruinar su año en Europa. Pensarán que tienen que regresar para apoyarme, aunque su idea era terminar el viaje antes de que yo me casara, y mucho antes de tener hijos. Se lo he fastidiado por completo –Ellie moqueó, incapaz de suprimir las lágrimas que, de repente, se acumularon en sus ojos. Habían estado a punto de regresar cuando les había contado lo de Don, sabía muy bien cómo reaccionarían a la nueva noticia–. ¿Qué voy a hacer? –si recurría a Amy significaba que tenía problemas de verdad, pero ¿a quién más podía acudir?

Amy se acercó, se arrodilló junto al sofá y le tomó una mano.

—Supongo que no te apetecerá oír esto, pero hay... cosas que podrías hacer para... ocuparte de esto si realmente no quieres tener el bebé. No hace falta seguir adelante.

—Estás hablando de abortar.

—Sí. Te acompañaré al médico.

—Eso no es para mí –Ellie apartó la mano–. Me dedico a intentar salvar vidas. Jamás podría, quiero decir que, no juzgo a la gente por las elecciones que hacen, pero... Tienes razón. Yo no podría interrumpir el embarazo.

—¿Y qué me dices de una adopción?

—Tampoco me veo a mí misma tomando ese camino –Ellie se frotó la frente–. Como bien has dicho, casi tengo treinta años. Y quiero tener hijos. Quizás esta sea mi oportunidad. A lo mejor mi única oportunidad. El momento no es el ideal, y ha supuesto una conmoción, pero... ya me haré a la idea, ¿verdad?

—¿Lo harás? –Amy la contempló más de cerca.

—Por supuesto –respondió ella mientras se secaba las lágrimas.

No tendría ayuda para cuidar del bebé, y ningún apoyo económico, pero por otra parte no iba a tener que enviar a su hijo, o hija, los fines de semana a otra casa. No tendría que hacer frente a las relaciones amorosas en las vidas de Don, o de Hudson. No tendría que discutir con nadie más sobre cómo criar al bebé. Sus padres eran personas ocupadas, todavía en activo, pero la apoyarían. No iba a estar completamente sola... en cuanto ellos regresaran.

–Tengo la sensación de haberte metido yo en esto – admitió Amy, arrugando la nariz con disgusto.

–Tú no me has metido en esto, Aim. Ya soy adulta, responsable de mi propio comportamiento.

–Ni siquiera habrías ido al Envy de no ser por mí.

–Cierto, pero no fuiste tú quien metió a Hudson en el taxi. Fui yo.

–¿Eso hiciste? –Amy se echó hacia atrás–. ¿Lo metiste en el taxi contigo?

–En conclusión –Ellie asintió–, quería ir al hotel de Hudson, quería acostarme con él, o no lo habría hecho.

–De acuerdo –Amy respiró hondo y el pecho se le hinchó–. De modo que todo esto es solo problema tuyo.

Ellie dio un respingo y su amiga le dedicó una sonrisa burlona.

–Es broma. Yo estaré aquí a tu lado. Siempre hemos estado la una para la otra, ¿no?

–Sí –Ellie no comprendía cómo ni por qué. Eran totalmente diferentes y, aun así, siempre habían estado la una en la vida de la otra, mientras las demás personas llegaban y se marchaban. Por ejemplo, hacía más de un mes que no había oído a Amy mencionar a Leslie–. Podré hacerlo, ¿verdad, Aim?

–Puedes hacer cualquier cosa –Amy le apretó cariñosamente el brazo–. Ese es, en parte, el motivo por el que siempre te he admirado.

Por una vez, Amy parecía estar hablando en serio. Ligeramente reasegurada, Ellie consiguió sonreír débilmente.

–Gracias.

–¿Vas a llamar a tus padres? –preguntó.

–No. Esperaré otros cinco meses para contárselo. Así habrán disfrutado de la mayor parte de su viaje antes de tener que decidir si interrumpirlo –tomó la mano de Amy–. Conseguiré sobrevivir medio año sin ellos, de algún modo.

–Con tu ritmo de trabajo, eres capaz de pasarte los seis meses en el laboratorio –observó su amiga y ambas estallaron en carcajadas.

Capítulo 7

A mediados de enero, Ellie ya estaba de cuatro meses y se le empezaba a notar. De momento no tenía problema para esconder la barriga, que veía en el espejo cuando salía de la ducha, bajo un jersey holgado sobre un par de *leggings*. Pero, en lugar de esperar al último momento, la semana anterior había anunciado en el trabajo que iba a tener un bebé hacia el diez de junio.

Le había parecido una buena idea retrasar el anuncio hasta que el escándalo de su ruptura con Don ya se hubiese pasado, pero lo cierto era que la espera no lo había facilitado en absoluto. Apenas había conseguido alejarse del foco y ya estaba de vuelta.

El problema era que tampoco le gustaba la idea de que sus compañeros científicos, ni el resto de la plantilla, se dieran cuenta de su barriga y empezaran a especular sobre un posible embarazo. Le parecía más inteligente adelantarse a los rumores y revelar la verdad ella misma. Así no tendría motivos para suponer que sus colegas estarían cuchicheando a sus espaldas. En cuanto el secreto se hiciera público, resultaría mucho menos atractivo hablar de él.

No fue nada sorprendente que Don no se tomara bien

la noticia. Ellie lo había comunicado al final de una de las reuniones de equipo. Había asegurado que estaba «emocionada», por anunciar que había conocido a alguien, aunque ese «alguien», ya no formara parte de su vida, y que estaba embarazada. Nadie le había oído hablar de otro hombre, pero la mayoría de sus colegas había aplaudido. A fin de cuentas era lo que se esperaba que hicieran, dado que ella lo había anunciado como una buena noticia.

Aunque Leo no había asistido a la reunión, Don sí, y, a diferencia de los demás, no pareció mostrarse encantado.

Se había quedado parado, la boca abierta. Más tarde había acudido a su laboratorio, antes de que ella se marchara, e insistido en que él tenía que ser el padre. Se había mostrado horrorizado, nada convencido, cuando ella le había asegurado que había dicho la verdad sobre la existencia de otro hombre.

Don le había pedido detalles, pero ella se había negado a dárselos. No quería que su hijo se sintiera menos amado por el modo en que había sido concebido, de modo que no fue muy explícita. Tenía derecho a la intimidad. El único problema con tanta ambigüedad era que Don sentía más deseos de discutir con ella. Le había dicho que se habría dado cuenta si hubiese aparecido alguien tan pronto, que ella no había hecho otra cosa que trabajar. Ellie le había contestado que ella, en cambio, no había tenido ni idea de que ya había otra persona en la vida de Don mientras aún estaba con ella. Pero Don insistió en que iba a pedir una prueba de paternidad en cuanto naciera el bebé. Y ella aseguró estar totalmente de acuerdo si con eso se convencía.

Su capitulación le había desestabilizado. Don había esperado que ella se negara, pero Ellie no tenía ningún motivo para hacer tal cosa. Sabía que el bebé no era suyo.

Acceder a la prueba de paternidad no consiguió, sin embargo, que la dejara en paz del todo. Desde el día del anuncio, cada vez que la veía, la seguía con la mirada como si tuviera visión de rayos X y pudiera ver al bebé que llevaba dentro.

Y fue por culpa de Don que Ellie estuvo a punto de no acudir a la fiesta de la Super Bowl de Diane DeVry, celebrada el veintitrés de enero. Diane, la que le había prestado los DVD de *Outlander* la noche que Ellie había descubierto que estaba embarazada, había invitado a todo el laboratorio. Y eso significaba que Don y Leo también podrían ir, aunque ella no lo creía. Aparte del golf, a ninguno de los dos les gustaba el deporte. Y no recordaba haber visto ni un solo partido con Don.

Decidida a salir un poco y divertirse, pues últimamente había pasado demasiado tiempo en el laboratorio, Ellie preparó unas alitas a la barbacoa, siguiendo una receta encontrada en Internet, y las llevó a casa de Diane. Diane estaba casada con el presidente y CEO de la fundación Banting Diabetes Center, de manera que trabajaban juntos en la recaudación de fondos, y poseían una bonita casa en Doral, con una enorme terraza y piscina. Diane le había enseñado a Ellie varias fotografías cuando habían comprado la casa, y tenía ganas de verla en persona.

Al ver los coches aparcados en la calle se sintió algo abrumada. Hacía muy poco que había anunciado su embarazo y sabía que iba a tener que enfrentarse a muchas preguntas y comentarios. Dadas las circunstancias de la concepción de su bebé, la perspectiva le inquietaba. Sin embargo, no vio el coche de Don, ni el de Leo, por lo que supuso que podría soportar un poco de atención extra. A fin de cuentas lo mejor sería que cada cual dijera lo que quisiera y dar por concluido el asunto.

Tras aparcar lo más cerca de la casa que pudo, entró con la cacerola de alitas. El Super Bowl no suponía un gran evento en su vida, no creía haber visto nunca más de unos minutos. Pero Amy había conocido a un hombre en su establecimiento y se había ido con él a pasar el fin de semana a Las Vegas. Sin su mejor amiga ni sus padres en la ciudad, se había sentido sola. Y el partido era una excusa tan buena como cualquier otra para pasar un rato con otras personas. Los Angeles Devils jugaban contra Chicago Bears. Lo sabía porque estaba impreso en la invitación, pero le daba exactamente igual quién ganara. Estaba más interesada en los anuncios, que se suponía eran los mejores del año.

—¡Ellie, no me puedo creer que hayas venido! —exclamó Diane al abrir la puerta y tomar la cacerola de sus manos para llevarla a la isla de la cocina, ya repleta de platos de verduras, queso con galletitas saladas, guacamole y patatas fritas, albóndigas suecas, galletas, *cupcakes* y otros dulces.

—Me alegra verte, Ellie.

—Gracias, Dick.

—Pasa —el marido de Diane hizo un gesto con el brazo—, ponte cómoda y, cuando te apetezca, come y bebe lo que quieras. Aún no ha empezado el partido. Tenemos media hora mientras ponen los habituales reportajes previos al encuentro.

Ella le dio las gracias y, tras saludar a algunos otros científicos y personal del centro, asegurando a cada uno que estaba contentísima ante la perspectiva de ser madre, llevó la cacerola con las alitas al salón. Acababa de encontrar un sitio en el que sentarse cuando oyó una voz que hizo que se le helara la sangre en las venas.

—¡Vaya! Qué bonita casa. Me encanta.

Don. Don y Leo habían acudido a la fiesta. Ellie apenas había podido disfrutar de treinta minutos sin ellos. Esforzándose por ocultar una mueca de desagrado, oyó a todo el mundo saludarlos. No se alegraba de que estuvieran allí, pero se negaba a salir corriendo porque hubieran llegado. Hasta entonces se lo había estado pasando bien. ¿Por qué permitirles arruinarlo?

Se obligó a levantarse del asiento y los saludó con una leve inclinación de cabeza, sin decir nada. Sin embargo, Don no se limitó a recorrerla con la mirada y pasar al siguiente, como había hecho con los demás invitados. En cuanto la vio, dejó de hablar y su mirada se posó de inmediato en su barriga, como hacía siempre desde que hubiera anunciado su embarazo.

—¿Os traigo algo de beber? —el entusiasmo en la voz de Dick resultaba algo forzado al dirigirse a los recién llegados, como si intentara evitar que se produjera una situación incómoda.

Leo contestó que le gustaría tomar una copa de vino y se llevó a Don a la cocina.

En cuanto estuvieron fuera de su vista, Ellie respiró aliviada y, dado que se le habían quitado las ganas de comer, se fijó por primera vez en el televisor. Si daba la sensación de estar absorta en el partido, que acababa de empezar, no se esperaría de ella que socializara mucho. Junto con el hambre, se le habían ido las ganas de conversar con sus colegas. Lo cierto era que, a pesar de lo que se había dicho a sí misma, ya estaba buscando una excusa para marcharse.

Había decidido quedarse hasta el descanso cuando un rostro le hizo soltar un grito y levantarse de un salto del sofá.

Ante su estallido, se produjo un silencio total en la habitación, salvo por el ruido que surgía del televisor. Todo el mundo se volvió hacia ella.

—¿Estás bien? —preguntó Dick.

—No será el bebé, ¿verdad? —su jefa, Carolyn Towers, que dirigía el programa clínico de trasplantes de islotes del BDC, soltó su plato y corrió a su lado. Carolyn intentó que volviera a sentarse, pero Ellie era incapaz de moverse. Estaba rígida por la conmoción, los pies clavados al suelo.

—No es el bebé —consiguió decir.

—Entonces, ¿qué es? —preguntó Carolyn.

Ellie señaló hacia el atractivo jugador que se había quitado el casco mientras abandonaba el campo.

—Yo... yo conozco a ese hombre.

—Claro que sí, cielo —contestó su jefa con dulzura, calmándola—. Es Hudson King, *quarterback* de Los Angeles Devils. Es muy famoso. Todo el mundo lo conoce.

—No —ella sacudió la cabeza como si no pudiese creerse lo que estaba viendo—. Quiero decir que... lo conozco.

—¿Personalmente? —Don se acercó a ella.

—Lo conocí en un club —explicó Ellie.

—¿Y no lo reconociste? —la pregunta provino de Diane, que había dejado de ocuparse de la comida en la cocina para averiguar lo que estaba sucediendo.

Ellie no conseguía procesar del todo lo que estaba viendo y oyendo. Estaba convencida de que Hudson se había marchado de su vida para siempre. Pero no. Ahí estaba, hablando con otro jugador, en televisión, mientras un comentarista lo describía como uno de los mejores *quarterback* de la liga.

—¿Ellie?

La voz de Carolyn llegó a sus oídos desde lo que parecía una larga distancia. Su jefa le estaba repitiendo una pregunta. Ella no había tenido ni idea de quién era Hudson cuando lo había conocido en el club. Ni idea. ¿Por qué no le había dicho nada? Sin duda tuvo que darse cuenta de que no lo había reconocido. Pero aunque le hubiera dicho su apellido, dudaba que lo hubiera podido identificar como un famoso jugador de fútbol americano. Ella nunca prestaba atención a los deportes, y aquella noche había tenido demasiadas cosas en su cabeza, básicamente su propia desgracia y humillación.

–No –contestó al fin–. Y él no me lo dijo.

–¿Estás segura de que era él? –preguntó Dick–. Quiero decir que, si te tropiezas con uno de los *quarterback* más famosos del mundo, te das cuenta.

–Y, de todos modos, aunque no supieras quién es, ¿qué problema hay en conocer a ese tipo? –Diane se agachó para recoger la comida que había caído accidentalmente al suelo tras el estallido de Ellie–. Famoso o no, ese hombre es tremendamente atractivo.

–A mí desde luego me encantaría conocerlo –dijo una mujer soltando una carcajada, pero Ellie ni se molestó en volverse para averiguar quién había hablado.

–Sí, es atractivo –confirmó.

También era muy bueno en la cama. Nadie mejor que ella para saberlo. Había pasado toda una noche con él, y se había quedado embarazada de su bebé.

Comprendiendo de repente que debería ayudar a limpiar lo que había tirado, se arrodilló en el suelo.

–Lo siento –se excusó–. No pretendía arruinar tu fiesta.

–Déjalo ya. Tú no has arruinado nada. Se limpia fácilmente –Diane le agarró las manos ante su insistencia y frunció el ceño–. Tienes las manos heladas, Ellie. ¿Qué sucede?

–No debería haber venido. Yo, yo no me encuentro muy bien.

Dick la ayudó delicadamente a ponerse en pie mientras su esposa terminaba de recoger la comida del suelo. Ellie hundió la mano en el bolso para buscar las llaves.

A pesar de la evidente desaprobación de Leo, que emanaba de él como una ola salvaje, Don se colocó frente a ella, interceptándola mientras se dirigía hacia la puerta.

—Ellie, ¿qué sucede?

—Nada —ella lo esquivó y respiró hondo en cuanto salió a la calle.

El aire fresco le sentó bien, pero aún no se sentía a salvo. Lo supo cuando oyó a Don gritar su nombre. Sabía que iba a ir tras ella.

—Ellie, ¿podemos hablar? —le pidió mientras le daba alcance.

—No —Ellie agachó la cabeza y continuó su marcha.

—Espera. Quiero proponerte algo, creo que te gustará.

A pesar del fuerte golpeteo de su corazón contra el pecho, y los pensamientos que corrían veloces en su cabeza, aquello llamó su atención.

—¿Qué es? —preguntó mientras se volvía para mirarlo a la cara.

—Leo y yo... comprendemos que criar a un bebé tú sola puede ser complicado.

¿Adónde pretendía llegar?

—El bebé es problema mío.

Estaba a punto de echar a andar de nuevo cuando Don la agarró del brazo.

—Esa es la cuestión. Tu embarazo no tiene por qué ser un problema en absoluto. Es imposible que sea planeado, no con tus padres fuera de la ciudad todo el año.

—¿Y?

Al ver que no discutía, que no podía discutírselo, Don pareció envalentonarse.

—Yo siempre he querido tener hijos...

—Y aún puedes tenerlos, Don —ella lo interrumpió—. Aunque no optes por un vientre de alquiler, podrías adoptar.

—Es verdad, supongo, pero la adopción es un proceso costoso. Mierda, adoptar a un perro ya cuesta un montón de dinero hoy en día.

¿Por qué la seguía atosigando? Ellie quería marcharse, volver a su casa, encender el televisor y mirar a Hudson sin que hubiera nadie más a su alrededor para fijarse en lo mucho que le afectaba verlo. Ni una sola noche había dejado de pensar en él.

—Así es la vida —¿cómo esperaba Don que ella arreglara el sistema?—. Yo, yo no puedo cambiar el mundo.

—No te pido que cambies nada. Hay una solución que podría hacernos felices a los dos. En lugar de pagar entre sesenta y ochenta mil para conseguir un vientre de alquiler, prefiero darte ese dinero a ti. Hasta podías comprarte una casa.

—¿Me estás ofreciendo dinero por mi bebé? —Ellie se llevó una mano al pecho—. ¿Pretendes que te lo venda?

—¡No, no! —una expresión de dolor apareció en el rostro de Don—. No es eso. Lo que te estoy proponiendo es que consideres la posibilidad de entregárnoslo en acogida. Leo y yo haríamos todo lo posible por ser unos buenos padres. Nos encantaría quedarnos con el bebé, y seríamos generosos contigo, atendiendo a todas tus necesidades.

—No es hijo tuyo, Don. Ya te lo he dicho.

—Eso no importa —protestó él—. Espero que lo sea, para tener algunos derechos en caso de que rechaces mi oferta, pero aunque no lo sea, me gustaría tener la oportunidad de formar parte de la vida de ese crío.

—¡No! —ella soltó el brazo—. Vuelve ahí dentro y disfruta del partido con Leo.

Leo los observaba desde el porche. Había salido detrás de Don. Ellie no pudo evitar preguntarse qué estaría pensando la pareja de Don. ¿Estaría de acuerdo con ese asunto del bebé? No veía claramente su expresión, pues ya se había alejado de la casa, pero parecía lucir el ceño fruncido.

—Tú solo tenlo en cuenta —insistió Don—. Si decides que no estás preparada para tener ese bebé, y quisieras que tuviera la estabilidad que le podrían proporcionar dos padres amantes, aquí estamos. Nosotros estamos preparados, mientras que tú quizás no lo estés.

¿Pensaba que Leo y él podían proporcionarle a su hijo más que ella? Ellie se moría por contestar algo rotundo.

—Ni hablar. Este bebé es de Hudson King. Aunque quisiera, y no quiero, no podría entregarlo a nadie. Él tendría que estar de acuerdo.

—¿De qué estás hablando? —Don frunció el ceño, las cejas una negra franja sobre los ojos azules.

Efectivamente, ¿de qué estaba hablando? Lo había dicho sin pensar, había permitido que saliera a relucir el deseo que sentía de que él comprendiera que era algo más que su patética novia desechada. Pero hasta decidir qué hacer debía mantener la boca cerrada.

—Nada. Da igual.

Por segunda vez se volvió para marcharse, y él la agarró por los hombros.

—¿Estás diciendo que Hudson King, el Hudson King de Los Angeles Devils, es el padre de tu hijo? ¿Por eso te pusiste así ahí dentro? Ni siquiera sabías que jugaba al fútbol.

—No. Es de chiste. Aunque sí sé con quién me acosté. No me encuentro bien, digo tonterías. Tengo que irme —Ellie se soltó y corrió hasta su coche, se metió dentro y cerró la puerta.

Sin embargo, Don no regresó a la fiesta. Al arrancar el coche y mirar por el espejo retrovisor, lo vio de pie en medio del callejón, con aspecto de estar tan aturdido como se sentía ella.

En cuanto regresó a su casa, Ellie grabó el resto del partido, y también lo vio mientras se estaba grabando, analizando cada movimiento de Hudson. Ese era el hombre que había conocido en Envy, desde luego.

De repente, muchos detalles de aquella noche cobraron sentido. Por qué se mantenía apartado de la gente cuando podría haber estado en medio. Por qué llevaba puestas las gafas de sol aunque estaba oscuro. Por qué habían salido por la puerta de atrás. Por qué tenía ese magnífico cuerpo de guerrero. Y por qué estaba en Miami. Había consultado por Internet el calendario de partidos de los Devils. Por supuesto, habían jugado contra los Miami Dolphins el domingo siguiente al de su visita al Four Seasons. Los Devils habían perdido, uno de los tres partidos que habían perdido en toda la temporada.

¿Cómo había conseguido mantenerse ignorante de la cobertura mediática en torno a ese hombre? Amy siempre bromeaba diciéndole que vivía en una cueva. Y aquello era la vergonzante prueba de que permitía que demasiadas cosas escaparan a su conocimiento. Su impulso fue el de llamar a Amy, pero no quería interrumpir su fin de semana en Las Vegas. Tampoco quería que el hombre con el que estuviera oyera la conversación. Lamentaba habérselo dicho a Don. Ya le había dejado tres mensajes desde su llegada a casa.

Hudson es un deportista profesional, Ellie. Seguramente dispone de una mujer en cada ciudad en la que juega. Y a saber cuántos hijos. Tu bebé no le importará lo más mínimo y, desde luego, no tendrá ninguna intención de asumir su deber como padre. Pero yo estoy aquí para ayudarte. Llámame, ¿lo harás?

Segundo mensaje:

Ellie, sería una locura contárselo a King. Lo que pasara entre vosotros dos debió ser fugaz y sucio si ni siquiera sabías quién era. No le va a hacer mucha gracia que vuelvas a aparecer en su vida. ¿Por qué no te ahorras el rechazo? ¿Y si intenta quitarte al bebé? Leo y yo te proponemos una solución mejor. Por favor, ¿quieres llamarme?

Tercer mensaje:

Ellie, contesta. Vamos. Necesito hablar contigo. Leo y yo lo hemos hablado, y él quiere que sepas que opina lo mismo que yo. A los dos nos gustaría criar a este niño. Casi tenemos cuarenta años. Es el momento perfecto para nosotros, lo único que nos falta».

—¿Cómo no voy a acceder? Si solo vivo para hacerte feliz —murmuró ella cuando oyó el último mensaje, y antes de desconectar el teléfono. No necesitaba que Don interviniese. Ella decidiría el futuro de su bebé, no él.

Así pues… ¿qué iba a hacer? Tras haber descubierto quién era Hudson, podría buscarlo *online* y averiguar toda clase de cosas sobre él. Al escribir su nombre en Google, aparecieron varios artículos de años anteriores.

Casi toda la información estaba relacionada con el deporte, sus estadísticas, sus reacciones cuando ganaban o perdían, si se había lesionado o no en un determinado partido y cuánto tiempo podría estar de baja. Pero también aparecieron algunos datos personales, más de los que a Ellie le hubiera gustado que circularan sobre ella misma de ser una figura pública. Un artículo el particular llamó su atención.

¿Qué se esconde tras el nombre?
Pregúntenselo a uno de los mejores quarterback *de todos los tiempos. Hudson King fue nombrado así por un cruce de calles en Bel Air, un lujoso barrio del sur de California, donde fue encontrado oculto bajo un seto cuando contaba con menos de un día de vida. Nadie sabe quiénes fueron sus padres, ni por qué lo abandonaron el mismo día en que nació. La investigación policial no dio ningún resultado relevante...*

—¡Eso es terrible! —murmuró Ellie.

Y sin embargo era cierto, pues encontró varios artículos más que lo confirmaban. Tras entrar y salir de varias casas de acogida durante años, e intentar robar un coche a los catorce, había sido enviado a un lugar llamado New Horizons Boys Ranch. Aunque Ellie no estaba familiarizada con los ranchos para muchachos, rápidamente descubrió que eran internados correccionales para adolescentes problemáticos. Ese, en concreto, estaba en alguna parte al sur de California. En New Horizons fue donde las cualidades deportivas de Hudson empezaron a brillar. Su vida dio un vuelco, fue a UCLA, ganó el trofeo Heisman en su último año y entró en la FNL. Desde entonces había estado jugando con los Devils. Ellie leyó que había aceptado menos dinero en su último contrato de lo que le habían ofrecido otros equipos, para poder permanecer en California, cerca de New Horizons. Hudson era el mentor de varios de los chicos que asistían a ese instituto, y por eso no quería marcharse a otro lugar.

El hecho de que se mostrara tan interesado en el bienestar de los muchachos de New Horizons tranquilizó a Ellie.

Ya le había dado una buena impresión la noche que habían pasado juntos, pero una noche, sobre todo una noche dedicada más a hacer el amor que a hablar, no podía revelar gran cosa. Hudson seguía siendo un gran desconocido para ella.

Vio otro artículo que hablaba de su implicación en el centro. La administradora, una mujer llamada Aiyana Turner, decía que Hudson donaba cientos de miles de dólares en becas y equipamiento deportivo, tanto que el campo de fútbol americano de New Horizons había sido rebautizado con su nombre. La señorita Turner había reconocido que Hudson había tenido algunos roces con la ley siendo niño, pero rápidamente había asegurado que todo eso ya pertenecía al pasado.

Ellie se llevó una mano a la barriga. Llevaba cuatro meses y medio pensando en ese bebé como suyo y de nadie más, convencida de que el padre biológico de su hijo jamás formaría parte de la ecuación. Pero ver a Hudson en televisión lo había puesto todo patas arriba. ¿Qué podía hacer? ¿Iba a atreverse a seguir ocultándole la información?

Se sintió tentada a ello. Su silencio podría eliminar unas cuantas variables peligrosas. ¿Y si Hudson no era tan buena persona como su dedicación a New Horizons daba a entender? ¿Y si solo conseguía que le provocara sufrimiento? ¿Y si le exigía la custodia compartida? Vivían cada uno en un extremo del país. Ellie no estaba dispuesta a subir a su bebé a un avión cada dos fines de semana.

Lo más inteligente sería mantener la boca cerrada. Pero ¿sería justo? ¿No se merecía Hudson saberlo? Aparte de Hudson, ella tenía una responsabilidad para con su bebé. ¿Tenía derecho a negarle el más mínimo contacto con su padre? ¿Lo decente no sería hacer todo lo posible por facilitar esa relación?

Los padres eran importantes, podían marcar una gran diferencia. Su propio padre era el que mejor parecía comprenderla de sus dos progenitores, y el que más la había cuidado de niña.

Si Hudson no quería verse implicado, sería por decisión suya. Pero ¿cómo iba a abordarlo para averiguarlo? ¿Qué le diría? «Disculpa, ¿te acuerdas de esa noche en Miami?». Seguramente ni se acordaría de ella. Los deportistas profesionales eran conocidos por su promiscuidad. Ellie no sería más que una de las muchas mujeres con las que se habría acostado en los últimos meses.

«No le va a hacer mucha gracia que vuelvas a aparecer en su vida...».

Era evidente que Don estaba de acuerdo. Pero no iba a permitir que el escepticismo de su exnovio se le metiera en la cabeza. Hudson ni siquiera había aportado ningún método anticonceptivo.

Por otra parte, podría significar que simplemente se le habían acabado...

Estaba a punto de ver el partido por segunda vez, como si con ello fuera a descubrir algo que aún no hubiera visto, cuando vio un videoclip en YouTube que llamó su atención. Correspondía a un fragmento de una conferencia de prensa en la que una intrépida reportera insistía en hacerle a Hudson preguntas personales que deberían haberse considerado fuera de los límites porque no tenían nada que ver con el objetivo de esa rueda de prensa: el fútbol, por supuesto.

–¿Cómo cree que el haber sido abandonado al nacer le ha podido influir en su visión de la vida? –preguntaba la reportera–. ¿Diría que su historia le ha dificultado alcanzar el éxito como individuo?

Ellie vio a Hudson entornar los ojos mientras se fijaba más detenidamente en la mujer que le había hecho la pregunta.

—¿Disculpe?

Ellie estaba bastante segura de que cualquiera que hubiera recibido una mirada así se habría encogido en una esquina. Pero esa chica no. Esa chica repitió la pregunta, alto y claro.

Un músculo se contrajo en la mejilla de Hudson, pero enseguida sonrió como si no fuera más que un pillo al que no le importara casi nada.

—Yo no lo consideraría algo positivo —bromeó Hudson—. A nadie le gusta que lo desechen como si fuera basura. Pero eso fue hace treinta y dos años. He tenido tiempo suficiente para superarlo.

—Las vacaciones están a la vuelta de la esquina —continuó la reportera—. ¿Le resulta una época especialmente dura?

Hudson consiguió, de algún modo, mantener la sonrisa en su sitio. Estaba desempeñando el papel del duro jugador de fútbol, y lo estaba haciendo bien. Pero Ellie había visto un casi imperceptible respingo, y supo que esa pregunta le había hecho daño, aunque la estúpida reportera ni siquiera se hubiese dado cuenta.

—Tengo mucha familia —contestó él—. Solo que no tenemos lazos de sangre.

—¿Alguna vez ha hecho sus propias investigaciones para descubrir quién lo abandonó bajo ese seto? —insistió la mujer.

Hudson reaccionó como si no hubiese oído la pregunta. Echó un vistazo al grupo de reporteros y señaló a otro. Pero, dado que la primera periodista había ido más allá de la estrategia de los Devils para el siguiente partido, o sobre si Hudson creía que tenían serias posibilidades de jugar la Super Bowl, el siguiente reportero no pareció poder resistirse a continuar por esa línea.

—¿Aceptaría mantener contacto con su madre si alguna vez apareciera?

—Parece que se nos ha terminado el tiempo —respondió secamente Hudson, y Ellie estuvo a punto de aplaudir cuando lo vio levantarse y dar por finalizada la conferencia.

—Pobrecillo.

Tras soltar un suspiro, Ellie apartó el ordenador a un lado y encendió el móvil. Se dijo a sí misma que no iba a llamar a Amy, pero necesitaba hablar con alguien, y sus padres aún no sabían que estaba embarazada. Cada vez que hablaba con ellos, fingía que nada había cambiado desde la ruptura con Don y, por tanto, esa difícil conversación seguía pendiente.

Lo primero que comprobó fue que Don había dejado de llamar, pero se había pasado a los mensajes de texto. Le envió uno a modo de respuesta en el que le pedía que la dejara en paz.

Antes de llamar a Amy, sin embargo, el teléfono sonó. Era Diane DeVry. No sería educado ignorar la llamada, dado lo preocupados que se habían mostrado todos cuando había abandonado la fiesta de la Super Bowl.

Pulsó la tecla verde con la intención de tranquilizar a su compañera de trabajo.

—¿Es verdad? —preguntó Diane.

Ellie sintió náuseas. Esa no era la pregunta que había esperado oír.

—¿Qué es verdad?

—¿Es Hudson King el padre de tu hijo?

Ellie apoyó la cabeza contra una mano. Don se lo había contado a Diane, seguramente se lo había anunciado a todos los invitados. ¿Por qué? ¿Por qué hacerlo si ni siquiera quería que ella se lo contara a Hudson?

La respuesta era obvia. No había podido resistirse. La

noticia era demasiado emocionante como para no compartirla.

¿Qué debía hacer? ¿Mentir? ¿Negar la paternidad de su bebé antes de que la noticia se extendiera por todo el centro de investigación? ¿O debería admitir la verdad?

Decidió que no tenía elección. En realidad no. Aquello afectaba a otras dos vidas, no podía mantenerlo en secreto indefinidamente. Supuso que lo mejor sería ser sincera desde el principio. De todos modos iba a tener que contárselo a Hudson.

—Sí —contestó—. Es verdad.

Capítulo 8

La dirección de Hudson no era pública. Ellie no encontraba el modo de contactar con él *online*, ni había ningún apartado de correos adonde enviar una carta, ni una página de Facebook en la que contactar con él. Llamó al número del equipo, y a un número publicado por su agente, pero no se atrevió a dejar ningún mensaje, y su nombre tampoco bastaría para que le devolviera la llamada. Seguramente pensarían que era otra más, deseosa de acostarse con él. Mientras reflexionaba sobre qué hacer, la respuesta se hizo obvia. El rancho para chicos con el que Hudson colaboraba tenía una página web que facilitaba alguna información, incluyendo el hecho de que estaba situado en una ciudad de tan solo cinco mil habitantes. Sin duda en una comunidad tan pequeña, alguien sería capaz de contactar con él, o alguien conocería a alguien que podría hacerlo. Terminada la temporada de fútbol, los Devils habían perdido frente a los Bears en la prórroga, con suerte viviría cerca del rancho. En un artículo que había leído se mencionaba que había adquirido una propiedad cerca de allí. Y aunque no estuviera en la ciudad, tenía la sensación de que había muchas posibilidades de que Aiyana Turner, la mujer que administraba el instituto, pudiera llamarlo por teléfono.

Le llevó dos semanas organizar el viaje, en parte porque tenía una cita para hacerse una ecografía, que no quería perderse, ya que se suponía que iba a conocer el sexo del bebé. El veredicto fue niño, algo que ella ya sospechaba. Tan segura había estado desde el principio que había empezado a elegir los muebles y el tono de azul que deseaba para la habitación del bebé. La confirmación hizo que, de algún modo, resultara aún más importante que conociera a su padre, que lo tuviera como modelo. Y por eso se armó de valor, se tomó unos días de vacaciones y el diez de febrero voló a Los Ángeles, donde alquiló un coche y condujo hora y media hacia el noroeste, hasta Silver Springs. Estaba tan nerviosa que ni se fijó en el entorno. Los Ángeles parecía una expansión urbana descontrolada. Sin embargo, a medida que se alejaba de Ventura, empezó a fijarse en la bucólica campiña, paisaje que nunca había asociado con California. Y Silver Springs le resultó una ciudad encantadora, rodeada de suaves colinas y montañas que parecían acunar la ciudad. También le gustó la arquitectura colonial española y los pequeños comercios familiares. No se veía ni una sola franquicia, salvo un par de gasolineras. Aquello resultaba agradable.

Aunque se detuvo para alquilar una habitación en un lugar llamado The Mission Inn, para poder refrescarse un poco después del vuelo de cinco horas y el posterior trayecto en coche, no permaneció allí mucho rato. Había ganado tres horas al viajar hacia el oeste, pero prefería acudir a New Horizons cuando fuera más probable encontrar a alguien que pudiera ayudarla, antes de que acabaran las clases por ese día. No quería esperar al día siguiente. Estaba decidida a dejar su mensaje lo antes posible, acabar con ello para poder dormir esa noche. La obsesión por no saber cómo darles la noticia a sus padres, por cómo iba a ocuparse del bebé y su carrera al mismo tiempo, por no saber qué hacer con Hudson, le había hecho perder peso a pesar del embarazo, y eso no hacía muy feliz a su obstetra.

Abandonó el motel y siguió las indicaciones del GPS hasta la dirección citada en la página web de New Horizons. No tuvo ningún problema para encontrar la escuela, pero tras cruzar el arco de hierro forjado y detenerse frente al edificio administrativo, aparcando en el aparcamiento para visitantes, estaba tan nerviosa que permaneció varios minutos dentro del coche. No tenía ni idea de con qué podría encontrarse, cómo sería tratada, si vería a Hudson.

Se preguntó cuántas mujeres más habrían hecho ese mismo recorrido. Quizás a los empleados no les pareciera gran cosa. Se los imaginó riendo por lo bajo y hablando entre ellos cuando se hubiera marchado. «Ahí va otra». Pero se censuró por juzgar a Hudson según un estereotipo. Las mujeres con las que había estado, incluso los hijos ilegítimos que podría haber engendrado, no eran asunto suyo. Había sido ella la que lo había metido en ese taxi esa fatídica noche de septiembre. No podía acusarlo de mujeriego. Y después de que el encuentro hubiera dado lugar a un embarazo, necesitaba hacer lo correcto, tenía que darle a Hudson la oportunidad de conocer a su hijo y poder participar en su vida. Debería darle la oportunidad de elegir.

Respiró hondo y se bajó del coche. «Pronto habrá acabado». Cuadrándose de hombros, se aferró con fuerza al bolso y se dirigió hacia la entrada. Fijándose bien por dónde pisaba para no caerse con sus botas de tacón alto, estuvo a punto de chocar contra un hombre robusto y alto de cabellos negros y ojos azules, que se dirigía al mismo edificio que ella.

—Lo siento —murmuró Ellie mientras él la sujetaba por un codo.

—No pasa nada —contestó el hombre, sujetando la puerta para dejarla pasar antes de seguirla.

Ellie se detuvo frente al mostrador de recepción, pero, al no ver a nadie, miró a su alrededor con expresión confusa.

El hombre que había llegado al mismo tiempo que ella se había dirigido a un despacho, pero al comprender que no había nadie para recibirla, se detuvo.

—Supongo que Betsy aún no ha vuelto de su cita con el dentista. Soy Elijah Turner. Quizás yo pueda ayudarla. ¿Ha venido por el puesto de profesor de Música? Porque estoy casi seguro de que las entrevistas han sido programadas para mañana.

Elijah era coadministrador del centro, y uno de los hijos adoptivos de Aiyana. Ellie había leído su biografía en la página web.

—No, eh, no. No he venido por la entrevista. Esperaba poder hablar con Aiyana.

—Mi madre estaba aquí hace un rato. Déjeme comprobarlo —le dijo el hombre mientras se dirigía a otro despacho.

Ellie apretó los puños, clavándose las uñas en las palmas de las manos. No tuvo que esperar mucho rato, pues unos instantes después él asomó la cabeza y le hizo un gesto para que se acercara.

—Venga por aquí.

«Allá voy».

Ellie se quitó algunas pelotillas del jersey para ganar tiempo y calmar los nervios. Por suerte no creía que Elijah, ni nadie, pudiera darse cuenta de que estaba embarazada, no con la ropa que se había puesto. Aún no había comprado ropa premamá, pues aún no le había hecho falta. Llevaba los pantalones vaqueros que mejor le sentaban y, por encima, un largo jersey negro. Había elegido ese conjunto porque le iba muy bien con sus botas nuevas, pero en el último minuto le entró la preocupación por si resultaba demasiado informal. Se sentía en desventaja. No quería que Hudson, caso de que lo viera, se arrepintiera de haberla elegido en el club.

Elijah la hizo pasar a un despacho y una mujer menuda y atractiva la recibió con una sonrisa. Ellie tuvo la sensación de que Aiyana debía tener algo de nativa americana, dada su piel morena, la gruesa trenza negra y la abundancia de turquesas que adornaban sus brazos, dedos y cuello.

–Hola, soy Aiyana Turner –la mujer rodeó el escritorio y le ofreció una mano–. ¿Qué puedo hacer por ti?

Las pisadas de Elijah sonaban en la zona común. Ellie supuso que deseaba conocer el propósito de su visita antes de marcharse. Sin duda sentía curiosidad. Pero, bajando el tono de voz, se dirigió a Aiyana:

–Se trata de... de un asunto privado.

–Entiendo –Aiyana guardó silencio hasta que se oyó cerrarse la puerta. Cuando su hijo se hubo marchado, entrelazó los dedos de las manos y las apoyó sobre la mesa–. ¿Has venido por algún ser querido que podría ser candidato a ingresar aquí?

–No. Esperaba que pudiera ponerme en contacto con Hudson King.

–Hudson –repitió Aiyana, sorprendida–. ¿Eres periodista o...?

–No soy periodista –interrumpió Ellie–. Yo, yo tengo algo importante que hablar con él. Eso es todo.

–Entiendo –Aiyana hablaba lentamente, como si intentara decidir cómo responder–. Supongo que serás consciente de que muchas personas intentan contactar con Hudson a través nuestro.

–Pues no lo sabía, pero supongo que tiene sentido.

—Y eso significa que debemos tener mucho cuidado con salvaguardar su intimidad. No sería justo que facilitásemos su contacto a cualquier forastero que apareciera por aquí.

—Lo entiendo. Pero no busco un autógrafo o un reportaje. Tampoco intento venderle algo. Nos hemos visto una vez. Solo estaré en la ciudad un par de días y… es importante que hable con él mientras esté aquí —Ellie era consciente de estar siendo muy vaga, pero no estaba dispuesta a facilitar más información a nadie que conociera a Hudson, al menos hasta haberle dado la noticia personalmente.

—Entiendo. Te creo. De verdad —contestó Aiyana—. El problema es que no estamos autorizados a revelar sus datos de contacto a nadie, no sin su permiso explícito. Si quieres dejarme tu nombre y número de teléfono, yo le haré saber que has pasado por aquí.

—¿Está en la ciudad, entonces? —Ellie apoyó el bolso en su regazo.

—Me temo que tampoco puedo contestar a eso. Silver Springs es demasiado pequeño.

«¡Vaya!». Esa gente protegía a Hudson más de lo que se había esperado. ¿Sería porque Aiyana lo respetaba? ¿O acaso temía perder los fondos que él inyectaba a su centro?

Ellie esperaba que fuera lo primero. Indicaría que el padre de su hijo debía ser una buena persona, además de buen deportista y físicamente deslumbrante.

—Lo entiendo —ella hundió la mano en el bolso y sacó la nota que ya había escrito. Por si acaso—. Si pudiera hacerle llegar esto, se lo agradecería —se levantó y le entregó el sobre—. Me alojo en la habitación 103 en The Mission Inn. Dígale que estaré allí hasta pasado mañana. Si no tengo noticias suyas, supondré… daré por cumplidas mis obligaciones.

—¿Y eso significa que te marcharás de la ciudad?

—Sí. Tengo que marcharme el sábado muy temprano para tomar un vuelo, ya que el destino está fuera de Los Ángeles.

—Le informaré de las limitaciones de tiempo.

—Gracias —Ellie le ofreció una breve sonrisa antes de abandonar el despacho.

Su impresión era que la reunión había ido todo lo bien que podría haberse esperado. Al menos había hablado con alguien que podría transmitir su mensaje, y parecía lo bastante digna de confianza. Pero incluso después de haber regresado al motel seguía sintiendo mariposas en el estómago que le impedían comerse el sándwich que había comprado de camino, a pesar de que, aparte de unas galletitas saladas, no había comido nada desde que hubiera abandonado Miami. Tampoco podía sentarse, ni dejar de moverse. De modo que se dedicó a caminar de un lado a otro entre las dos camas dobles de la habitación, ensayando lo que iba a decir en caso de que Hudson se molestara en ponerse en contacto con ella.

A lo mejor ni siquiera respondía al mensaje. A lo mejor iba a pasar dos agónicos días esperando oír algo de él, sin llegar a tener noticias suyas.

Tampoco sería mala cosa, ¿no? Así podría seguir su camino sin sentirse culpable.

Intentó convencerse a sí misma de ello. Una parte suya, la que temía la reacción de Hudson, se sentiría aliviada. Pero el resto de su ser quería volver a verlo. A fin de cuentas, ese hombre había alimentado sus fantasías durante meses.

Cuando Hudson recibió el mensaje de Aiyana diciéndole que necesitaba hablar con él, estaba saliendo de la consulta del médico con Aaron. Había concluido la última sesión de quimio del chico y le estaban haciendo pruebas para saber si el tratamiento había funcionado. Sabía que Aaron estaba preocupado por los resultados de esas pruebas, y él también lo estaba, ya que no era la primera vez que les daban malas noticias.

Pero habían estado riendo y bromeando toda la tarde. Ese muchacho era la persona más valiente que Hudson hubiera conocido jamás. También era un auténtico listillo, cosa que a Hudson, casualmente, le agradaba.

No contestó a Aiyana hasta haber regresado al rancho y cuando Aaron se hubo subido a su habitación. Temía que fuera del chico de quien quisiera hablar. Normalmente era de lo que hablaban, de Aaron o de cualquier otro chico que necesitara algo. Pero al enviarle un mensaje a la administradora del centro diciéndole que estaba en el aparcamiento y que se dirigía hacia su despacho, ella le contestó que no se moviera de donde estaba, que salía del edificio de ciencias y que se reuniría con él junto a la camioneta.

Hudson aguardó apoyado contra la puerta del conductor, saludando a los distintos alumnos que lo llamaban mientras pasaban junto a él camino de sus diversas actividades. Le gustaba que los chicos no le dieran excesiva importancia a su presencia en el campus. Aunque la mayoría estaba más que ansiosa por participar en cualquier actividad que él propusiese, respetaban su espacio personal mucho mejor que algunos adultos. Iba al colegio con tanta frecuencia que tomaban su presencia como algo normal, y eso le permitía relajarse, ser una persona normal para variar.

Vio acercarse a Aiyana y se irguió. Por su expresión se notaba que algo iba mal. Su sonrisa, siempre tan cálida y contagiosa, no le llegaba a los ojos.

—¿Qué sucede? —preguntó él mientras lanzaba las llaves del coche de una mano a la otra.

—Pues exactamente no lo sé —contestó ella.

—¿Qué quieres decir? Esto no tiene nada que ver con Aaron...

—No. Una joven, bastante atractiva, vino hoy preguntando por ti.

—Una mujer joven.

—Más o menos de tu edad, sí.

—¿Y? ¿Quién era?

—No me dijo su nombre. Solo que necesitaba hablar contigo. Al informarle de que no podía pasarle ninguna información sobre tu contacto, sacó esto de su bolso y me pidió que te comunicara que estará en la habitación 103 de The Mission Inn hasta pasado mañana —Aiyana le entregó un sobre con su nombre escrito en una letra muy femenina.

—¿Ya está?

—Pues sí.

—¡Señorita Turner! ¡Señorita Turner! ¿Va a venir a ver mi debate? —llamó Collin Green junto al departamento de Inglés.

—Por supuesto —contestó ella.

—¡Dese prisa! Está a punto de empezar.

—Ahora mismo voy.

Cuando Aiyana se volvió de nuevo hacia Hudson, él levantó el sobre en alto a modo de saludo.

—Gracias por darme esto.

Hizo amago de meterse en la furgoneta, pero ella lo detuvo.

—¿Hudson?

—¿Sí?

—No me dio la impresión de que fuera una visita de cortesía, un intento de reconectar contigo o algo así. Parecía nerviosa. Dijo algo sobre cumplir con su obligación. Prepárate para cualquier cosa.

—No me preocupa —contestó él—. No he hecho nada que pueda volverse contra mí.

Fuera lo que fuera, tenía que ser algún error. O quizás, y a pesar de que Samuel Jones, el detective que había contratado, le había informado la semana anterior de que aún no había encontrado nada, al final sí había encontrado algo. Lo más probable era que lo hubiera abandonado su madre. Quizás le hubiera hecho prometerle a un amigo o ser querido que no le revelara su identidad hasta haber fallecido, y acabara de morir.

Tenía que ser algo así, decidió Hudson. No podía haberse metido en ningún problema, como temía Aiyana. Muy pocos hombres solteros eran tan prudentes como él.

—Estupendo —al verlo tan tranquilo, Aiyana sonrió más relajada—. Estaba preocupada por ti. Entonces, buena suerte con lo que sea. Tengo que ir a ver cómo Collin defiende a su presidente favorito.

Hudson se despidió de ella y cerró la puerta de la camioneta antes de abrir el sobre. Esperaba encontrar alguna noticia de su pasado, si no lo que se imaginaba, algo similar. Quizás fuera alguna mujer que asegurara estar relacionada con alguien que aseguraba estar relacionado con él. No sería la primera vez que sucedía algo así. A lo largo del primer año tras su primer contrato como profesional, tres mujeres diferentes habían aparecido asegurando ser su madre. Una de ellas solo tenía doce años más que él. Otra estaba en Pennsylvania el día en que él había nacido, y las pruebas de ADN habían descartado a la tercera. Después de aquello, las pruebas de ADN habían descartado también a un buen puñado de personas más.

Pero la nota no hablaba de eso.

Hudson, soy Ellie Fisher, la mujer que conociste en el club de noche Envy, en Miami, el diez de septiembre.

Me fui contigo a tu habitación de hotel del Four Seasons.

No le hubiera hecho falta ser tan específica. Ellie y Envy hubieran bastado. No la había olvidado. Imposible olvidarla. Pero la nota continuaba.

Siento mucho darte esta sorpresa. Estoy segura de que no esperabas volver a tener noticias mías. Pero necesito hablar contigo un momento. Por favor, llámame.

Ellie había escrito su número de teléfono y Hudson lo añadió a su lista de contactos. En varias ocasiones se había arrepentido de no haberle pedido un número de teléfono, o una dirección de correo electrónico, algún modo de poder localizarla antes de que se le escapara. Le habría pedido su número, pero no se le había ocurrido hacerlo tan pronto. Era la primera vez que una mujer lo dejaba tirado de esa manera.

Sintiéndose más entusiasmado que preocupado, arrancó la camioneta. Aiyana no comprendía las circunstancias. Ellie había descubierto quién era, de lo contrario no habría podido rastrearlo hasta allí. Seguramente no era nerviosa lo que había estado al conocer a Aiyana sino enfadada, porque pensaría que la había engañado.

Antes de dar marcha atrás, Hudson estuvo a punto de llamar al número de Ellie para hacerle saber que iba de camino. Tenía el móvil en la mano, pero en el último momento cambió de idea. ¿Por qué llamar? Aiyana le había dicho dónde se alojaba.

Iría allí sin más.

Capítulo 9

The Mission Inn era el motel más económico de la ciudad, pero Hudson lo prefería a los demás. Blanco y con el tejado de teja roja, estaba construido según el estilo de las, aproximadamente, veinte misiones religiosas construidas por los españoles para expandir la cristiandad a finales del siglo XVIII. Incluso tenía su torre con campana, como la misión española que él había utilizado como inspiración para crear una réplica en cuarto curso. La mayoría de los estudiantes de California tenían que construir una misión en miniatura como parte de la clase de Historia en la escuela primaria, y él no había sido distinto de los demás. El recuerdo seguía vivo porque aquel curso había sido acogido en una casa que tenía una madre que lo había intentado ayudar con los deberes. De no haber perdido a su hermana en un accidente de coche, acaecido seis meses después de que lo hubiera acogido, quizás se hubiera quedado con él. Sin embargo, lo había llevado de vuelta al orfanato para poder hacerse cargo de la adopción de sus dos sobrinas y un sobrino.

En cuanto se hizo famoso empezó a tener noticias de sus padres de acogida. Todos parecían tener unos recuerdos sobre cómo lo habían tratado muy distintos a los suyos. Pero esa mujer había sido muy dulce, y la única con la que seguía manteniendo un contacto ocasional.

No tuvo ningún problema para aparcar. Aunque Silver Springs recibía una buena cantidad de visitantes, la mayoría acudía en primavera, verano y otoño. En esos momentos, aparte de un puñado de coches, el aparcamiento estaba vacío.

Al abandonar su casa aquella mañana lucía el sol, y por eso no se había puesto el abrigo sobre su camiseta de golf de manga larga y un par de vaqueros desteñidos muy cómodos. Pero empezaba a hacer frío. Aquella noche seguramente habría tormenta. Los últimos días habían sido húmedos.

La habitación 103 no estaba muy lejos del aparcamiento. Pasó junto a un coche de alquiler frente a la habitación que buscaba, y supuso que era el de Ellie, pues no se veía ningún otro coche cerca.

Por pura curiosidad, Hudson miró al interior del coche, pero no vio nada más que un vaso de té del Starbucks en el portavasos y una cazadora de cuero en el asiento delantero.

Le atravesó una oleada de expectación ante la perspectiva de ver a la dulce, sexy y divertida mujer que había conocido en Miami. Cuando llamó a la puerta ya estaba decidiendo si llevarla a cenar. No estaba seguro de que fuera a resultar como en el Envy. Aquello, desde luego, había sido espectacular. Pero estaba casi seguro de que podrían cenar juntos. ¿Y si la chispa seguía ahí? A saber lo que podría suceder. No debía estar tan enfadada con él. A fin de cuentas, había sido ella la que se había marchado sin siquiera decir adiós.

La puerta se abrió casi de inmediato, como si ella hubiese estado esperando al otro lado, esperando su llegada, y allí estaba, mirándolo por el hueco de la puerta entreabierta.

—¡Vaya! Pensé que no volvería a verte —a Hudson le había preocupado no poder reconocerla.

Básicamente habían pasado la mayor parte del tiempo a oscuras. Pero estaba tal y como la recordaba, quizás incluso más guapa.

—Yo pensaba lo mismo.

Hudson esperaba que soltara la puerta y lo saludara, quizás, con un abrazo. No le hubiera parecido inapropiado, considerando lo que había sucedido entre ellos. Pero Ellie ni siquiera sonrió. Parecía alterada, preocupada, tal y como había dicho Aiyana.

—Por favor, pasa —lo invitó mientras se hacía a un lado para dejarle espacio.

La sonrisa de Hudson se borró a medida que entraba en la habitación. La reunión no empezaba tal y como la había planeado.

—Escucha, si estás enfadada, te lo puedo explicar.

—¿Explicar? —repitió ella.

—Por qué no te dije quién soy.

—Ah —Ellie hablaba de un modo impersonal, dando la impresión de que ni siquiera se le había pasado por la cabeza—. Admito que me resultó algo... curioso. ¿Por qué no me dijiste nada?

—No quería que influyese en lo que estabas pensando o sintiendo. Preferí ser un tipo normal para variar —al recordar el suave pecho bajo su mano, Hudson sonrió. Esa primera caricia había resultado embriagadora. Era uno de sus recuerdos preferidos.

Pero Ellie ni siquiera le devolvió la sonrisa. Apartó la mirada como si no pudiera permitirse la menor distracción.

—Tiene sentido, supongo —observó.

Aquello estaba resultando ser tan sencillo que Hudson sintió una punzada de alarma.

—¿No estás enfadada?

—No.

Si no estaba molesta porque le había ocultado su identidad, y tampoco estaba contenta de verlo, ¿de qué iba todo eso?

—Aiyana me dijo que tenías algo que contarme.

La mano de Ellie se posó automáticamente sobre su barriga, arrastrando con ella la mirada de Hudson. Estaba más delgada, pero la redondez que percibió cuando ella pegó el jersey contra su cuerpo hizo que el corazón le diera un brinco.

—No habrás... Supongo que no habrás venido para decirme que estás embarazada o algo parecido, ¿verdad?

Ella asintió, aparentemente aliviada por no tener que ser ella quien pronunciara las palabras.

—Sí, me temo que... —contestó con voz entrecortada antes de carraspear—. Me temo que sí lo estoy.

Una oleada de roja furia atravesó a Hudson. No. Después de lo que había sufrido de joven, rechazado por su propia madre desde su mismo nacimiento, se había prometido a sí mismo que no haría llegar al mundo a un hijo indeseado. Había tenido mucho cuidado, negándose el placer a sí mismo muchas veces. Eso no podía estar sucediendo.

—Tiene que haber algún error —aseguró—. Utilizamos protección. Yo siempre utilizo protección.

—Yo pensé lo mismo —ella suspiró ruidosamente—. Créeme, para mí fue una auténtica sorpresa cuando, cuando no tuve la regla al mes siguiente. Ni siquiera me había dado cuenta del retraso, así de inesperado fue. Estaba tan absorta en mi trabajo y mi vida en general que no me fijé en la fecha. Pero, bueno, al final me di cuenta. Y me hice una de esas pruebas de embarazo caseras.

—Esas pruebas pueden fallar —observó Hudson con

voz ronca. Sentía tal opresión en el pecho que apenas podía respirar.

—Eso es verdad —Ellie apartó la mirada—. Pero esta no se equivocó. He estado acudiendo a la consulta de un ginecólogo obstetra. Un análisis de sangre lo confirmó, y ya empieza a notarse. No hay ninguna duda.

Sintiéndose como si alguien acabara de darle una patada en el estómago, Hudson se sujetó, apoyando una mano en la pared.

—Escucha, siento mucho que te encuentres en una... que estés en una situación complicada. Si te sirve de algo, puedo darte dinero. Pero ese bebé no es mío.

—Sí lo es —ella parecía horrorizada, aunque se mantuvo firme—. No hay ninguna duda al respecto.

El hecho de que intentaran hacerle responsable de algo que siempre había evitado con tanto esfuerzo hizo que sus músculos se tensaran.

—¡Tiene que haberla!

Ellie dio un respingo ante el estallido de Hudson, y levantó las manos, con las palmas hacia fuera, como si le suplicara que conservara la calma.

—Sé que esto supone una conmoción. Y lo siento. Pero ¿podríamos tratar este asunto sin que implicara emociones?

—¿Sin emociones? —repitió él—. ¿Cómo pretendes que no esté alterado? Me estás diciendo que he hecho lo que siempre me juré no hacer jamás.

—Lo único que estoy haciendo es informarte de lo que sucedió —Ellie frunció el ceño—. Pensé que lo correcto sería que supieras que, sin querer, engendramos a un ser humano.

—Por supuesto. Y sin duda alguna tus motivos para traerme esta buena nueva son totalmente desinteresados.

—Por favor, si quisieras escucharme...

—¿Y qué pasa con ese novio del que me hablaste? —le interrumpió él—. ¿Ese al que dijiste que pillaste engañándote con otro hombre?

—¿Qué pasa con él?

—¿No fue más que una historia ingeniosa? ¿Un truco para que sintiera lástima de ti?

—¡No! —ella lo miró perpleja—. Don es real.

—Eso espero. Porque si de verdad existió ese novio, supongo que también te acostarías con él —sin duda su línea de razonamiento le iba a proporcionar una soga con la que salir del pozo en el que había caído.

—Sí...

—Entonces este bebé también podría ser suyo.

—Salvo que no volvimos a estar juntos después de mi última regla.

—Quizás el esperma aguantó, eso puede suceder. Puede vivir varios días dentro de una mujer.

—Fueron algo más que varios días.

—Entonces tiene que haber otro tipo que haya hecho esto —insistió Hudson—. ¿Con quién más te has acostado?

Ella se abrazó a sí misma, como si estuviera luchando contra un fuerte viento en contra.

—¡Con nadie más! No he estado con nadie más en siete años.

—¡Y una mierda! Eso ni siquiera es normal.

Las lágrimas empezaron a rodar por las mejillas de Ellie, pero él no permitió que le ablandaran el corazón. Se la había jugado muy bien, a la perfección. De ninguna manera iba a facilitarle las cosas, no después de lo que le había hecho. No tenía ni idea de lo mucho que insistía siempre a los chicos del centro en que dos adultos debían estar preparados para tener un hijo antes de engendrar uno.

Vio moverse la garganta de Ellie, que tragó con dificultad.

—Por raro que te parezca, solo me he acostado con tres hombres en toda mi vida. Dos de ellos fueron novios con los que mantuve una prolongada relación.

—¿Y esperas que me crea que, después de estar conmigo en el hotel un par de horas, soy el único extraño con el que te has acostado nunca?

—Sí —Ellie dio un paso atrás, como si la hubiese abofeteado.

—Y la persona elegida resulta ser un famoso *quarterback*.

—Sí, quiero decir, no. No es como haces que parezca. Yo no sabía que eras un famoso *quarterback*. No te seleccioné.

—¿Y eso cómo lo sé yo? —Hudson avanzó la misma distancia que ella había reculado.

—Pues, supongo, que no lo sabes —ella no parecía encontrar las palabras.

—Exactamente. Lo único que tengo es tu palabra.

—Eres la única persona que podría ser el padre —Ellie lo miró, implorándole que la creyera, pero Hudson se negaba a ser persuadido por esa carita de aspecto sincero e inocente. Ya le había engañado una vez. No iba a permitirle hacerlo una segunda.

—¿Puedes ser tan precisa? —preguntó él—. ¿En serio?

—No me crees.

—¿Y te sorprende? ¡Me tendiste una trampa! ¡Admítelo!

Si ya estaba pálida cuando él había llegado, en esos momentos, Ellie estaba blanca como el papel.

—¡No!

—¡Deja de mentir! —Hudson dio otro paso amenazador hacia ella, que reculó un poco más—. Me reconociste desde el principio, ¿verdad? Sabías quién era yo. Solo fingías ignorarlo para embaucarme, y yo caí en la trampa.

—¡Yo no intentaba atraparte! —balbuceó ella mientras se apoyaba contra la pared.

—Entonces, ¿cómo explicas que fuiste tú quien llevó los preservativos defectuosos?

Ella intentó alejarse de él, pero Hudson apoyó las manos en la pared, una a cada lado de su cara.

—Dime la verdad —masculló entre dientes—. ¡Lo hiciste intencionadamente!

—Claro que no —las lágrimas rodaban sobre las mejillas de Ellie—. Si quisieras escucharme, yo... yo puedo explicar lo de los preservativos. Mi amiga me los metió en el bolso aquella noche como una... como una broma.

—Eso ya me lo dijiste antes de usarlos.

—¿Lo ves? Nunca pensé que fuera a necesitarlos realmente. Pero entonces te conocí, y una cosa llevó a la otra, y tú no llevabas preservativos y yo tenía esos y... —Ellie se interrumpió, como si se hubiera dado cuenta por la mirada asesina que solo estaba consiguiendo enfurecerlo aún más—. Espera —moqueó mientras se secaba las mejillas con la mano—. Esto se nos está escapando de las manos. Entiendo por qué te sientes inclinado a pensar lo peor. Algunos de los hechos parecen extraños. Pero esperemos a que nazca el bebé. Puedes solicitar una prueba de paternidad que demostrará que no te estoy mintiendo.

—Que no me estás mintiendo sobre la paternidad.

—¿No es eso lo único que importa ya?

—¡Por supuesto que no! —gritó él—. No permitiré que me hagas responsable de la llegada a este mundo de un hijo no deseado. Vamos a interrumpir este embarazo. Ahora mismo.

Hudson era muy consciente de que no era su decisión. Ni siquiera estaba seguro de estar de acuerdo con ello. Nunca había pensado seriamente lo que haría en una situación como esa. Pero no podía evitar fingir que se sentía capaz de ocuparse de ello. De hacer algo al respecto.

—¿Qué?

—Ponte la chaqueta —ligeramente satisfecho ante la expresión de pánico de Ellie, llevó el farol un poco más lejos—. Nos vamos ahora mismo a Los Ángeles, encontraremos una clínica y nos ocuparemos de esto. Después cada uno podrá seguir su camino.

—Quieres que aborte —las lágrimas brotaron con renovado impulso de los ojos de Ellie.

—Eres más lista de lo que pareces.

—Ya es demasiado tarde —ella se llevó las manos al estómago en un gesto protector—. Ya estoy en el segundo trimestre.

—¿Qué has dicho? —Hudson la miró boquiabierto.

—Estoy de veintidós semanas. Un embarazo dura solo cuarenta. Ya he pasado más de la mitad.

—¡Pues claro! —mesándose los cabellos, él se dio media vuelta y se alejó, empezando a caminar por la habitación—. Por eso has esperado tanto para decírmelo. Para que no tuviera ninguna opción.

—¡Eso no es verdad!

—¿Y cómo lo explicas si no? —gritó Hudson, volviéndose de nuevo hacia ella.

—Yo, yo no puedo explicarlo. No me dejas. Estás demasiado convencido de que intento... intento joderte de algún modo. Pero te juro que descubrí quién eres hace dos semanas. Me invitaron a una fiesta de la Super Bowl y... y te vi en televisión.

—He estado otras veces en la Super Bowl. ¿Cómo puede ser que seas la única persona en todo el país en no haberme visto?

—Los deportes me importan una mierda. Me parece una estupidez pagar millones de dólares a unos hombres adultos que se lanzan los unos contra los otros. No entiendo que no se gaste ese dinero en intentar hacer algo que mejore la vida.

La respuesta enfureció a Hudson. Tenía que golpear algo, tenía que encontrar una salida para la frustración y el desencanto que se acumulaban en su interior. Después de todos los años que había vivido sintiéndose rechazado e indeseado porque alguien había dejado embarazada a su madre cuando no estaba preparada para tener un bebé, allí estaba, repitiendo el mismo condenado ciclo.

–No pareció importarte cómo me ganaba la vida cuando me sedujiste –espetó mientras golpeaba la pared con un puño.

Ellie dio un respingo y se tapó la cabeza con los brazos, como si ella pudiera ser el siguiente objetivo. Pero Hudson no avanzó hacia ella, limitándose a sacudir la dolorida mano. Ella parpadeó y contempló el agujero que había abierto en el pladur.

–Deberías marcharte –observó ella–. Ahora. Antes de que llame a la policía.

–¡No he hecho nada que me haga merecedor de un arresto! ¡Has sido tú la que me ha estafado! Me pusiste una trampa, te quedaste embarazada a propósito y ahora has venido a… ¿a qué? ¿A recoger un suculento cheque? ¿Es lo que vendrá a continuación?

Era más fácil centrarse en el apoyo económico que Ellie iba a necesitar que en todo lo demás. Por suerte él tenía mucho dinero. Pero no quería ser el responsable de engendrar un hijo en esas circunstancias. Se había jurado a sí mismo no hacer eso jamás y, sin embargo, tras haber conocido a Ellie cinco meses atrás, ahí estaba. No podría haber caído de peor manera.

–Te equivocas –Ellie empezaba a temblar–. No busco tu dinero. Escucha, tú... tú no eres el hombre que yo creía que serías.

Hudson no pudo por más que mostrarse de acuerdo. ¡Eso era precisamente lo que lo estaba matando!

—No debería haber venido —continuó ella—. Todo esto ha sido un tremendo error.

—Ya te digo que ha sido un error. Elegiste al tipo equivocado —Hudson redujo la distancia entre ellos y agachó la cabeza para pegarse a la cara de Ellie, a pesar de que veía que estaba aterrorizada—. ¿Qué pensaste que haría? ¿Tragármelo sin más? ¿Dejar que arruinaras mi vida sin decir nada?

—¿Arruinar tu vida? No veo por qué un hijo debería arruinar tu vida.

Era evidente que ella no lo comprendía, nunca lo haría. Si alguna vez tenía un hijo, no quería ser un padre a tiempo parcial. Quería ser el padre que él nunca había tenido.

—¡Dime la verdad! —gritó—. Has estado mintiendo todo el tiempo.

Ellie lloraba tanto que le costaba respirar.

—Sí. Eso es. Yo... yo estaba mintiendo. Y sigo mintiendo. No tienes de qué preocuparte. Nada va a impedir que sigas viviendo tu vida. Puedes marcharte. No existe tal bebé.

El repentino cambio lo pilló desprevenido. Hudson se quedó de golpe sin aire. Mientras ella siguiera esgrimiendo el mismo argumento, él podría contraatacar, airear su decepción ante la situación y ante sí mismo. Pero ¿qué podía hacer si ella ya no se resistía? Había retirado todo lo dicho, dándole la oportunidad de marcharse como si el encuentro jamás hubiera tenido lugar, y estaba tentado de hacerlo. Deseaba olvidarlo todo, fingir que no lo sabía. Pero no podría hacerlo, y eso significaba que no había salida.

—¡Eh!

Ambos se volvieron y vieron a un hombre con cierto aire de autoridad, Hudson supuso que debía ser el gerente del hotel, que asomaba la cabeza al interior de la habitación tras abrir la puerta.

—He recibido quejas por el ruido. ¿Va todo bien?

Hudson estaba a punto de echar a ese tipo, pero Ellie habló primero.

—No —ella se acercó al gerente, como si fuera su salvación—. No va todo bien. Necesito que llame a la policía.

—¿Hudson King? —el hombre lo miró espantado al darse cuenta de quién estaba provocando el incidente.

—Esto no es lo que parece —intervino Hudson—. No nos estamos peleando, no exactamente. Al menos no físicamente. Y pagaré por el pladur —sacó varios billetes del bolsillo, muchos más de los necesarios para pagar el arreglo del desperfecto, y los arrojó sobre la cama.

—Estoy más preocupado por ella que por la pared —contestó el hombre.

—No le he hecho daño —Hudson levantó las manos—. Dile que no te he hecho daño.

—Él n-no me ha hecho daño —admitió ella, moqueando y secándose las lágrimas de las mejillas—. Pero podría hacerlo. Quiero que se vaya. Esta es mi habitación, y él ya no es bienvenido.

—¿Qué? —exclamó Hudson.

¿Cómo se atrevía a comportarse como la parte lastimada? Cierto que había elevado un poco el tono de voz. ¡Pero había que ver lo que esa mujer le había hecho!

—Si te marchas de inmediato, olvidaremos que esto ha sucedido —le aseguró ella—. De lo contrario...

—Espera —Hudson se frotó la cara con una mano. Ella parecía insistir en olvidarlo todo. Pero él ya no podía hacerlo—. Necesitamos hablar. No hemos resuelto nada.

—Sí, ya está todo resuelto —insistió ella—. Yo ya he terminado. Hice lo que pensaba debía hacer, y tú no me has parecido interesado en oírlo, así que... lo dejaremos así.

Una nueva oleada de frustración le hizo sentir que lo había enredado. ¿De repente lo echaba de su vida? Llegaba, lo destrozaba y luego... ¿adiós?

—Pero...

—¿Señor King? —el gerente del motel lo interrumpió antes de que pudiera iniciar una discusión con ella.

—¡No llame a la policía! —Hudson levantó un dedo amenazador—. Siento lo del ruido, pero no he hecho nada malo, salvo abrir un agujero en la pared, que ya he pagado.

—Lo entiendo. Me alegra que se haya ocupado de ello. Pero está provocando un altercado. Y, seamos sinceros, está tremendamente furioso. Entiendo que su pobre novia esté muerta de miedo.

¿Novia? Hudson sintió de nuevo ganas de golpear la pared.

—¡Nunca le he hecho daño, ni a ella ni a ninguna otra mujer!

Le ponía furioso que alguien se atreviera a insinuarlo siquiera, pero ninguno de los dos intentó tranquilizarlo. Hudson tenía la impresión de que no acababan de creerle, y eso lo ponía aún más furioso.

—Si se marcha ahora, no habrá necesidad de implicar a nadie más —insistió el gerente del motel mientras recogía el dinero y reculaba de nuevo—. Salgamos de aquí, ¿de acuerdo? Mírela, está temblando como una hoja.

Hudson no pudo evitar sentir cierta conmoción al mirar a Ellie con objetividad. Desde luego parecía asustada. En realidad no le había hecho nada malo, pero comprendió que tanto ella como el gerente estaban reaccionando a lo que podría haber hecho. Ellie no confiaba en él, no más de lo que él confiaba en ella.

—Ella lo ha provocado —murmuró, aunque ya no se sentía tan seguro de ello. La repentina negación de todo al final, como si estuviera diciendo cualquier cosa para aplacarlo y que se marchara, le había arrebatado el fuego a su ira. ¿Y si, por improbable que fuera, y a pesar de que ella hubiera aportado los preservativos defectuosos, fuera una de esas cosas que suceden? Una sorpresa que nadie había planeado.

A lo mejor la noche que se conocieron ella no sabía que esos preservativos eran defectuosos. A lo mejor era tan inocente como aseguraba ser. De ser el caso, no debería haberla acusado, no debería haberla alterado. Pero Hudson no sabía qué pensar. El hecho de estarse enfrentando al error que siempre había intentado evitar le ponía enfermo.

¿Qué podía hacer? Tenía la sensación de que Ellie lo había derribado mejor que cualquier contrincante al que se hubiera enfrentado. La cabeza le daba vueltas y no conseguía recuperar el control de sí mismo.

—Por aquí —lo animó el gerente—. Vamos. No quiero problemas.

Hudson no podía permitir que llamara a la policía. Sabía lo que haría la prensa si descubrían que se había comportado indebidamente con una mujer en un motel. Lo exagerarían todo, dibujarían un panorama mucho peor de lo que había sido, y él sería uno más, como todos esos jugadores de fútbol americano que tan mala fama daban al deporte. Se había jurado a sí mismo no hacer nunca algo así, y por tanto no le quedaba otra que claudicar.

—No va a haber ningún problema. Mire, ya me voy.

El gerente del motel se hizo a un lado en cuanto Hudson se acercó. El hombre parecía tan asustado como Ellie, a pesar de lo cual no había dejado de insistir en que se fuera. Admirable por su parte.

En el último segundo, Hudson se detuvo y se volvió hacia Ellie. Tenía la sensación de que debería decir algo. Aquello había salido muy mal.

–Luego te llamo, cuando… cuando me haya tranquilizado un poco. ¿De acuerdo?

–No, no te molestes –contestó ella–. No quiero volver a saber nada de ti nunca más.

Capítulo 10

A Ellie le faltó tiempo para recoger sus cosas. Se marchaba de Silver Springs de inmediato. Había cumplido con su misión. Hudson podía fingir que era mentira, a ella le daba igual. Lo malo era que acudir a ese lugar había destrozado la imagen que tenía hasta entonces de ese hombre. De lo contrario habría seguido recordando con cariño el tiempo pasado en su compañía.

Al bajar la pequeña maleta de la cama, casi se cayó ella detrás. Le faltaban fuerzas y necesitaba comer. Desenvolvió el sándwich que se había comprado y se obligó a darle un mordisco antes de mirar por la ventana para comprobar si estaba todo despejado.

Hudson parecía haberse marchado. El gerente del motel regresaba tras haberlo despedido. Se encaminaba hacia su habitación, seguramente para comprobar que estaba bien, y Ellie llevó la maleta hasta el coche de alquiler.

–¿Se marcha? –preguntó el hombre.

–En cuanto pueda –respondió ella.

–Pero le había reservado la habitación para dos noches.

Ellie no estaba dispuesta a que eso la detuviera.

—Cóbreme lo que pueda y quédese con el resto —si no conseguía cambiar el vuelo tendría que pasar la noche en un motel en Los Ángeles, pero le daba igual tener que pagar dos veces el alojamiento. Cualquier cosa era preferible a quedarse allí.

El gerente frunció el ceño y hundió las manos en los bolsillos mientras ella regresaba a la habitación para recoger el ordenador, el bolso y el resto de la comida.

—Si sirve de algo, me sorprende realmente el comportamiento de Hudson —le aseguró cuando ella salió de nuevo—. Nunca he oído que se haya mostrado violento con nadie, mucho menos con una mujer o un niño. Aquí casi todo el mundo lo adora, sobre todo Aiyana, la de New Horizons.

—Por supuesto que Aiyana lo adora. Hudson le da mucho dinero para la escuela.

—Sí, pero también pasa mucho tiempo aquí, ayudando a los chicos.

—Un detalle por su parte —contestó ella, aunque en su voz no había ni rastro de admiración, y en su corazón tampoco.

No podía quitarse de la cabeza la fría y dura mirada mientras avanzaba hacia ella, y la decisión con la que había decidido llevarla a Los Ángeles para que abortara. Ese bebé era algo muy real para ella. La semana anterior había sentido el primer movimiento, una prueba de vida, y ya empezaba a pensar en nombres. Incluso había empezado a preparar el dormitorio de invitados para convertirlo en el cuarto del bebé. ¿Cómo se le había ocurrido hacer ese viaje?

Había sido una ilusa, decidió, demasiado sincera para su propio bien, y demasiado optimista sobre la clase de hombre con el que se había relacionado.

El gerente le informó de que le podría cobrar una

noche. Ella se lo agradeció y todo acabó. Mientras salía del aparcamiento exclamó un silencioso «¡a la mierda!», dirigido hacia Hudson y el desagradable encuentro que acababan de mantener. Iba a regresar a su pacífica y estable vida. Quizás no fuera muy excitante, pero al menos no estaba sometida a los caprichos de un pomposo y dominante jugador profesional de fútbol. En cuanto comprendiera que no quería nada de él, ni siquiera apoyo para su hijo, se olvidaría de todo.

Eso esperaba.

Hudson se sentía fatal.

Se sentía fatal por llevar a un bebé a una situación menos que idílica, y que ese bebé sintiera las repercusiones.

Se sentía fatal por haber culpado a Ellie de mentir, caso de que no lo estuviera haciendo. Sobre eso aún no estaba convencido, pues su encuentro de septiembre había sido de lo más inusual.

Se sentía fatal por comportarse como un pendenciero abusón delante de ella y del gerente del motel de The Mission Inn. Sin duda debían pensar que era alguna clase de monstruo.

Y por último, hacía mucho tiempo que no se sentía tan mal.

—Mierda —murmuró mientras caminaba por la casa.

Tenía que regresar al motel, hablar de nuevo con Ellie. No iba a alegrarse de verlo, pero tenía la intención de comportarse mucho mejor, sería más diplomático. Para empezar, aparcaría sus dudas a cambio de intentar resolver el problema que tenían entre manos. Y la cuestión era... ¿qué podían hacer sobre el bebé? En cuanto naciera iba a solicitar una prueba de paternidad, eso por supuesto, pero Ellie estaba tan segura de que él era el padre que sospechaba que quizás tuviera razón. No habían hecho el amor solo una vez. Lo habían hecho tres veces, y eso aumentaba las probabilidades, y cada vez había sido gloriosamente loca, salvaje y desinhibida. No le había dado la impresión de que alguno de los preservativos se hubiera roto o calara, pero no era fácil de notar. Tampoco había encendido la luz para examinar el preservativo utilizado. Se había limitado a entrar en el cuarto de baño para deshacerse de él.

Por tanto... debía contemplar la situación como si no lo hubiera engañado. Debía respirar hondo y pensar en otro futuro diferente del que se había imaginado para sí mismo. Sería padre antes de ser esposo. Ya no podía escapar de eso, de modo que tendría que averiguar el modo de aceptarlo. Pero, por si no fuera ya bastante malo, el bebé nacería en cuatro meses. Tenía muy poco tiempo para prepararse mental o emocionalmente y, peor aún, él o ella viviría en la otra punta del país.

¿Cómo iba a ser un buen padre si solo veía al niño cada dos meses o así?

Para eso no había respuesta.

—Mierda —repitió.

Desde que se había encontrado con Ellie, no paraba de soltar juramentos. Si tenía que pasarle algo así, ¿por qué no había dejado embarazada a una lugareña?

Después de todos los esfuerzos que había hecho para no dejar embarazada a ninguna mujer, de todas las noches que había permanecido en la habitación del hotel, mientras sus compañeros de equipo se divertían con prostitutas. Después de todas las locuras que había evitado cada vez que sus amigos lo invitaban a Las Vegas, y él se iba a dormir en cuanto aparecían las admiradoras. No era justo, pensó antes de detenerse. No podía seguir yendo por ese camino que solo le sacaba de quicio.

En cuanto se calmó lo bastante como para dejar de caminar de un lado a otro, se sintió tentado de irse a la cama, taparse la cara con la almohada y no despertar en varios días. Pero Ellie solo estaría en la ciudad hasta el día siguiente. Tenía que enfrentarse al problema mientras ella aún estuviera allí.

Recordó que quería comprobar algo sobre ella y se dirigió hacia su despacho, donde había dejado el portátil. Cuando se conocieron ella le había dicho que era científica, especializada en inmunología. Y al hablar con ella le había parecido plausible, pues sabía un montón de cosas sobre la luna, las estrellas y las mareas. Era cultivada, y alguien con su educación no sería dada a tenderle una trampa con un embarazo. Alguien como Ellie se ganaría la vida ella sola. Además, ¿cómo iba a saber ella que lo encontraría en el Envy?

Después de que su ser más racional pareciera tomar el mando, Hudson releyó la nota que Ellie le había confiado a Aiyana, para asegurarse de escribir correctamente el apellido al buscar en Google. Aunque no esperaba encontrar nada muy detallado o espectacular, no le hizo falta pasar de página para encontrar un enlace. El primero de ellos lo llevó a la página web del Banting Diabetes Center, donde ella trabajaba. Lo sabía porque su foto figuraba en la página de los empleados, junto con su biografía.

Ellie P. Fisher, doctora, está llevando a cabo una investigación postdoctoral en el centro de trasplante celular de Banting Diabetes Center, trabajando en el campo de las terapias celulares, inmunoingeniería e inducción de la tolerancia para la cura de la diabetes tipo I.

Ahí lo tenía. Si hubiera sabido su apellido desde el principio, podría haberla encontrado hacía meses. Desde luego no parecía una mujer capaz de sabotear un preservativo para quedarse embarazada. La clase de persona que hacía eso no solía ser un respetable científico. De repente tuvo menos sensación de que lo hubiese engañado, pero también le hizo sentir como un imbécil. Si ella no lo había engañado, debía haberse sorprendido tanto como él, debía estar tan poco preparada como él, para el embarazo. Pasar la noche juntos en la cama no había sido solo culpa de ella. Cierto que había sido ella la que lo había metido en el taxi, pero él se había mostrado más que encantado al permitírselo. Había sido él el que la había empujado contra el coche para besarla, ¿no?

Dio un respingo al recordar cómo había abierto un agujero en la pared de la habitación del hotel de un puñetazo, y se fijó en los nudillos hinchados.

—Mierda —gruñó de nuevo y, suspirando profundamente, se obligó a levantarse para buscar el móvil.

Había metido el número de Ellie en sus contactos y no le costó nada encontrarlo. Pensó en llamar, pero decidió que quizás se mostraría más receptiva a un mensaje de texto, dado que resultaba menos invasivo. *Hola, soy Hudson. Siento mucho mi comportamiento*, escribió. *No volverá a suceder*.

No hubo respuesta.

¿Podemos hablar? Insistió.

Ese mensaje también fue ignorado por Ellie. Hudson dedicó las dos horas siguientes a moverse inquieto por la casa, intentando decidir si debería olvidarse de los mensajes y probar con una llamada. Acababa de tomar la decisión de probar cuando por fin recibió una respuesta.

No hay nada de qué hablar. No quiero nada de ti. Ni dinero, ni apoyo. Nada. Eres libre para seguir con tu vida como si nunca hubieses sabido de mí.

—¡Mierda! —murmuró él mientras se rascaba la nuca y pensaba en una respuesta.

No pretendía sonar tan mezquino. Por supuesto que te ayudaré. Sabes que puedo permitírmelo. Esto no es un problema de dinero. Nunca lo ha sido. Me pillaste con la guardia baja.

Sinceramente, no te necesito, fue la respuesta inmediata. *Soy muy capaz de cuidar de mí misma y del bebé. No te preocupes. Te deseo una buena vida.*

¿Una buena vida? Hudson se mesó los cabellos, un gesto que repetía mucho últimamente.

Voy a ignorar eso último, dado que sé que estás enfadada y me lo merezco. Pero, en serio, no quiero que tú cargues con todos los gastos.

Nada.

Seré generoso, añadió. Y lo decía en serio, pero también esperaba provocarla para que reanudara la conversación.

Por desgracia, no funcionó. Y cuando intentó llamarla, Ellie no contestó.

Después de insistir cinco veces más, ella al fin se derrumbó y volvió a escribirle.

Ellie: Por favor deja de acosarme o tendré que cambiar de número. Fue un error dártelo. Cuando lo hice no tenía ni idea de que eras un maltratador.

Hudson: ¡Yo no soy un maltratador! Es que… me pillaste por sorpresa.

Ellie: ¿Y te crees que yo me alegré al descubrirlo?

Hudson: Estoy seguro de que no. Y ahora me siento mal por ello. Si sirve de algo, volveré a disculparme.

Ellie: Ya te he dicho que no te molestes. He visto todo lo que tenía que ver.

Hudson sintió un momento de pánico.

Hudson: ¿Me estás apartando del bebé?

Ellie: Si deseas ver al bebé puedes escribir a mi laboratorio, en el Banting Diabetes Center, después del diez de junio. Hasta entonces no salgo de cuentas. Encontrarás la dirección online.

Hudson: Supongo que eres consciente de que tengo derechos.

Enseguida supo que no había seguido un buen camino, pues ella dejó se responder a sus mensajes.

Hudson no recordaba haber dormido tan mal en su vida. Mientras el viento y la lluvia de la esperada tormenta azotaba la casa, se obligó a dejar en paz a Ellie para que pudiera recuperarse de la discusión, pero no le había sido fácil quedarse sin hacer nada. Y se moría por resolverlo. Sabía que no podía presionarla demasiado. Que Dios no permitiera que esa mujer se convenciera de que la estaba acosando de verdad. Un escándalo público no haría más que empeorarlo todo. Ya iba a ser difícil que no trascendiera nada de lo que estaba sucediendo.

Se levantó con las primeras luces, pues no le veía ningún sentido a seguir dando vueltas en la cama, y miró por la ventana de la cocina, comprobando que había dejado de llover. Mientras preparaba café estuvo pendiente todo el rato del móvil. Ellie tendría que contestarle alguna vez, ¿no?

Pues al parecer no, comprendió a medida que pasaba el tiempo. A lo mejor incluso lo había bloqueado…

¿Hola? ¿Podríamos vernos hoy, por favor? Le escribió.

Tras una eternidad, por fin oyó el tono de notificación, pero no le gustó lo que leyó: *Escribe al BDC a partir del diez de junio.*

No iba a poder esperar tanto. Iría a verla. Iba a tener

que hablar con él. Pero necesitaba ser más inteligente. Primero pasaría por recepción y le pediría al gerente que lo acompañara hasta su habitación. Con alguien más presente, tendría alguna posibilidad de que le concediera algunos minutos. En cuanto la convenciera de que no iba a explotar de nuevo, a lo mejor lo dejaría pasar a la habitación. En el peor de los casos esperaba arrancarle un acuerdo de custodia compartida de seis meses cada uno. Odiaba la idea de perderse la mitad de la vida de su hijo. Para él, la estabilidad lo era todo, dado que él nunca la había tenido. Pero al repartirse el año podría quedarse con el bebé durante todo el invierno, una vez concluida la temporada de fútbol y cuando no estuviera tan ocupado.

Tomó las llaves y salió corriendo de su casa. Pero de inmediato regresó para afeitarse y ducharse. Debía mostrar un aspecto presentable. Incluso se echó un poco de colonia.

«Así está mucho mejor», pensó mientras se miraba al espejo. No parecía un tipo peligroso. Aparte de los ojos inyectados en sangre y la rigidez de la mandíbula, evidencias de una mala noche, su aspecto era el del deportista que se suponía que era.

—No se pierde nada —murmuró mientras agarraba la nota que Ellie le había dejado a Aiyana. Quizás le ayudaría para convencer al gerente del motel de que ella había viajado hasta Silver Springs con la intención de verlo.

—¿Qué significa que no está aquí?

El mismo encargado que Hudson había conocido el día anterior, Monty, según la tarjeta de identificación, atendía tras el mostrador.

—Significa lo que le he dicho. Se marchó nada más irse usted.

—Pero necesito hablar con ella —a Hudson se le cayó el alma a los pies.

—Yo diría que lo mejor sería que la dejara en paz —Monty chasqueó la lengua.

Y una mierda. Esa mujer llevaba a su hijo dentro.

—¿Dijo adónde se dirigía?

—Supongo que de regreso a Miami —contestó el hombre mientras se encogía de hombros—. De allí venía. Le dije que tendría que cobrarle la estancia, pero no le importó. Le cargué una noche —añadió, como si ese detalle le importara a alguien, aparte de Ellie.

—Vive en Cooper City —Hudson lo sabía porque ella misma se lo había mencionado en ese club—. ¿Podría darme su dirección?

—Lo siento, pero no. No estoy autorizado a dar esa clase de información.

Las llaves se le clavaban a Hudson en la palma de la mano.

—Pero supongo que hizo una fotocopia de su permiso de conducir…

—Por supuesto. Es el procedimiento estándar.

—Entonces podría recuperar esa información en el ordenador, y facilitarme su dirección.

—Salvo que no puedo, ya se lo he dicho —Monty abrió los ojos desmesuradamente.

—¿Por qué no? ¿Quién se iba a enterar?

—¡Yo! —el hombre parecía aturdido—. ¿Y si le facilito su dirección y ella acaba apaleada o… asesinada? No quisiera ser yo el responsable de la siguiente Nicole Simpson.

Hudson pensó que la tarde anterior debía haberse comportado mucho peor de lo que recordaba, o ese tipo tenía una imaginación desbordante.

–Eso es ridículo. Yo jamás le haría daño, ni a ella ni a nadie –espetó mientras salía de la oficina.

No necesitaba a ese gerente. Podría obtener fácilmente la información con la ayuda de su investigador privado. Y lo demostró. Tras una llamada y una hora de espera, obtuvo lo que buscaba.

Capítulo 11

Ellie no podía cambiar el vuelo sin un incremento notable en el precio del billete. Resultaba más barato alquilar una habitación en un motel hasta poder abandonar la ciudad, y eso hizo.

Dado que estaba en Los Ángeles se dijo a sí misma que podría hacer un poco de turismo en su día libre. Olvidar a Hudson, divertirse. Lo malo fue que, incapaz de dejar de llorar, no consiguió salir de la habitación. Ni siquiera estaba segura de por qué lloraba. Eso era lo más raro. Simplemente no podía cortar el grifo, no con las hormonas del embarazo trabajando en su contra.

En cuanto pasó lo peor del ataque de llanto, habló con Amy, que estaba ansiosa por saber cómo había ido su reunión con Hudson.

Amy no se mostró nada feliz al oír las noticias. Le llamó grandísimo imbécil y varias otras cosas escogidas. Pero su argumento final fue optimista:

—Tú no necesitas a ese tipo.

Aunque Ellie estuvo de acuerdo, no estaba del todo convencida de haberse librado de Hudson para siempre. El último mensaje que le había enviado, en el que le advertía que tenía derechos, le había hecho sentirse inquieta, y seguramente por eso no se lo había mencionado a su amiga, ni nada de lo que había sucedido después de que él abandonara su habitación en el motel.

Esperando que Hudson se olvidara de ella y del bebé, que todo acabara bien a pesar del terrible error que había cometido al decidir contárselo, Ellie decidió mirar hacia delante, no hacia atrás. Pero al día siguiente aún se sentía deprimida, sobre todo durante el vuelo de regreso a su casa, cuando empezó a sufrir escalofríos y un tremendo dolor de cabeza. Intentó convencerse a sí misma de que no era más que malestar matinal, sobre todo cuando empezó con las náuseas. El caso era que, hasta entonces, no había sufrido nada de eso, y se suponía que las náuseas remitían en el segundo trimestre, no que aparecían de repente.

Para cuando su vuelo hubo aterrizado en Miami, temía seriamente haber contraído la gripe.

—Puedes superarlo —gruñó mientras corría para alcanzar el autobús que la llevaría al aparcamiento de larga estancia donde había dejado su coche.

—¿Está bien, señorita?

Ellie acababa de sentarse, con los ojos cerrados y la cabeza apoyada contra el respaldo del asiento. No le había prestado demasiada atención al conductor del autobús al entregarle la maleta, pero, a juzgar por el tono de preocupación en su voz, el hombre se había dado cuenta de que no tenía buen aspecto. Tampoco se encontraba nada bien.

Obligándose a abrir los ojos, intentó tranquilizarlo.

—Me pondré bien —le aseguró mientras se hacía a un lado para dejar sitio a otros pasajeros.

Los continuos tirones del autobús al arrancar y detenerse en las diversas paradas casi consiguieron que vomitara.

Milagrosamente, sin embargo, consiguió mantener en el estómago la frugal cena que había tomado en la escala en Houston y se consideró afortunada al llegar al coche sin haber provocado ningún vergonzoso incidente.

Metió la maleta en el maletero y arrancó el coche, ansiosa por poder disfrutar de la intimidad y comodidad de su casa. Empezaba a hacerse tarde, eran casi las once de la noche, y el vuelo había sido largo y abarrotado, con un niño dando patadas al respaldo de su asiento todo el rato. Se moría de ganas de meterse en la cama.

Cuando por fin llegó, dejó las llaves en la puerta y ni se molestó en encender las luces. Tenía demasiada prisa por llegar al cuarto de baño. Pero al echar a correr tropezó con dos largas piernas que no deberían estar allí, y se golpeó la cabeza con la esquina de la mesa de café.

–¡Ay! –gritó ante el punzante dolor–. ¿Don? ¿Qué demonios haces en mi casa?

–¡Mierda! ¿Estás bien?

La voz, masculina, no se correspondía con la de Don.

Hudson. El cerebro de Ellie registró su identidad mientras él se levantaba de un salto y la ayudaba a ponerse en pie.

–Lo siento.

Al frotarse el punto de dolor de la sien, sintió algo mojado que, sin duda, debía ser sangre.

–¿Qué haces aquí, agazapado en la oscuridad? –preguntó ella mientras se tambaleaba para alcanzar el interruptor de la luz.

Ante la repentina luminosidad, Hudson entornó los ojos, hasta que vio la herida.

–¡Ostras! ¿Estás bien?

–¡No, no estoy bien! –gritó ella mientras se apretaba la mano contra la herida–. ¿Qué intentabas hacerme?

–¡Yo no intentaba hacerte nada! Vine para hablar contigo. Pero no estabas y me quedé dormido mientras te esperaba. No tenía ni idea de que se había hecho de noche ni de que hubieses vuelto a casa ni nada hasta que te caíste.

Ellie lo había dejado en California hacía dos días. ¿Qué hacía en Miami?

—¿Cómo conseguiste cruzar el país antes que yo?

—Cuando regresé al motel y supe que te habías ido hice los preparativos para partir lo antes posible. Tomé el primer vuelo directo, que despegó esta mañana al amanecer.

En cambio, el vuelo de Ellie había despegado a la una de la tarde. Además, para poder ahorrar algo de dinero, había tomado un vuelo que incluía escala. Por eso él había llegado antes. Pero seguía habiendo muchas cosas que no tenían sentido. Hasta hacía tres días desconocían sus respectivos apellidos. Y, sin embargo, ese hombre estaba durmiendo dentro de su casa.

—¿Cómo conseguiste mi dirección?

Él no contestó de inmediato.

—¿Hola? —insistió ella.

—Se llama directorio reverso —murmuró.

—¿Directorio qué?

—En internet.

Ellie estaba casi segura de que su dirección no aparecía en internet, pero prefirió no discutir. Nunca se le había ocurrido comprobarlo, de modo que supuso que debía estar en alguna parte. En los tiempos que vivían, la intimidad no parecía existir, de modo que no se sorprendió demasiado.

—Lo que aún no has explicado es cómo entraste en mi casa… cerrada con llave.

—Eso tampoco me fue muy difícil.

—¿Irrumpiste en mi casa? —Ellie contempló la sangre que manchaba sus dedos—. ¿Forzaste la entrada?

—¡No! Claro que no. Eso sería ilegal. Utilicé la llave que guardas debajo de una piedra junto a la puerta trasera —Hudson ladeó la cabeza para llamar la atención de Ellie, que parecía un poco aturdida—. Por cierto, no es un lugar muy bueno para esconder la llave de repuesto. El hecho de que esté en la parte trasera no significa que nadie vaya a mirar allí.

—Eso es evidente, puesto que la encontraste —contestó ella—. Pero... no tenías ningún derecho a entrar, a... invadir mi espacio personal.

—¡No me quedó otro remedio! Tenemos que hablar, y tú no contestas a mis mensajes, ni a mis llamadas.

—Pues eso debería darte una pista —Ellie se tambaleó.

Hudson se adelantó para sujetarla, pero ella reculó hasta apoyarse contra la pared.

—Claro que me da una pista, pero no la que yo quiero seguir —él sonrió, poniendo en marcha todo su encanto de *quarterback*.

Esa sonrisa era de lo más atractiva. Ellie apartó la mirada antes de quedar atrapada por su luminosidad.

—¿Siempre consigues lo que quieres?

—Casi siempre —la sonrisa de Hudson adquirió un toque travieso.

—No me puedo creer que volara a la otra punta del país solo para desatar una pesadilla —se quejó ella—. Supongo que este año forma parte del proceso.

—No seas tan dura contigo misma —le aconsejó Hudson con expresión avergonzada—. No soy tan malo como parezco.

—¿Existe alguna posibilidad de que olvides que volé hasta California? ¿Que dije... lo que dije?

—No —contestó él, la expresión mortalmente seria.

—Ya me lo temía.

—Ven aquí —Hudson frunció el ceño al verla limpiarse

otro reguero de sangre–. Déjame echar un vistazo. No parece nada serio, pero habría que limpiar esa herida.

–Ya me ocupo yo de mí misma, gracias –Ellie lo fulminó con la mirada.

–Lo siento –se disculpó él–. Me siento fatal.

–Sí, claro. Di la verdad, ¡por el amor de Dios!

–¿Qué quieres decir con eso? –preguntó Hudson en tono ofendido.

–¿Desde cuándo te preocupas por alguien que no seas tú mismo? –en cuanto las palabras salieron de la boca de Ellie, a su mente acudieron los chicos del rancho, pero estaba demasiado enfadada para concederle ese mérito.

Hudson abrió la boca, sorprendido, pero Ellie siguió sin lamentar lo que acababa de decir. Recuperada del sobresalto de la caída y el golpe en la sien, las náuseas que había estado sufriendo al entrar corriendo en su casa regresaron.

–Necesito que te marches.

–¿No podemos hablar primero? ¿Por favor?

En circunstancias normales, la expresión compungida de Hudson le habría hecho ablandarse, pero Ellie se encontraba muy mal.

–Después.

–¿Por qué no ahora?

–Porque no me encuentro bien –ella se frotó el estómago revuelto.

–Túmbate en el sofá. Yo me aparté.

–Esta noche no. Yo... –incapaz de retener por más tiempo el contenido del estómago, Ellie corrió al cuarto de baño.

Cuando terminó de vomitar, se quedó abrazada al inodoro, demasiado débil para levantarse.

–¡Tienes que irte! –exclamó con la respiración entrecortada.

Al no recibir ninguna respuesta, intentó gritar. No soportaba saber que Hudson estaba allí, oyéndola vomitar. No solo le martilleaba la cabeza y tenía el estómago revuelto, estaba empapada de un sudor frío y no podía dejar de temblar mientras hacía acopio de toda su energía para gritar una segunda vez.

Pero no consiguió soltar lo que tenía pensado decir, pues empezó a vomitar de nuevo.

Cuando se le pasó, apoyó la mejilla contra el brazo e intentó recuperar el aliento.

—¿Hola? ¿Te has marchado ya? —su voz era apenas un susurro—. ¿Quieres irte, por favor?

—Estoy aquí —contestó Hudson, tan cerca que ella se arrastró al extremo opuesto del cuarto de baño, en un intento de alejarse de él.

—Por Dios, ¿es que no es ya bastante malo lo que me está pasando? Déjame en paz. Vuélvete a California.

Él no respondió, y cuando Ellie abrió los ojos para comprobar el motivo, lo encontró mirándola con expresión de preocupación.

—Esto no será por el bebé, ¿verdad? —preguntó.

—No lo sé. Nunca había estado embarazada —a Ellie le dolía la cabeza y el corazón galopaba enloquecido. Se moría de ganas de meterse en la cama.

—Espera —continuó él—. Déjame ayudarte.

—No lo hagas —le advirtió ella.

Pero Hudson ignoró su débil intento de sacudirle un manotazo y la ayudó a levantarse para que pudiera cepillarse los dientes y lavarse la cara. Después la tomó en brazos y la llevó hasta el dormitorio.

La tercera vez que Ellie corrió al cuarto de baño para vomitar en medio de la noche, Hudson pasó de inquieto a francamente preocupado. Nunca había visto a alguien vomitar tanto. En cada ocasión la ayudó a lavarse y la llevó de vuelta a la cama, pero temía que lo que le estaba pasando no podría ser bueno para el bebé. Si conseguía que bebiera un trago de agua, el líquido era vomitado de inmediato. Además, estaba apática y febril, sin fuerza para pedirle que se marchara. No parecía contenta de tenerlo allí, pero había aceptado su destino.

Pasadas las dos de la mañana, durmió tres horas del tirón. Pero eso casi preocupó más a Hudson. Esperó todo lo que pudo antes de entrar en el dormitorio y asegurarse de que seguía respirando.

—¿Ellie? —llamó, sacudiéndola por los hombros porque no estaba seguro.

Ellie no abrió los ojos, pero sí gimió y rodó en la cama, apartándose de él.

—Ellie, ¿cómo te encuentras?

—¿Quién eres? ¿Qué quieres? —gruñó ella.

Por el tono de voz era evidente que estaba fingiendo.

—Si empiezas a desvariar, te llevo al hospital.

—No —contestó ella.

—¿Por qué no?

—Porque tengo gripe. Mañana estaré mejor.

También podría estar peor...

—¿No crees que podrías haber sufrido una conmoción? Yo vomité cuando tuve una.

—Estoy segura de que ponerme la zancadilla no ayudó, si es lo que estás pensando.

—¡Fue un accidente!

—De acuerdo. Si te marchas ahora no acudiré a la prensa —dijo ella mientras se tapaba con las mantas.

—Muy graciosa —murmuró él.

Ellie no respondió y Hudson supuso que se había

vuelto a dormir. ¿Se daría cuenta ella si necesitaba ser hospitalizada? ¿Podría confiar en ella?

Caminó por la casa un poco más, confiando en que Ellie se recuperaría en las horas siguientes. Casi nadie iba a urgencias por una gripe, pero Ellie estaba embarazada. Y parecía una gripe especialmente virulenta. Más valía prevenir que curar, pero ella parecía resistirse tanto a la idea de ir al hospital... Lo único que quería era que la dejaran sola para poder recuperarse.

Al llegar al final del pasillo, contempló la puerta de la habitación a la que se había asomado horas antes, al llegar en su pequeña, pero pulcra, casa. Ver el interior lo había conmocionado, y había cerrado la puerta de golpe, apartándose de ella desde entonces. Aun así, el recuerdo lo seguía empujando.

En esa ocasión hizo algo más que asomar la cabeza. Entró dentro, cerró la puerta y encendió la luz.

Ellie estaba preparando el cuarto del bebé. Había un cambiador junto a la pared derecha y una caja grande que, sin duda, contenía una cuna a juego. La pared estaba manchada con varias muestras de pintura, en distintos tonos de azul, al lado de dos muestras de papel pintado, una con animales y otra con deportes. El papel pintado y la pintura, los muebles, marrones y no blancos, le hizo pensar que ella ya conocía el sexo del bebé. No lo había mencionado, y la habitación no estaba montada del todo, pero desde luego parecía la habitación de un niño.

Hudson se sentó en la mecedora que había en una esquina y observó todo lo que Ellie había reunido. Un cubo para pañales, un asiento para el coche, un andador y algo que no había visto en su vida: un sacaleches, según ponía en la caja. Lo tomó para contemplarlo más de cerca, decidió que se alegraba de ser varón y lo volvió a dejar en su sitio. ¿Iba a tener un hijo? De haber podido elegir, habría elegido una niña. Tenía la sensación de que una dulce niñita sería más fácil de criar y que sería más difícil meter la pata con ella.

—Dios, espero poder ser la clase de padre que necesites que sea —susurró.

En cierto modo lo iba a hacer a ciegas porque él mismo nunca había tenido un buen ejemplo a seguir. Con suerte, al menos iba a saber qué no hacer.

Un golpe sordo lo sobresaltó. Ellie había vuelto a levantarse. Y no estaba mejor. Hudson la oía chocar contra las paredes en su intento de llegar al cuarto de baño. Solo que en esa ocasión echó el cerrojo y cuando se negó a abrir la puerta, él comprendió que a los vómitos se había unido la diarrea.

Hudson siguió paseando al otro lado de la puerta del baño, esperando, hasta que oyó tirar de la cadena varias veces.

—¿Ya has acabado? —preguntó—. ¿Estás bien? ¿Puedo pasar?

No hubo respuesta.

—¿Ellie? ¿Puedes decirme si estás bien?

Nada.

—¡Maldita sea, Ellie! Si no dices algo voy a echar la puerta abajo.

Ella seguía sin responder, pero se oyó movimiento y un suave clic, que indicaba que había abierto el cerrojo.

Hudson entró y la encontró tirada en el suelo.

—Se acabó.

Agarró una manta de la cama y la envolvió en ella antes de llevarla en brazos hasta el coche de Ellie. No le fue difícil encontrar las llaves, pues las había dejado en la puerta al llegar a casa.

—¿Adónde vamos? —murmuró ella, la cabeza colgando mientras él la acomodaba en el asiento de atrás.

Hudson sabía que era ilegal no ponerle el cinturón, pero Ellie estaba demasiado enferma para mantenerse erguida.

—No vamos a quedarnos aquí haciendo el tonto —contestó él.

—¿Qué significa eso?

—Que nos vamos al hospital.

—¡No! ¡Por favor! —ella sacudió la cabeza débilmente—. Nada de abortar. Ya te lo dije, yo cuidaré del bebé. Esto no va a cambiar tu vida.

Hudson dio un respingo ante la velada acusación, pero no podía culparla por pensar así cuando se había comportado como si estuviera dispuesto a llevársela a rastras del motel a una clínica abortiva.

—No te voy a llevar a un sitio para que abortes. Nunca haría algo así sin tu permiso.

—¿Entonces vas a dejarme tirada en una zanja? Porque tampoco hay necesidad de eso —Ellie balbuceaba y no se entendía bien todo lo que decía, pero Hudson comprendió lo esencial—. No volveré a ponerme en contacto contigo. Y no le diré a nadie que el bebé es tuyo. Te lo juro. Nada de… de reporteros. Nadie. Sí que se lo conté a algunos compañeros de trabajo, lo reconozco, pero solo… solo porque estaban allí cuando te… cuando te vi en televisión. Estaba conmocionada, ¿sabes? Sorprendida y… y me tambaleaba.

—Cállate ya. No tiene ningún sentido lo que dices.

—¿Ah, no?

Sí lo tenía, pero Hudson no quería reconocerlo, ya que no le gustaba que ella insinuara que podría estar tan disgustado con el embarazo como para pensar en matarla.

—No voy a hacerte daño. Intento conseguirte ayuda —le explicó.

Pero ella no se lo creyó. Consiguió bajarse del coche

y echar a correr antes de que él pusiera el motor en marcha. Y ahí fue cuando Hudson supo que no estaba en sus cabales. Se bajó del coche y la recogió de la acera, donde se había caído al enredarse con la manta, y la llevó de regreso al coche. En esa ocasión, la sentó en el asiento delantero, para poder agarrarla e impedirle saltar del coche en marcha.

Capítulo 12

Ellie oía voces, dos, ambas femeninas. Parecían zumbar a su alrededor como moscas.

—¡Por Dios, qué guapo es ese hombre!

—¿Me lo dices o me lo cuentas? A mí casi se me doblan las rodillas al entrar aquí y verlo hace un rato.

—¿No sabías que estaba aquí? Todo el hospital está hablando de él, incluso los pacientes.

—Acababa de empezar mi turno y no había oído nada. Y aquí estaba, en carne y hueso. Imagina el sobresalto que sufrí el entrar aquí y encontrarme al *quarterback* titular de Los Angeles Devils durmiendo en una silla.

—Sí, a mí también se me habrían aflojado las rodillas. Tenías que haberlo visto engatusar a Lois para que les dieran esta habitación individual. Nunca la había visto tan complaciente con nadie.

—Es una gran aficionada al fútbol americano.

—¿En serio?

—¿No lo sabías? No para de hablar sobre los Dolphins.

—Para serte sincera, intento evitarla siempre que puedo.

La última frase fue pronunciada casi en un susurro, dándole a Ellie una idea bastante buena de cómo veía a Lois, al menos, una de sus compañeras.

–Pues yo me alegré de haber estado aquí esta mañana –continuó la otra voz–, cuando Hudson se acercó a ella. Creía que iba a desmayarse cuando se presentó y le ofreció esa sonrisa suya. «Vamos. Seguro que tienes algo», le dijo cuando ella intentó explicarle que no nos quedaban habitaciones individuales. Y no hizo falta más. En un abrir y cerrar de ojos estábamos limpiando esta habitación.

La mujer rio y una de ellas levantó el brazo de Ellie. Un rítmico soplido de aire indicó que le estaban midiendo la tensión.

Esas mujeres eran enfermeras, comprendió Ellie, reuniendo todas sus fuerzas para abrir los ojos y poder mirar a su alrededor. Estaba en un hospital. Apenas recordaba nada de su estancia allí hasta el momento. Por ejemplo, no tenía ni idea de cuánto llevaba ingresada, pero sí recordaba el horrible vuelo en avión desde California, las sacudidas del autobús que había tomado hasta el aparcamiento, y haber vomitado en su casa.

Gracias a Dios las náuseas se le habían pasado. Se sentía un poco mareada y débil. Y le molestaba el estómago por haber vomitado tan a menudo...

De repente sintió una inyección de adrenalina.

¡El bebé! ¿Lo había perdido?

Se sentó de golpe en la cama, sobresaltando tanto a la enfermera que intentaba medirle la presión sanguínea, como a la que le estaba tapando mejor los pies con la sábana.

–¡Mi bebé! ¿Está bien mi bebé? –preguntó mientras miraba implorante de una a la otra.

La enfermera que le había estado midiendo la tensión, una joven rubia llamada Amber, según la placa que llevaba en el uniforme, le pidió silencio mientras ajustaba el manguito del aparato medidor y comenzaba de nuevo.

La otra, una morena más mayor y robusta, llamada Judy, se acercó al cabecero de la cama y le dio unas palmaditas en el hombro.

—No te preocupes, cielo. El bebé debería estar bien. Dentro de unos minutos tienes cita para una ecografía que lo confirme. Yo no estaba aquí cuanto ingresaste, pero me dijeron que el médico había localizado el latido cardíaco sin problema.

Demasiado débil y mareada para mantenerse erguida por sí misma, Ellie se dejó caer de nuevo sobre la almohada. Si el bebé tenía latido, estaba vivo.

Ante el alivio que sintió, respiró hondo.

—¿Por qué me puse tan enferma? —preguntó—. ¿Qué me ha pasado?

—Por lo que me han dicho, ha sido la gripe —contestó Judy otra vez.

Amber, que seguía pendiente de medir la presión arterial, añadió:

—Fue una suerte que te trajera Hudson. Estabas casi deshidratada. El doctor Evans, el médico de guardia, dijo que si hubiera esperado más en traerte, a lo mejor no lo habrías contado.

¿Qué habría hecho si Hudson no hubiese estado con ella?

La idea le asustó, dado que ella no habría podido conducir y, seguramente, habría estado demasiado desorientada para pedir una ambulancia. Había sido él quien había insistido en que necesitaba atención médica.

—¿Cuándo ingresé?

—Ayer por la mañana temprano, sobre las seis —le informó Amber.

—De modo que llevo...

—Veintinueve horas, más o menos —contestó Judy tras consultar su reloj.

Veintinueve horas. Todas durmiendo. A pesar de lo enferma que había estado, y alegrándose de haber podido tomarse un descanso, se sentía desorientada por la pérdida de tiempo. ¿No debería estar trabajando en el BDC?

–¿Qué día es hoy?

–Lunes.

–¿Alguien de mi trabajo sabe que estoy enferma?

–Hudson habló con alguien que no paraba de llamarte al móvil –le explicó Judy–. ¿Puede ser Linda? Me dio la impresión de que se trataba de alguien de tu trabajo.

–¿Has dicho que Hudson habló con ella? –preguntó Ellie, aún aturdida.

–Sí. Le oí decirle que estabas en el hospital.

–Entonces él tiene mi teléfono, o...

Amber terminó de tomarle la tensión, anotó el resultado y recogió el manguito.

–¿No está ahí mismo, al lado de tu bolso?

Ellie miró hacia la mesilla de noche. Y allí estaba.

–¿Lo traje conmigo? –no le estaba resultando fácil rellenar las lagunas.

–Hudson volvió a tu casa y recogió tu bolso y el móvil –le explicó Judy.

Amber se excusó diciendo que tenía que visitar a otro paciente y se marchó.

–En admisión necesitaban tu tarjeta del seguro médico y tu identificación –continuó la enfermera.

Ellie era incapaz de recordar nada. Se había sentido tan mal que, supuso, debería simplemente estarle agradecida por haberse ocupado de todo. Y lo estaba, salvo que le resultaba raro que alguien, casi un extraño para ella, se hubiera ocupado de todo, y no cualquier extraño sino Hudson King.

Porque lo cierto era que no estaba muy segura de cómo reaccionar ante su implicación en cuestiones tan prácticas, algo más propio de un novio, un esposo o un prometido, y era evidente que así lo consideraban las enfermeras.

—¿Cuándo me hacen la ecografía? —Ellie optó por cambiar de tema.

—A las tres —fue la respuesta ofrecida, pero no por Judy.

Hudson había oído la pregunta mientras entraba en la habitación.

—¿Qué haces aquí? —Ellie percibió un olor a patatas fritas que salía de la bolsa que llevaba Hudson.

—¿Qué quieres decir? —él parpadeó perplejo—. Salí a comprar comida y he vuelto para comer.

—Apenas ha tomado nada en todo el día.

Judy parecía estar a la defensiva, pero Ellie no estaba molesta porque Hudson se hubiera marchado de la habitación. Estaba horrorizada porque hubiera vuelto. ¿Qué hacía todavía en Miami? Tenía su número de teléfono. Podrían hablar por teléfono en cuanto le dieran de alta.

A lo mejor Hudson tenía miedo de que ella no contestara.

—Por tus pintas, cualquiera diría que has estado bebiendo toda la noche —observó.

No solo llevaba la misma ropa que cuando lo había encontrado en su casa, sino que una sombra de barba le cubría la barbilla y tenía los pelos de punta a un lado de la cabeza. No podía decirse que tuviera un aspecto horrible, porque no era así. Ese hombre no podría tener mal aspecto aunque lo intentara. Ahí estaba el problema. Ellie no quería que pareciera demasiado humano, porque eso hacía que olvidara con demasiada facilidad lo poco que tenían en común.

Hudson se mesó los cabellos en un intento de bajárselos, pero sin éxito.

—Bueno, pues discúlpame. Supongo que he estado ocupado cuidando de alguien que estaba echando las tripas. ¿Debería haber traído mi equipaje al hospital para poder ducharme después de haber dormido toda la noche en esa silla de mierda?

Judy emitió un sonido, como si estuviera conteniendo una carcajada, pero, cuando Hudson la miró con expresión exasperada, se aclaró la garganta.

—Os dejaré a solas —murmuró mientras salía de la habitación y cerraba la puerta tras ella.

—No pretendía ofenderte —se excusó Ellie—, pero es que... no sé. Eres una persona famosa. Alguien podría hacerte una foto.

—¿Y?

—Con ese aspecto tan desarreglado, podrían suponer que has sufrido una sobredosis. O peor: podría saberse que te estás ocupando de una mujer ingresada en el hospital, lo que, lógicamente, despertaría las sospechas de que hay alguna clase de relación... romántica entre nosotros.

—¿Y eso es peor que creer que he sufrido una sobredosis de drogas? —él hizo una mueca.

—Bueno, es que no es verdad.

—Tampoco lo es que tome drogas.

—Lo que quiero decir es que podría malinterpretarse la situación.

—Que digan o escriban lo que quieran —Hudson se encogió de hombros—. No puedo vivir siempre con el temor a lo que la gente va a suponer de mí.

Al parecer, apelar a su imagen pública no bastaría para deshacerse de él.

—Aun así, no hay motivo para que no puedas volver a tus asuntos. Estoy bien. Siento las molestias que te he causado.

—Ni lo sueñes —él la miró furioso.

—¿De qué hablas?

—No vas a echarme de aquí.

—Claro que no te estoy echando. Yo solo... te libero. No hay nada peor que estar con alguien que vomita, o lo que sea. Debes morirte de ganas de poder irte.

Ellie desde luego se moría de ganas de ponerse bien del todo y no volver a sufrir nunca más una diarrea mientras Hudson King aguardaba al otro lado de la puerta del baño.

—Todo el mundo se pone enfermo alguna vez. Tampoco es para tanto. Deberías ver cuantos tipos vomitan antes, o después, de un partido importante.

—Agradezco tu comprensión. Es muy... noble por tu parte. Pero aquí estoy en buenas manos. No hay necesidad de que desperdicies más tu tiempo.

—No estoy desperdiciando mi tiempo —Hudson hundió la mano en la bolsa y se metió una patata frita en la boca—. Están a punto de hacerte una ecografía. Me gustaría estar presente.

—¿Por qué? —preguntó ella.

—Porque nunca he visto una. Y también es mi bebé, ¿no?

—¿Me estás poniendo a prueba?

—Solo quería confirmarlo.

—Sí. Es tu bebé. No puede ser de nadie más. Siento no haber sido más promiscua —añadió con sarcasmo—. Sin duda te estarías aferrando a una pequeña duda. Por el modo en que te acompañé al hotel, seguramente te pensaste otra cosa de mí. Pero ¿qué quieres que te diga? Había bebido demasiado.

—Estabas lo bastante sobria para tomar una decisión —Hudson se quedó helado y la miró con preocupación—. Tuve mucho cuidado con eso.

—Lo siento. Tienes razón. No pretendía acusarte de nada.

Sabía muy bien lo que hacía. Permíteme utilizar otra excusa: aquella noche me sentía despechada. No debería haber salido, sobre todo llevando un puñado de preservativos en el bolso. En cualquier caso, el médico buscó el latido. La enfermera me dijo que el bebé está bien.

—Ya sé lo del latido —Hudson se metió otra patata frita en la boca—. Estaba aquí cuando conectaron el monitor.

—¿Estaba vestida cuando me lo conectaron? —Ellie abrió los ojos desmesuradamente y contempló el camisón del hospital. Por supuesto que no debía estar vestida—. Quiero decir si estaba... tapada.

—Más o menos —contestó él tras tragarse lo que tenía en la boca.

—No me puedo creer que una enfermera, alguien, no te hiciera salir de la habitación —ella se pellizcó el puente de la nariz.

—¿Y por qué iban a hacer eso? —Hudson siguió comiendo patatas fritas—. Les dije que estabas embarazada de mi bebé. Es evidente que dan por hecho que ya lo he visto todo, y así es.

—Si no recuerdo mal, nunca encendimos la luz.

—Es una cuestión puramente semántica. Toqué cada milímetro de ti.

—¡Eso fue antes!

—¿Antes de qué? —preguntó él.

—Antes de que estuviera embarazada.

—¿Y qué cambia eso? —Hudson la miraba totalmente confundido.

—Solo porque disfrutamos de un revolcón de una noche no significa... Da igual.

—Lo has entendido todo mal —le aclaró él—. Teníamos miedo de que pudieras estar perdiendo al bebé. Te lo he dicho, no estaba mirándote de ese modo.

—Espero que fuera así. Me siento rara al saber que

quedé expuesta sin ser consciente, sin poder controlarlo, habiendo un... un tío en la habitación.

En el fondo, no soportaba pensar que quizás la estuviera comparando con algunos de esos cuerpos perfectos con los que había estado en el pasado, sin darle la oportunidad de asegurarse de que estuviera presentable.

—¿Un tío? —Hudson perdió el interés en las patatas fritas y dejó la bolsa sobre el carrito de la bandeja—. ¿Te refieres al padre de tu hijo?

—¿Te gustaría que yo te estuviera mirando mientras estás desnudo e indefenso? —preguntó ella.

—Pues lo cierto es que me daría igual. Quiero decir que puede que tuviera algún problema contigo si estuvieras haciendo fotos para luego venderlas. Tengo que preocuparme por esas mierdas. Pero la gente ve mi cuerpo todo el tiempo. No hay intimidad cuando eres un deportista profesional.

—Sí, bueno, estoy bastante segura de que te dejas los pantalones puestos cuando las reporteras entran en el vestuario. Tú, al menos, tienes elección. Además, te pasas la vida manteniendo tu cuerpo en perfecta forma. Seguramente vives en un maldito gimnasio.

—O sea, que esto va de inseguridades sobre el físico.

—¡No!

Él la taladró con la mirada, dejando bien claro que veía en su interior.

—Si te sirve de algo, te encuentro hermosa. De lo contrario, para empezar, no te habría llevado a mi hotel.

—Me llevaste a tu hotel porque yo no tenía ni idea de quién eras. Eso te gustó. Yo te hacía sentir a salvo. De lo contrario, me lo habrías dicho.

—Te lo habría dicho si te hubieras quedado el tiempo suficiente.

Ella ignoró el comentario.

–Además, yo no estaba embarazada entonces. Tampoco me pasaba todo el tiempo vomitando. Me acababa de hacer las ingles brasileñas, y llevaba una ropa interior muy sexy.

–¿Y ayer no? Porque yo ni siquiera me di cuenta. Por cierto, ya que hablamos de tu cuerpo, el médico dijo algo de que le preocupaba que no hubieras ganado más peso. Se preguntó si habías estado haciendo dieta, y eso también me puso nervioso a mí. No la estás haciendo, ¿no?

–Pues claro que no –Ellie puso los ojos en blanco–. He estado muy estresada por un embarazo inesperado, eso es todo. Tú crees que la sorpresa ha sido para ti...

Él frunció el ceño.

–¿Qué pasa?

–Tenemos que adaptarnos, conseguir que comas más.

–Lo he pillado –¿qué derecho tenía él a opinar sobre cómo se ocupaba de su embarazo?–. No te preocupes. De todos modos, preferiría que no estuvieras presente en la ecografía.

–Escucha –Hudson dejó caer los hombros–, estoy de acuerdo con que no reaccioné bien cuando me contaste lo del bebé. Y me siento mal por ello. Pero no sabía casi nada de ti. ¿Qué se supone que debía pensar?

–Podrías haberme escuchado antes de llegar a tus propias conclusiones.

–Estaba alterado, ¿de acuerdo? No te imaginas cuánto... –Hudson respiró hondo–. Da igual. Te vuelvo a pedir disculpas. Actué como un auténtico imbécil, y lo siento de veras. Estoy intentando comportarme mejor.

¿Cómo habían podido complicarse tanto sus vidas a consecuencia de un encuentro casual? ¿Qué iba a hacer con ese *quarterback* de más de metro noventa y cinco que casi llenaba él solo la habitación del hospital, habitación que había conseguido para ella?

Nada en su vida estaba resultando como ella pensaba que haría.

–¿Me estás escuchando? –preguntó él–. Estoy siendo muy agradable, ¿o no?

Tremendamente consciente de que no llevaba sujetador, y que se encontraba ya lo bastante bien como para que le importara, Ellie se subió las sábanas.

–Sí, así es. Las enfermeras están entusiasmadas por cruzarse contigo en los pasillos. Todo el mundo está encantado.

–¿Qué tienen que ver las enfermeras con todo esto?

El que organizara tanto revuelo allá por donde iba le recordó a Ellie que no era un tipo normal, y ella solo sabía enfrentarse a los tipos normales.

–Llamas demasiado la atención. No me siento cómoda cerca de ti.

Hudson reculó como si ella acabara de abofetearlo.

–No me refiero personalmente, por supuesto –añadió ella rápidamente–. Pero yo prefiero no estar bajo los focos. A muchas mujeres les gusta llamar la atención. Yo no soy una de ellas.

–Entonces para ti será una mierda que este bebé sea mío, ¿no?

–Más o menos –murmuró ella.

–Qué ironía –Hudson soltó una carcajada sin rastro de alegría.

–¿Qué?

–Hay muchas mujeres que matarían por tener un hijo mío. Deberías ver las cartas y fotos que le llegan a mi agente. Y sin embargo tú hubieras preferido acostarte con otra persona, con cualquier otro.

–Eso es ponerlo demasiado crudo.

–¿Y cómo lo pondrías tú?

–¡Tu fama lo complica todo!

—¿Y por eso no puedo asistir a la ecografía? ¿Porque la gente sabe quién soy? ¿Porque juego al fútbol? Déjame que te recuerde que el fútbol es mi profesión y que la fama que la acompaña no es algo que yo pueda cambiar. Sería como decir que no puedo tolerar que lleves puesta una bata de laboratorio.

—¡No es lo mismo! Yo puedo elegir si ponerme la bata o no. Tú no puedes hacer nada con las chicas que gritan cada vez que apareces. Y no solo eso, para empezar no mantenemos ninguna relación, y no tiene sentido que te quedes por aquí, llamando demasiado la atención.

—Soy yo el que te ha estado cuidando. ¿No es eso lo que haría un amigo?

Lo cierto era que, de no ser por él, podría haber muerto, o perdido el bebé. En cualquier caso, había aparecido en el momento justo.

—Sí, y te agradezco tu ayuda. En serio.

—Y me has perdonado por lo del motel. Dijiste que lo harías.

—Sí —si debía mostrarse rencorosa hacia alguien, sería hacia Don.

Nada de eso habría sucedido sin él, sin su traición. Aun así, en algunos momentos, cuando era lo suficientemente objetiva como para reconocer que ese matrimonio sería un error, comprendía que, por confuso que se sintiera, Don había manejado la situación lo mejor que había podido. Siempre había antepuesto sus propios intereses, pero eso era lo que hacía la mayoría de la gente.

—Lo que sucedió en el motel está olvidado. Entiendo que no te agradaran las noticias. Pero no olvides que yo creía que iba a casarme. Creía que iba a ir de luna de miel a las islas Seychelles, un lugar que siempre he deseado conocer. No me esperaba esto más que tú.

—Los dos nos hemos visto atrapados en algo que no

elegimos. Pero, no me excluyas porque sobreactué, ni por algo que se escapa a mi control.

—De acuerdo.

Un Hudson normalito era atractivo, uno arrepentido resultaba irresistible.

—Gracias —él le ofreció una sonrisa torcida—. ¿Tienes hambre? —Hudson tomó la bolsa que había dejado sobre la bandeja minutos antes—. Te he comprado una hamburguesa con bacon y queso azul y unas patatas fritas. La comida de aquí es un asco.

Ellie ni siquiera podía pensar en comer, mucho menos una grasienta hamburguesa con bacon.

—No, gracias, todavía no me apetece esa clase de cosas.

—Tienes que comer. No has tomado nada desde que regresaste a tu casa.

—De momento prefiero tomar líquidos. Le pediré a la enfermera que me traiga un caldo más tarde.

—No pasa nada. Yo puedo con las dos hamburguesas —Hudson no parecía nada preocupado ante la perspectiva de duplicar su ingesta calórica.

Por su profesión, quemaba todo lo que comía prácticamente en cuanto se lo tragaba. Pero no era justo que pudiera comer tanto y seguir luciendo ese maravilloso aspecto.

Añadiendo los celos a la lista de motivos por los que debía mantener a ese hombre a una considerable distancia emocional, Ellie se frotó la frente. Intentaba pensar en cómo abordar el tema de hasta qué punto pensaba él implicarse en la vida del bebé cuando se topó con una tirita en la sien.

En cuanto se dio cuenta, Hudson devolvió la hamburguesa a medio comer a la bolsa y se dirigió a Ellie en voz baja.

—Les dije que tropezaste y caíste, y que así te hiciste la herida de la cabeza, y espero que lo dejes así. Preferiría que no se produjera ninguna especulación sobre si intenté hacerte daño. No tienes ni idea de cómo nos vigilan a las estrellas del deporte. Si alguien de California informa sobre esa pelea a gritos entre los dos en el motel, y alguien de Miami sobre tu herida en la frente... bueno alguien acabaría por asegurar que te seguí hasta Miami para continuar con la bronca y... y que se me fue de las manos. En otras palabras, me harían parecer culpable de algo de lo que no soy.

No le había puesto la zancadilla a propósito. Ni siquiera estaba despierto. Cierto que no tenía ningún derecho a estar en su casa, pero ella no iba a protestar por ese detalle, dado que, si no se hubiese encontrado allí, ella o el bebé podrían haber muerto.

—Entendido. No diré ni una palabra.

—Genial —Hudson le ofreció una sonrisa que a Ellie le recordó el momento en que la había empujado contra el taxi para besarla.

Haciendo un esfuerzo, apartó la mirada del atractivo rostro.

—Entonces... ¿qué tienes que decir sobre la ecografía? —insistió él mientras devolvía su atención a la hamburguesa—. ¿Puedo quedarme? —levantó la mano derecha, con la hamburguesa y todo—. Te juro que no miraré nada que no deba mirar.

Ellie no tuvo ocasión de responder. La puerta de la habitación se abrió y un hombre con uniforme de hospital y bata, que empujaba un carrito con un monitor y otros equipos, entró.

—Hola, soy Ed Tate —anunció mientras dejaba el carrito al lado contrario de la cama de donde estaba Hudson—. Soy el ecografista médico de diagnóstico, o sea el técnico de ecografías.

Alguien debía haber advertido a Ed de que Hudson King estaba con la paciente a la que iba a visitar, porque no pareció sorprenderse al ver allí al *quarterback* titular de los Devils. Sin embargo, sí pareció algo deslumbrado cuando Hudson, dejando de nuevo la comida a un lado, le ofreció una mano.

—Encantado de conocerte.

—¿Ya es la hora de la ecografía? —preguntó Hudson.

El técnico, que no parecía querer soltar la mano de Hudson, por fin se decidió a hacerlo.

—Eh, sí. Eso es. La ecografía. ¿Preparado para ver a tu bebé?

Hudson miró a Ellie de reojo, suplicándole con la mirada que no le obligara a salir.

—Yo sí lo estoy. ¿Y tú, El?

La versión abreviada de su nombre hizo que pareciera que estaban mucho más unidos de lo que estaban, pero ella decidió que no había nada malo en ello. No iba a resultarle difícil mantener el decoro, no con las sábanas que la cubrían, de modo que no vio ningún motivo sólido para no permitirle quedarse.

—Estoy preparada —contestó.

La ecografía conmovió profundamente a Hudson, mucho más que cuando había escuchado el latido del corazón. Había habido tanta gente en la habitación, y tanto caos y actividad mientras todos corrían para ponerle una vía a Ellie y comprobar sus constantes vitales, que todo parecía estar sucediendo a la vez. Había oído el latido del bebé, pero no había sido capaz de apreciarlo. Había sentido mucho miedo ante la posibilidad de que el bebé muriera y, quizás, Ellie también, pues había ingresado muy débil y enferma.

Hudson, desde luego, se había sentido aliviado, pero la emoción al contemplar la ecografía fue totalmente distinta. Cuando la imagen del bebé apareció en pantalla, y el técnico procedió a mostrarles la cabeza, los brazos, las piernas, incluso las partes masculinas que revelaban el sexo, los ojos de Hudson empezaron a arder. Nunca había tenido un pariente de sangre. No conocía a ninguno. Ni abuela, ni tía, ni tío. Ningún primo. Aparte de sus compañeros de equipo, que constituían una familia algo floja, ya que los traspasos y rescisiones a menudo movían a los jugadores por todo el país, ni siquiera disponía de una familia adoptiva que pudiera reclamar como suya. Al menos no la clase de familia que tenía la mayoría de la gente. Lo habían criado, por etapas, distintos adultos. Un profesor que mostró cierto interés. Un entrenador. Pero, por primera vez en su vida, estaba contemplando su propia sangre. Por fin podía reclamar a alguien a un nivel más profundo que el de simplemente agradecer un gesto amable, resentirse ante un desaire o, casi siempre, despreciar la pura dejadez.

Enamorarse de alguien tan rápidamente era una locura, pero su corazón pareció apegarse a ese bebé de inmediato. Y eso le asustó. Tenían muy poco control sobre la situación. Casi todo lo que le sucedería dependería, al menos durante los primeros cinco o diez años, de una mujer que vivía en la otra costa, una a la que apenas conocía, que había estado a punto de echarlo de esa habitación.

—Tiene un latido muy fuerte —comentó Ed, el técnico de ecografías, sonando como si Hudson debería sentirse orgulloso—. Ahí dentro hay un futuro ganador del trofeo Heisman.

Hudson oía las palabras, pero no conseguía asimilarlas, no lo bastante como para generar una respuesta. Iba a tener un hijo. Era lo único en lo que podía pensar. Al descubrir el embarazo, el bebé no había parecido real, pero en esos momentos lo era y mucho, y, en lugar de sentir la misma rabia que lo había hecho irrumpir violentamente en ese motel, se sentía extrañamente... ilusionado.

Seguramente no habría conocido esa sensación si el bebé no hubiese llegado por accidente. Había estado tan ocupado evitando relaciones afectivas, y siempre se había mostrado tan concienzudo en el uso de métodos anticonceptivos, que tener un hijo no le había parecido una opción. Ni siquiera había sido consciente de desear uno... hasta ese momento.

Miró a Ellie disimuladamente, pero ella no le devolvió la mirada. Parecía absorta en el monitor. Por otra parte, eso le permitió poder observarla sin que ella se diera cuenta. La madre de su bebé era lista y atractiva, y parecía una buena persona. Quizás debería alegrarse de que ella fuera la mujer implicada en esa situación. Basándose en lo que sabía de ella, estaba seguro de que iba a ser una buena madre.

Y esa certeza le hizo sentirse aún peor por cómo la había tratado en el motel. Le hubiera gustado tomarla de la mano, sentir sus dedos entrelazarse con los suyos, como habían hecho aquella noche en el Envy. No tenía ni idea de qué iban a convertirse el uno para el otro, si terminarían gustándose, u odiándose, pero, para bien o para mal, ese viaje lo iban a realizar juntos.

Hudson sintió ganas de confesarle lo maravillado, sobrecogido y asustado que se sentía, por si ella sintiera lo mismo. Pensó que quizás la animaría saber que no estaba sola. Pero no sabía cómo formular esas palabras. Y no creía que ella aceptara ningún contacto.

—¿Ya sabías que era niño? —preguntó Ed.

Hudson abrió la boca para responder. Lo había supuesto, teniendo en cuenta los colores de la habitación del bebé que Ellie estaba preparando en su casa. Pero no consiguió que la respuesta atravesara el nudo que se le había formado en la garganta. Iba a tener un vínculo vitalicio con otro ser humano, un vínculo que no tenía nada que ver con lo que había tenido hasta entonces.

Ellie intervino para explicar que se había hecho una ecografía hacía un par de semanas y que le habían dicho que era niño, pero cuando Hudson no intervino con una expresión de felicidad o sorpresa, el rostro de Ed se tiñó con una curiosa expresión, dejando claro que era a él a quien había preguntado en realidad.

Mientras el ecografista lo miraba expectante, se estableció un incómodo silencio.

—¿Hudson? ¿Estás bien? —preguntó Ellie, intentando de nuevo rellenar el hueco.

Pero él era incapaz de responder. Era la mayor locura que hubiera experimentado jamás, pero tenía la sensación de que iba a estallar en lágrimas.

Y para evitar la vergüenza, salió de la habitación.

Capítulo 13

Después de que se hubiera marchado el técnico de ecografías, Ellie echó un vistazo a la bandeja que había sido arrinconada en una esquina. La comida de Hudson seguía allí, apenas había comido. Ya debía estar fría. ¿Adónde se había ido? Quizás la ecografía había sido demasiado para él. Era posible que, al final, hubiera decidido que no quería tener nada que ver con ese bebé.

No tuvo tiempo de pensar en ello mucho rato, ya que unos cuantos amigos suyos del BDC aparecieron poco después de que se hubiese marchado el técnico. Su jefa, la doctora Carolyn Towers fue la primera en entrar, seguida de Ned Pond, un asociado que trabajaba con ella en inmunología, Linda Staley, la recepcionista del BDC, y Dick y Diane DeVry, de la fundación.

—¡Aún no me creo que estés en el hospital! ¿Estás bien? —preguntó Carolyn.

Iba vestida con su habitual falda tubo negra y una blusa. Aunque debía estar cerca de los sesenta años, llevaba tacones casi todos los días, y parecía diez años más joven.

—Ahora sí estoy bien —contestó Ellie—. Ayer, sin embargo, no lo estaba.

Diane, que llevaba la gruesa mata de cabellos rubios

recogida en un moño suelto, acercó el carrito de la bandeja a la cama y colocó un jarrón con flores junto a la bolsa abandonada de las hamburguesas y patatas fritas.

—Espero que el bebé esté bien. ¿Has sabido algo?

—Acaban de hacerme una ecografía. El niño está bien.

—¿Niño? —corearon todos.

Ellie había estado tan alterada por la reacción de Hudson al ver al bebé, que había hablado sin pensar.

—¡Uy! Me temo que se me ha escapado un poco antes de tiempo. Pensaba hacer una fiesta para revelar el sexo del bebé en cuanto pudiera, pero... ya no será necesario.

—Un niño —Linda, más bajita y robusta que Ellie, además de veinte años mayor, sonrió con ojos soñadores—. Te va a encantar ser madre.

Ellie no tenía manera de saber si sería cierto o no, pero ya no había vuelta atrás, de modo que esperaba que Linda tuviera razón.

—¿Por qué te pusiste enferma? —Diane se recogió un mechón de cabellos detrás de la oreja.

—Por la gripe —les explicó ella—. Me dejó tirada por los suelos. Me deshidraté y necesité que me pusieran suero. Yo casi nunca enfermo, pero este virus me ha atizado fuerte.

—Has estado sometida a mucho estrés —su jefa enarcó una delicada ceja.

Y el estrés afectaba al sistema inmune. Ellie sabía a qué se refería la doctora Towers y no podía haber discusión alguna. Primero había pillado a su prometido en la cama con su amigo de la universidad. Después se había quedado embarazada por accidente de un hombre al que creyó no volvería a ver jamás. Reconocer a Hudson, durante el partido de la Super Bowl, tampoco había ayudado mucho, porque le había generado más sorpresa e incertidumbre.

–Qué amable ha sido Hudson al cuidar de ti –observó Linda–. Yo casi me muero cuando te llamé para saber por qué no habías venido a trabajar y fue él quien contestó el teléfono. Cuando me dijo quién era, al principio no me lo podía creer.

–Varias personas te han llamado al móvil desde entonces, esperando poder hablar con él –añadió Diane, riendo por lo bajo.

–¿Y? –preguntó Ellie–. ¿Volvió a contestar?

–No creo –contestó Diane.

–Y... ¿dónde está? –Dick colocó un brazo alrededor de los hombros de su esposa–. ¿Ha vuelto a California?

Dick, que era un fanático de todos los deportes, sin duda se moría por conocerlo.

–Todavía no –contestó Ellie, aunque seguramente se había ido a su casa.

Al salir de la habitación no había dicho adónde iba, simplemente se había marchado, dejándoles a ella y a Ed, el técnico, totalmente perplejos.

–Siento que te encuentres en una situación tan complicada –la doctora Towers bajó el tono de voz–. El padre de tu bebé vive en la otra punta del país y, siendo quien es, estoy segura de que no ha sido fácil.

–No –admitió ella.

–Siento tomármelo a la ligera, pero tiene que haber cosas peores que tener un hijo de Hudson King –Linda sonrió, como si no le importara cambiarse por Ellie.

–Seguramente –reconoció Ellie–. Pero yo no quise que esto pasara. Por lo que a mí respecta, la popularidad de Hudson no hace más que complicarlo todo.

–Al menos tiene dinero de sobra para ayudarte con la crianza del niño –era evidente que Dick estaba al corriente de la fama y fortuna de Hudson, pero Ellie prefería tener el control sobre la vida de su hijo antes que dinero.

Cuanto más «ayudara», Hudson, más derecho tendría a opinar sobre cómo criar a su hijo.

—Yo prefiero evitar los focos —explicó ella—. No quiero verme arrastrada a nada de eso.

Ned, que contaba unos diez años menos que Linda, pero estaba casado y era padre de dos hijos que había tenido siendo ya mayor, se abrió hueco entre los demás para acercarse a la cama.

—¿Habéis podido hablar Hudson y tú? ¿Piensa formar parte de la vida del bebé?

—No creo que quiera —Ellie sacudió la cabeza—. No de un modo significativo. Tal y como ha señalado la doctora Towers, vive en la otra punta del país.

—Pero aún no lo sabes... —Diane la miró fijamente.

—No.

Asegurar que Hudson no iba a implicarse no era más que expresar sus sueños en voz alta. La idea de enviar a su hijo tan lejos, una y otra vez, le ponía nerviosa. Además, ¿qué pasaría cuando el niño se hiciera mayor? ¿Preferiría vivir con su padre, dado todo lo que Hudson iba a poder proporcionarle, incluyendo el acceso a un mundo elitista?

Se habría sentido más cómoda con una niña.

—Habíamos empezado a hablar de ello cuando caí enferma.

Quizás fuera un eufemismo describir lo sucedido en el motel de una manera tan amigable, pero Ellie no veía motivo alguno para revelar que habían discutido en California y que luego ella había tropezado con sus piernas al regresar a Miami.

—¿Hay alguna posibilidad de que consideres dar al bebé en adopción? —preguntó Ned.

—No estarás buscando otro hijo, ¿verdad? —Ellie lo miró furiosa.

—No, con dos ya tenemos bastante —contestó él poniendo los ojos en blanco, sugiriendo que, en realidad, dos ya eran más que suficientes–. He oído a Don decir algo al respecto. Que sepas que él espera que lo hagas.

–Don no va a poner ni una mano sobre este bebé –les informó ella.

–Eso pensaba yo –intervino la doctora Towers.

El tema de la conversación cambió al trabajo, a cuándo podrían darle el alta y cuándo regresaría al BDC, cuándo se tomaría la baja por maternidad, y si iban a poder conocer a Hudson.

–Yo no contaría con eso –les dijo Ellie–. Llegaremos a alguna clase de acuerdo, pero dudo que venga a nuestras fiestas de Navidad y cosas así.

Todos rieron y opinaron que era una lástima. Seguramente se habrían quedado más tiempo, pero la aparición de Don y Leo enfrió el agradable ambiente.

–¡Vaya! Si está aquí toda la pandilla, o casi toda –observó Don–. ¿Por qué no nos dijisteis nada a Leo y a mí? Habríamos venido con vosotros. Solo porque Ellie y yo tuviésemos un pequeño… asuntillo no significa que no podamos ser amigos.

Dick, Ned, Linda, Diane y la doctora Towers se miraron incómodos. Ellie había tenido algo más que un «asuntillo», con Don y con Leo, y ese asuntillo era demasiado reciente como para tratarlo de un modo tan despreocupado. No habían contado con ellos porque habían supuesto, y con razón, que Ellie no tendría ganas de ver a Don, pero ninguno parecía dispuesto a aclarárselo.

–No os vimos cuando hablamos de venir aquí –murmuró Diane.

–Y no pensábamos quedarnos mucho rato –intervino Ned.

–De hecho, estábamos a punto de marcharnos –añadió la doctora Towers.

Aunque no fue la más cómoda de las despedidas, todos le dijeron adiós a Ellie y consiguieron alejarse de Don y de Leo. Ellie, sin embargo, no se alegró de verlos marchar. Acababa de quedarse sola con su ex y el amante de este.

Hudson oyó voces y se detuvo fuera de la habitación de Ellie. Esperaba identificar a los hombres como médicos o enfermeros, pero pronto comprendió que no lo eran.

–Lo dices porque estás resentida. De lo contrario te darías cuenta de que tiene mucho sentido.

–He dicho que no, Don. No me interesa –contestó Ellie.

–¿Cómo puedes estar tan segura? –preguntó Don.

–Porque he tomado una decisión.

–Vas a criar al bebé tú sola –la voz pertenecía a otro hombre que no era Don.

–Sí –intervino de nuevo Ellie–. Y no hay nada malo en ello. Voy a hacer todo lo posible para ser una buena madre.

–¿Y por qué cargar con ello tú sola cuando Leo y yo estaríamos encantados de ayudar? Podemos darle a este niño dos padres. Y nunca te impediríamos verlo. Serías una parte esencial de su vida.

–Os lo agradezco –Ellie empezaba a sonar exasperada–, pero ya he dicho que no me interesa.

Hudson estuvo a punto de entrar en la habitación, pero cuando Don intervino de nuevo, bajando el tono de voz, cambió de idea.

–Supongo que ya te habrás dado cuenta de que Hudson King nunca se va a interesar por el bebé. Seguramente tendrá varios hijos ilegítimos repartidos por todo el país.

–¡Ni siquiera conoces a Hudson!

A Hudson le sorprendió, y no poco, que Ellie lo defendiera.

—Eres una ingenua si piensas de otro modo —continuó Don—. Fue un revolcón de una noche, Ellie. Tú misma lo reconociste.

—Por favor, no me encuentro bien —se quejó ella—. ¿Podríais marcharos y dejarme descansar?

—Ellie, solo una última cosa —de nuevo la segunda voz masculina, Leo—. He intentado dejar que Don se encargue de esto. Entiendo que no me tengas en una gran estima, pero...

—¿Y crees que mi estima por él es mayor? —interrumpió Ellie.

—¡Estoy intentando disculparme! Siento el sufrimiento que te hemos causado, pero no permitas que te haga perder tu gran oportunidad.

—¿Y desde cuándo un bebé es una oportunidad?

—¡Desde que te has quedado embarazada del hijo de Hudson King! —exclamó Leo, enfureciendo a Hudson—. ¿Tienes idea de cuántos padres cazadores de bebés estarían dispuestos a adoptar a su hijo? ¿Sabes cuánto podrías sacar por un bebé que lleve sus genes?

—¡Deja de hablar de dinero! —espetó ella—. Me estás alterando.

—Leo, déjame ocuparme a mí —intervino Don—. Lo que Leo quiere decir es que podrías ganar mucho dinero, pero jamás sabrás cómo tratarán al niño si decides optar por ese camino. No formarás parte de la vida del niño. Pero si nos eliges a nosotros, ganarás los ochenta mil dólares que habríamos pagado por un vientre de alquiler y el abogado, y podrás ver crecer a tu hijo. Sería como si... como si hubiésemos tenido un hijo entre los tres.

Hudson ya no pudo aguantar más. Se mesó los cabellos en un último intento de domarlos y entró en la habitación.

—Hola —saludó cuando los invitados de Ellie se volvieron y lo miraron boquiabiertos.

Dejó lo que quedaba de su batido sobre la bandeja, pues se había ido a comer dado que no había podido terminarse las hamburguesas antes de la ecografía, y extendió una mano.

—Soy Hudson King.

Un hombre delgado, varios centímetros más bajo que él, con los cabellos teñidos de negro y peinados al estilo Elvis Presley, le estrechó la mano.

—Don White.

—El exnovio de Ellie—. Hudson no pudo evitar apretarle la mano con un poco más de fuerza de la necesaria.

—Sí —intervino Ellie—. Y esta es su pareja, Leo Stubner.

Leo era mucho más atractivo, incluso Hudson pudo apreciarlo. Era tan delgado como su pareja, pero sus rasgos eran los de un modelo.

—Encantado de conocerte —Hudson le estrechó la mano, también con más fuerza de la necesaria, y empezó a empujarlos hacia la puerta—. Estoy seguro de que Ellie agradece vuestra visita, pero ahora necesita descansar. De modo que, si no os importa...

—No, por supuesto que no —Don intentó mirar a Ellie, tapada por Hudson—. Seguiremos hablando, ¿de acuerdo?

Hudson no esperó a que ella respondiera.

—De mi bebé no, desde luego.

Don miró sorprendido a Leo, que se mostraba igual de sorprendido.

—Debes habernos oído...

—Escucha, lo puedo explicar —intervino Leo—. Sabemos que este... inesperado giro en los acontecimientos no debe hacerte demasiada gracia, teniendo en cuenta cómo... cómo sucedió. De modo que nos ofrecemos a ayudar. Ellie puede dar fe de que seremos unos excelentes padres. Y firmaremos cualquier cosa que nos pidas para que no tengas que aportar ningún apoyo económico. Tenemos trabajos sólidos, cuidaremos muy bien del bebé.

–Será como si nunca se hubiera producido el embarazo –añadió Don–. Podrás regresar a Los Ángeles y proseguir con tu vida.

–Suena muy bien –admitió Hudson–. Salvo por un detalle. Estoy feliz de ser padre. Ah, y dado que habéis especulado sobre ello, este será mi primer hijo.

–Tú... –intervino Don, aunque Hudson no le dejó continuar.

–Quiero quedarme con el bebé –continuó, y solo entonces comprendió la verdad que encerraban sus propias palabras.

Don abrió la boca y la cerró dos veces antes de poder articular palabra.

–¡Oh! Ellie no... Ellie no lo mencionó.

–Os dijo claramente que no –contestó Hudson–. Lo oí. Sugiero que respetéis su postura, porque no seré tan amable si volvéis a sacar este tema.

–De acuerdo. Entendido –Leo agarró a Don del brazo y salieron por la puerta.

En cuanto se hubieron marchado, Hudson se frotó la sombra de barba y se volvió hacia Ellie.

–Siento que pensaras que yo no debería involucrarme. Pero puedo ofrecerte mucho más que ellos.

–¿Ofrecerme? –repitió ella con escepticismo.

–Sí, y no tiene por qué darte vergüenza aceptarlo. Dado que vivimos cada uno en una costa, sería demasiado complicado tener la custodia compartida, al menos al principio. Quizás, cuando el niño sea mayor, podríamos reconsiderarlo, pero durante los primeros cinco o diez años lo mejor sería que residiera fijo en un sitio, con uno de los progenitores. La estabilidad es importante –y también era algo que él no había tenido jamás. Había odiado todos los traslados, odiado no poder quedarse en aquellos lugares en los que se sentía cómodo.

–Estás sugiriendo que esa persona deberías ser tú…

Por el tono de voz, Hudson supo que la conversación no iba bien, pero claro, Ellie aún no había escuchado su oferta.

–No estoy diciendo que debería ser yo, solo que estoy dispuesto a serlo. Y te recompensaría por ello.

–¿De qué modo…? –Ellie entornó la mirada.

En el fondo él sabía que debería echarse atrás. Ellie no había reaccionado bien a la oferta de Don, pero Don era su ex. Hudson jamás esperaría que ella le cediera a su bebé. Además, Don no podría pagar tanto como él y, tras ver la ecografía, estaba más que dispuesto a convertirla en una mujer rica con tal de conseguir lo que quería.

–Ellos te hablaron de ochenta mil dólares, yo te hablo de un millón. Y también mantendrías el contacto con el niño –le explicó–. No intento pagarte para deshacerme de ti. Podrías venir de visita cuando quisieras, enviar correos electrónicos, mensajes y cartas. Solo me gustaría tener… –había estado a punto de decir «el control absoluto», pero esas palabras tenían demasiadas connotaciones negativas–. La plena custodia. Para que el niño se quede conmigo.

Hudson contuvo la respiración mientras esperaba la reacción de Ellie. Le había hecho una oferta condenadamente buena, una oferta que, por fuerza, debía resultarle atractiva, sobre todo a alguien que aún no había consolidado su carrera. Con su educación tenía un gran potencial para ganar dinero en el futuro, pero en esos momentos trabajaba con una beca postdoctoral. Según Wikipedia, estaría ganando en torno a los cuarenta y dos mil dólares al año. Lo sabía porque lo había comprobado en cuanto había sabido lo del bebé, para ver qué incentivos habría podido tener ella para aprovecharse de él. Además, después de tantos años de universidad, seguramente arrastraba no pocas deudas. Con el dinero que él estaba dispuesto a darle, podría devolver todos los préstamos y vivir cómodamente mientras seguía dedicada a la ciencia, hasta casarse y formar una familia en unas condiciones más ventajosas. Y no le estaba impidiendo el acceso a su hijo, no le estaba pidiendo que desapareciera de la vida del niño.

Ellie no contestó, limitándose a volver la cara hacia la pared.

–Ellie, no intento hacer que te sientas mal –le aclaró ante el prolongado silencio.

–No –contestó ella al fin, volviéndose hacia él–. Me doy cuenta de eso.

Hudson habría suspirado de alivio de no ver las lágrimas anegar los ojos de Ellie.

–Esto es duro. Son momentos muy emotivos para los dos, y yo no soy el que está embarazado –él sonrió en un intento de conseguir lo mismo de ella, pero no lo consiguió–. ¿Qué otra cosa podría hacer que resultara más justa?

–Nada –contestó ella.

–Entonces… ¿accedes a ello? –Hudson tragó nerviosamente–. Mañana mismo podría transferirte el dinero a tu cuenta, hacer redactar los papeles de la custodia para acabar con ello lo antes posible. ¿Te parece bien?

Ella cerró los ojos, pero una lágrima consiguió abrirse paso y deslizarse hasta sus cabellos.

–¿Ellie? –insistió él.

—No —contestó—, no pienso vender a mi bebé. Ni siquiera a ti.

Hudson se quedó sin aliento. ¿Qué más podía hacer?

—Ellie...

—Márchate.

—Espera. ¿Podemos hablarlo?

No hubo respuesta.

—¿Qué sugieres tú que hagamos? —preguntó.

—Todo lo contrario —murmuró ella—. El bebé se queda conmigo. Cuando quieras, podrás venir a verlo... gratis.

Hudson dejó caer la cabeza entre las manos e intentó aliviar la aguda punzada de tensión que sentía entre los ojos.

—Ellie, por favor —insistió—. Este niño será la única familia que tengo.

Por suerte, la súplica en su voz, o quizás la pura sinceridad, pareció afectarla más que cualquier promesa económica. Ellie se volvió de nuevo hacia él.

—Podrás tener otros hijos. Sabes de sobra lo sencillo que te resultaría.

—No tanto como crees. El que me interesa es este niño. Quiero implicarme por completo.

—No va a funcionar. No pienso renunciar a él —Ellie levantó la mano derecha—. Y no empieces a aumentar la oferta. No estamos negociando. No pienso aceptar ninguna cantidad de dinero.

No podía ser de otro modo, decidía que quería al bebé y no podía tenerlo. Era la eterna historia en sus relaciones. Hudson encajó la mandíbula mientras intentaba pensar en algo útil que pudiera decir, pero no se le ocurrió nada.

—¿Hay algo que pueda hacer para que cambies de idea?

Otra lágrima se deslizó hasta los cabellos de Ellie mientras sacudía la cabeza.

—¿De verdad quieres destrozar a este niño yendo a juicio por la custodia? —preguntó él—. Podría llevar años. Podría ser muy feo. Costaría una fortuna. Nadie se beneficiaría, sobre todo nuestro hijo.

—Podrías decidir no llevarme a juicio —señaló ella—. No tenía por qué contarte que estaba embarazada. Lo hice porque me pareció lo justo.

Hudson sentía de nuevo ganas de golpear la pared con el puño. Suspiró profundamente y, de repente, se le ocurrió una idea.

—¿Y si...? ¿Y si te pago para que vengas a California? Para que vivas conmigo durante el próximo año hasta que haya nacido el bebé y decidamos cuál es la mejor manera de proseguir.

—No puedo trasladarme a California —contestó Ellie—. Aquí en Miami tengo un trabajo, un trabajo que adoro.

—Y un trabajo que tendrás que dejar, al menos, durante un par de meses después de que nazca el bebé, ¿correcto?

—Pues, sí...

—Algunas mujeres se toman una larga baja antes de regresar al trabajo.

—Hay distintas bajas por maternidad. ¿Adónde quieres llegar?

—Dado que, de todos modos, estarás de baja una buena temporada, ¿por qué no te la tomas ya y pasas el resto del embarazo conmigo? Tengo una casa enorme. Apenas nos veríamos. Pero yo podría acompañarte a las citas con el médico, y estar contigo en el parto. Si me lo permitieras, me gustaría formar parte de eso. Podríamos compartir el primer año de la vida de nuestro hijo, que pasará muy deprisa, y luego... ¿quién sabe? A lo mejor te encanta California. O yo me lesiono o algo y tengo que dejar de jugar, y podré mudarme a Miami.

De momento no podía abandonar a Aaron, pero después de que el chico se graduara, sería una posibilidad.

—Estás de broma, ¿no?

—No. En absoluto. ¡Es la solución perfecta! Te pagaré cinco mil dólares al mes, así podrás conservar tu casa y pagar las facturas. Eso es más de lo que estás ganando ahora, ¿no?

Al no recibir respuesta, Hudson supo que había acertado.

—Así los dos podremos experimentar lo que se siente al tener a este hijo —continuó él—. Creo que no puede ser más justo. Comprendo que eso implica que dejes el BDC una temporada, pero podrías regresar dentro de un año más o menos. También estoy seguro de que alguien con tu talento podría encontrar algo importante que hacer en California. Allí hay muchos centros de investigación de calidad.

Ellie se secó las mejillas.

—No hace falta que me respondas ahora —Hudson no quería que le dijera que no por el simple hecho de negarse—. Tómate tu tiempo para considerarlo. Hay muchos aspectos positivos en esta solución. No tendrás que seguir trabajando con Don y Leo. Y eso es bueno, ¿no?

La expresión de Ellie le confirmó que era un punto a su favor.

—Y en California te divertirás —añadió—. Yo me aseguraré de ello. No hay mejor lugar en el mundo.

El teléfono de Ellie sonó. Hudson lo oyó vibrar sobre la mesita. Odiaba que lo interrumpieran, justo cuando sentía que empezaba a conseguir algo. Y, si bien no quería que contestara enseguida si la respuesta iba a ser negativa, tampoco le importaría recibir un «sí», de inmediato.

Ella intentó incorporarse para averiguar quién llamaba, y él le pasó el móvil.

—Es Amy —le informó ella tras consultar la pantalla.

—¿Amy? —repitió él.

—Mi mejor amiga. Es la que me llevó al club la noche que te conocí. Yo… yo tengo que contestar. Seguramente se estará preguntando si he desaparecido de la faz de la tierra. La última vez que hablé con ella fue antes de tomar el vuelo de regreso a casa.

—¿Hace dos días?

—Sé que no parece mucho tiempo, pero últimamente, bueno, desde que estoy embarazada está acostumbrada a saber de mí más a menudo.

Él respiró hondo para calmar sus emociones. Se le había ocurrido la solución perfecta. Estaba seguro de ello. Solo le hacía falta que Ellie accediera. Entendía que eso requería tener paciencia, algo de lo que él no andaba sobrado, pero se recordó a sí mismo que no debía parecer muy exigente, ni reaccionar como un imbécil. Ya había cometido ese error una vez.

—Adelante, llámala —la animó, dado que el teléfono había dejado de vibrar—. Ya he dicho lo que tenía que decir. Tan solo te pido, por favor, que consideres mi oferta. Piensa lo justa que es, cómo nos permitiría a ambos tener contacto constante con el bebé. Mientras tanto, te dejaré tranquila.

—¿Te vuelves a Los Ángeles?

Hudson odiaba ese tono esperanzado en la voz de Ellie.

—No, me voy a llevar tu coche de vuelta a tu casa.

—¿A mi casa? —repitió ella.

—¿Por qué no? Tú no estás allí. Es un sitio limpio y confortable. Y me gusta la intimidad. No te importará, ¿verdad?

—Supongo que no —ella suspiró—. Pero ¿cuánto tiempo piensas quedarte en Miami?

—Hasta que accedas a mi propuesta.

—¿Y si digo que no? —Ellie abrió los ojos desmesuradamente.

—Seguiré insistiendo —Hudson le guiñó un ojo, como si estuviera bromeando, aunque no lo estaba...

Capítulo 14

—¿Qué hago? —le preguntó Ellie a Amy por teléfono.

Dudaba poder tomar una decisión tan importante después de lo enferma que había estado. Seguía sintiéndose débil, dolorida, nerviosa a más no poder. Pero tampoco podía apartar el asunto de su mente y echarse a dormir, no con Hudson en Miami, en su casa, esperando una respuesta.

—¿Bromeas? —contestó su amiga—. De todas las opciones de las que me has hablado, yo elegiría el millón de dólares. ¡Es como ganar la lotería! No tendrás que volver a trabajar un solo día en toda tu vida.

—Dudo que sea así. Un millón de dólares ya no dura tanto como antes. Y, además, adoro mi trabajo.

—Podrás trabajar cuando te apetezca.

—¿Y qué pasa con lo de renunciar al bebé? ¿Te parece un trato justo?

—Siempre podrás tener otro cuando te hayas casado y estés en la situación elegida por ti antes de decidirte a formar una familia.

A pesar de lo sensible que tenía Ellie el estómago, su hijo estaba aguantando. Su latido había sonado fuerte y claro. Era un tipo duro, como su padre. Odiaba tener que admirar tanto a Hudson, él que solo la contemplaba como parte de un problema, pero tampoco podía reprochárselo a sí misma. Todo el mundo lo admiraba.

—No puedo renunciar a mi bebé.

—¿Aunque ese bebé estuviera con Hudson y bien cuidado? ¿Aunque tuviera todo lo que podría necesitar jamás?

Ellie intentó imaginarse viviendo en Miami con su hijo en California. Y no pudo.

—Sí.

—¡Entonces es que quieres quedarte a ese bebé!

—¡Ya sabes que es así!

—Sabía que acabarías por acostumbrarte a la idea y disfrutarlo al máximo. Lo que no me imaginaba era que preferirías quedarte con ese niño antes que con un millón de dólares.

Eso se debía, sin duda, a que Amy no había sentido moverse esa vida en su interior, como lo había sentido ella. Amy no había visto la ecografía, ni pasado horas eligiendo el perfecto tono de azul para la habitación del bebé.

—No me he convertido en madre en las circunstancias en que me habría gustado, pero... este niño ya es parte de mí, parte de mi vida.

—Te dije que no te pusieras a decorar la habitación.

Lo había hecho para conseguir recuperarse de todo lo que había sufrido, era en lo que pensaba en los momentos de asueto, lo que hacía cuando no estaba en el laboratorio. Había disfrutado eligiendo los muebles, los colores de la decoración, el papel pintado, la pintura y la mecedora. También había disfrutado yendo de compras. Se había dado de alta en varias páginas web para familiarizarse con todo lo que iba a necesitar, y había empezado a comprar todos los artículos. Su bebé había llevado un rayo de sol a su vida, le había proporcionado un placer fuera del trabajo.

—No permitiré que Hudson, ni nadie, se lo lleve. De eso estoy segura. De lo que no estoy segura es de si debería marcharme a California.

—¿Y qué puedes perder con irte?

—Tendría que renunciar a mi postdoctorado.

—¿Y no lo va a interrumpir de todos modos el bebé?

—Tengo doce semanas de baja por maternidad.

—Eso no es tanto tiempo como parece. Un bebé sigue siendo muy pequeño con tres meses. Además, ¿el BDC no va a necesitar a alguien durante ese tiempo? No pueden detener la investigación mientras te esperan, así sin más, ¿no?

—No. Tendrán que encontrar a alguien que me sustituya. Ya están buscando.

—¿Y van a poder hacer eso? Me refiero a encontrar a alguien que solo se quede tres meses.

—No será fácil —contestó Ellie—. Ese es, en parte, el motivo por el que estoy considerando la propuesta de Hudson. Al BDC le iría mejor si renuncio y les permito contratar a alguien en mi lugar. Y yo, seguramente, también estaría mejor. Si renuncio a mi trabajo, la presión desaparecerá. Podré quedarme con mi hijo hasta que me sienta capaz de dejarlo en una guardería y buscar un trabajo.

—Sobre todo si recibes apoyo económico de Hudson y no tienes que gastar de tus ahorros.

—Cierto. Me ha dicho que si voy a California, se ocupará de mis gastos y… y algo más.

—Perfecto. Tú dale largas hasta que se acerque el momento del parto. Así podrás seguir trabajando hasta el último momento. ¿Qué te parece?

Ellie pulsó el botón para articular la cama a la posición de sentado.

—Algunas compañías aéreas no permiten que las mujeres embarazadas vuelen si han superado la semana veintiocho de embarazo. Eso significa que, si decido marcharme, solo me queda un mes y medio aquí.

—¿Y qué? ¿Tenías pensado regresar a California con él ahora?

—Lo estoy considerando —reconoció Ellie.

—¿Y qué te lo impide?

Miedo. Estaría renunciando a una vida cómoda y segura para lanzarse a un mundo totalmente ajeno.

—¿Y si no soporto vivir allí? ¿Y si lamento haberme marchado? ¿Y si me siento inútil sin mi trabajo?

—Si te marchas ahora, siempre podrás volver si no te gusta la vida allí.

—Eso es verdad…

—Y, ¿quién sabe? Podría ser divertido. Hudson vive una vida que muy pocos logran experimentar.

Ellie también había considerado ese aspecto. Se había pasado la vida trabajando, no solo en la universidad, sino también después, tanto que apenas se había divertido de joven. Sería una lástima dejar pasar los mejores años de su vida sin experimentar todo lo que la vida podía ofrecerle.

—¿Y qué pasa con mis padres?

—¿Qué pasa con ellos? Siguen en Europa, ¿no?

—Sí, pero volverán. Si me traslado a California, apenas podrán disfrutar de su nieto.

—Es más importante que te asegures de ser feliz, y de que el bebé también lo sea, y que Hudson tenga la oportunidad de ser un buen padre.

Visto así, Ellie no pudo por menos que estar de acuerdo.

—Además —continuó Amy—, para eso aún faltan varios meses. Preocúpate del futuro más adelante, después de ocuparte del presente. Si acabas regresando a Miami, volverás a estar cerca de tus padres. Problema resuelto. Y si no vuelves, podrán ir a verte a California. Muchos abuelos viven lejos de sus hijos o nietos. No es el fin del mundo. Pero tú eres hija única y apuesto a que, llegado el caso, acabarán por mudarse allí. Tienen la libertad y el dinero para hacerlo.

—Cierto —Ellie se frotó los ojos—. ¿Entonces debería aceptar?

—¿Por qué no? Dale la oportunidad a algo nuevo e inesperado. No te estás comprometiendo de por vida. Intentas facilitarle las cosas al padre de tu hijo, siempre que no afecte negativamente a tu propia vida, y él intenta asegurarse de que no lo haga. Lo que es justo es justo.

Ellie no pudo reprimir una sonrisa. Había habido momentos en su vida en los que no habría podido seguir jamás un consejo de Amy.

—Te has vuelto muy eficaz en resolver los problemas de los demás.

—¿Qué te crees que hago durante todo el día? —respondió ella con una carcajada—. ¿Cortar y peinar?

—Gracias por tu ayuda, Aim.

—De nada. Solo que ahora estoy enfadada conmigo misma.

—Por...

—Por convencerte para que te marches. Voy a echarte de menos.

Lo cierto era que se habían vuelto íntimas.

—Podrás venir a verme.

—Mira a ver si tiene algún amigo soltero cuando estés allí —dijo Amy.

Ellie soltó una carcajada, por primera vez en varios días.

—Lo haré.

—Tengo que irme. Ha llegado mi siguiente cliente.

Ellie se despidió y colgó la llamada. Hudson no podía ser tan malo, no después de cómo se había ocupado de ella cuando se había puesto enferma. Eso te daba una idea bastante buena de la empatía y sentido de la responsabilidad de una persona. Debería concederle la oportunidad que le había pedido. Dado que de todos modos el embarazo iba a interrumpir su trabajo, no veía qué mal podría haber en ello.

Antes de poder cambiar de idea, telefoneó a Hudson.

–¿Hola?

–¿Te he despertado? –la voz ronca la pilló por sorpresa.

–Anoche no dormí demasiado –murmuró él.

Ellie se sintió culpable dado que, básicamente, había sido por su culpa.

–De acuerdo. Llámame cuando te despiertes.

–No, quiero saber qué tienes que decirme, a condición de que sea un «sí». ¿Te vienes a California?

–¿Alguna vez no te has salido con la tuya? –ella agarró el teléfono con más fuerza.

–Déjame pensarlo. No –añadió de inmediato.

Ellie no pudo evitar reírse. Al menos era sincero.

–Espero no arrepentirme de esto.

–¿Aceptas? –de repente, Hudson sonaba mucho más despierto.

–Acepto.

–No me lo puedo creer. ¿Y qué pasa con tu trabajo?

–Lo mejor para ellos será que se busquen a otra persona para que se haga cargo.

–¿Por eso has decidido aceptar?

–Es lo que lo ha facilitado. Básicamente acepto por nuestro hijo, para que pueda conocerte.

–Te lo agradezco. De veras.

–No hay de qué. Si nos llevamos bien, me quedaré. Si

no, si la situación no es buena para mí o el bebé, volveré a casa y... ya veremos cómo nos apañamos para compartir la custodia.

—Me parece justo.

—Estupendo. Duerme un poco. Te veré más tarde.

—¿Ellie?

—¿Qué?

—¿Podré asistir al parto?

—No fuerces tu suerte —contestó ella antes de colgar.

Hudson permaneció con la mirada fija en el techo mucho después de haber finalizado la llamada de Ellie. Estaba durmiendo en su cama, preferible a un hotel, pero, vivir en su espacio, sobre todo sin ella presente, resultaba un poco extraño. Y además iba a llevarse de vuelta con él a Silver Springs a una Ellie embarazada. Y eso sí que iba a cambiar unas cuantas cosas.

¿Acabaría por lamentar manejar la situación de ese modo? ¿Y si estaba equivocado con ella? ¿Y si esa mujer iba a resultar condenadamente difícil de tratar?

La Ellie que conocía no le hacía pensar eso. A pesar de su formidable inteligencia, parecía una mujer dulce y cariñosa, y su habitación no hacía más que reforzar esa impresión. Nunca había estado en un lugar tan edulcorado. Desde luego le gustaba el color rosa. Con las cortinas y la ropa de cama, todo de color rosa, tenía la sensación de estar nadando en un mar rosa. El lugar también desprendía un olor femenino. Eso era lo mejor. Podía cerrar los ojos y percibir fácilmente el aroma de su perfume sobre la funda de la almohada, un olor que recordaba bien.

Se dijo a sí mismo que debería ser capaz de llevarse bien con ella. Y aunque no fuera así, tenía que intentarlo. No podía continuar con su vida como si nada hubiese sucedido mientras esa mujer daba a luz a su hijo a casi cinco mil kilómetros de donde vivía. Toda su vida se había sentido rechazado por las personas que lo habían engendrado. No iba a permitir que su hijo sintiera lo mismo.

El teléfono sonó de nuevo. Temiendo que se tratara de Ellie, que hubiera cambiado de idea, consultó la pantalla.

No era Ellie, sino Aaron.

–¿Hola?

–¡Eh, hola! ¿Dónde estás? –preguntó Aaron–. Le dijiste al entrenador que ayudarías hoy con el entrenamiento de pesas. Todo el mundo te está buscando.

«¡Mierda!». Hudson gruñó. Se había visto tan absorbido por el tsunami que había sacudido su vida, que no le había dicho a nadie que se marchaba de Silver Springs, ni mucho menos había modificado su agenda.

–Lo siento. Me surgió algo y lo olvidé. ¿Está ahí el entrenador?

–No. Recibió una llamada y ha salido a hablar fuera. Uno de los jugadores me dijo antes que estarías aquí, y por eso me he acercado.

–¿Podrás disculparte por mí? ¿Y puedes decirle al entrenador que me llame?

–Lo haré cuando termine la llamada. Pero ¿estás seguro de que no quieres acercarte? Aún no es demasiado tarde.

–No puedo. Estoy en Miami.

–¿Y qué haces allí? ¿Más temas de patrocinio?

–No.

Hudson odiaba tener que anunciar que había dejado embarazada a una chica. Se había hartado de advertir a los chicos de New Horizons que no fueran irresponsables. Pero en cuanto volviera a casa, no iba a poder ocultar que había una mujer viviendo con él, una mujer embarazada. En cuestión de semanas, en cuanto se le notara más a Ellie, la verdad sería aparente.

—Yo, eh, yo he estado saliendo con alguien aquí —Hudson arrugó la nariz ante su manera de estirar la verdad. También había predicado honor e integridad entre los muchachos, y la sinceridad era una parte fundamental.

—¿En serio? —preguntó Aaron—. ¿Con quién?

—Se llama Ellie Fisher.

—Nunca la habías mencionado.

—Debería haberlo hecho —salvo que hasta hacía unos pocos días ni siquiera conocía su apellido.

—¿Por qué no lo hiciste?

—No pensé que fuera un asunto serio, no estaba seguro de que fuera a durar.

—¿Y qué ha cambiado? ¡No me digas que vas a casarte! ¿De eso va todo esto?

—No, claro que no. Quiero decir que, aún no. Quizás… quizás más adelante. Algún día. Pero… —tuvo claro que no tenía otra opción salvo decir la verdad—. Vamos a tener un bebé.

El anuncio fue recibido con un profundo silencio.

—¡Vaya! Eso sí que es una sorpresa —observó Aaron cuando por fin habló—. ¿Cuánto tiempo lleváis saliendo?

—Seis meses más o menos —contestó él, estirando también esa verdad.

—¿Y qué pasa con las mujeres que has estado viendo por aquí?

—¿Te refieres en Los Ángeles? —por suerte no había salido con nadie en Silver Springs.

—Sí. En California.

—Ellie y yo… hemos salido con más gente. A ella no le importará, y a las demás tampoco.

—Si tú lo dices... pero —Aaron bajó el tono de voz—, ¿qué está pasando realmente?

—¿A qué te refieres?

—Algo pasa. Te comportas de manera rara. ¡No me digas que te vas a mudar a Miami!

—¡No digas eso! Yo nunca te dejaría. Voy a volver. Pero quería que fueras el primero en saber que me llevo a Ellie de vuelta conmigo.

Hubo otro prolongado silencio antes de que Aaron volviera a hablar.

—¿De cuánto está?

Era otra pregunta incómoda, una que revelaría la prisa que se habían dado por acostarse juntos.

—De cuatro o cinco meses —contestó.

—¡Ya lo pillo! —exclamó el chico.

—¿Qué? —preguntó Hudson.

—No tenías intención de dejarla embarazada.

Hudson se frotó la sien izquierda. No podía tener secretos para ese muchacho. Aaron era demasiado listo, demasiado consciente de la vida real y de lo que sucedía a su alrededor.

—No —admitió él—. Sucedió a pesar de mis esfuerzos por tomar medidas —no le gustaba explicar tanto, no quería que Aaron fuera por ahí contándole a todo el mundo que el condenado preservativo se rompió. Y tampoco le hacía gracia que Aaron pensara que no había seguido su propio consejo—. Sin embargo eso no significa que no haré todo lo posible por cuidar bien del bebé —añadió—. Estoy emocionado por ser padre.

—Sí, ya se te nota —contestó Aaron mientras soltaba una carcajada.

—¡Es verdad!

—¡Estás completamente aterrado!

—Ha sido una sorpresa. Eso es todo.

—Lo siento —el chico se puso serio—. Ya dejo de fastidiarte. Sé lo sensible que eres hacia los niños. Da igual cómo se quedara embarazada. Serás un gran padre.

Una vez más, Aaron había mostrado madurez y sabiduría. Era un joven muy especial, y Hudson se alegró de que, al parecer, fuera a ponerse bien.

—Gracias —le contestó—. Te veré pronto.

Tras dejar el teléfono sobre el tocador blanco con espejo, Hudson intentó volver a dormirse. Seguía agotado, pero tenía demasiadas cosas en la cabeza. Desde que Ellie le había confirmado que lo acompañaría de regreso a casa, no había dejado de pensar en los ajustes que sería necesario llevar a cabo. ¿Qué haría si le apetecía salir con algunos compañeros del equipo, o pasar un tiempo con los chicos del rancho? ¿Dejarla sola en casa? ¿Llevársela con él?

Ellie iba a tener que organizarse su propia vida en California, decidió al fin. No podía esperar que él la llevara todo el rato de la mano. Pero ¿lo entendería ella? Y, ¿conseguiría ella establecer su vida allí? No estaría trabajando, lo que dificultaría que conociera a gente…

Un estallido de pánico hizo que su corazón se acelerara, pero no se le ocurría ninguna solución mejor. No podía dejarla en Miami, pero no tenía ni idea de cómo iba a encajar en su vida en la otra costa, qué función desempeñaría.

Iban a tener que trabajar en ello, no había otra solución. Al menos, si ella vivía con él, podría asegurarse de que ganara el peso necesario y se cuidara. La acompañaría a las citas con el médico y aprendería… lo que tuviera que aprender. Y, si conseguía ganarse su confianza, Ellie incluso podría permitirle estar presente en el paritorio. Si iba a tener un hijo, quería experimentarlo al completo, hacer todo lo que un padre debería hacer.

Hudson saltó de la cama para ir al baño, pero terminó recorriendo la casa, mirándolo todo con más atención. En el salón, sobre una mesa, había una foto de Ellie el día de su doctorado *cum laude* con honores. En otra foto aparecía, llevando una bata de laboratorio, junto con otros científicos delante del rótulo del BDC. Parecían una panda de intelectuales delgados y pálidos, pero el evidente nerviosismo de Ellie le resultó entrañable.

Una tercera fotografía la mostraba sonriente con otras dos personas que, seguramente, debían ser sus padres. ¿Serían sus padres invasivos, irritantes y autoritarios? ¿Le pedirían dinero o esperarían que él estuviera disponible para sus amigos? ¿O terminaría por envidiar a Ellie por tener los padres con los que él siempre había soñado?

Su corazón seguía acelerado, de modo que se dirigió a la cocina, abrió una botella de vino que encontró y se sirvió una copa. Estaba seguro de que a ella no le importaría. De todos modos, Ellie no podía beber alcohol. Iba a tener tiempo de sobra para reemplazar la botella.

Por suerte el vino resultó ser bastante decente. Por algún extraño motivo, Hudson se sintió mejor al saber que Ellie tenía buen gusto para el vino. A lo mejor eso indicaba que tenía buen gusto para otras cosas. En septiembre esa mujer le había gustado mucho, aunque, al subirse al taxi no había tenido ni idea de que, básicamente, estaban sellando su unión.

Mientras intentaba razonar consigo mismo antes de que le diera un completo ataque de pánico, Hudson se dirigió a la habitación del bebé, con la copa de vino en la mano, y se apoyó contra la pared mientras lo bebía a sorbos. La habitación tampoco estaba mal. Le gustaba el gusto de Ellie salvo, por supuesto, que él prefería la temática de deportes a la de animales. Esperaba que, después de saber quién era él y cómo se ganaba la vida, tuviera la consideración necesaria de elegir el papel pintado adecuado.

—¡Vaya! —murmuró.

En muy poco tiempo habían cambiado muchas cosas, pero supuso que debería sentirse agradecido de que la situación no fuera peor. Al llevársela al hotel no había sabido gran cosa de ella. ¿Y si hubiera dejado embarazada a otra mujer, una por la que no hubiera podido sentir admiración?

Suspiró, se apartó de la pared y dejó la copa a un lado. Decidió sacar la cuna de la caja y montarla para Ellie. En California iba a montar otra habitación para el bebé, no iba a llevarse todo eso allí, pero al menos así tenía algo que hacer. A lo mejor regresaban a Miami de vez en cuando y les iría muy bien tener una habitación ya preparada.

Casi había terminado cuando sonó su teléfono. Hudson regresó a la habitación de Ellie.

—¿Hola?

—¿Hudson?

Era Ellie.

—¿Cómo te encuentras? —preguntó él.

—Mucho mejor.

—¿Has comido algo?

—Me han traído algo de Ensure.

—¿Y podrás retenerlo?

—Eso parece.

—Me alegra oírlo.

—¿Y tú qué haces? —preguntó ella.

—Me estoy bebiendo tu vino —Hudson no quería contarle lo de la cuna. Prefería darle una sorpresa.

—Parece que te estás poniendo cómodo.

—Se me ocurrió que esa botella no tenía nada que hacer allí en el armario de la cocina.

—Supongo que tienes razón. ¿Qué pasó con lo de dormir?

—No puedo. Estoy demasiado alerta.

—Estás asustado.

—Puede que me sienta un poco aprensivo —concedió.

En realidad estaba aterrorizado.

—Pues ya somos dos. ¿Estás convencido de que estamos haciendo lo correcto?

—Estamos anteponiendo las necesidades del bebé. ¿No es eso lo correcto?

—Eso espero.

—Saldrá bien. No te preocupes.

—Para ti es fácil decirlo —murmuró ella—. Tú no eres el que se va a mudar, a cambiar de vida.

Pero iba a tener que hacer muchas concesiones.

—Estableceremos algunas normas básicas, para asegurarnos de que la situación sea tolerable para los dos —le prometió él.

—Pues deberíamos hacerlo cuanto antes, para saber qué esperar.

En otras palabras, Ellie necesitaba que la tranquilizaran, y Hudson no podía culparla por ello.

—¿Estás diciendo que quieres hacerlo, ahora?

—Por teléfono no. Esta noche, después de que me hayas recogido en el hospital.

—¿Te van a dar el alta?

—En una hora más o menos. Acabo de ver al médico.

—Entendido —contestó él—. Será mejor que vaya para allá.

Capítulo 15

Hudson apenas abrió la boca camino de casa, tras recoger a Ellie en el hospital. Ella supuso que eso significaba que se sentía tan inseguro como ella.

–¿Qué te pareció el vino? –preguntó, rompiendo el silencio antes de que empezara a resultar incómodo.

–No estaba mal.

–¿Has podido descansar algo?

–Muy poco.

–Con suerte, esta noche podrás dormir más.

Ellie, sin embargo, no tenía ni idea de dónde iba a dormir Hudson. En la casa no había más que una cama, la de ella. El sofá sería un horror para un hombre de su tamaño, sobre todo después de haber pasado ya una noche en él, mientras ella vomitaba, y la noche siguiente en una incómoda silla de hospital.

Quizás decidiera irse a un hotel. Desde luego no sería por dinero.

–¿Prefieres que hablemos mañana? –preguntó él–. Has pasado por muchas cosas estos últimos días. Otra noche para recuperarte no te iría mal.

Ellie se sintió tentada a aplazar la conversación, pero si la dejaba pendiente sabía que no podría dormir.

–Preferiría dejarlo zanjado, sentir que tengo un plan. Creo que me ayudaría a aliviar la ansiedad.

–De acuerdo.

Y, sin más, la conversación concluyó, dándole a Ellie la impresión de que él estaba esperando a que llegaran a la casa.

Así fue. En cuanto Hudson aparcó el coche en el pequeño garaje y entró en la casa, se sirvió una copa de vino y la llevó, junto con la botella, hasta el sofá, sentándose.

–Cuando quieras.

–Dame quince minutos –Ellie quería ducharse primero y corrió al cuarto de baño.

El agua caliente ejerció un efecto balsámico, ayudándola a adquirir cierta perspectiva. Se dijo a sí misma que debía contemplar la situación como una gran aventura, que debía dejar de preocuparse tanto. Si Hudson y ella eran capaces de mantener cierta cordialidad durante los siguientes años, la cosa podría terminar bien. Quizás su acercamiento a la paternidad no fuera muy convencional, con todas las negociaciones y demás, pero también era cierto que se enfrentaban a una situación inusual.

Ellie se lavó y se frotó, y se untó loción corporal con olor a vainilla por todo el cuerpo. Después de lo enferma que había estado, se moría por sentirse lo más limpia y atractiva posible.

Después de secarse el pelo, se puso su bata, grande y esponjosa, y preparó una infusión que se llevó al salón.

Hudson estaba viendo una película de acción, pero cuando Ellie se sentó en el borde del sillón, pulsó el botón de apagado del mando.

–¿Te encuentras mejor? –le preguntó.

Ellie se dio cuenta de que la mirada de Hudson se había posado allí donde se juntaba la bata y dejó la taza para ajustarse mejor el cinturón. Sin embargo, seguía sin creerse que ese hombre pudiera sentir un verdadero interés por ella. Entre ellos no había habido nada sexy o romántico en los últimos dos días.

—Mucho mejor. Gracias por esperar.

—No hay de qué —él se reclinó en el asiento—. ¿Por dónde empezamos?

—Supongo que podríamos empezar por... por cómo te imaginas nuestras vidas en cuanto lleguemos a California.

—Bueno, supongo que al principio no conocerás a nadie. Yo haré todo lo posible por distraerte, pero espero que hagas alguna amistad pronto, que te habitúes al lugar. En cuanto lo consigas serás más feliz, y es importante que los dos mantengamos nuestra independencia.

—En otras palabras, te preocupa que yo interfiera en tu vida social.

—Yo no diría que me preocupe. Pero no quiero sentirme culpable por ir a sitios sin ti. Eso me haría sentirme obligado a llevarte siempre conmigo, y me temo que empezaría a molestarme.

—Entendido. Pero, solo para tu información, no tienes por qué sentirte culpable. Soy hija única, y eso significa que hace mucho tiempo que estoy acostumbrada a entretenerme yo sola. Confía en mí, estar solo nunca ha sido un problema.

—Eso lo dices ahora, pero ¿y si me voy a jugar al billar o al póker con los muchachos? ¿Qué harás tú? —preguntó Hudson en tono de incertidumbre.

Ellie tomó un sorbo de la infusión. La bebida caliente se deslizó agradablemente por su garganta, aliviando su sensible estómago. Por fin empezaba a tener hambre, pero seguía teniendo miedo de comer demasiado.

—Leeré. Estudiaré. Investigaré. Tengo toda una biblioteca en mi libro electrónico. No dudes en salir cuando y donde quieras.

—De acuerdo —Hudson sintió que parte de la tensión lo abandonaba—. Eso me reconforta.

—Los dos podremos ir y venir a nuestro antojo —ella arrugó la nariz mientras reflexionaba sobre lo que acababan de planear—. Quizás sería buena idea que buscara mi propia casa...

—No. Mi casa es muy grande. Y me gustaría formar parte de todo lo que implique al bebé, cosa que será más difícil de lograr si vivimos en casas separadas. No te imagino llamándome en medio de la noche para contarme que el bebé se está moviendo. Y aunque lo hicieras, para cuando llegara allí, ya me habría perdido toda la diversión.

—¡Vaya! —ella agarró la taza con más fuerza—. De manera que tu idea es implicarte a fondo en el embarazo.

—Así es —afirmó él con convicción.

—Entonces, no bromeabas sobre lo del paritorio.

—No.

—No estoy segura de estar dispuesta a eso —admitió Ellie.

—¿Qué mal podría haber?

—Aparte de lo obvio, yo estaría totalmente expuesta, también estaría en mi momento más vulnerable.

—Ya estabas bastante vulnerable cuando estabas enferma, y no lo hice tan mal. Necesitarás a alguien que te sirva de apoyo.

—Vendrá Amy, o mis padres.

—Aun así. Tus sentimientos podrían cambiar en cuanto te des cuenta de que puedes confiar en mí.

Ellie no se imaginaba a ese hombre en el paritorio con ella. ¿Y si sucedía algo embarazoso? No quería preocuparse por eso mientras estaba en pleno proceso de dar a luz, pero era demasiado pronto para empezar a discutir.

—Todavía tenemos tiempo. Dejémoslo para más adelante.

—A mí me parece bien dejarlo estar hasta que nos conozcamos mejor. Pero espero que mantengas tu mente abierta. ¿Y qué si quedas totalmente expuesta? No te estaré mirando en términos sexuales. Te estaré mirando como a la madre de mi hijo.

Ellie temía más cómo la miraría después, y no porque tuviera ninguna idea romántica sobre él. La persona que se uniera a Hudson seguramente se pasaría la vida luchando constantemente para aferrarse a él, considerando toda la atención femenina que recibía. Ella no estaba preparada para esa feroz competencia, y, aun así, quería que él la encontrara al menos medianamente atractiva. Pero nada más. Permitirle acercarse más sería demasiado real. Los últimos días ya había tenido bastante realidad. Tenía la sensación de estar partiendo de una posición de desventaja.

—Ya hablaremos de ello llegado el momento.

—De acuerdo. ¿Siguiente punto?

—¿Qué pasa con las citas? —preguntó ella—. ¿Estás saliendo con alguien que deba saber lo que está pasando?

—No. Gracias a Dios. No me apetecería mantener esa conversación.

—Me alegra oírlo. No me gustaría saber que alguien de tu círculo de amistades va a odiarme a primera vista.

—Nadie tendrá motivos para sentir esa clase de celos.

—Bueno, pero si empiezas a darte cuenta de que hay alguien que parezca tener problemas con el hecho de que viva en tu casa, podemos llegar a otro tipo de acuerdo. La clave está en la comunicación. Vamos a tener que dialogar, estar al tanto de lo que sucede en la vida del otro.

—¿Quieres decir que seremos libres para salir con otras

personas, incluso mientras estés embarazada? –preguntó Hudson, arqueando las cejas.

–Me quedan diecisiete semanas. Puede que no suene a mucho tiempo, pero lo es. Sería mucho más inteligente abordar la situación desde un punto de vista práctico.

–Pero… ¿con quién vas a salir tú? –insistió él–. No conoces a nadie en Silver Springs, y allí es donde vivo cuando termina la temporada de fútbol y antes de que comience la siguiente.

–Puede que conozca a alguien –Ellie se encogió de hombros.

–¿Estando embarazada de mi bebé?

–Admito que el embarazo va a interferir más en mi vida amorosa que en la tuya –sin duda acababa de ganar el premio al eufemismo del año, pero si esperaba que su acuerdo saliera adelante debía sentirse libre para hacer lo que quisiera, y eso significaba que debía tener los mismos derechos, aunque no los ejerciera–. Dudo que reciba muchas proposiciones, sobre todo a medida que entre en los meses más… voluminosos –Ellie rio, pero él no. Hudson parecía más preocupado por lo que fuera a decir a continuación–. Solo estamos estableciendo las bases, y esta es una de ellas. Tú podrás salir con quien quieras, y yo también.

Sorprendentemente, Hudson no accedió tan rápidamente como ella había supuesto que haría, había pensado que lo exigiría como primera condición.

–Si eso es lo que quieres –contestó él al fin.

–Sí, eso es lo que quiero. Bueno… ¿qué nos queda?

–Queda decidir en qué punto estamos el uno con el otro. Qué tipo de relación vamos a mantener.

–¿Te refieres al acuerdo económico? Odio tener que aceptar dinero de ti. Preferiría evitar la acusación de que me quedé embarazada a propósito, pero…

—No volveré a acusarte de eso —la interrumpió él—. Te lo prometo.

—De acuerdo —Ellie se cerró la solapa de la bata—. Entiendo por qué pensaste eso. Y estoy segura de que más de uno pensará que busco tu dinero. Pero si dejo mi trabajo, sí voy a necesitar que me pagues lo mismo que ganaba. De lo contrario, no podré cubrir gastos. Y si voy a renunciar a mi vida aquí en Miami, creo que sería lo justo.

—Estoy de acuerdo. Ya te hice una oferta, y estoy dispuesto a mantenerla. Incluso te daré un poco más.

—No, lo que ofreciste es suficiente. A cambio, yo cocinaré, limpiaré y haré la compra, lo que pueda para contribuir con algo.

—No espero que limpies la casa. Para eso tengo…

—Haré lo que pueda —insistió ella—. Me sentiré mejor si soy útil —tomó otro sorbo de té—. Y ahora deberíamos hablar de fechas.

—Soy todo oídos.

—La mayoría de las mujeres se toma tres meses de baja por maternidad, pero yo tengo idea de amamantar al bebé al menos durante seis meses, y, aunque seguramente para entonces ya comerá otras cosas, me resultaría muy difícil separarme de él. Espero que estés dispuesto a prolongar este acuerdo hasta que nuestro hijo cumpla seis meses. Llegado ese momento, me buscaré un trabajo en Los Ángeles, si encuentro algo en mi campo, así tú podrás seguir teniendo al bebé cerca. Si no encuentro el trabajo adecuado, puede que tengamos que plantearnos el mudarnos a otra parte. En cualquier caso, ya tenemos un plan para los próximos once meses o un año, lo que te permitirá formar parte del embarazo y de los primeros meses del niño.

—Te pagaré cinco mil dólares al mes mientras permanezcas aquí —Hudson apoyó un brazo en el respaldo del sofá—. No te retiraré los fondos.

Ella suspiró aliviada por haberlo solucionado tan fácilmente.

—Gracias. Yo me dedicaré a intentar ser una buena madre hasta que pueda buscar un trabajo en California —Ellie se levantó, dando por concluida la conversación, pero él no se movió.

—Hay una cosa más —observó Hudson.

—¿El qué?

Él se inclinó hacia delante y encajó las dos manos entre las rodillas.

—¿Cómo nos ves?

¿No había contestado ya a eso?

—Nos veo convertidos en buenos amigos —Ellie reformuló la afirmación en un intento de ser más clara y sonrió—. Espero que siempre nos mostremos amables y nos apoyemos el uno al otro. Yo haré todo lo que pueda para ser tu mejor animadora, asistiré a tu boda si se produce, abrazaré a tu esposa, a tus otros hijos. De ese modo nuestro hijo podrá formar parte también de todo. Y espero que tú hagas lo mismo por mí.

—Por supuesto, pero para eso aún falta mucho. Yo hablo de cómo van a ser las cosas hasta que lleguemos a eso.

—No estoy segura de adónde quieres llegar —ella se volvió a sentar.

—¿Qué hay del sexo?

Ellie tragó nerviosamente.

—¿Entre nosotros o con otras personas?

—Ya hemos hablado de las otras personas.

—Entre nosotros —ella no se había sentido lo bastante bien como para sentir la excitación que Hudson le había provocado en septiembre. Pero desde que empezaba a ser de nuevo ella misma, era consciente de que el deseo era algo con lo que iba a tener que bregar, quizás a diario.

—Reconozco que le doy vueltas al tema —añadió él.

—Porque... —Ellie no había esperado que se mostrara tan cándido.

—Porque no quisiera que te hicieras la ilusión de que nuestra relación pudiera llevarnos a un compromiso a largo plazo. Yo no estoy hecho para eso. Y sin embargo...

Ellie agarró la taza, que seguía sosteniendo entre las manos, con más fuerza.

—Opino que sería desperdiciar la oportunidad, dado que vamos a estar viviendo juntos. Y tú misma dijiste que quizás no encontrarías a nadie con quien salir, no de inmediato, con el embarazo y eso.

—No tienes que preocuparte por mí —ella se aclaró la garganta—. Sobreviviré al embarazo. Y si me siento desesperada, seguro que ahí fuera habrá alguien dispuesto a acomodarse a mí —soltó una carcajada con la esperanza de aligerar las cosas, pero de nuevo él no la acompañó.

—Ahí quería yo ir. No me gustaría que tuvieras la sensación de tener que ir a otra parte. No cuando me tienes a mí en la misma casa. Ya hemos estado juntos. Sabemos que somos... compatibles —hizo una breve pausa—. Lo que intento decir es que me encantaría cubrir tus necesidades a ese respecto y me alegrará tenerte a tiempo completo, si puedes aceptar una relación casual.

Una parte de Ellie deseaba acceder, y sugerir que empezaran por esa misma noche, pero sería una tontería anteponer lo que deseaba en ese momento a lo que iba a necesitar después, cuando tuviera un hijo en el que pensar.

—De acuerdo. Agradezco el ofrecimiento, pero estamos tratando con una situación tan poco sólida que deberíamos evitar todo lo que pudiera hacernos sentir posesivos, y el sexo tiende a volver posesivas a las personas.

Para sorpresa de Ellie, Hudson pareció decepcionado.

—Si lo hacemos con un correcto entendimiento...

—No —interrumpió ella—. Por generoso que sea por tu parte, creo que prefiero pasar.

—¿Generoso? —él la miró con los ojos entornados—. ¿Estás intentando ser graciosa?

—¡No! Estoy siendo sincera. Nunca he mantenido una relación casual. Soy la clase de persona que se compromete, no la que se acuesta con gente. Me alegra que estés dispuesto a... a ser tan transparente sobre tus... limitaciones, pero no tienes por qué sacrificarte por mí.

—No pretendía que sonara como si fuera un sacrificio —él dudó, como si no estuviese seguro de cómo interpretar su respuesta.

—No me has ofendido. En serio. Pero considerando la situación, sería una estupidez dejar que las cosas se encaminaran en esa dirección.

A Hudson le llevó otro momento responder.

—Entendido. Te dejaré en paz.

El haberse sentido siquiera tentada a aceptar la oferta irritó a Ellie. Pero ese hombre era especialmente atractivo. Y, tal y como había señalado, ya se habían acostado juntos, lo que facilitaba mucho más volver a hacerlo.

—Voy a descansar un poco —Ellie se obligó a sonreír mientras se levantaba de nuevo—. Sacaré un juego de sábanas por si te apetece quedarte aquí, aunque me temo que no estarás demasiado cómodo.

—No te molestes. Me iré al Four Seasons —Hudson recogió la botella de vino, que había dejado sobre la mesita de café junto con la copa, y la miró detenidamente—. ¿Te importa si me llevo el vino?

—En absoluto —contestó ella—. También puedes llevarte mi coche. No lo voy a necesitar por la mañana. Estaré aquí haciendo el equipaje.

—Pediré un taxi. ¿Cuándo estarás preparada para abandonar Miami?

—Si tienes que regresar, puedes hacerlo sin mí. Me reuniré contigo lo antes posible.

—No me importa esperar. Tan solo dame una fecha para que pueda reservar los billetes de avión.

—Esta noche lo decido y mañana te lo haré saber.

—Estupendo.

Cuando llegó el taxi, Ellie lo acompañó hasta la puerta y se despidió amablemente de él. Después se preparó una sopa y consiguió tomar unas cucharadas que le aliviaron el hambre, pero que no hicieron gran cosa por aliviar la ansiedad que sentía hacia el futuro.

«A dormir», se dijo a sí misma. Dormir la ayudaría. Pero no se fue a la cama. Siguió pasillo abajo. Apenas había empezado a hacerse a la idea de que iba a cuidar de su bebé allí, en Miami, y de repente todo había cambiado. ¿Iba a poder abandonar su trabajo, su casa, el futuro que se había imaginado para vivir en la periferia de la vida de Hudson?

No. Decidida de repente a anularlo todo mientras pudiera, sacó el teléfono del bolsillo de la bata. Pero al entrar en el cuarto del bebé, vio la cuna montada, y pulsó la tecla de colgar antes de que se iniciara la llamada.

No podía faltar a su palabra. Hudson quería ser un buen padre. Por el bien de su hijo, y por el suyo, Ellie sentía que se merecía una oportunidad.

Se cuadró de hombros y, en lugar de llamar, le envió un mensaje de texto: *Estaré preparada para marcharme pasado mañana.*

—Es más de medianoche, Hudson. ¿Qué sucede?

Por la voz, Bruiser debía estar durmiendo. Hudson no se lo había esperado. Entornó los ojos para consultar su reloj, pero había muy poca luz en el salón de su suite, ya que solo había dejado encendida la luz del dormitorio. Puso el altavoz para consultar la hora sobre el reloj del móvil.

–¿No hay tres horas más que aquí? ¿No te vas al gimnasio?

–Me voy al gimnasio a las siete. Es la una de la madrugada. ¿Dónde estás?

Colocando el móvil sobre su pecho, Hudson se tapó los ojos con un brazo. Estaba tumbado en el sofá, básicamente porque no podía levantarse.

–En Florida.

–Entonces eres tú el que tienes tres horas más.

–¡Vaya, mierda! Es verdad. Me he hecho un lío. No quería despertaros. Pídele disculpas de mi parte a Jac, Jacquel, Jackie. Luego te llamo.

–Espera un momento –intervino Bruiser–. ¿Has tenido noticias del detective que contrataste?

–No ha encontrado nada. Esta noche he recibido un correo electrónico suyo. No te preocupes por ello. Ya hablaremos más tarde.

–Algo pasa. Dame un minuto.

Hudson oyó ruidos de sábanas y supuso que su amigo se estaba levantando de la cama para no despertar a su mujer, cuyo nombre acababa de despedazar, y se sintió culpable por los dos.

Intentaba encontrar la tecla para finalizar la llamada cuando oyó de nuevo la voz de Bruiser.

–¿Qué pasa, amigo? ¿Estás borracho? Al menos suenas como si lo estuvieras. Nunca te había oído balbucear con una voz tan pastosa.

Hudson dejó de nuevo el teléfono sobre su pecho y contempló la botella de whisky, medio vacía, que había pedido al servicio de habitaciones tras acabarse la de vino.

—Puede que esté un poco cocido.

—Yo diría más bien que estás completamente borracho.

—Sí. Hacía mucho tiempo que no me emborrachaba así —quizás desde el instituto. Ni siquiera recordaba la última vez.

Aunque no, no había sido tanto tiempo. Se había emborrachado, y a base de bien, durante la fiesta de despedida de su anterior placador izquierdo, traspasado a otro equipo. Tenía la sensación de no poder conservar a nadie. Las personas de su vida nunca se quedaban, siempre pasaban de largo.

—¿Qué haces en Florida? —preguntó Bruiser—. No sabía que tuvieras previsto hacer un viaje.

—Y no lo tenía. Esto, desde luego, no ha sido planeado —Hudson rio como si fuera el chiste más divertido que hubiera oído jamás.

Bruiser permaneció en silencio, aguardando a que se le apagara el regocijo.

—¿De qué hablas? Cuéntame qué estás haciendo allí.

—He venido a recoger a la madre de mi hijo. ¿Qué te parece?

—Tú no tienes ningún hijo —afirmó su amigo tras una breve pausa.

—Pero pronto tendré uno. Voy a ser padre, como tú, en junio.

—¿Cómo?

Hudson se lo intentó explicar, pero era consciente de que lo estaba haciendo bastante mal. No paraba de saltar de una cosa a otra hasta que, por fin, terminó.

—¿Hay una mujer que pretende estar embarazada de tu hijo? ¿Es eso?

—Está embarazada de mi hijo —le aseguró él—. No es que pretenda estarlo.

—¡Pero si tú casi nunca te acuestas con nadie! Siempre tienes tanto cuidado que casi nunca sales con amigos solteros, por si te meten en algún lío.

—Sí, bueno, supongo que no tuve el cuidado suficiente —esa era la cuestión. Había bajado la guardia porque Ellie era muy distinta de las mega–entusiasmadas animadoras con las que los demás tíos del equipo, incluso algunos casados, parecían divertirse.

—¿Y cuándo te acostaste con esta… científica has dicho?

Hudson intentó servirse otra copa y terminó derramando el whisky sobre la mesa.

—¡Mierda!

—¿Qué sucede?

—Nada —contestó él mientras secaba la mesa con la manga.

—¿Vas a contestarme?

—¿A qué pregunta?

—¿Cuándo dejaste embarazada a esa científica?

—Se llama Ellie. La doctora Ellie Fisher. Tiene un doctorado en inmunología o algo así. Sucedió cuando vinimos a jugar contra los Dolphins.

—Eso fue en septiembre.

—Sí. Sale de cuentas en junio. Dentro de un par de meses ya se le notará. A veces ya se le nota la curva de la barriga. La primera vez que se la vi, y comprendí de qué se trataba, casi me muero.

—Así de repente, eso bastaría para matar a cualquiera. Pero, antes de saltar por la borda, ¿estás seguro de que el bebé es tuyo? ¿Estás seguro de que dice la verdad?

—Eso creo.

—Sí, de lo contrario no estarías bebiendo tanto.

—Esto no debería estar sucediendo —se quejó él—. A mí no.

—Es tu peor pesadilla. Lo sé. Estás en modo pánico total. Pero, escúchame.

Hudson se sentó con dificultad y la habitación empezó a dar vueltas.

—Un niño es algo maravilloso —continuó Bruiser—. Te encantará ser padre. Y serás un padre condenadamente bueno.

—No puedo ser peor que mis propios padres, ¿verdad que no? —Hudson consiguió llenarse el vaso—. Solo hay un camino, hacia arriba —bebió un trago y agradeció el familiar ardor—. ¿Por qué crees que me abandonó mi madre en ese seto, Bruiser?

—Esta noche no hablemos de eso, amigo. Cada vez que te emborrachas vuelves con el mismo tema.

Y también cuando no estaba borracho, solo que en esos casos no hablaba de ello en voz alta.

—Fuera cual fuera el motivo, la culpa no fue tuya —insistió Bruiser—. Ella no pudo haberte rechazado, porque ni siquiera te conocía. Tienes que convencerte de ello.

—¿De qué hablas? Ya estoy convencido de eso.

—No, no lo estás. Es la raíz del problema, el motivo por el que te esfuerzas tanto para mantener a todo el mundo a una prudente distancia. No te fías del amor. Pero ya volveremos a eso cuando estés sobrio, ya que, de todos modos, seguramente no recordarás nada de esta conversación.

—No me lo puedo creer —murmuró Hudson tras beber otro sorbo.

—¿Qué has dicho?

—Nada. Es un niño. ¿Te lo había dicho?

—No, pero está genial. A lo mejor sale jugador como nosotros. Y bien, ¿qué te parece si dejas ya de beber? Es hora de apartar lo que sea que tengas ahí.

Hudson recordó la cuna que había montado en el cuarto del bebé de casa de Ellie.

—Voy a amar a mi hijo.

—Sí, lo harás.

—Da igual que no esté preparado para él, o que esta no sea la situación ideal.

—Exacto —contestó Bruiser—. Harás todo lo que no hicieron tus padres. Estarás a la altura, estoy seguro. Tú tienes dinero y tiempo. A lo mejor ellos no tenían ninguna de las dos cosas.

Eso podría ser cierto. Pero ¿justificaría eso que hubieran tratado a un bebé como si fuera basura? ¿No podrían al menos haberlo llevado a una estación de bomberos o al hospital? ¿Por qué no lo habían hecho?

Esa era la pregunta, lo que se moría por saber. Si su madre vivía en Beverly Hills, seguramente tendría dinero, o una familia que lo tendría.

Hudson quiso explicarle eso a Bruiser, pero su amigo habló y él perdió el hilo de la conversación.

—Si pudieras concederles el beneficio de la duda, a lo mejor no te dolería tanto el rechazo que sientes.

Hudson debió haberse desvanecido, porque lo siguiente que sintió fue el sol que entraba por la ventana, apuñalándolo en los ojos, y su cabeza que estaba a punto de estallar.

Capítulo 16

Ellie despertó y se estiró. Había dormido toda la noche, no había tenido que levantarse ni una vez. Desaparecidos los síntomas de la gripe, su estómago había vuelto a su estado normal.

—¡Por fin!

Apartó las mantas y salió del dormitorio para comer algo, pero se detuvo a medio camino de la cocina. No se trataba de cualquier martes, no se dirigiría al laboratorio en cuanto hubiera desayunado y se hubiera duchado. Sus compañeros no sabían que le habían dado de alta y, de todos modos, aún no la esperaban en el trabajo. Pero iba a tener que dejar ese trabajo, despedirse de Amy y sus colegas, hacer el equipaje y cerrar la casa.

¿Debería llamar también a sus padres? ¿Había llegado el momento de anunciarles que estaba embarazada?

No. Había planeado esperar hasta estar de siete meses, y se mantendría fiel a ese plan. No podía contárselo aún, no antes de hacer todo lo que tenía que hacer, sobre todo porque también iba a tener que contarles que se trasladaba a California para que su hijo pudiera vivir cerca de su padre, que resultaba ser el *quarterback* estrella de Los Angeles Devils. Dado que sabían lo de la relación de

Don con Leo y su compromiso anulado, pero nada más, la noticia del bebé iba a suponerles una conmoción. Se sentirían horrorizados porque fuera a abandonar su postdoctorado y trasladarse al otro extremo del país. Espantados porque se había liado íntimamente con un hombre con el que ni siquiera había mantenido una cita.

No ansiaba el momento de tener que explicárselo. De todos modos, hasta que no estuviera segura del todo de que iba a quedarse en California, no tenía ningún sentido mantener esa conversación. Seguramente acabaría regresando a Miami. No había ninguna garantía de que fuera a gustarle California, de que fuera a adaptarse a ese lugar, o de que Hudson seguiría interesado en su hijo. Quizás, en cuanto llegaran a California, él se daría cuenta de lo mucho que echaba de menos su antigua vida y le pediría que se marchara.

Imaginárselo le convenció de que no le haría ningún mal esperar un poco más antes de hablar con sus padres. Lo haría cuando se sintiera más tranquila y segura de la dirección que fuera a tomar.

Desayunó unos huevos revueltos con tostada y sacó el portátil, sentándose en la cocina para redactar su carta de renuncia. Dejar el BDC no iba a resultarle sencillo. Pero cada vez que pensaba que no podría hacerlo, que no podía dimitir, llegaba a la conclusión de que no tenía otra elección. No iba a poder seguir manteniendo la misma dedicación que tenía en esos momentos. Había muchos grandes proyectos en marcha. Y un trabajo con horarios tan extensos no sería lo ideal para el bebé.

Tras terminar de redactar el correo electrónico, lo releyó varias veces antes de hacer acopio de toda la fuerza necesaria para enviarlo.

Una vez hecho, cerró el portátil y enterró el rostro entre los brazos.

—Espero no haber destruido todo lo que había conseguido construir hasta ahora —murmuró.

Sabía lo difícil que iba a resultarle acudir al centro para recoger sus cosas y despedirse.

Amy se acercó al mediodía para ver cómo estaba y la ayudó a elegir lo que se llevaría a California. Insistió en que Ellie incluyera el vestido que había llevado en el Envy, pero ella era muy consciente de lo poco práctico que resultaría. En uno o dos meses, ya no le serviría la mayoría de su ropa, y ese vestido sería una de las primeras prendas que iba a tener que desechar.

—Pero podría venirte bien después de haber tenido al bebé —insistió Amy cuando Ellie casi lo había devuelto al armario—. Él vive una vida más glamurosa que tú. Vas a tener que dejar de ser tan práctica y gastarte algo de dinero en ropa, si pretendes estar a su altura.

Sin embargo, Ellie no tenía ninguna intención de estar a su altura. Quizás él ni siquiera iba a querer que...

Pero en lugar de discutir con su amiga, decidió meter el vestido en la maleta.

—¿Por qué no? De todos modos casi no ocupa nada.

—¿No estás de acuerdo en que puede que lo necesites? —preguntó Amy.

—No estoy segura de qué voy a necesitar.

Al menos con cinco mil dólares al mes que le iba a pagar Hudson, podría comprar algunas cosas al llegar a California. Ir de compras le daría algo que hacer, dado que ya no estaría felizmente inmersa en ayudar a la doctora Towers a llevar su innovadora técnica para encapsular los islotes a la fase de ensayo clínico. Tal y como le había explicado a Hudson, le gustaba leer, le gustaba investigar. Nunca había estado sin perseguir una nueva meta académica.

¡Dios, cómo iba a echar de menos el laboratorio! Sin

su carrera, no sería más que una incubadora para su bebé. ¿Bastaría eso para conseguir no sentirse inútil?

—Aguantarás un año. Un año no es tanto tiempo —le aseguró Amy cuando Ellie le expresó sus preocupaciones.

Ellie fingió estar de acuerdo, pero seguía teniendo dudas.

—Te voy a echar de menos, El. Espero que lo sepas —admitió Amy llegado el momento de regresar al salón de belleza para sus citas de la tarde—. Siento haberte llevado al Envy.

—No lo sientas. Esto es una aventura —contestó Ellie mientras intentaba mantenerse positiva.

—Una aventura con graves consecuencias —su amiga frunció el ceño.

—La vida puede complicarse mucho.

—La tuya no. La tuya nunca lo ha sido, porque nunca haces nada malo. Quizás por eso me siento responsable. Te animé a que fueras mala.

—Amy, yo soy la única responsable de esto —Ellie rio con tristeza—. Yo deseaba a Hudson y actué en consecuencia. Ahora voy a tener que vivir con las consecuencias.

—¿Quién no desearía a un hombre como Hudson? Era imposible no caer.

Durante un momento Ellie rememoró cómo él la había desnudado y la sensación del fuerte cuerpo contra el suyo, pero rápidamente lo apartó de su mente.

—Podría ser peor —le aseguró mientras se volvía para que Amy no viera sus mejillas encendidas.

—Cierto. Podrías haberte ido a casa con algún pedazo de escoria. Ahí fuera hay muchos tipos atractivos que acaban resultando ser unos perdedores o bichos raros, incluso drogadictos. Tú no podrías desear a alguien así como padre para tu bebé. No hay tantos jugadores de fútbol famosos, ¿sabes?

Pensar en el comportamiento de Hudson en el motel, aplastó la excitación que había empezado a sentir.

—El único problema de la riqueza y fama de Hudson es que tiene el dinero y el poder de aplastarme si lo desea. Alguien tan consentido como ha sido él durante la última década puede que no resulte fácil de llevar si alguna vez me opongo a él.

—Hasta ahora no ha sido tan malo, ¿no?

—No —aunque, básicamente, ella le estaba concediendo todo lo que deseaba. No tenía ningún motivo para reaccionar de manera negativa. Amy había olvidado convenientemente lo sucedido en el motel.

—Bien. Estaremos en contacto. Y hazme saber cuándo podré ir a visitarte.

—Lo haré.

Tras la marcha de Amy, Ellie miró a su alrededor. Había pensado que le resultaría complicado prepararse, a fin de cuentas se trasladaba al otro extremo del país. Pero su vida había sido tan sencilla, sobre todo desde que había descubierto el embarazo, que no había mucho que hacer. Ya había dejado su empleo. La visita al BDC no debería llevarle más de una hora o así. Había hecho el equipaje con la ayuda de Amy. Vaciar su agenda social, avisar a su casero para que echara un vistazo a la casa mientras estuviera fuera y facilitar su nueva dirección no le llevaría más de diez minutos. No tenía pensado dar de baja los servicios ni hacer nada, ni siquiera semipermanente, hasta haber pasado unas cuantas semanas en California y sentirse segura de dar ese paso.

A las tres de la tarde comprobó el móvil. No había tenido noticias de Hudson en todo el día. ¿Qué estaría haciendo? ¿Tenía amigos por la zona? A lo mejor había ido a jugar al golf con algún otro jugador de la liga profesional. En septiembre había acudido al Envy con otros dos tipos, ¿no? Ellie estaba segura de que había enviado un mensaje al menos a uno de ellos mientras la conducía a la parte trasera del club. Aquella noche seguramente habría estado con algún otro miembro de su equipo, y ellos estarían en Los Ángeles en esos momentos.

¿Por qué pensaba en esas cosas? Aunque Hudson no tuviera ningún amigo del fútbol en Miami, a alguien como él nunca le faltaría compañía. No sabía por qué le preocupaba que pudiera estar perdiendo interés en lo suyo, pues lo cierto era que se había mostrado muy considerado cuando había estado enferma. Y parecía alicaído al marcharse la noche anterior. Ellie había tenido la impresión de que había esperado que ella tuviera otro parecer en el asunto sexual. ¿Por qué no iba a hacerlo? Sexo gratis y sin compromiso le sonaba bien a cualquier hombre. Demonios, sexo con Hudson le sonaba bien hasta a ella. Había pensado mucho en la noche que habían compartido, fantaseado con volver a repetirlo. Pero no podía correr ese riesgo. Tenía que proteger su corazón o quizás, en algún momento, no sería capaz de tolerar su relación y, por el bien del bebé, iba a tener que tolerarla durante un tiempo.

Sin embargo, se sentía obligada a, por lo menos, invitarlo a cenar. A fin de cuentas estaba de visita y había viajado hasta Miami por ella.

Seguramente no aceptaría, se dijo a sí misma. Aunque no estuviese jugando al golf, tenía dinero de sobra para comer en cualquier parte, y en Miami había muchos restaurantes de alta gama. Pero, decidida a mostrarle la misma amabilidad que le mostraría a cualquier otro amigo que estuviera lejos de casa, le envió un mensaje.

No soy una gran cocinera, pero sí soy capaz de pre-

parar unas cuantas cosas bastante decentes. Si no estás haciendo turismo, o algo divertido, eres bienvenido a cenar en casa. Sin compromiso.

Si decía que no, se acababan sus obligaciones. Podría relajarse y disfrutar de una última noche en su casa sin tener la sensación de ser descortés.

La respuesta, sin embargo, llegó casi de inmediato.
¿A qué hora?

«¡No fastidies!», ¿lo estaba considerando en serio?
Ellie: ¿A las siete?
Hudson: Estupendo. ¿Llevo algo? ¿Quizás algún vino sin alcohol, o el postre?
Ellie: No, ya tengo de todo.

Ellie se apresuró a recoger su bolso. Tenía que ir al BDC y luego pasarse por la tienda.

Hudson apareció vestido con un jersey ligero con cuello en V, que marcaba casi todo su musculoso torso. Los vaqueros desgastados no se abrazaban tanto a su cuerpo, pero sí daban una idea de los atributos que había por debajo de la cintura. Ellie procuró no quedarse con la boca abierta al abrir la puerta. La belleza física no era más que belleza física, se dijo a sí misma. Ella siempre había tenido la cabeza en su sitio. Pero no le ayudó gran cosa que estuviera recién duchado y afeitado, y que oliera aún mejor de lo que solía hacerlo Don.

—Hola —saludó él con cierta timidez.

No era propio de él, pero ambos caminaban sobre terreno inexplorado, no sabían muy bien cómo proceder el uno con el otro y, dado quién era él, la indecisión de Hudson le resultó a Ellie encantadora, más propia de un adolescente.

—Gracias por venir —lo saludó ella, sonando milagrosamente normal a pesar de que se le había secado la boca nada más verlo, y su corazón había empezado a latir alocadamente. Su propia reacción la asustó, le hizo temer que estuviera perdiendo la cabeza. ¿Cómo iba a poder proteger su corazón de un hombre como Hudson?

Su única opción era intentarlo, de modo que abrió la puerta del todo para hacerle pasar.

Hudson había comprado flores, un enorme ramo tropical con flor de jengibre, ave del paraíso, alguna clase de orquídea y alguna otra flor que Ellie no reconoció.

–Qué bonitas –le agradeció ella mientras tomaba el ramo–. Gracias.

–No hay de qué –él también le entregó una pequeña bolsa de Cartier, que ella no había visto.

–¿Qué es esto?

–Una pequeña muestra de mi apreciación –una sonrisa nerviosa curvó los labios de Hudson.

–Por...

–Por estar dispuesta a hacer los sacrificios que estás haciendo. Comprendo que te ha tocado la peor parte. Yo no tengo que mudarme, y conservo mi empleo.

–De todos modos no voy a poder trabajar en unos meses, de manera que lo lógico es que sea yo la que me traslade. Sobreviviré. No hace falta que me compres regalos.

–Quiero que sepas que el año que viene no tiene por qué ser malo, a pesar de todo a lo que estás renunciando. Puede que en el motel me comportara de un modo bastante mezquino, pero yo no soy así. Seré generoso contigo.

Le había comprado una joya, al menos eso supuso Ellie.

–Te lo agradezco, en serio. Pero no puedo aceptar nada.

–¿Por qué no? –la sonrisa de Hudson se esfumó.

—Porque me sentiría... no sé... como si en cierto modo hubiera buscado lo que sucedió —ella le devolvió la bolsa—. Pero gracias. Te agradezco el detalle.

—¿Ni siquiera vas a abrirlo? —él enarcó las cejas.

—No. Tu dinero es tu dinero. No lo quiero, bueno, al menos no más del que voy a tener que aceptar a lo largo del año que viene. Tengo la capacidad para ganarme la vida, y eso haré en cuanto el bebé sea lo bastante mayor para que pueda volver a trabajar. Hasta entonces, la cifra que acordamos será más que suficiente.

Ellie sostuvo el ramo en alto.

—Esto sí que me lo quedo. No veo ningún mal en que realices una pequeña contribución a la cena.

Él parecía perplejo, como si fuera la primera vez que una mujer rechazara un regalo suyo.

—¿Entonces qué hago con esto? —preguntó mientras sostenía la bolsa en alto.

—¿No puedes devolverlo?

—No lo pregunté. Jamás pensé que tuviera que hacerlo.

—Si no es posible, quizás podrías dárselo a alguna mujer con la que salgas, si llega a ser lo bastante serio. Ahora mismo sé que no tienes novia.

—Al menos ábrelo antes de decir eso —Hudson la miró boquiabierto.

Ellie se moría por hacerlo, aunque solo fuera por satisfacer su curiosidad. Pero si veía de qué se trataba, quizás se sentiría tentada a sacrificar sus ideales, y sabía que Hudson dejaría de respetarla si pensaba que ella estaba aprovechándose de su dinero o su estatus.

—Será mejor que no lo haga.

—¿Por qué? Encontré el regalo perfecto. Creo que te va a encantar.

Ellie estaba casi segura de que así sería. Pero se negaba a situarse en una posición en la que debiera sentirse agradecida hacia él. ¿Y qué sentido tenía arriesgarse a colocarlo a él en la posición de sentir que ella estaba demasiado interesada en lo que su dinero podría comprarle? Era evidente que ya había conocido a no pocas mujeres que le habían hecho desconfiar de ese comportamiento parásito, o de lo contrario no habría reaccionado como lo había hecho cuando ella le había contado lo del embarazo.

–Ese es el problema –Ellie le ofreció una sonrisa de disculpa y llevó el ramo a la cocina para buscar un jarrón.

Hudson no la siguió y ella supuso que no debía sentirse muy feliz, pero no sabía qué otra cosa podía hacer. No podía aceptar el regalo. A juzgar por la marca y el envoltorio, debía ser exageradamente caro.

–¿Te gusta el marisco? –preguntó, esperando poder pasar página.

–¿Sigues guardándome rencor? –Hudson apareció en la entrada de la cocina.

–¿Por...?

–El motel.

–Claro que no. No vuelvas a mencionarlo.

–Te creo, ¿sabes? Creo que el embarazo fue un accidente.

–Sí, lo sé, y me alegro, dado que fue un accidente. Pero sigo sin poder aceptar regalos de ti. ¿Por qué darte una razón para dudar de mis motivos? Además, tú puedes permitirte mejores regalos que yo, y debemos mantener las cosas lo más igualitarias posible, sobre todo dado que voy a tener que aceptar un sueldo de tu parte. ¿Y si empiezas a arrepentirte?

–No me voy a arrepentir –había un toque de irritación en su voz–. Fue idea mía, la única manera de participar en este embarazo.

—Bueno, pues con lo que me pagas ya es suficiente. Siéntate. No sé tú, pero yo tengo hambre.

Hudson sacudió la cabeza, como si no pudiera creerse tanta obstinación, y arrojó la bolsa de Cartier sobre el mostrador.

Ellie dio un respingo al oír el ruido del paquete al golpear el granito, pero no hizo ningún comentario. Supuso que lo mejor sería dejarlo estar.

—He preparado una sopa de cangrejo —anunció con la esperanza de hacerle olvidar su decepción—. Es una de mis recetas preferidas, la aprendí de mi madre. Espero que a ti también te guste.

—Soy fácil de complacer —murmuró él, aunque resultaba evidente que no lo decía de corazón.

Hizo falta casi toda la comida para que él olvidara el hecho de que Ellie no iba a aceptar lo que le había comprado en Cartier. Pero ella tuvo la sensación de haberlo logrado cuando le habló de la técnica de encapsulado que había estado ayudando a desarrollar en el BDC.

—Tu mirada se ilumina cuando hablas de tu trabajo —observó él como si, a su pesar, le resultara interesante.

Ellie bebió agua. Después de lo enferma que había estado debía tener cuidado. No pensaba comer nada más aparte de la sopa y la ensalada de pomelo que había preparado. Además, se había controlado con la sopa, que era muy contundente.

—¿Qué puedo decir? Adoro lo que hago. Creo que la inmunología cambiará el mundo. Me muero por saber que se ha encontrado una cura para la diabetes, y tantas otras enfermedades.

—No te pareces en nada a las otras mujeres que he conocido.

—¿En qué soy diferente? —ella sonrió—. Déjame adivinar. ¿Menos silicona? ¿Sin autobronceador?

—Olvídalo —él hizo una mueca—. Ya no oirás el cumplido que pensaba hacerte.

—¿Qué? —Ellie se puso seria.

—Te preocupan las cosas importantes de verdad.

No se alejaba mucho de esa descripción, pero ella decidió no decírselo. Por lo que había oído, Los Ángeles era la ciudad más superficial del mundo, aunque no creía que Miami estuviera muy alejada.

—Gracias —Ellie alargó una mano y le tomó la muñeca—. Siento lo del regalo. Sé que mi reacción habrá parecido un poco innecesariamente estricta. Pero es importante que puedas confiar en mí, y en mis motivos. Si alguna vez tuvieras la sensación de que busco algo, o de que estoy recibiendo más de esta relación que tú, no funcionaría.

Cuando la mirada de Hudson se posó en su mano, Ellie se sintió cohibida. Lo había tocado espontáneamente, como podría haber tocado a cualquiera en un momento de fervor. Lo que había pretendido era convencerle de su sinceridad. Pero había sido algo presuntuoso, y el nivel de energía que se había generado en el punto de contacto no tenía nada que ver con cualquier cosa que ella hubiera experimentado anteriormente.

De repente se sintió demasiado consciente de Hudson a un nivel físico, y retiró la mano.

—Debería poder regalarte lo que yo quisiera —observó él.

—Porque...

—Es mi decisión no la tuya.

A Hudson le gustaba Ellie. No decía siempre lo que él deseaba oír, pero su decencia, amabilidad e imparcialidad, eran evidentes, a pesar del hecho de que no estuviera dispuesta a concederle todo lo que él quería. Se sentía cómodo en su presencia. Normal, de un modo que no podía sentirse si le estaban adulando y mimando continuamente.

Disfrutó observando sus expresiones y gestos mientras terminaban la cena, y también disfrutó con la conversación. Esa mujer sabía muchas cosas sobre muchos temas. En cualquier caso, temas académicos. De lo que no sabía nada era de fútbol. Esa era la ironía. Cada vez que él hablaba de su deporte adorado, ella lo miraba con expresión impasible, cuando la mayoría de las personas deseaba que les hablara de ello.

—Explícame otra vez qué es un juego sobre plano —ella lo miró, con el vaso de agua en la mano, esperando su respuesta.

Acababan de tomar tarta de mora casera, seguramente el mejor postre que Hudson hubiera tomado jamás, y aunque la comida había terminado, ellos seguían charlando. Ellie parecía interesada en lo que él le estaba contando, Hudson debía reconocerle ese mérito. Pero no comprendía ciertos detalles.

—No te preocupes por el juego sobre plano —no debería haberlo mencionado al explicarle cómo se había lastimado la rodilla cuatro años atrás—. Resultó una jugada rota, lo que significa que no salió. En lugar de pasar el balón, yo tuve que correr, y no pude deslizarme para evitar el placaje. Estábamos en el tercer *down*, con mucha distancia por delante, de modo que tuve que lanzarme hacia el marcador. Y no debería haber sucedido nada, pero Jason Strombach vino con un último golpe. Todavía no sé en qué estaba pensando. Estuvo claramente fuera de los límites.

—Te rompió el menisco.
—Sí.

—Eso es horrible —ella parecía preocupada, pero Hudson sospechaba que lo único que había entendido era la última parte, lo del menisco roto—. ¿Y te operaron? ¿Pudieron repararlo?

—Me perdí casi toda la temporada, pero volví para jugar los dos últimos partidos.

—¿Cuántos partidos son?

—Sin contar la pretemporada, hay diecisiete semanas. Cada equipo, hay treinta y dos en total, juega dieciséis partidos.

—¿Y te perdiste once partidos por culpa de ese tipo... Jason?

—¿Ese tipo Jason? —Hudson rio—. ¿Te refieres a Jason Strombach, el mejor defensa de la liga?

Hudson no podía parar de reír y Ellie puso los ojos en blanco antes de levantarse para recoger los platos.

—Lo siento —se disculpó él, intentando recuperar la compostura—. Tú podrías hablar de un montón de cosas que yo no entendería, y no debería hacerte sentir como una ignorante, si es que alguien tan lista puede sentirse ignorante. La mayoría de las personas no entenderán nada de inmunología, a no ser que tengan alguna formación científica, pero sí entenderán de fútbol.

—Ya lo aprenderé —contestó ella.

—No me cabe la menor duda —Hudson también se levantó y llevó el resto de la vajilla al fregadero—. Solo necesitarás ver unos cuantos partidos y prestar un poco de atención.

—Te he preguntado si te repararon la rodilla, pero no me has contestado —Ellie abrió el grifo del agua—. Dijiste que regresaste para jugar los dos últimos partidos de la temporada. No es exactamente lo mismo.

—De vez en cuando me molesta y duele —él se encogió de hombros—. Después de casi todos los partidos tengo que ponerme hielo, pero tengo suerte de que no me haya impedido correr o regatear.

Ellie cerró el grifo y lo miró atentamente.

—¿Cómo consiguen verte jugar las personas a las que les importas?

Lo miraba tan seria que él no supo cómo interpretar la pregunta.

—¿A qué te refieres?

—Es un deporte muy peligroso. ¿No tienen miedo de que resultes lastimado?

—Sí, claro. Mi agente. El dueño del equipo. Mis compañeros de equipo. El entrenador y los hinchas de los Devils. Seguramente estén todos muertos de miedo por si me lesiono y no puedo jugar.

—Yo preferiría que ni siquiera corrieras ese riesgo —observó ella tras reflexionar unos instantes.

—No quieres que juegue —Hudson se apoyó contra el mostrador.

—No.

Ninguna mujer le había dicho eso jamás. La mayoría de las mujeres con las que salía estaban encantadas con quién era, y querían que siguiera manteniendo su estatus.

—Es mi trabajo, Ellie. ¿Qué otra cosa podría hacer?

—Eres inteligente —ella lo observó detenidamente—. No hace falta que juegues al fútbol. Podrías hacer cualquier cosa.

Ellie no lo entendía. El colegio no se le había dado bien, y jamás podría haber tomado el camino que había elegido ella. Había estado demasiado ocupado rebelándose. El fútbol lo había cambiado todo, le había convertido en alguien importante.

—Adoro lo que hago —contestó.

—Entonces me alegro de que te vaya bien, pero... no creo que sea capaz de verte jugar.

Capítulo 17

Hudson no quiso llevarse el regalo. Cada vez que Ellie intentaba devolvérselo, se limitaba a arrojarlo por encima de su cabeza. Tras recuperarlo e intentar ponérselo en la mano tres veces, se rindió.

—No lo aceptaré —le insistió—. No puedo aceptarlo.

—Eso es una estupidez —contestó él—. Puedes aceptarlo, si quieres.

—¿Cuánto te ha costado? —preguntó ella—. Si ha costado menos de cien dólares haré una excepción, pero esa marca no es barata.

—No pienso decirte lo que ha costado. Y no es de buena educación preguntar siquiera.

—¡No deberías haberlo comprado!

—¿Por qué no? Encontré algo que pensé iba a gustarte y así poder recompensarte por todo lo que estás pasando. ¿Por qué no dejarlo así?

—Ya te he dicho por qué.

—De acuerdo. Pues si no te gusta, tíralo.

—Puede que lo haga —contestó Ellie en un intento de superar la intención de Hudson de doblegarla.

Sin embargo, Hudson se marchó sin el regalo y, después de que se hubiera ido, Ellie no pudo evitar agarrar la bolsita y hundir la mano en su interior. Al ver que también había incluido una tarjeta, se sintió culpable. Ni siquiera se le había ocurrido comprobarlo. Lo menos que podría haber hecho era aceptar esa parte del regalo.

Sentada en el borde del sofá, abrió el sobrecito.

La tarjeta mostraba un precioso pavo real. No había mensaje impreso, pero Hudson había escrito unas cuantas líneas.

Ellie,
Me siento ilusionado por la aventura que nos aguarda. De algún modo conseguiremos superar los momentos difíciles y ser los mejores padres posibles.
Si esto tenía que suceder, me alegra que sucediera contigo.
Afectuosamente,
Hudson

Ella sonrió al leer la última línea. Eran unas palabras muy bonitas.

Mientras dejaba la tarjeta a un lado, se dijo a sí misma que no debería tocar el regalo. Si lo hacía estaría cediendo. Pero su resistencia solo duró unos minutos. Incapaz de aguantar su curiosidad, retiró el papel de seda, abrió una cajita que contenía otra cajita, esta de madera pulida, y la abrió. En su interior había una cadena con un colgante que representaba a una madre con su bebé en brazos.

—¡Vaya! —murmuró ella mientras la sacaba de la cajita. Hudson había acertado: le encantaba.

Ellie intentó devolver el collar a la caja. Pero antes decidió probárselo, y ya no pudo quitárselo. Hudson lo había comprado para la madre de su hijo. Sin duda podría aceptar un regalo. A fin de cuentas no le iba a ser fácil regalárselo a otra persona, y si no podía devolverlo...

Tras luchar contra sus principios durante una hora más, al final tomó el teléfono y marcó su número.

—Tú ganas —le informó cuando él descolgó.

—¿Qué gano?

—He abierto el regalo.

—¿Y? —Hudson rio por lo bajo—. ¿Te gusta?

—Es más que maravilloso. Pero será mejor que no vuelvas a comprarme nada más. Esto es lo único que pienso aceptar de ti.

—De acuerdo. Respetaré tus deseos. Tú relájate y disfrútalo, ¿de acuerdo? Tu vida va a sufrir un gran cambio. Te mereces algo tan bonito como tú.

Ella intentó no tomarse el cumplido demasiado en serio.

—Ha sido muy considerado por tu parte. Y la tarjeta también.

—Todo va a salir bien, Ellie —le aseguró él—. Gracias por confiar en mí lo bastante como para trasladarte a California.

—Los dos estamos realizando un acto de fe, soy consciente de ello —tras desearle buenas noches, Ellie colgó la llamada.

Estaba nerviosa, por todo, pero no se le ocurría un plan mejor.

Le llegó un mensaje de texto, que ella pensó sería de Hudson, seguramente para tranquilizarla un poco más. Pero resultó ser de Don.

Me han contado que has dejado el trabajo hoy, que te trasladas a California con Hudson. ¿Es eso cierto?

Leo y él ya se habían marchado del BDC cuando ella había ido a despedirse, de modo que no se había despedido de ellos. Le había supuesto un gran alivio no tener que hacerlo, pero al leer sus palabras, que impregnaban sus cambios de tanta realidad, se le puso la piel de gallina.

¿Se había vuelto loca?

A lo mejor. Pero ya no había vuelta atrás. Hudson le había comunicado que había comprado dos billetes de avión en primera clase para Los Ángeles. Una limusina la recogería por la mañana, tras recogerlo primero a él en el hotel.

Sí, contestó.

¡Debes estar de broma!, fue la respuesta inmediata que recibió, y que no contestó. Aunque eso no le impidió a Don seguir escribiendo.

Don: No seas estúpida, Ellie. Estás cometiendo un error. Sea lo que sea que exista entre vosotros dos, no durará. ¡Ni siquiera lo conoces!

Ellie: No finjas que te importo.

Don: Ahí está. Claro que me importas. Solo porque amo a Leo no significa que no pueda quererte a ti también. El amor nunca es exclusivo para una persona. Por eso ha sido todo tan difícil para mí. No fingía cuando estábamos juntos.

Ellie estuvo a punto de recordarle que le había estado mintiendo todo el tiempo, pero ¿qué sentido tenía ya? Ya habían pasado por eso. *Agradezco tu amabilidad*, le respondió. Independientemente de lo que sucediera con Hudson, ya había superado a Don.

Don: Pero ¿entonces te marchas?

Ellie: Por supuesto.

Don: Ellie, por favor, no lo hagas. Vas a joderte la vida.

Ellie: ¿Y eso cómo lo sabes?

Don: ¿Tienes idea de la cantidad de mujeres que se arrojan en sus brazos? Algunas de las mujeres más her-

mosas del mundo seguramente compiten por recibir una propuesta de matrimonio suya. Nadie podría permanecer con alguien como él mucho tiempo. Ese hombre es un sueño, un espejismo.

Eso era cierto, por eso Ellie no iba a intentar conquistar su corazón. *Aprecio tu preocupación, y os deseo a Leo y a ti todo lo mejor*, escribió ella.

Hubo una larga pausa antes de que Don contestara:

Eres una mujer inteligente, segura, capaz de hacer grandes cosas. No necesitas a Hudson, ni a ningún otro hombre, de modo que mantén la cabeza alta pase lo que pase.

Ellie nunca había viajado en primera clase. Siempre había sido demasiado práctica a la hora de gastar el dinero. Pero Hudson se negaba a viajar de otro modo. Decía que no podía sentarse en los demás asientos, tan apretados, que no encajaba, y no estaba dispuesto a someterse al interés que despertaría si no conseguía apartarse del resto de los pasajeros.

Ella seguramente pensaría igual en su lugar. Hudson no podía caminar por el aeropuerto sin que la gente se parara para mirarlo, señalarlo o chocar los cinco con él. Una mujer se acercó y le pidió que se hiciera una foto, a la que él accedió amablemente, hasta que la gente empezó a ponerse en fila. Después de cinco o seis fotos, y cuando la fila se hacía cada vez más larga, se disculpó, diciendo que tenía que marcharse o perdería el vuelo, y tomó a Ellie de la mano para asegurarse de que se moviera tan rápidamente como él.

—Yo podría haber volado en clase turista –le aseguró ella tras embarcar y mientras se ajustaban los cinturones de seguridad.

Hudson había elegido asiento de ventanilla para poner algo de distancia entre él y los viajeros que pasaban a su lado.

—Eso ya me lo has dicho... unas diez veces.

—Y lo digo en serio. Esto me parece una extravagancia innecesaria.

—No podría colocarte atrás mientras yo me quedo delante.

—¿Por qué no? Yo siempre he viajado en clase turista.

—Estás cambiando de vida y trasladándote a California porque yo te pedí que lo hicieras. Lo menos que puedo hacer es comprarte un pasaje en primera clase.

Salvo que eso la mantenía pegada a él, y Ellie había esperado contar con un respiro. Cuanto más tiempo pasara con él, más difícil le resultaría no tocarlo. El hecho de que no se hubiera acostado con nadie más desde aquella noche cinco meses atrás no hacía más que empeorarlo. Tras haber mantenido una relación tan seria con Don, su cuerpo se había habituado a cierta actividad sexual, y empezaba a notar la prolongada abstinencia. Se dijo a sí misma que por eso no dejaba de recordar el sabor de la cálida y suave boca de Hudson sobre la suya, y el modo en que había utilizado sus manos para excitarla y darle placer.

«Olvídate de eso», se ordenó a sí misma mientras intentaba que no le molestara que una excepcionalmente atractiva azafata se inclinara sobre ella para comunicarle a Hudson que estaría «disponible para cualquier cosa que necesitara durante el vuelo».

—Era muy guapa, ¿verdad? —preguntó Ellie.

—¿Quién? —preguntó él, aunque la mujer le había dado una palmadita en el brazo antes de alejarse.

—La azafata.

Hudson llevaba puestas la gorra y las gafas de sol en

un intento de no hacerse notar, pero la azafata, evidentemente, sabía quién era, y la gente que lo había reconocido en el aeropuerto tampoco se había dejado engañar.

–Ah. Sí. Supongo.

Ellie tuvo la sensación de que él en realidad no había mirado a la mujer.

–Me pregunto si me va a gustar California –murmuró.

–Eso espero –él parecía un poco preocupado.

–¿Estás seguro de que no puedo buscarme un lugar en el que vivir? –ella observó su perfil–. ¿No resultará raro que seamos... compañeros de piso?

Hudson respondió sin apartar el rostro de la ventanilla. Sin duda temía que algún pasajero de la clase turista, que seguían subiendo al avión, lo viera bien y alertara al resto del pasaje de su presencia.

–¿Raro en qué sentido?

–¿Restrictivo?

Ellie no tenía ningún interés en estar al corriente de sus encuentros con otras mujeres, sobre todo a medida que fuera engordando más y resultara cada vez menos atractiva.

Hudson se aventuró a apartar la mirada de lo que estuviera viendo al otro lado de la ventanilla, y le ofreció su sonrisa más seductora.

–Supongo que, mientras vivas conmigo, vas a tener que olvidarte de ver a otros hombres.

Sin duda debía estar bromeando, pero ella no.

–Y tú...

–Haré lo mismo –se apresuró él a responder.

Ellie deseó poder evaluar el grado de sinceridad en su mirada, pero llevaba los ojos ocultos tras sus Ray-Ban.

–¿En serio? Me has propuesto que me quede viviendo en tu casa durante una buena temporada, ¿te parece posible?

—Sería mucho más posible si cambiaras de opinión sobre nuestra... organización nocturna –murmuró él.

Ella miró a su alrededor para asegurarse de que nadie oía la conversación. En primera clase había más espacio, pero siempre podía haber alguien que estuviera intentando adivinar si era realmente quien parecía ser.

—No puedo –murmuró Ellie.

No si pretendía sobrevivir al siguiente año con el corazón intacto, permanecer lo bastante funcional e independiente para seguir su camino, sola, caso de que tuviera que hacerlo.

—Pero ya que hemos vuelto a ese tema, tenía ganas de preguntarte una cosa.

—¿El qué? –Hudson se caló un poco más la gorra.

—¿Qué vas a contarles a tus amigos, y... y al resto del equipo, sobre mí?

—Aún no lo he decidido. ¿Por qué?

—Odio sugerirte que mientas. Pero admitir que me recogiste en un club y me llevaste a tu hotel para un revolcón de una noche, no me deja en muy buen lugar. Preferiría que tus amigos no me vieran como una especie de... carga. Ni que llegaran a la misma conclusión que tú y pensaran que intento aprovecharme de ti.

Hudson tenía la mirada fija en el colgante que le había comprado, y con el que ella estaba jugueteando.

—Me alegra que estés dispuesta a estirar la verdad hasta cierto punto. Dado que las estrellas del deporte son a menudo un ejemplo a seguir para los niños, yo también estaba preocupado por eso. Soy mentor de varios chicos en el rancho para muchachos al que fui al instituto, y tendría que dar unas cuantas explicaciones, teniendo en cuenta las charlas que les he dado sobre ser responsables en sus relaciones con las chicas. Mejor evitar eso, si puede ser.

—Tiene sentido.

—¿Y cómo sugieres que lo gestionemos? —preguntó él.

—¿Por qué no decimos que nos conocimos *online*? Y que llevamos juntos, al menos, seis meses.

—Admito que he hablado del bebé con algunas personas, pero una de ellas nos respaldará en lo que decidamos hacer, y las demás no saben lo suficiente como para poder contradecir lo que les he explicado. De modo que... me parece bien tu propuesta.

—Estupendo —Ellie se echó atrás en el asiento.

—Eso nos dará un pasado común —añadió Hudson—. Pero, ¿cómo vamos a describir nuestra relación actual?

—Eso será un poco más difícil —admitió ella—. No quiero que tengas la sensación de que intento impedir que veas a otras mujeres, pero dado que estaré viviendo contigo... me pregunto si, al menos durante el primer mes, no podríamos fingir que estamos más unidos de lo que estamos.

—¿Cómo de unidos? —Hudson parecía todo un hombre de negocios.

—¿Juntos? —se aventuró ella—. ¿Una pareja? Solo durante unas semanas, no mucho tiempo —se apresuró a añadir—. Después podríamos romper nuestra relación y explicarle a todo el mundo que vamos a seguir viviendo juntos por el bien del bebé. ¡Bum! Todo aclarado.

—Trato hecho —Hudson no dudó ni un instante en aceptar.

Ellie apenas podía creerse lo dispuesto que se mostraba Hudson, pero se alegró de ello. A lo mejor así sus amigos y compañeros no estarían predispuestos a odiarla desde el principio.

—¿En serio? ¿Te parece bien? Porque si te ven con alguien antes de que —utilizó los dedos para dibujar unas comillas en el aire—, «rompamos», se armaría un escándalo. Puede que aparezcas como alguien infiel, y eso no resultaría agradable para ninguno de los dos.

—¿Quieres decir que parecería el mujeriego que supones que soy? —preguntó él secamente.

—No quiero decir nada —le aclaró ella—. Simplemente señalo que nuestro plan exige cierta fidelidad, si es la palabra adecuada, por ambas partes. Pero, digamos, que esa parte será más sencilla para mí, dado que me llevará algún tiempo conocer hombres que pudieran resultarme atractivos.

La azafata inició el habitual ritual de seguridad, pero Hudson no hizo caso alguno.

—Comprendo cuáles son mis responsabilidades, y estoy seguro de que podré con ellas.

El sarcasmo en su voz era más que evidente. A Hudson no le gustaba que ella tuviera tan pocas expectativas hacia él. Pero era importante tenerlo claro. De lo contrario, ¿para qué iniciar la farsa siquiera?

—Gracias —Ellie sonrió como muestra de gratitud—. Les contaré la misma historia a mis padres cuando les hable del bebé. Eso debería facilitar las cosas.

—¿Tus padres no saben que estás embarazada? —susurró él sorprendido.

—Todavía no.

—¿Y cuándo tienes pensado contárselo? —preguntó Hudson mientras se ajustaba las gafas de sol.

—Dentro de un par de meses.

—¿Y no se enfadarán porque hayas esperado tanto tiempo?

—Puede —ella se mordisqueó el labio inferior.

Ellie se quedó dormida en cuanto despegó el avión. A Hudson le hubiera gustado hacer lo mismo, pero volar le ponía nervioso. Aunque intentaba distraerse con la tablet, haciendo consultas en internet, la azafata no lo dejaba tranquilo el tiempo suficiente para que pudiera ver una película. No paraba de acercarse para preguntarle si quería beber algo, comer algo, una biodramina, hacerse socio del Mile High Club. La última oferta no fue específica, pero sí se sobreentendía.

–Estoy bien –le aseguró, seguramente por décima vez.

Le decepcionaba que la presencia de Ellie a su lado no pareciera importarle a la azafata. Había pensado que la presencia de una posible novia evitara parte del comportamiento que exhibía esa mujer. Pero ya había visto a algunas mujeres abordar a otros jugadores, estando sus esposas con ellos, de manera que no debería escandalizarse. La fama parecía interferir con la habilidad de algunas personas para pensar con claridad. Se alegraba de que Ellie no reaccionara como muchas otras mujeres. Su «celebridad», como solía llamarla ella, no parecía afectarla, salvo por el desagrado que le generaba la atención que atraía, y no podía culparla por ello. La mayor parte del tiempo a él tampoco le gustaba.

Rio por lo bajo al recordar su insistencia en volar en clase turista. Había esperado dejarlo solo en primera clase, donde iba a tener que enfrentarse a su fama, mientras ella se relajaba y hacía lo que le apeteciera. Pero no se lo había permitido, y no solo porque intentara mostrarse cortés. Disfrutaba con su compañía.

La cabeza de Ellie se deslizó hacia su hombro. Normalmente se recolocaba antes de apoyarse contra él. Solía despertarse, darse cuenta de que estaba demasiado pegada a él y colocarse erguida. Y vuelta a empezar.

Hudson se acercó un poco más a ella, ofreciéndole el apoyo que necesitaba antes de que pudiera despertarse a tiempo para evitar el contacto. Por fin lo consiguió, pero no habían pasado ni quince minutos antes de que la maldita azafata volviera a la carga.

—¿Quiere más galletitas, o algún otro aperitivo? —preguntó con entusiasmo.

—No, gracias, estoy bien —contestó Hudson, encajando la mandíbula y hablando en tono suave y amable.

Intentaba no despertar a Ellie, pero nada más marcharse la azafata, Ellie abrió los ojos, se dio cuenta de que estaba apoyada contra él y se apartó como si acabara de ver una serpiente.

—¡Uy! Lo siento —se excusó—. Debería haber comprado una de esas almohadas cervicales que vi en el aeropuerto.

—No me importa —Hudson se quitó la gorra y volvió a ajustársela—. Al menos uno de los dos está durmiendo algo.

—Es por esa azafata —se quejó Ellie con voz gruñona—. Está obsesionada contigo. ¿Por qué no te la llevas al servicio y le haces un trabajito?

—¿Qué has dicho? —Hudson no podía haberlo entendido bien.

—Nada —ella sacudió la cabeza, con aspecto azorado—. No estoy despierta del todo.

Hudson empezó a reír.

—¿De qué ríes?

—Creía que habíamos prometido no tener relaciones con otras personas hasta «romper».

Ellie se estiró, evidenciando su incomodidad.

—Estoy dispuesta a hacer una excepción. Cualquier cosa para que esa mujer nos deje en paz —ella desvió la mirada hasta el iPad de Hudson—. ¿Qué estabas viendo?

—Un documental sobre la India.

—¿De verdad?

—¿Por qué te sorprende?

—Supongo que pensé que sería algo relacionado con el deporte.

—Soy capaz de pensar en otras cosas. De vez en cuando. Cuando no voy por ahí rompiendo corazones femeninos.

—Eso resulta esperanzador.

Él le echó una mirada asesina, pero Ellie se limitó a sonreír, como si pretendiera darle un poco de pena.

—¿Es bueno? —preguntó, pareciendo tan genuinamente interesada que él acabó por pasarle uno de los auriculares para que pudieran verlo juntos.

—Ha sido un vuelo muy largo. ¿Quieres que nos quedemos en mi casa de Los Ángeles para descansar un poco o estás bien para dirigirnos directamente hacia Silver Springs?

Hudson conducía la camioneta todoterreno casi nueva que les esperaba en el aparcamiento de estancias prolongadas. Ellie sentía curiosidad por saber si esa era la clase de vehículo que conducía habitualmente, pero no preguntó. No quería que él pensara que mostraba demasiado interés por sus posesiones, sobre todo después de insistir en que no era así. Llevaba puesto el colgante que le había regalado, a pesar de lo que le había dicho al respecto.

—No soy tan frágil. Puedo continuar.

—Estupendo. Al estar fuera de temporada, tengo más responsabilidades en Silver Springs.

—No hay problema. Apenas tardaremos dos horas.

Parecía mentira que ella hubiera realizado el mismo trayecto una semana antes, que se hubiera trasladado a vivir al otro extremo del país y que solo se hubiese llevado dos maletas con ella, que Hudson no le había permitido ni tocar, a pesar de que ambas tenían ruedas. Estando en el hospital, el médico había sugerido que no levantara peso, y Hudson se lo había tomado al pie de la letra. Apenas si le dejaba llevar su propio bolso, el enorme saco en el que llevaba todo lo que pudiera necesitar o desear. Se había sentido tentada de fingir que pesaba demasiado, solo para ver qué hacía, pero sabía las burlas a las que le someterían en los vestuarios si alguien le hiciera una foto llevando un bolso colgado del hombro.

–¿Tienes hambre? –preguntó él–. ¿Quieres que paremos a comer algo antes de emprender el viaje?

–Eso estaría bien –contestó ella–. ¿Conoces algún sitio que esté bien?

–Nena, vivo aquí.

Ella rio ante la respuesta.

–¿Significa eso que conoces todos los buenos restaurantes?

–Significa que conozco muchos.

El lugar que eligió para comer fue un establecimiento de lujo con un salón privado, donde el dueño y el chef lo saludaron personalmente. Ellie aceptó la recomendación de Hudson sobre los *pappardelle* con romero, cortados a mano, deliciosos, pero insistió en elegir el postre. Cuando pidió dos, porque no era capaz de decidirse entre el plátano flambeado y la tarta de zanahoria, él enarcó las cejas, sorprendido, y acabó por comerse la mayor parte de los dos.

–Dijiste que no querías postre –se quejó ella mientras abandonaban el local.

–¡Es que las raciones eran enormes! Demasiado para tu capacidad –contestó él sin arrepentirse lo más mínimo–. No me digas que cada vez que salgamos vas a pedir así.

—¡Pues claro! ¿Por qué no? A fin de cuentas estoy comiendo por dos.

Ellie lo estaba poniendo a prueba para comprobar su grado de responsabilidad, si se avergonzaría de su aspecto físico, pero él ni titubeó.

—Por fin una mujer capaz de hacerle justicia a la comida que le proporciono.

—¡Eh, un momento! Tú no me vas a proporcionar la comida. Descuéntalo de mi paga. Excepto esos postres, por supuesto. Esos corren a tu cargo, dado que yo solo les he dado unos mordisquitos.

—¡Has comido casi tanto como yo!

—Ni de lejos.

—Muy bien —él puso los ojos en blanco—, lo que tú digas. En cualquier caso, ya hemos acordado el tema económico. No intentes ahora cambiar las cosas.

—¿Y desde cuándo habíamos acordado que me pagarías la comida? —Ellie se volvió hacia él—. Pagaremos la compra a medias, al igual que los demás gastos de la casa. Eso hacen los compañeros de piso, se compran sus propias cosas y comparten los gastos por los servicios comunes.

—¿En serio? —preguntó él—. Porque tú no ganas lo suficiente para pagar la mitad, y lo digo con conocimiento de causa, dado que soy tu nuevo jefe.

—Tú no eres mi jefe. Tengo muchas habilidades. Podría conseguir un empleo en cualquier momento.

Ellie tenía una buena educación, pero sus habilidades no encajarían en cualquier sitio. Por suerte, Hudson no lo mencionó.

—Por decirlo de algún modo —observó él antes de soltar una carcajada. Estaba claro que le gustaba provocarla.

—Pues no es la mejor manera de decirlo. En cualquier caso, se trata de tu casa de vacaciones, ¿verdad?

—Pero sigue siendo muy grande. Tiene que serlo para proteger mi intimidad.

—¿Cómo de grande para proteger tu intimidad? —ella ralentizó la marcha.

—Solo los gastos son probablemente mayores que el alquiler que pagas por tu casa.

—Entiendo —ese hombre tenía un estilo de vida que ella ni siquiera era capaz de imaginar—. De acuerdo. Bueno, dado que fuiste tú el que compró esa monstruosidad, supongo que es tu problema. Alojamiento gratis y comida, y cinco mil dólares al mes. Lo consideraré un aumento.

—Puedo ayudarte a conseguir otro aumento más…

La expresión traviesa revelaba exactamente a qué se estaba refiriendo. Ellie decidió no entrar al trapo.

—Me conformo.

—Espero que no por mucho tiempo.

Ellie también ignoró ese comentario.

—Pero dado que siempre intento ser justa —ella dio un respingo—, te permitiré asistir al parto. Eso, suponiendo que todo vaya bien a partir de ahora.

—¿Por qué te desagrada tanto? —la pregunta había sido formulada muy en serio, aunque fue seguida de una observación más bromista—. A fin de cuentas, soy un tipo tan majo…

—¿Alguna vez has visto en YouTube algún video sobre un parto, o has visto parir a algún animal de granja o algo así? —su nuevo obstetra seguramente aconsejaría que Hudson asistiera a las clases preparatorias para el parto. Así sabría lo que podía esperar. Pero las clases no empezarían hasta que el embarazo estuviera más avanzado.

—No. En el instituto había animales de granja, pero no solía prestarles demasiada atención.

—Pues ahí voy. Yo sé bien lo que me espera, y no quiero público —insistió ella mientras se subía a la camioneta.

Evitó añadir «sobre todo a ti», aunque eso era en lo que estaba pensando.

Capítulo 18

La casa de Hudson no era la extravagante edificación de estilo mediterráneo que había visto tan a menudo en los exclusivos barrios de Miami. Aunque su casa era nueva y espaciosa, estaba edificada al estilo de una granja del siglo XIX, con techos de vigas blancas, suelos de madera, ventanas de gruesos cristales y toneladas de armarios empotrados. La instalación eléctrica era de lo mejor que ella hubiera visto jamás, tanto como las costosas alfombras. El sótano estaba ocupado en su mayor parte por una sala de cine y un gimnasio. Ellie supuso que, en el peor de los casos, podría pasar el embarazo ahí abajo, viendo películas.

Sentía la mirada de Hudson sobre ella mientras pasaban por la sala de juegos, completa con sus letreros de neón que hacían referencia a distintas marcas de cerveza, colgando de las paredes, una antigua gramola en una esquina, y un bar que daba a una zona de barbacoa, terraza y piscina.

–No está mal –observó mientras deambulaba hacia el límite de la propiedad, el único lugar en el que la valla perimetral de tres metros era de hierro forjado, y contempló las montañas que se veían al otro lado.

—¿Te gusta?

—Estoy segura de que seré capaz de aguantar aquí unos cuantos meses —lo cierto era que Ellie se sentía algo intimidada, aunque consiguió encogerse de hombros mientras señalaba el rincón más lejano del patio—. ¿Qué es esa casita de ahí?

—No empieces a hacerte ideas —contestó él—. Esa casita pertenece a la asistenta.

—¿Tienes asistenta? ¿Y nunca lo has mencionado?

—No pensé que importara. Maggie no nos molestará.

—¿Cuándo está en la casa principal?

—Cuando estoy aquí, solo viene si yo se lo pido. Es decir, cuando me muero de hambre o no tengo ropa limpia.

—¿Vive en una casa aparte por cuestiones de intimidad?

—Lo has pillado —Hudson le guiñó un ojo.

De momento solo le había enseñado a Ellie el sótano, la sala de juegos, la cocina gourmet con su enorme hogar de piedra, los utensilios de cocina colgando de una enorme isla, la cocina con campana de cobre y unas escaleras que descendían a la bodega. También le había mostrado el salón, con una chimenea de piedra aún mayor, una gigantesca televisión de pantalla plana, sillones y banquetas de cuero. Los dormitorios aún no los había visto.

—¿Con qué frecuencia podré utilizar el gimnasio? —preguntó ella.

—Siempre que quieras —contestó él.

—¿Cuándo lo utilizas tú? —Ellie esperaba no coincidir con él.

Había fracasado en su propósito de año nuevo de adquirir una buena rutina de ejercicios y no quería que él se diera cuenta de lo baja que estaba de forma.

—¿Estás pensando que te gustaría que hiciésemos ejercicio juntos?

—En realidad estaba pensando todo lo contrario —ella rio—. Estaba pensando mantenerme apartada de tu camino.

—¿Cómo ibas a entorpecerme? Hay muchos aparatos. Olvidé enseñártelo, pero hay hasta una sauna que quizás te guste utilizar cuando termines de hacer tus ejercicios.

—No puedo utilizar la sauna, ni el jacuzzi mientras esté embarazada —le explicó ella—. Si me sube la temperatura interna, podría ser peligroso para el bebé.

—Me alegra saberlo. Entonces deberás evitarlo, junto con el vino de la bodega. Me temo que mi casa está plagada de peligros.

Pero lo que Hudson no sabía era que él suponía el mayor de todos, quizás no para el bebé, pero sí para su paz de espíritu.

—¿Quieres subir a tu habitación? —le preguntó él.

—Claro.

La condujo hasta una ancha escalera curvada, por la que subieron.

—Hay cuatro dormitorios, uno de ellos en la planta principal, pero creo que estarás más cómoda aquí arriba —Hudson se detuvo ante la puerta de dos hojas al final del pasillo y le mostró una habitación con una enorme cama de cuatro postes, vestida con ropa de aspecto muy cara, muebles sólidos, algo necesario dada la dimensión de la habitación, y un cuarto de baño con ducha.

—Es perfecta —observó ella—. Si no nos llevamos bien, ni siquiera hará falta que nos veamos.

—Solo que mi dormitorio está justo al lado.

Eso ya lo había supuesto Ellie.

—¿Por qué no me quedo en la habitación de la planta baja? La casa es tan enorme que no hay necesidad de que nos agolpemos en la misma zona.

—¿Y qué pasa si me necesitas? —él la miró sorprendido.

—Tengo móvil.

—Esto está mejor —Hudson le llevó las maletas hasta el armario.

El problema era que ella siempre le oiría acercarse por el pasillo.

—Supongo que podemos intentarlo. Y ya veremos si necesitamos más espacio.

—¿Qué tenías pensado hacer aquí dentro? —él la miró con curiosidad.

—Nada. Es que estoy acostumbrada a vivir sola.

—Hay que ver lo asustadiza que eres —Hudson sacudió la cabeza—. Bueno, intentaré no interferir en tu estilo de vida.

—Esto es precioso, en serio —Ellie temió no haber parecido lo bastante agradecida—. Realmente hermoso.

La expresión de Hudson le indicó que sus palabras llegaban demasiado tarde, eran demasiado poco, pero ella no creía haberle podido ofender realmente. Sin duda ya había gente de sobra para alabarle, tanto a él como a sus posesiones.

—¿Tienes alguna preferencia para las comidas? —preguntó ella—. ¿Qué clase de alimentos quieres que compre?

—Cualquier cosa que sea orgánica. Puedes preparar lo que quieras, pero no será necesario ir a la compra. No tienes más que enviarle a Maggie la lista por correo electrónico. Ella se ocupará de aprovisionar la nevera y los armarios.

—¿Lo dices porque no dispondré de coche?

—Tengo dos vehículos aquí, el Porsche que conduzco para ir a la ciudad y volver, siempre que no lleve equipaje, y la camioneta que utilizo en la ciudad. Puedes disponer del Porsche cuando te apetezca ir a algún lado.

—¿Has dicho Porsche? —quiso asegurarse ella.

—¿No sabes conducir un coche con marchas?

—Mi primer coche era de transmisión estándar. Pero preferiría no ser responsable de un coche tan caro.

—Está asegurado —contestó él, como si fuera una tontería preocuparse por esas cosas—. Te dejaré para que deshagas el equipaje y descanses. Ha sido un largo viaje —Hudson echó a andar hacia la puerta.

—Hudson...

—¿Sí? —él se volvió.

Ellie no podía quedarse allí. No tenía ninguna duda de que iba a gustarle, pero... ¿cómo iba a sentirse cuando tuviera que regresar a la tierra?

—Creo que me sentiría más cómoda alquilando un sitio para mí en la ciudad —algo que no le resultara tan difícil de abandonar cuando llegara el momento.

—¿Por qué? —Hudson frunció el ceño—. Aquí tendrás todo lo que puedas necesitar.

—Ese es el problema. Esto me resulta... raro. Preferiría ocuparme de mí misma.

—Concédete un par de semanas —él se apoyó contra el marco de la puerta—. Si no te gusta, siempre podrás marcharte.

Ella respiró hondo. En eso tenía razón. ¿A qué tanta prisa? Podía fingir que estaba disfrutando de unas vacaciones de lujo.

—De acuerdo.

—¿Ya has vuelto?

Hudson bajó el tono de voz y cerró la puerta de su dormitorio para que Ellie no pudiera oír su conversación telefónica con Bruiser.

—Sí, acabo de llegar.

—¿Y te has traído contigo a la doctora Ellie Fisher?

—Sí.
—¿Y? ¿Cómo te sientes?

Esperanzado, comprendió Hudson. Tenía ganas de tener a Ellie por ahí, una sensación inesperada para él. Gracias a su profesión y su dinero, tenía que ahuyentar a muchas mujeres a lo largo del año. Y, sin embargo, en ese caso era ella la que no paraba de hablar de dejar más espacio entre ellos. Y eso le hacía sentirse seguro.

—Algo... ilusionado.
—¿Has dicho «ilusionado»?
—¿Hay algo malo en ello?
—No, es que, cuando me llamaste desde Miami se te notaba algo... alterado. Sigue embarazada, ¿verdad?
—Sí, sigue embarazada. Cuando te llamé estaba borracho.
—A eso voy. Estabas tan alterado que estabas bebiendo para perderte en el olvido.
—Todo era nuevo. Estaba acostumbrándome a la impresión. Pero ya me siento mejor.
—Debe gustarte.

Hudson intuía las conjeturas que estaba haciendo su amigo.

—Así es. Es sorprendentemente agradable tenerla cerca.

Le gustaba hacerle de rabiar, le gustaba cómo se reía con sus chistes o se la devolvía cuando la fastidiaba.

Hubo una larga pausa.

—¿Bruiser?
—Sigo aquí.
—¿En qué piensas?
—¿Te soy sincero? Estoy preocupado.
—¿No es ese mi trabajo?
—Sí, pero ahora que estás bajando la guardia, puede que tenga que dar un paso al frente. ¿Estás seguro de que no te está tendiendo una trampa?

—Para...

—¿Casarse? Si logra convencerte de que es inocua, si consigue que confíes en ella lo bastante como para casarte con ella, para darle tu apellido, o lo que sea, al bebé, podrá obtener mucho más.

Hudson pensó en la cantidad de veces que había tenido que convencerla para que no se alquilara una vivienda para ella sola.

—No creo que me esté tendiendo una trampa. Parece satisfecha con nuestro acuerdo.

—¿Y cuál es ese acuerdo?

Hudson le explicó cómo habían decidido proceder durante el resto del embarazo y los primeros seis meses de la vida del niño. También le explicó a Bruiser lo que habían acordado decir sobre su relación y le pidió que respaldara la versión.

—No desvelaré nada. Si tú quieres decir que llevabais meses saliendo juntos, yo te apoyaré. Pero esa mujer parece demasiado perfecta para ser real. ¿Estás seguro que no te está tendiendo una trampa?

—No he visto nada que indique que sea distinta de lo que aparenta ser.

—¿Tiene alguna idea de lo que tienes?

—No parece importarle. Casi ni me deja que la invite a comer.

—¿Podría estar fingiendo? Maldita sea, yo intento que me invites cada vez que comemos juntos.

Hudson rio por lo bajo. No era verdad. Bruiser no pedía nada a nadie.

—Si es una actuación, es condenadamente buena.

—Decidido —anunció Bruiser—. Voy para allá.

—¿Cuándo?

—Mañana por la mañana. Lo mejor será que dé un paso al frente en todo este asunto, por si acaso.

—¿Y Jacqueline y Brianne? ¿Te las vas a traer contigo?

—No, Brianne no soporta viajes largos sentada en la sillita del coche, y Jacqueline tiene un acto benéfico para recaudar fondos para el hospital local.

—¿No le importará que te marches?

—Por un día no. Entenderá que necesite conocer a Ellie, ver qué sensación me produce.

Lo cierto era que, quizás, Bruiser podría ver algo que se le hubiese escapado a él.

—Si es lo que quieres, aquí estaremos.

—Saldré a primera hora —le anunció su amigo.

Acababa de colgar la llamada cuando el móvil sonó de nuevo. Era una llamada del detective privado que había contratado para averiguar quién lo había abandonado el día de su nacimiento. Normalmente le enviaba un correo electrónico en el que le ponía al día. No era habitual que llamara, sobre todo después del horario de oficina.

Hudson consultó la hora. Eran las nueve de la noche. Ver el nombre en pantalla le provocó un escalofrío en la columna. Algo había sucedido, lo presentía.

El corazón le empezó a latir con fuerza, incluso antes de contestar.

En cuanto el detective confirmó que estaba al habla con la persona que buscaba, le explicó:

—He encontrado una pista que podría ofrecernos las respuestas que estás buscando.

—¿Cómo? —¿al fin iba a poder saber quién lo abandonó?

—Desenterrando cosas. Es mi trabajo.

—¿Y has encontrado algo esperanzador?

—Al cien por cien no, pero parece fiable. Solo hay un problema...

La indecisión en la voz del detective hizo que a Hudson le resultara casi imposible respirar.

—Adelante.

—Deberías preguntarte primero si, realmente, deseas continuar con esta búsqueda.

—¿Y por qué no iba a quererlo? —la inquietud de Hudson iba en aumento.

—Si fuera yo, no me gustaría que saliera a la luz... y eso que no soy famoso.

Ellie despertó ligeramente desorientada. Todavía llevaba puesta la ropa. Las luces estaban encendidas y estaba durmiendo en una enorme cama que no reconocía.

Y de repente todo regresó a su mente, y comprendió que debía haberse quedado dormida mientras deshacía el equipaje, y dormido varias horas.

Se levantó para buscar el bolso y sacar el móvil. Eran casi las dos de la mañana. ¿Qué estaba haciendo Hudson? Debería estar durmiendo, como haría casi todo el mundo a esas horas, pero ella había oído claramente el rítmico golpeteo de los graves que surgía de los altavoces desde algún punto de la planta inferior. ¿Estaba en el salón, viendo la televisión? ¿En la cocina, escuchando música mientras se preparaba un tardío tentempié? Dudaba poder oír nada si el sonido procediera del sótano.

¿Qué hacía levantado tan tarde?

Tras cepillarse el pelo y recogérselo de nuevo, Ellie se puso unos pantalones de chándal y una camiseta, se lavó la cara, cepilló los dientes y salió de la habitación para descubrir qué estaba pasando. Al tumbarse en la cama no había sido su intención irse a dormir, solo la de descansar los ojos.

¿Habría subido para preguntarle si le apetecía cenar, o había comido sin ella?

Se sentía... excluida, lo cual era ridículo. Era posible

que le hubiera echado un vistazo sin que ella se hubiera dado cuenta. Además, Hudson no tenía por qué incluirla en sus actividades. Había sido ella la que había insistido en que se comportaran como compañeros de piso, de esos que vivían vidas completamente separadas. A lo mejor Hudson se lo había tomado al pie de la letra de forma inmediata.

No estaba en el salón ni en la cocina. Lo encontró en el salón de juegos, bebiendo y jugando al billar. La música estaba tan alta que no la oyó acercarse, lo que le permitió observarlo detenidamente un rato sin ser descubierta.

Iba descalzo y vestía unos vaqueros desgastados y una camiseta de algodón que se ceñía agradablemente sobre sus anchos hombros. Pero parecía cansado, alterado. ¿Qué estaba pasando? ¿Por qué no estaba en la cama?

La fuerza con la que estrelló la bola blanca contra la bola azul le confirmó que estaba muy alterado. Soltó un juramento por lo bajo al fallar y no meter la bola en la tronera elegida para ello. Se volvió para beber otro sorbo de lo que tuviera en el vaso, ¿brandy? Y entonces la vio.

—¿Qué haces levantada? —preguntó.

—A mí me sorprende más haberme quedado dormida en primer lugar. No era mi intención. Solo... me quedé dormida.

—Necesitabas descansar. Esa gripe te dejó muy floja.

—Supongo.

Hudson se la quedó mirando fijamente unos segundos. Ellie tenía la impresión de que quería decirle algo más, sobre todo cuando recorrió su cuerpo con la mirada, pero no lo hizo. Volvió al juego.

—¿Estás bien? —preguntó ella.

No hubo respuesta. Coló dos bolas, una en una tronera lateral y otra en una tronera de esquina.

—¿Hudson?

¿Había llegado el momento de descubrir que ese hombre tenía un problema de ira, que era un borracho o tenía un carácter insufrible? Tenía miedo de descubrir algo así. El Hudson que había visto desde que apareciera en Miami era una persona totalmente normal, real, incluso amable. Ella le había perdonado por atravesar la pared del motel con el puño cuando le había dado la noticia sobre el bebé, pero no lo había olvidado, sobre todo después de haber dejado su empleo y regresar con él a su terreno.

¿Iba a volver a aparecer ese temible Hudson? ¿La empujaría a comprarse un billete de avión de regreso a su casa?

—Estoy bien —respondió él.

Ellie consideró si tomarle la palabra y dejarle solo con su música, alcohol y billar. Era evidente que intentaba enfrentarse a algo como mejor sabía. Pero no parecía estar bien. Parecía preocupado.

—¿Has cenado ya? —ella se acercó un poco más.

—Aún no.

Debía tener hambre. Ella lo tenía. Habían pasado doce horas desde la comida.

—¿Por qué no preparo algo?

No parecía borracho, no arrastraba las palabras, no se movía de manera descoordinada, pero sí se encaminaba en esa dirección. Un poco de comida no le iría mal.

—No te preocupes por mí —contestó él con desdén.

En cuanto Ellie hubo comido un poco, le preparó un plato de bacon, huevos y tostadas, y se lo llevó al salón de juegos.

—Toma —le dijo, como si él le hubiera asegurado que quería comer algo.

Para su sorpresa, Hudson aceptó la comida y se sentó a una mesa cercana.

—¿Vas a contarme lo que ha pasado? —preguntó Ellie.
—No es nada —insistió él.
—Sí que es algo, se nota. ¿Estás teniendo dificultades para habituarte a la idea de tener un hijo? ¿O es que estás arrepintiéndote de haberme traído? Si quieres, puedo marcharme...

Él la miró como si jamás se le hubiera ocurrido algo así.

—No. No quiero que te marches. Lo que siento no tiene nada que ver contigo o con el bebé —Hudson la contempló durante unos segundos antes de volver a hablar—. Pero si te preocupa de verdad, tú podrías ser el remedio.

—¿El remedio? —repitió ella.

—Un arreglo temporal, por supuesto. No puedes cambiar la realidad. Nadie puede. Pero tocarte, eso me gustaría. Sería mucho mejor que sentir —agitó el tenedor en el aire—, que sentir lo que siento ahora.

Quería sexo. Había dejado claro que no estaba conforme con la decisión de Ellie a ese respecto. Ellie, sin embargo, pensaba que pasaría al menos su primera noche en California antes de que volviera a surgir el tema.

—No sé de qué hablas, no sé qué es lo que sientes ahora mismo —señaló ella con la esperanza de sacarle alguna información.

—No es nada que quiera compartir, nada que haya querido que sepa alguien nunca.

—¿Por qué?

—Porque es feo y oscuro, y ojalá yo tampoco me hubiese enterado.

—¿Tiene algo que ver con el fútbol?

—No.

—¿Con tu infancia, entonces?

—Sí —su pasado era del dominio público y Hudson no se sorprendió de que ella lo hubiera adivinado.

—A veces hablar ayuda.

—No quiero hablar —Hudson empujó el plato a un lado—. Quiero llevarte a la cama, Ellie.

Estaba demasiado atormentado y había bebido demasiado para evitar ser transparente. Eso lo había visto ella, pero sus respuestas sinceras no le resultaban tan desalentadoras como le hubiera gustado. La sinceridad de Hudson la empujaba a aliviar su dolor, a hacerle sentirse mejor, a estar allí para él.

—Ya hemos hablado de esto...

—¿No podemos hacer una excepción? —interrumpió él—. ¿Solo por esta noche? Porque yo nunca voté por no tener sexo. Mi plan era justo lo contrario, ¿recuerdas?

—Lo recuerdo, pero tendrás que admitir que abstenernos sería lo mejor.

—¿Cuándo fue la última vez que te acostaste con alguien?

Ellie se frotó las manos contra el pantalón del chándal.

—En septiembre —contestó, sintiendo de repente el peso de todos y cada uno de los días transcurridos desde entonces.

—¿Lo ves? Para mí también se ha hecho largo. ¿No echas en falta a un hombre? ¿No echas en falta ser abrazada, acariciada, besada?

Sí que lo echaba en falta, sobre todo a él. Pero acababa de aterrizar en California. Necesitaba aclimatarse, ajustarse, llegar a conocer mejor a Hudson antes de tomar una decisión tan importante.

—Intento ser inteligente...

—Olvídate de ser inteligente. Intenta ser egoísta.

—¿Egoísta? —Ellie se habría echado a reír, de no darse cuenta de que Hudson hablaba en serio.

—Seguro que tengo algo que pueda darte a cambio, por correr el riesgo.

—No te estoy pidiendo nada...

—¡Ese es el problema! La mayoría de la gente quiere algo de mí. ¿Por qué tú no?

—Supongo que a los demás les emociona conocer a alguien famoso. O intentan utilizarte. Yo no.

—Al menos con los demás tengo alguna ventaja.

—Venga ya, tú odias eso.

Hudson no la estaba escuchando, y ni siquiera respondió al comentario. Seguía hablando como si ella no lo hubiera interrumpido.

—A los demás les puedo prometer artículos deportivos con mi autógrafo, entradas para algún partido importante, incluso dinero. Pero no parezco tener nada que tú quieras. Ni siquiera aceptas mis regalos.

—No me he quitado el colgante que me regalaste desde que abrí la bolsa.

—Pero no me permites comprarte nada más, no aceptas un dinero extra que necesitas absolutamente. Te importa una mierda saber que alguien es famoso o que juega en la liga profesional. Ni siquiera quieres quedarte en esta casa.

Ellie se negaba a admitir que fuera tan ambivalente como él parecía creer.

—Es que no estoy acostumbrada a tanta riqueza. No puedo permitirme el lujo de acostumbrarme a vivir así. No quiero sentirme desgraciada cuando regrese a mi casita y mi coche de diez años de antigüedad.

—Vas a tener un hijo mío –dijo él–. Pase lo que pase, nunca volverás del todo a tu antigua vida.

Ellie supuso que tenía razón. Siempre estaría conectada a él, y él siempre sería quien era. Aunque dejara de jugar, seguiría siendo una celebridad.

—Ya hemos hecho el amor antes –insistió él con intención de convencerla.

Ellie suspiró agitadamente y se levantó para recoger el plato de Hudson.

—Lo recuerdo —demasiado bien...

—Pensé que era bueno en la cama —él la miró—. Pensé que te había gustado también.

—Y así es —ella recogió el plato, pero él la agarró por la muñeca.

—Entonces no me rechaces.

—No te estoy rechazando —el calor de su mano subió por el brazo de Ellie—. Esa palabra es muy dura.

—Me estás diciendo que no. Es lo mismo —él tomó el plato y lo dejó a un lado antes de meterse un dedo de Ellie en la boca.

—Hudson...

—Te daré un masaje diario durante una semana —le ofreció.

—No podemos hacer esto.

—Sí podemos. Déjame sentirte, déjame enterrarme en tu interior.

—Debes estar algo bebido.

—¿Y? El sexo no es nuevo para nosotros. Ya te deseaba antes. Te lo dejé bien claro.

Hudson volvió a meterse el dedo de Ellie en la boca, y por el modo en que chupó, a ella se le pusieron los pezones tiesos. Se dijo a sí misma que debía apartarse, pero no lo hizo. Ni siquiera pudo apartar la mirada.

—Esta es una mala idea —aseguró, consciente de su voz entrecortada, consciente de que él también lo había percibido.

—No, no lo es —contestó él en un susurro casi inaudible—. Siempre seré bueno contigo. Te lo prometo. Nunca te maltrataré, ni al bebé. Estoy emocionado con el bebé.

Ellie deslizó el pulgar sobre el labio inferior de Hudson. Nunca se permitía a sí mismo ser tan transparente cuando estaba sobrio...

–Estás pensando en ello...

–No debería.

–Eso significa que te sientes tentada –él le besó la cara interna del brazo.

Ellie observó, sin respirar, cómo los labios de Hudson se deslizaban hacia arriba, hacia su codo, que no estaba demasiado lejos de su pecho.

–Lo estoy –admitió–. No eres una persona a la que resulte sencillo resistirse.

–Gracias a Dios. Quítate la ropa. Déjame verte. En septiembre no tuve la oportunidad de hacerlo.

La expresión ansiosa y esperanzada dibujada en el rostro de Hudson seguía enturbiada por el motivo de su desazón, y por eso ella se sintió incapaz de negarse. No podía dejarle allí para sufrir solo lo que estuviera sufriendo.

Hudson contempló, embelesado, cómo ella se quitaba la camiseta.

–¡Allá vamos, dulce Ellie! –exclamó mientras pegaba los labios contra su estómago–. Nuestras vidas ya están entrelazadas. Y los dos deseamos esto, ¿verdad?

Ellie estaría mintiendo si lo negara. Iba a decírselo, pero cuando Hudson tomó su pecho en la boca, lo que salió de sus labios fue un gemido.

Cuando terminó de acariciar y saborear todo lo que ella había dejado al descubierto, lo sintió desatarle el pantalón y deslizarlo, junto con las braguitas, por las caderas.

Desaparecida la ropa, él deslizó una mano sobre la leve hinchazón de la barriga.

–Hola, bebé –murmuró, antes de sentarla sobre la mesa de billar.

—¿Estás seguro de querer hacerlo aquí? —preguntó ella—. ¿Bajo la luz?

—Voy a hacértelo aquí. Quiero verte, verlo todo —Hudson le apartó las piernas y dibujó un camino de besos por sus muslos.

Ellie intentó detenerlo. Se sentía cohibida, sentía que debía conocerlo mejor antes de poder disfrutar del sexo oral. Pero él no le permitió rechazarlo.

—Relájate —le ordenó.

—No creo que pueda relajarme —contestó ella—. Esto es… esto es muy íntimo, más o menos la cosa más íntima que me creo capaz de permitirle a alguien que haga.

—También es algo que dudo que tu exnovio gay disfrutara haciéndote. Al menos no muy a menudo.

—Nunca —admitió ella.

—Estupendo. Entonces he encontrado algo que puedo hacer que quizás consiga que te alegres de haber accedido.

—Hay otras maneras de…

—Quiero hacer esto —le aseguró Hudson y, cuando su boca alcanzó nuevamente su objetivo, ella casi saltó de la mesa.

—¡Joder! —exclamó.

—Doy por hecho que se trata de un «joder» positivo —la lengua de Hudson se movió sobre ella.

—Mejor de lo que puedas imaginarte. Hay que ver lo que me he estado perdiendo.

Ellie sintió el aliento de Hudson, que reía contra ella.

—Podemos recuperar el tiempo perdido —sugirió él antes de seguir.

—¡Madre mía! Tú, desde luego… desde luego sabes lo que haces —susurró Ellie, incapaz de hablar en un tono más elevado. Ya suponía bastante esfuerzo simplemente respirar. Intentó agarrarse a los lados de la mesa de billar, pero no logró alcanzarlos, de modo que se aferró a los cabellos de Hudson.

—Eso es —dijo el—. Demuéstrame cuánto te gusta. Me estoy poniendo muy duro.

—Sí que me gusta. No creo que exista nada que me haya gustado tanto antes.

—Entonces prepárate para disfrutar —Hudson deslizó las manos bajo el cuerpo de Ellie para mejorar su acceso.

—¡Oh, Dios! —ella gimió mientras la succión de la boca de Hudson hacía vibrar todos sus nervios.

Cuando empezaron a temblarle las piernas, sintió las fuertes manos apretándole el trasero, animándola a sucumbir al placer que le estaba dando, y pasaron más de unos segundos antes de que uno de los orgasmos más fuertes que hubiera experimentado jamás hicieran que todo su cuerpo se sacudiera.

—Uno en el bote. Faltan muchos más —anunció Hudson con satisfacción—. Y ahora, vamos a mi cama.

Capítulo 19

Desde luego eso era lo que necesitaba, confirmó Hudson. Una mujer. En concreto, Ellie. Había pensado en ella muy a menudo desde aquella noche en septiembre. Le resultaba increíble tenerla de nuevo, desnuda, bajo su cuerpo. Aunque el sexo no cambiaría lo que había averiguado, al menos no le dejaba pensar en otra cosa. Estaba demasiado consumido por el deseo, por tocar su suave y delicada piel. Por ese pequeño abultamiento que demostraba que su bebé estaba dentro de ella. Por los pequeños suspiros que oía, y que le indicaban que Ellie estaba disfrutando de su cuerpo tanto como él del suyo. Por el empuje de su lengua contra la suya y, sobre todo, por la exquisita sensación de hundirse por primera vez en el interior de una mujer sin llevar puesto un preservativo. Todo era muy visceral y tan presente que nada más conseguía atravesar esa barrera.

Hasta que terminó. Entonces, mientras permanecía saciado, en brazos de Ellie, todo lo que había esperado evitar, las palabras que había pronunciado el investigador privado, arañaron su mente como un alambre de espino.

«Mierda». Hudson cerró los ojos en un intento de dejar fuera los recuerdos. Se negaba a aceptar esa versión de los hechos. Él se había imaginado otra cosa, un escenario mucho más agradable, como ese con el que había soñado despierto tantas veces siendo niño, ese en el que un hombre malo lo robaba de sus amorosos padres con los que, al final, regresaba. Pero mientras los dedos de Ellie le acariciaban la mejilla, consolándolo casi como si fuera un niño, sintió tal acumulación de emoción, y estaba tan borracho y agotado, que no pudo luchar más contra ello.

—¿Hudson? —murmuró ella.

Al percibir la confusión en su voz, él parpadeó rápidamente, intentando controlar las lágrimas que comenzaban a caer sobre el pecho de Ellie.

Hudson no respondió. Esperaba que ella supusiera que la humedad era sudor, pero cuando otra lágrima cayó, y otra más, la sintió besarle la frente.

—¿Estás bien?

La nota de preocupación en la voz de Ellie resultó tan reconfortante como sus caricias. Esa mujer era condenadamente dulce y amable. Pero la gratitud que sentía por tenerla con él en esos momentos no hacía más que colocarle en una mayor posición de desventaja. Porque no estaba bien. Nunca debería haber contratado a un detective privado, nunca debería haber intentado encontrar a sus padres.

Abrió la boca para decir algo ocurrente y descuidado, cualquier cosa para despistarla sobre sus verdaderos sentimientos. Pero, para su horror, solo surgieron más lágrimas.

Abrazándolo con más fuerza, Ellie le besó la frente y le acarició los cabellos hasta que ya no hubo más lágrimas y él estuvo demasiado cansado siquiera para disculparse antes de quedarse dormido.

Ellie escuchó atentamente la respiración calmada de Hudson. Lo que acababa de suceder le había impresionado, pues jamás se lo habría podido imaginar. Hudson no había querido explicarle lo que pasaba, y por eso le había sobresaltado tanto ver sus lágrimas. Y cuando se había concentrado al máximo para controlarlas, lo que había conseguido era justo todo lo contrario, y las pocas lágrimas iniciales habían actuado como una grieta en una presa que había cedido de repente.

Por lo menos al final parecía haberse calmado. Ellie se alegraba de haberlo acompañado a la cama, aunque solo fuera por la compañía y la paz que le había podido proporcionar. Pero el hecho de que le preocupara tanto cómo se encontraba ese hombre, indicaba algo a lo que ella se resistía a enfrentarse. Se dijo a sí misma que era normal sentirse preocupada por el padre de su hijo, pero mientras él lloraba, ella también había sentido las lágrimas rodar por sus propias mejillas. Si un hombre tan fuerte como él se comportaba así, quería decir que debía estar destrozado por dentro, y ella no había podido soportar verle sufrir tanto dolor.

Antes, cuando le había preguntado qué sucedía, él había admitido que tenía que ver con su infancia. ¿Había muerto alguna de sus madres, o padres, de acogida? ¿Había descubierto por qué lo habían abandonado? ¿Quién lo había abandonado? ¿Qué había pasado?

Sentía que se estaba implicando demasiado. Necesitaba regresar a su propia habitación para así empezar el día desde cero.

Asumiendo que Hudson se alegraría de poder olvidar que aquella noche había existido siquiera, se apartó de él poco a poco mientras se deslizaba hacia el borde del colchón. Pero él debió sentir el movimiento, pues despertó y deslizó un brazo sobre su cintura para mantenerla a su lado. Lo que fuera que le hubiera hecho daño seguía agazapado bajo la superficie, y no quería estar solo.

Volviéndose para poder rodearlo de nuevo con sus brazos, Ellie lo besó en los labios, las mejillas y la frente.

—No me voy a ir a ninguna parte —susurró, y, segundos después, cuando lo sintió relajarse, supo que le había dado la tranquilidad y el consuelo que necesitaba.

¿A qué se estaba enfrentando? Lo tenía todo, éxito, belleza física, talento, dinero, y aun así parecía apático, vacío, incluso roto. A pesar de todo lo que había logrado, no había superado la temprana tragedia en su vida, su abandono. Ellie quería darle a ese niño interior todo el amor que necesitara, pero no podía hacerlo sin amar también al hombre. Pero entonces, ¿cómo iba a proteger su corazón? ¿Iba a atreverse a dejar a un lado la prudencia y dejarse llevar? ¿Iba a poder darle lo que estaba reteniendo con la esperanza de que quizás algún día fuera capaz de sentir algo por ella a cambio?

Suponía un riesgo enorme. Pero cuando él despertó unas horas más tarde y se colocó encima de ella, en esa ocasión para un encuentro lento y dulce durante el que ni siquiera hablaron, Ellie supo que no tenía elección.

A pesar de haber dormido profundamente, Hudson sintió cierta pereza a la hora de levantarse. La noche anterior seguramente no había transcurrido como Ellie había esperado. Desde luego a él no le había sucedido nada parecido jamás. Un minuto había sentido la fuerza de una fuerte liberación sexual y al siguiente era incapaz de controlar las lágrimas que formaban un nudo en su garganta y le quemaban los ojos.

Ojalá pudiera olvidarse de cómo se había derrumbado, fingir que nunca había sucedido. Pero Ellie no era alguien que se levantaría de la cama, se marcharía, y a la que no volvería a ver nunca. Era la madre de su hijo, formaría parte de su vida durante los siguientes dieciocho o veinte años. No tenía ninguna elección, salvo admitir su debilidad y disculparse por ella.

Rodando a un lado, apoyó la cabeza sobre un brazo. Estaba pensando en qué debía contarle cuando se dio cuenta de que Ellie ya tenía los ojos abiertos y lo miraba fijamente.

–Siento lo de anoche –dijo–. No sé qué me pasó.

Ella deslizó las manos, con las palmas unidas, bajo la mejilla.

–¿Estás bien entonces?

–Estoy bien. Ya te he dicho que no sé qué me pasó. Te prometí un buen rato de diversión y lo estropeé. Me siento mal.

–Los hombres también sienten emociones, Hudson. A veces es mejor expresar lo que sientes en lugar de mantenerlo para ti. Alivia la presión.

Una ardiente sensación de vergüenza se apoderó de él.

–No cuando intentas hacer el amor.

–Ya habíamos acabado.

–Y menudo final, ¿eh? –Hudson intentó hacerle reír, pero ella ni siquiera sonrió.

–No fue para tanto. Preferiría que fueras sincero conmigo.

–Pues yo, en cambio, podría vivir muy bien sin tanta realidad –bromeó él.

–¿Te gustaría contarme por qué estabas tan alterado? –ella seguía observándolo detenidamente.

–Desde luego que no. ¿Vas a insistir para obligarme a hacerlo de todos modos?

–No.

–Mejor, porque no estoy seguro de poder explicarlo –no se trataba únicamente de lo que había averiguado el investigador privado, era por la acumulación de tantas cosas, de todo el dolor que había experimentado en su vida, sobre todo en sus primeros años. Por qué había estallado la noche anterior, no lo sabía, pero sospechaba que tenía algo que ver con el hecho de que Ellie fuera la primera persona que formaría parte de su vida de manera más o menos permanente. Dado que llevaba a su hijo dentro, ella no podía decidir que le causaba demasiados problemas y marcharse, al menos no tan fácilmente como lo habían hecho sus padres de acogida.

—Entonces lo dejaremos estar —concluyó ella.

—Gracias. Intentaré recompensarte.

—Tú no me debes nada —ella se apartó de él, arrastrando la sábana mientras se bajaba de la cama.

—¿Adónde vas? —preguntó Hudson al ver que ella se dirigía hacia el pasillo en lugar de al cuarto de baño.

—Después de lo de anoche, necesito una ducha.

—Lo de anoche estuvo bien, antes de que yo la fastidiara.

—Estuvo bien. Todo.

—Te gustó lo que hicimos en el salón de juegos.

—Sí —admitió ella.

—¿Significa eso que vas a querer repetir?

—Puede que sí. Puede que no.

—No te estarás comprometiendo —gritó él, pues Ellie ya había salido del dormitorio.

—No, y estoy segura de que tú tampoco.

—No puedo, Ellie. No estoy hecho para eso.

No hubo respuesta.

—¿Ellie?

—Voy a preparar tortillas para desayunar, por si te apetece —contestó ella.

—Desde luego que sí —Hudson empezó a buscar su móvil.

La noche anterior no lo había puesto a cargar, de manera que debía seguir en el bolsillo. Acababa de empezar a escribirle un mensaje al detective privado, para comunicarle su decisión, cuando sonó el timbre de la puerta.

Durante un segundo, Hudson se preguntó quién habría franqueado la puerta de entrada. Pero entonces comprendió que casi era mediodía, tiempo de sobra para que Bruiser hubiera llegado desde Los Ángeles. Los jardineros, o Maggie, debían haberle dejado pasar, porque él no había oído el telefonillo.

Antes de abrir, se tomó un segundo para terminar el texto: *No sigas con la pista de la que hablamos. Si esa es la verdad, no quiero conocerla.*

De hecho, hubiera preferido no saber lo que ya había averiguado. Era demasiado tarde para eso, pero quizás podría parar lo que había empezado antes de que empeorara todo.

Ellie sentía la mirada de Bruiser, juzgándola mientras ella preparaba el desayuno. Llevaba puesta la única camiseta que tenía con el cuello un poco cerrado. No había incluido en el equipaje ningún jersey de cuello alto, pues no había creído necesario tener que taparse tanto, pero en esos momentos temía que él estuviera viendo las marcas rojas que Hudson le había dejado, y eso le hacía sentirse cohibida. No quería parecer la típica animadora. Para empezar, no lo era y, además, sabía que con ello no iba a conseguir impresionar a nadie. Bruiser estaba intentando averiguar quién era ella realmente, y si su presencia en la vida de su amigo iba a resultar positiva.

–Estaban buenísimas –exclamó después de que ella al fin hubiera conseguido, diez huevos y una buena cantidad de jamón, queso, espinacas y cebollas después, llenar ese estómago.

Nunca había visto a un hombre tan corpulento. Al menos no en la vida real.

—Gracias —ella sonrió y empezó a limpiar la cocina.

—¿Crees que te va a gustar esto?

—¿California? Para serte sincera, no lo sé —contestó Ellie—. No he visto gran cosa de Silver Springs. Pero intento mantener la mente abierta.

Hudson recogió los platos sucios, sin hacer ningún comentario, y los llevó al fregadero. Le había dicho que Maggie mantendría el frigorífico y la despensa llena, pero también que prefería limpiar él mismo, al menos los platos y esas cosas.

—Aquí en California no hay tanta humedad, de manera que el verano te resultará sorprendentemente agradable —continuó Bruiser.

Ellie recogió los cubiertos y los aclaró antes de meterlos en el lavavajillas.

—Eso me han contado.

—Los insectos también son más pequeños en California —observó Bruiser mientras se terminaba la leche.

—Otro punto a favor —admitió ella.

—¿De modo que el bebé nacerá en junio? —le preguntó a su amigo.

Ellie miró a Hudson. No le había mencionado que Bruiser era una de las dos personas que sabían la verdad sobre el bebé, ni siquiera le había advertido de su llegada. Había descubierto su presencia tras salir de la ducha.

—Salgo de cuentas el día diez.

—Eres muy pequeña —él la miró de arriba abajo.

Ellie no sabía cómo reaccionar ante ese comentario. Al lado de Bruiser, casi cualquiera era muy pequeño.

—Considerando que estoy en el quinto mes, no creo que siga así mucho tiempo más.

—No hay nada comparable a tener un bebé.

—Bruiser y su esposa tienen una niña pequeña, Brianne —intervino Hudson—. La cosa más mona del mundo. Están embobados —rio mientras señalaba a su amigo con la cabeza—, como ves por esa expresión soñadora.

Durante unos cuantos minutos hablaron de Brianne y lo que se sentía siendo padre. Bruiser insistió en que Ellie debía conocer a su esposa, Jacqueline. Después, Hudson sacó el tema del equipo. Al parecer se habían producido algunos cambios en la gerencia y había rumores de traspasos de jugadores. Los dos hombres se enfrascaron en quién podría ir adónde la siguiente temporada, y Ellie terminó de cargar el lavavajillas sin apenas contribuir a la conversación. Supuso que les apetecería estar solos un rato, aunque solo fuera para hablar tranquilamente de ella, y se dispuso a excusarse.

Pero entonces, Hudson recibió una llamada.

—Es Aaron. Voy a contestar. Dadme unos minutos —se disculpó Hudson mientras salía de la cocina.

Ellie oía el murmullo de la voz de Hudson mientras se alejaba, y se preguntó si todo iba bien. Ya le había hablado de Aaron, y de lo que ese chico había tenido que sufrir recientemente. Sabía que le preocupaba que la quimio no hubiera tenido éxito. Sin duda eso había contribuido, hasta cierto punto, a lo sucedido la noche anterior. Pero había algo más, algo de lo que Hudson no quería hablar.

—De manera que conociste a Hudson en un club —dijo Bruiser cuando Hudson se hubo marchado.

Ellie colgó el paño de cocina que había utilizado para secarse las manos. Ya no podía inventarse una excusa para marcharse. Debía quedarse y atender a Bruiser hasta que regresara Hudson.

—Sí. Resulta irónico, dado que yo no suelo frecuentar esos sitios.

—Hudson me dijo que eres científica.
—Lo soy. O, más bien, lo era, antes de dejar mi empleo. Regresaré al mundo de la inmunología después de tener al bebé.
—Debes sentir un poco de miedo hacia el futuro, dada tu situación y el hecho de que no conoces a Hudson demasiado bien.
Lo cierto era que estaba asustada. No había previsto que su vida diera un giro tan brusco. Lo desconocido, la incertidumbre, le preocupaba, pero más aún le preocupaba que cada vez que miraba a Hudson sentía que el suelo se abría bajo sus pies, y la sensación no hacía más que aumentar. Hudson se había disculpado por desmoronarse la noche anterior, pero abrazarlo como lo había hecho, sentir su dolor y ayudarle a aliviarlo, le había hecho sentirse más unida a él de lo que había creído posible.
Estaba enamorándose de lo inalcanzable.
—Estoy ligeramente esperanzada —Ellie intentaba alejar a Bruiser de lo que realmente estaba sucediendo en su corazón y su mente, pero ese hombre era más intuitivo de lo que había esperado.
—Es un buen hombre, Ellie. Uno de los mejores.
—Gracias por tranquilizarme.
Él la miró con una expresión que decía, «no tan deprisa».
—Hay algo…
Ante la solemnidad con la que pronunció las palabras, ella respiró hondo para prepararse.
—¿Sí?
—Tiene un problema con la confianza. Fue abandonado por tantos padres de acogida, que lo devolvieron al orfanato, que ya no se cree que nadie se quede con él, sobre todo en los momentos difíciles.
Ellie había leído algo sobre la infancia de Hudson, y

sabía por lo de la noche anterior que el rechazo había producido un impacto indeleble.

—¿Intentas decirme que sería una pérdida de tiempo… esperar desarrollar una conexión significativa con él?

—Intento decirte que no te resultará fácil, pero que merecerá la pena el esfuerzo —contestó Bruiser mientras le guiñaba el ojo.

Sorprendida ante la rapidez con la que se había confiado a ella, Ellie se acercó. Tenía interés por conocer algo más sobre los demonios de Hudson. Los artículos de prensa no se explayaban demasiado, y la noche anterior había estimulado su curiosidad. Sin embargo, Hudson regresó a la cocina y Bruiser se comportó como si hubieran estado charlando de naderías.

—¿Cómo está Aaron? —preguntó.

—Bien —contestó Hudson—. Ha llegado un chico nuevo al colegio, y se está portando mal. Aaron cree que yo podría conectar con él. Le he dicho que me pasaría por el centro.

—¿Vas a ir a New Horizons?

—Sí. Y le he dicho que te llevaría conmigo.

—Pues vamos —Bruiser se puso en pie.

Hudson se volvió hacia Ellie.

—No te preocupes por mí —ella alzó ambas manos para darle más énfasis—. Voy a instalarme, y quizás me vaya a dar una vuelta a la ciudad.

—Estupendo. Las llaves del Porsche están arriba, sobre el aparador.

—Gracias —contestó ella, aunque no tenía pensado conducir su coche.

Al final Hudson permaneció en la escuela mucho más tiempo del que tenía pensado. El chico que se portaba mal había amenazado con matarse, y Hudson había llamado a Aiyana, que había avisado a uno de los psicólogos que el colegio tenía contratado. Para cuando el psicólogo les aseguró que el nuevo alumno estaría bien, el entrenamiento de fuerza fuera de temporada del equipo de fútbol americano de New Horizons estaba a punto de comenzar. Uno de los chicos sabía que Bruiser estaba en la ciudad, de modo que le pidieron a Hudson que lo llevara.

A los chicos les encantaba interactuar con Bruiser, que pasaba más tiempo luchando y haciendo juegos de peleas con ellos, que trabajando con las pesas, pero muchos de los alumnos necesitaban esa atención, sobre todo de un hombre tan equilibrado y fácil de querer como él.

Bruiser convenció a Hudson para que fueran después al campo a jugar al fútbol con los chicos que se mostraban más reticentes a dejarlos marchar.

Pero ni siquiera después de que Bruiser se hubiera marchado de regreso a Los Ángeles, Hudson volvió a su casa. Se encontró con Aiyana y pasó casi una hora hablando con ella sobre el chico nuevo y lo que podrían hacer para ayudarlo a integrarse.

Eran casi las ocho de la tarde, y ya de noche, cuando regresó a su casa, y por eso le sorprendió descubrir que Ellie aún no había vuelto.

Intentó llamarla al móvil, pero saltó el buzón de voz, de modo que le envió un mensaje a la asistenta, Maggie.

Hudson: ¿Has visto a mi invitada?

Maggie: ¿A la mujer?

Hudson: Sí. Se llama Ellie Fisher.

Maggie: Dado que me has facilitado su nombre, doy por hecho que volveré a verla.

Hudson: Desde luego. Va a tener un hijo mío.

Maggie: Estás hablando con Maggie. ¿Estás seguro de querer compartir tanta información conmigo? Por-

que normalmente no me cuentas nada sobre tu vida privada.

Hudson: En este caso no me queda más remedio. Seguramente lo leerás en la prensa, y pronto. Más vale que obtengas la información directamente de mí. Está de cinco meses. Deberías haberte encontrado con ella cuando has ido a aprovisionar la cocina.

Maggie: La vi marcharse pronto, mientras yo estaba abriendo el buzón.

Hudson: ¿Y a qué hora fue eso?

Maggie: Poco después de que te marcharas con Bruiser.

Hudson: ¿A la una y media? ¿Y no la has visto desde entonces?

Maggie: No.

Hudson: ¿Adónde puede haber ido?

Maggie se tomó unos cuantos segundos antes de responder: *No tengo ni idea.*

–Qué sabelotodo –murmuró él antes de volver a buscar por toda la casa.

Seguía sin haber rastro de Ellie. Hudson intentó comunicarse a través de un mensaje, pero no obtuvo respuesta. La llamó, y volvió a saltar el buzón de voz. ¿Qué estaba pasando?

Hudson: El Porsche está en el garaje, de modo que ha debido regresar en algún momento.

Maggie: ¿No me crees cuando te digo que no tengo ni idea de dónde está?

Hudson frunció el ceño ante la respuesta de su asistenta. Había contratado a Maggie porque lo trataba como a un hijo, sin ninguna consideración hacia su fama, y no le aguantaba ninguna tontería. Le gustaba su sarcástico sentido del humor, pero empezaba a preocuparse.

Hudson: Yo te pago el sueldo, ¿lo has olvidado?

Maggie: Pero no me pagas para mantener a una mujer cautiva.

Hudson: Qué graciosa. ¿Está contigo?

Maggie: No. Ya te he dicho que no la he vuelto a ver desde que se marchó. No se llevó el Porsche.

Hudson: Tiene que haberse llevado el Porsche. Es el único vehículo que le he dejado.

Maggie: Yo la vi marcharse a pie.

Hudson: ¿Andando? ¿Como si estuviera haciendo ejercicio?

Maggie: No la interrogué, Hudson. Intento ocuparme de mis asuntos.

«Mierda». Hudson se había topado con la única persona que respetaba su intimidad.

Hudson: Te lo agradezco. Proteger mi intimidad siempre es bueno. Pero ahora necesito que me cuentes todo lo que viste. ¿Cómo iba vestida?

Maggie: Vaqueros. Abrigo. Botas de cuero. Es una chica muy mona.

La ropa que había descrito Maggie sugería que Ellie no había salido a hacer deporte. Se habría puesto zapatillas deportivas, por lo menos. ¿Adónde podría haber ido? No conocía a sus vecinos, y Hudson no se la imaginaba llamando a la puerta de unos extraños. Había mencionado su deseo de ir a la ciudad, pero no sería capaz de ir andando. El recorrido era de casi seis kilómetros de ida y otros tantos de vuelta.

Volvió a escribirle a la asistenta. *¡La próxima vez no le pierdas el rastro!* Le apetecía hacerle rabiar un poco.

La respuesta llegó enseguida. *Le compraré una correa.*

Pero Hudson estaba demasiado preocupado para encontrar la respuesta graciosa.

Decidió llamar a Bruiser.

—No habrás visto a Ellie caminando por la carretera cuando atravesaste Silver Springs, ¿verdad?
—No. No me digas que se ha averiado el Porsche.
—No, el coche sigue aquí. Pero ella no.
—¿Has intentado llamarla?
—Por supuesto. No contesta.
—¿Quieres que me dé media vuelta y te ayude a buscarla?
—No. Ya te has quedado más de lo que tenías pensado. Estoy seguro de que la encontraré... en alguna parte.
—Infórmame en cuanto hayas resuelto el misterio.
—Lo haré —contestó Hudson mientras recogía sus llaves.

El paseo de ida le había parecido más corto, antes de pasarse todo el día de pie. Ellie no había comprado muchas cosas, pero intentar acarrear incluso unas pocas bolsas casi seis kilómetros había supuesto un reto más complicado del previsto, sobre todo porque esas botas que le habían parecido tan cómodas al salir de la casa le habían producido una tremenda ampolla. Ojalá hubiera podido llamar a Hudson para comprobar si estaba disponible para ir a buscarla, pero su móvil había muerto hacía dos horas.

Aunque no había demasiado tráfico en la carretera, sí había un constante flujo. A medio camino de la casa se empezó a sentir lo bastante desesperada como para considerar hacerle señales a un conductor con la esperanza de que la llevara.

Después de otros cuatrocientos metros ya no era solo una idea a considerar. Dispuesta a casi cualquier cosa para evitar tener que dar otro paso más, sacó el dedo pulgar.

Varios coches pasaron sin detenerse, pero poco rato después un vehículo aminoró el paso. Aunque estaba oscuro y no veía gran cosa, por los faros se notaba que era una camioneta.

El autostop no era una práctica segura, de manera que Ellie sintió algo más que inquietud al acercarse a la ventanilla bajada... hasta que reconoció el vehículo, y al conductor.

¡Hudson! Gracias a Dios.

Sentía tal alivio de verlo que se quedó helada cuando él habló en un tono más que cortante.

–¡Métete en el coche!

No tuvo que decírselo dos veces. Ellie saltó al asiento delantero para que no tuviera que demorarse más tiempo del necesario. Hudson arrancó a toda velocidad y ella se agarró al cinturón de seguridad. No le preguntó el motivo del exceso de velocidad. Sabía que estaba enfadado.

El trayecto hasta la casa discurrió el silencio. Solo después de haber aparcado en el garaje y apagado el motor, la miró Hudson de frente.

–¿Qué demonios estabas haciendo ahí? –exigió saber.

–¿Ahí? –Ellie se soltó el cinturón–. Me fui de compras. Nada más. Encontré una blusa monísima y unos pantalones mucho más cómodos. Mi cintura se está ensanchando y no tengo mucho que...

–Me refería a después de eso –la interrumpió Hudson mientras la agarraba de la muñeca, impidiéndole recoger las bolsas.

–¿Te refieres a cuando intentaba volver a casa?

–Me refiero a cuando estabas haciendo autostop.

Por si el férreo silencio de Hudson durante el trayecto no le hubiera indicado ya a Ellie que no le había parecido bien, el tono de su voz lo había dejado meridianamente claro.

—Me parece que fui un poco optimista sobre la distancia.

—¿Te das cuenta del blanco tan fácil que eras? —preguntó él—. Podría haber parado cualquier extraño, podría haberte violado y asesinado y dejar tu cuerpo tirado para que se pudriera detrás de algún granero.

—Qué explícito —ella se soltó.

—Tienes que pensar en ello.

—Las probabilidades de ser violada y asesinada tampoco son tan... enormes. Pero no me gustaría ser la excepción, y entiendo qué me quieres decir. Yo no suelo hacer esas cosas.

—¿Y por qué lo has hecho hoy?

—Los pies me estaban matando, ¿de acuerdo? Ya no podía dar un paso más. Y mi teléfono estaba muerto. No tenía más opciones.

—Para empezar, no entiendo por qué fuiste a pie. Te dejé las llaves de mi coche —Hudson señaló hacia el Porsche, aparcado a su lado—. ¿Qué pasó? ¿No las encontraste?

—Ni siquiera las busqué —murmuró ella mientras contemplaba el deportivo.

—Porque...

—Porque tu coche cuesta... —Ellie se volvió hacia él—. No tengo ni idea de lo que puede costar, puede que cien mil dólares, y no quería hacerme responsable de él.

—¡Te dije que está asegurado!

El hecho de que él ni siquiera se hubiera molestado en corregir el precio estimado, le indicó a Ellie que no debía haber fallado por mucho.

—Pero si lo hubiera roto me habría sentido fatal. Estoy segura de que ese coche significa mucho para ti. Además, es muy...

—¿Qué? —Hudson la miró con los ojos entornados.

—Distintivo —contestó ella—. Sabía que la gente de aquí lo reconocería y supondría que estamos juntos.

—¿Y no es eso lo que queremos que supongan? ¿No es eso lo que habíamos decidido contar a todo el mundo?

—Durante un mes o así, sí. Pero vamos a estar en boca de todos durante tan poco tiempo que no hay motivo para empezar ya a ponernos en evidencia.

—¿Crees que compré ese coche para alardear de mi riqueza? —Hudson la miró boquiabierto.

—No. La gente ya sabe lo adinerado que eres. Y esperan que conduzcas un coche como ese. Pero yo no tengo tanto dinero, y preferiría no ir por ahí conduciendo un elegante Porsche durante un mes y luego pasarme a otro que sí me pueda permitir al mes siguiente, con nuestro bebé sentado en el asiento de atrás, mientras alguna otra mujer me sustituye al volante de tu bonito deportivo.

—¿En serio? —preguntó él—. ¿Me lo dices en serio?

Ellie se frotó la frente. El asunto era más complicado de lo que ella hacía que pareciera. No quería sentirse demasiado cómoda en ese mundo privilegiado, no quería sentirse decepcionada cuando regresara a su mundo más normal. Pero tampoco quería admitirlo ante él.

—Supongo que soy más orgullosa de lo que creía. No quiero que la gente con la que tenga que tratar a diario piense que soy tan idiota como para creer que nuestra relación podría ser permanente, sobre todo dado que me advertiste desde el principio de que no te interesaba nada serio.

—¡Lo dije porque no quiero hacerte daño, ni a ninguna otra mujer con la que pudiera salir!

Ellie extendió las manos en un gesto conciliador.

—Escucha, esto nos está llevando hacia una discusión que no nos hace ningún bien mantener. Ir a la ciudad a pie me pareció, en su momento, preferible. Eso es todo.

—Preferirías caminar kilómetros y luego arriesgar tu vida subiéndote al coche de un extraño, que ser vista conduciendo mi coche.

—Olvídalo, ¿quieres? —ella abrió la puerta—. No ha pasado nada. Si estas botas hubieran resultado ser tan cómodas como yo había pensado, habría vuelto a casa sin ningún problema. Unos cinco kilómetros no son para tanto.

—Hay un poco más. ¡Y estás embarazada!

—Es bueno caminar cuando se está embarazada, Hudson.

—¿Tan lejos? ¿Y en la oscuridad? Aunque no llamaras la atención de algún psicópata, un conductor borracho podría haberte embestido. Demonios, cualquiera que hubiera desviado la vista para consultar el móvil podría haberte embestido.

Ella no respondió, pero, aun así, Hudson no era capaz de dejarlo estar.

—¿No te importaba que me estuviese volviendo loco? —continuó—. ¿Que no fuera capaz de imaginarme qué te había sucedido? Me anuncias que voy a ser padre, que por fin voy a tener algo parecido a una familia por primera vez en mi vida, ¡y vas y desapareces!

Ellie parpadeó al comprender el verdadero motivo de su enfado, lo había asustado, lisa y llanamente. Al principio se había mostrado tan infeliz ante el embarazo que a ella no se le había ocurrido que tuviera el poder de asustarlo. Pero la ecografía lo había cambiado todo, había convertido al bebé en algo real. Desde entonces, Hudson no había parecido nada infeliz ante la perspectiva de tener un hijo. Lo cierto era que se había implicado bastante. Y Bruiser le había hablado de su temor al abandono, le había explicado que la infancia vivida le había impedido confiar en el amor. Debería habérselo pensado mejor antes de negarse a conducir su coche y marcharse caminando sin más.

—Lo siento. Nunca pensé que fuera a importarte.
—¿Pensaste que no me importaría si algo te sucediera?
—El bebé está bien, Hudson. Todo está bien.
—Esta noche podría haber terminado de manera muy distinta. A eso me refería.

Hudson se bajó del coche y entró como una exhalación en la casa, dejando a Ellie estupefacta. Hudson hacía todo lo posible por mantenerse distante y despegado, por evitar que le importara demasiado algo o alguien. Pero sí que le importaba. La noche anterior había dejado caer el velo, y nuevamente hacía un rato.

Bruiser tenía razón. Hudson poseía un corazón herido, pero tierno. Y para Ellie eso era lo más atractivo en él.

Capítulo 20

Después de guardar la ropa recién comprada, ponerse un pantalón de chándal y curarse la enorme ampolla del pie, Ellie fue en busca de Hudson.

Lo encontró sentado en el salón de cine, viendo un combate de artes marciales, la pierna levantada y una bolsa de hielo sobre la rodilla.

–Siento lo de antes –se disculpó ella, parada en la entrada.

Él la contempló detenidamente antes de devolver su atención a la pantalla.

–¿No vas a aceptar mis disculpas? –Ellie se acercó un poco más.

–Lo que voy a hacer es comprar un maldito Toyota, o un Honda, o lo que sea que estés dispuesta a conducir, para que no vuelvas a hacer eso.

–No hace falta que compres otro coche, Hudson. Conduciré el Porsche si es eso lo que quieres, pero si le sucede algo, no te enfades conmigo.

–¡Estaba dispuesto a correr el riesgo! Te lo dije desde un principio.

–De acuerdo. Tú ganas –ella se sentó en el borde del sillón y le miró la rodilla–. ¿Estás lesionado?

—No es nada.

—¿Qué ha pasado?

—La misma vieja lesión de siempre, que vuelve a molestar.

—¿Y qué lo ha provocado?

—Hoy he jugado con los muchachos y me he torcido la rodilla.

—¿Viste a Aaron?

—Claro.

—¿Cómo está?

—Mejor de lo que ha estado en mucho tiempo. Me alegra que haya terminado con la quimio.

—Bien —si Aaron estaba bien, lo de la noche anterior había sido enteramente por la infancia de Hudson. Pero, ¿qué aspecto? ¿Qué había desatado esas intensas emociones?

Él no contestó, limitándose a seguir contemplando el combate.

—Pareces cansado —observó ella, rompiendo de nuevo el silencio.

—Estoy cansado.

—¿Has comido algo?

—Un cuenco de cereales fríos.

—Una opción muy sana.

Hudson reacción al sarcasmo de Ellie con una mirada asesina.

—Alguien decidió desaparecer y tuve que poner en marcha un operativo de búsqueda, con lo cual cuando conseguí comer me moría de hambre.

Ellie se sentía mal por haberle causado tantas molestias, sobre todo porque ella había comido en un coqueto restaurante de la ciudad, hacía tres horas.

—Te he traído medio sándwich del lugar en el que comí. ¿Te lo bajo?

—No hace falta. Me alegra saber que al menos tú conseguiste comer a gusto.

—Entonces... —ella respiró hondo—, ¿vas a seguir enfurruñado o me dejarás intentar compensarte por ello?

—Compensarme haciendo... —Hudson congeló la imagen en el televisor.

—Podría masajearte la rodilla, si sirve para aliviarte el dolor.

—¿Mi rodilla? No.

—Porque...

—Porque solo quiero una cosa de ti —él volvió a poner en marcha el programa—, y no es eso.

Dolida, y más que sorprendida, Ellie se irguió.

—De acuerdo. Entendido —contestó antes de marcharse del salón.

Hudson cerró los ojos y dejó caer la cabeza contra el respaldo del sillón. ¡Mierda! Se sentía peor que antes. Desde que había recibido las noticias de Samuel Jones, no había vuelto a ser él mismo.

Estuvo a punto de levantarse para pedirle disculpas a Ellie, pero se detuvo. No podía habituarse a que ella le calmara los dolores y penas como había hecho la noche anterior. Él cuidaba de sí mismo, no necesitaba a nadie, e iba a asegurarse de que eso no cambiara. La terrible hora en la que no había sabido dónde podía estar, si ella y el bebé estaban bien, le había recordado cómo se sentía uno al perder a alguien, cómo se sentía uno cuando era emocionalmente vulnerable, y no le gustaba.

Los combates de artes marciales mixtos solían ser catárticos para él, sobre todo cuando estaba alterado, pero era incapaz de mostrar ningún interés por las peleas. Entre lo que le había dicho a Ellie, y lo que el investigador privado le había dicho la noche anterior, era incapaz de concentrarse en nada salvo en sus turbados pensamientos.

Aguantó una hora más, intentando dejar las cosas como estaban. Pero a medida que pasaban los minutos, el temor a que ella estuviera preparando el equipaje se hacía cada vez mayor. Y, por mucho que no quisiera que le importara si Ellie se rendía y regresaba a Miami, lo cierto era que sí le importaba. Y no solo por el bebé.

Unos minutos más tarde, dejó de intentar resistirse y se dirigió al dormitorio de ella.

–¿Ellie? –la llamó mientras golpeaba la puerta con los nudillos.

–¿Qué? –contestó ella sin abrir.

–¿Te vas a marchar?

–No volveré a caminar una distancia tan larga. Ya te lo he dicho.

–Me refería a que si ibas a regresar a Miami.

Hubo una pequeña pausa antes de que ella contestara.

–¿Quieres que me vaya?

–No.

Ella no contestó.

–Siento haberme comportado como un idiota –añadió Hudson–. He tenido un par de días bastante malos.

–Olvídalo.

–De acuerdo –todavía algo inquieto, él se rascó la cabeza e intentó pensar en algo más que decir–. Gracias por tu comprensión.

Al ver que ella no abriría la puerta, Hudson se dirigió a su propio dormitorio, y estuvo caminando de un lado a otro durante varios minutos. Se había disculpado, pero seguía sintiéndose intranquilo. Vivía solo desde hacía años, había tenido que ocuparse de sí mismo desde que cumpliera dieciocho años, a lo mejor por eso, cuando tenía a alguien más viviendo en su casa, estaba constantemente obsesionado con ella, sin poder dejar de preguntarse qué estaría haciendo a cada momento.

Se dijo que seguramente estaría leyendo. A Ellie le gustaba leer. Pero eso significaba que podría quedarse en su habitación, tan a gusto, ella sola, horas y horas. Incluso era posible que no saliera de allí durante el resto de la noche.

A Hudson no le gustaba esa idea, quería una segunda oportunidad para disfrutar de una mejor compañía. La noche anterior había tocado fondo como no le había sucedido en mucho tiempo. No estaba seguro de qué habría hecho sin ella, y no solo por la distracción que le proporcionaba, sino también por el consuelo que le había ofrecido. No le iría mal un poco más de ese consuelo, a pesar de lo que le había dicho. De modo que, tras encender el televisor y recorrer todos los canales sin ver nada, regresó a su puerta.

—¿Ellie? ¿Estás durmiendo?

—No —fue la respuesta.

—¿Alguna posibilidad de que te apetezca ver una película?

—Esta noche no.

Ni siquiera había tardado un segundo en responder.

—¿Y qué me dices de la piscina? Las mujeres embarazadas pueden nadar, ¿no?

—¿En esta época del año? El agua estará helada.

—Está climatizada. No es como un baño de agua caliente, pero lo bastante para que no dé impresión. Yo nado mucho. No me machaca tanto las articulaciones como otros ejercicios. Y a ti también te irá bien. Deberías acompañarme.

—Ve tú —insistió Ellie—. A lo mejor mañana nado un poco.

Hudson reprimió un juramento. ¿Qué más podría proponerle?

Ellie había comido ya, y dudaba mucho que supiera jugar al billar.

—De acuerdo —contestó al fin—. Te dejaré en paz.

Echó a andar por el pasillo, pero se volvió casi de inmediato.

—¿Ellie?

En esa ocasión la respuesta llegó más tarde.

—¿Qué?

—No quise decir lo que te dije antes.

—Está bien. Mi ofrecimiento, para empezar, fue una tontería. Estoy segura de que puedes contratar a un masajista profesional si te hace falta un masaje. No me necesitas.

Hudson se estaba esforzando por no necesitarla. Ese era el problema. No podía imaginarse un mundo en el que necesitarla, llegar a depender de ella, fuera algo bueno.

—Yo solo... estaba de mal humor.

—Todos tenemos días de esos. Espero que te sientas mejor por la mañana.

Él sacudió la cabeza. A veces él era su peor enemigo. Más de un padre de acogida le había dicho eso, ¿no? De hecho, les había oído decir todas y cada una de las malditas cosas que estaban mal en él, una y otra vez. Era demasiado distante, demasiado despegado, demasiado difícil de alcanzar.

Pero era como era, y no sabía cómo cambiar. Necesitaba dejar de preocuparse tanto por los demás y lo que pensaran de él.

Si pudiera...

—Buenas noches —murmuró.

Ellie se sentó en la cama, mirando la puerta mientras oía alejarse las pisadas de Hudson. Estuvo a punto de levantarse e ir tras él. Sabía que se arrepentía de lo que le había dicho, lo había notado por el tono en su voz, y por lo mucho que había intentado hacerle salir del dormitorio. Pero ese hombre la tenía hecha un lío. Un momento estaba dispuesta a ofrecerle el amor que él tan desesperadamente necesitaba, y rechazaba sistemáticamente, y el siguiente se estaba preguntando si no estaría loca al pensar que podría llegar hasta él. Hudson era como un animal herido, y los animales heridos eran peligrosos.

Ellie miró el móvil. Echaba de menos Miami y su trabajo. Normalmente se sumergía en la investigación y permitía que el trabajo la distrajera de sus problemas. Se perdía durante horas en algo que podría ser de gran utilidad para el mundo. En el laboratorio, su vida incluía muchas más cosas, no solo sus problemas. Pero ya no tenía el BDC, y cada golpe emocional era como un terremoto.

¿Había cometido un error trasladándose allí?

Hudson le había preguntado si iba a regresar a Miami. A lo mejor mudarse había sido una mala decisión. A pesar de haberse prometido a sí misma que no lo haría, se estaba enamorando de él. ¿Debería hacer el equipaje y marcharse antes de perder otro pedazo de su corazón? Podrían tratar los asuntos de la custodia como tantos otros padres que no vivían juntos. Porque tenía la sensación de que, si se quedaba, Hudson la destrozaría hasta un punto que ni siquiera era capaz de imaginarse.

Sin embargo, no se había mudado a Miami por ella. Lo había hecho por el bien de su bebé.

Cuando el reloj marcó las diez de la noche, decidió llamar a sus padres. Aunque en Francia era por la mañana temprano, esperaba que ya se estuvieran levantando. Necesitaba hablar, sobre todo, con su padre, necesitaba recordar lo importante que siempre había sido, que era, en su vida.

—¿Ellie?

Ella sonrió aliviada al oír su voz, tan alegre como siempre.

—Hola, papá.

—¿Cómo está mi niña?

Las lágrimas le escocían en los ojos. Ellie quería hablarle del bebé, de Hudson, pedirle consejo. ¿Debería rendirse y marcharse? ¿O debería aguantar en Silver Springs y hacer todo lo que pudiera, tanto por su hijo como por el padre de su hijo?

Estuvo a punto de soltarlo todo, el embarazo sorpresa y todo lo demás, pero se contuvo. Era demasiado pronto para dar la noticia del bebé. Si pensaban que ella los necesitaba, sus padres regresarían en el primer avión, y no podía ser tan egoísta. Quería concederles un par de meses más en Europa. Además, sabía muy bien que no podría manejar las complicaciones que supondría su vuelta para ella y para Hudson, si permanecía en California. Antes tenía que conocerlo mejor.

—Bien —respondió mientras se aclaraba la garganta, esperando aliviar la tremenda opresión—. ¿Cómo estáis?

—¡Muy bien! Aquí hay mucho que ver y hacer. Sé que tu trabajo te mantiene muy ocupada, y que lo que haces es muy importante, pero tienes que cruzar el charco antes de que regresemos a casa.

—Me alegra que estéis disfrutando tanto —ella se enjugó una lágrima.

—¿Y tú qué? —preguntó su padre—. ¿Ya has acabado con la diabetes en el mundo?

—No.

Y ni siquiera iba a poder seguir intentándolo, al menos no durante un año. Estaba segura de que el BDC la readmitiría si pudiera. Se habían mostrado muy apenados por su marcha. Pero no tenía ni idea de si habría algún puesto vacante cuando estuviera dispuesta a volver, ni ellos tampoco lo sabían.

—Algún día lo conseguirás. Si hay alguien capaz de salvar el mundo, esa eres tú.

Dado que ella no respondió, limitándose a taparse la boca con una mano para reprimir un sollozo, su padre insistió.

—¿Ellie? ¿Sigues ahí?

Tras esforzarse por recuperar el control de sus emociones, consiguió imprimirle a su voz una nota de normalidad.

—Sí, lo siento. Yo, eh, estaba consultando el teléfono. Estaba entrando otra llamada, pero no era nada importante. Ya estoy aquí de nuevo.

—¿Cómo están las cosas con Don? ¿Siguen incómodas?

—Más o menos igual.

—La cagó al dejarte marchar.

—¡Papá! —Ellie puso los ojos en blanco—. Le gustan los hombres. Me abandonó por su mejor amigo.

—¿Y? Él se lo pierde.

A pesar de las lágrimas, ella soltó una carcajada.

—Solo un padre diría eso.

—Yo siempre seré tu fan número uno, mi niña. No existe nadie tan maravilloso como tú.

El amor incondicional de su padre hizo que se le volviera a formar un nudo en la garganta.

—Te echo de menos —murmuró.

—Y yo a ti también. ¿Cuándo podrás venir a Francia?

—Yo no contaría con ello.

—Porque...

—Hay mucho que hacer por aquí —contestó Ellie mientras se contemplaba la barriga y acariciaba la protuberancia que su bebé iba formando.

—¿Y no puedes dejarlo durante una o dos semanas?

Ella decidió dar un pequeño paso hacia la verdad. Lo que al final iba a tener que anunciar resultaría menos impactante si les iba ofreciendo pequeños retazos de información.

—Estoy manteniendo otra relación.

—¿Tan pronto?

Habían pasado cinco meses desde que hubiera pillado a Don en la cama con Leo, pero ella nunca había saltado de un hombre a otro, de modo que cinco meses no era mucho tiempo para su padre.

—Sí.

—¿Con quién?

—Con Hudson King. Supongo que te suena el nombre, ¿verdad?

—No. ¿Por qué debería sonarme? ¿Le has mencionado alguna vez?

Ella se echó a reír.

—¿He dicho algo gracioso? —su padre no lo comprendía.

—Yo tampoco sabía quién era cuando lo conocí. Resulta que es el *quarterback* titular de Los Angeles Devils.

—¿El equipo de fútbol americano?

—Eso es.

—O sea que se trata de un deportista profesional —su padre no parecía ni de lejos tan impresionado como lo estaría la mayoría de la gente. Él le daba la misma importancia que ella a la riqueza exorbitada, la fama o el fútbol. Lo único que quería era que su niña fuera feliz—. ¿Cómo lo conociste?

—Me encontré con él en un club nocturno en septiembre, una noche que salí con Amy.

—¿Y él es el motivo por el que no vas a venir a Francia?

Ellie volvió a contemplar su barriga.

—No solo él. Tengo... demasiadas cosas en marcha, de momento no puedo irme de viaje.

—Y aun así has sacado el tema de ese Hudson. Debe ser algo serio.

—No lo sé. Estoy pensando en terminar con esta relación. Si un simple mortal como Don fue capaz de destrozarme, ¿qué no podría hacerme alguien como Hudson?

—No será también gay, ¿no?

—Eso no ha tenido gracia —observó ella, aunque se echó a reír—. Es el tipo más hetero que he conocido jamás.

—¿Y por qué no darle una oportunidad entonces? Solo por ver qué sucede. Es evidente que te gusta, de lo contrario no te preocuparía que pudiera hacerte daño.

—No es tan sencillo, papá. Ha tenido una infancia complicada, fue abandonado al nacer y fue rebotando de casa de acogida en casa de acogida. Por eso, y por decirlo suavemente, es desconfiado. Cuando alguien se le acerca demasiado, lo aparta de su lado.

Y en esos momentos estaba aterrado porque le había permitido a ella acercarse demasiado la noche anterior, y ella lo había empeorado dándole un susto esa misma tarde.

—Siento todo eso.

—Yo también. No estoy segura de poder llegar a él. Lo más inteligente sería ni siquiera intentarlo, ¿verdad?

Hubo una breve pausa antes de que su padre contestara.

—¿Y cómo podría saberlo yo, cariño? Tú eres la única que puede responder a eso.

—¿De verdad? —Ellie suspiró—. ¿Me voy a tener que cargar yo con todo? La mayoría de los padres advierten a sus hijas en contra de los deportistas profesionales.

En esa ocasión fue su padre el que rio.

—Yo no juzgo a las personas según los estereotipos. Todo el mundo tiene derecho a una oportunidad. A lo mejor es el tipo perfecto para ti y tú te estás empeñando en ver demasiadas cosas.

—Intento tener cuidado. ¡Esa es una actitud inteligente!

—Ser precavido es inteligente, pero ser demasiado precavido puede hacer que te pierdas algo mágico. Nadie es capaz de predecir el futuro, Ellie. Vive día a día. En cuanto a Hudson, sigue tu instinto. Así descubrirás si es para ti.

—¿Y si me destroza en el proceso?

—Pues te levantas y te sacudes el polvo como hiciste con Don.

Aunque Ellie dio un respingo ante el recuerdo, sabía que su padre tenía razón. Cualquier clase de amor, sobre todo el amor romántico, implicaba un riesgo. Además, no podía rendirse tan pronto a la aventura de California. Si se iba, solo serviría para demostrarle a Hudson que no podía confiar en ella. Si esperaba ganarse su confianza, debía demostrarle que era capaz de aguantar, aunque la situación no fuera la ideal.

—Gracias, papá.

Su padre le pasó el teléfono a su madre, que le describió con más detalle lo que habían estado haciendo y viendo.

Mientras hablaban, Ellie se sintió más fuerte, más como ella misma, pero en cuanto colgó, las dudas volvieron a aflorar. ¿Qué iba a hacer?

¿Irse a su casa, quedarse allí e intentar mantener la relación a un nivel platónico, o quedarse y regresar a la cama de Hudson?

Regresar a la cama de Hudson era, con diferencia, la opción más tentadora. Físicamente, hacían una pareja perfecta. Ella se moría por sentir sus caricias, se moría por tener la oportunidad de abrazarlo como había hecho la noche anterior.

El problema era que Ellie quería algo más que su cuerpo. Quería su corazón, y no iba a rendirse tan fácilmente.

Las siguientes seis semanas fueron agridulces para Hudson. A pesar de haber cancelado la investigación, Samuel Jones, el detective privado había enviado un correo electrónico, junto con la última factura, para comunicarle que estaba bastante seguro de haber resuelto el misterio que rodeaba su abandono. Era evidente que Jones había seguido con sus pesquisas a partir de la información que había conseguido. Incluso le había enviado a Hudson un kit de ADN, y le había dicho que si alguna vez quería estar seguro, podría hacerse el test. También le había dicho que se había ocupado de tomar una muestra para comparar.

Había momentos en que él se sentía tentado a utilizar ese test. Jamás habría contratado a un investigador privado si no hubiera estado desesperado por saber quién era y de dónde venía. Pero no saberlo era mejor que lo que Jones había averiguado, salvo que después de las últimas palabras de Jones, se preguntaba qué iba a lograr si no se hacía el test. Aunque no había autorizado al detective privado para que le facilitara ningún nombre, ni ningún otro detalle específico, el hombre le había explicado la situación a grandes rasgos, y eso había bastado para que decidiera que no quería saber nada más. Aun así, no podía dejar de mirar fijamente el maldito kit de ADN, que descansaba en el armario de los medicamentos junto al espejo, cada día mientras se afeitaba.

Quizás habría sido capaz de tirarlo, o de devolverlo

con una muestra, de no estar tan preocupado por Ellie. Esa mujer lo estaba volviendo loco. Desde la noche en que le había dicho que solo quería una cosa de ella, habían pasado mucho tiempo juntos, viendo películas, preparando la cena, jugando al billar (la había estado enseñando), preparando la habitación junto a la de ella, para instalar al bebé, incluso haciendo ejercicio juntos. Pero ella no había vuelto a su cama, y él no se explicaba por qué. Si intentaba tocarla, ella se apartaba de él, como si se deslizara de entre sus manos.

¿Estaría Ellie preocupada por ganar peso y los demás cambios en su cuerpo? ¿No quería que él la viera, porque ya se le notaba? Porque lo cierto era que a él no le importaba. Estaba tan emocionado con la idea de que su hijo estuviera creciendo dentro de ella que, si acaso, el embarazo hacía que le pareciera más atractiva, no menos. Hudson se moría por abrazarla de nuevo, tocarla, experimentar la maravilla de crear una nueva vida.

Decidió hablar con ella para averiguar por qué se había apartado sexualmente de él, pero todo iba tan bien en los demás aspectos que había ido retrasando la discusión por miedo a que produjera un giro a peor en su relación. Le gustaba tenerla cerca, aunque no se acostara con él. Eso era lo sorprendente. Y no quería ponerla en un compromiso, pues siempre existía la posibilidad de que sus reticencias a mantener una relación física no tuvieran nada que ver con los cambios en su cuerpo. Podría haber decidido que no le iba a dar la oportunidad de «utilizarla», de nuevo, castigarlo por lo que le había dicho. O, sencillamente, ya no le apetecía seguir con él de ese modo.

La idea de que pudiera haber perdido interés por él le ponía enfermo. Pero había momentos, y no eran pocos, en los que la descubría mirando su boca, o alguna otra parte de su cuerpo, como si sintiera el mismo deseo que él. Y eso era lo que más lo confundía.

El primero de abril, Bruiser apareció, sin Jacqueline ni Brianne, dado que la niña tenía un fuerte catarro, para asistir a la gran gala benéfica de New Horizons. Hudson siempre colaboraba firmando objetos deportivos para la subasta, y asistiendo al evento para estrechar manos y firmar autógrafos. También subastaba la posibilidad de cenar con él. Al final de la velada, siempre igualaba la puja. Era una gran noche para él y para Aiyana, y todos los que se preocupaban por el rancho, y resultó ser un éxito aún mayor con la asistencia de Bruiser, que hizo más o menos lo mismo que Hudson para recaudar dinero.

—Ellie estaba guapísima esta noche —observó Bruiser mientras jugaban al billar después de que ella se hubiese ido a la cama. Se había quedado un rato con ellos antes de excusarse diciendo que estaba cansada.

Hudson fingió estar demasiado absorto en untar tiza al taco como para responder, pero también se había dado cuenta. Camino del evento, Ellie había comentado lo difícil que le resultaba a una mujer embarazada tener buen aspecto con ropa bonita, pero a él le había parecido la mujer más hermosa de todas las que habían asistido. La encontraba tan guapa que solo podía pensar en lo maravilloso que sería tenerla de vuelta en su cama...

—¿Hudson?

Él se volvió al oír a Bruiser llamarlo.

—¿No me has oído?

—Sí. Has dicho que Ellie estaba guapa esta noche.

—¿Y no estás de acuerdo?

—Por supuesto. Ella siempre está guapa.

—Me partía de la risa al verla pujar por la cena contigo —Bruiser rodeó el taco con los brazos.

—Estuvo a punto de ganar la puja por cenar contigo —observó Hudson secamente.

—Porque la tuya subió demasiado. ¿Por qué iba a pagar veinticinco mil dólares para comer contigo si vive contigo? La mía costó una fracción de la tuya.

—Llegó a pujar por cinco mil antes de renunciar a los dos. Menos mal que no ganó.

—Su apuesta hizo que los precios siguieran subiendo. Nos fue de gran ayuda, aunque sé que sus apuestas iban en serio.

Hudson recordó cuántas veces había levantado Ellie su pala de puja. Había estado a punto de echarla de allí, y lo habría hecho si se le hubiera ocurrido la manera de hacerlo sin avergonzarla. Ellie no tenía todo ese dinero que pretendía donar a la escuela, y jamás aceptaría más dinero de él. Ya habían discutido por eso el día que la había llevado a comprar ropa premamá a Los Ángeles y ella no le había dejado pagar nada.

—Un día, ese corazón tan tierno que tiene la va a meter en algún lío.

—¿No le ha metido ya en uno? —preguntó Bruiser.

—¿A qué te refieres? —Hudson frunció el ceño.

—Da igual.

—¿Vas a jugar o qué? —Hudson señaló la mesa.

—Tengo que marcharme en unos minutos, debo regresar con mi familia.

—Por eso hay que terminar esta partida.

—Preferiría hablar.

—No me apetece hablar.

—Pareces admirar a Ellie —Bruiser ignoró las últimas palabras de Hudson.

—Y así es —admitió él con sinceridad.

—¿Y qué está pasando aquí?

—Nada.

—Algo no va bien entre vosotros. Te lo pregunto cada vez que hablamos por teléfono y siempre me cuentas la misma historia. Os lleváis bien, no hay nada romántico, pero sois buenos amigos, y bla, bla, bla.

—¿Y qué tiene eso de malo?

—Una cosa son las palabras, pero bajo la superficie hay un reservorio de sentimientos.

—Deja de intentar crear algo que no existe.

—Claro que existe.

—Se quedó embarazada por culpa de un revolcón. Lo sabes. Eres la única persona que lo sabe —Hudson se inclinó sobre la mesa para hacer una jugada y coló dos bolas.

—La última vez que estuve aquí, tenía chupetones por todo el cuello.

—Al principio tonteamos un poco —admitió él.

—Y me pregunto por qué eso se ha acabado.

Hudson también se lo preguntaba, aunque tenía cierta idea del motivo. Ellie no quería nada que no incluyera compromiso, y él no quería nada que lo incluyera.

—Supongo que no está interesada.

—Eso es una tontería. No aparta los ojos de ti, ni tú de ella. Pero os evitáis continuamente, como si tuvierais miedo de tocaros.

—¡Está embarazada, tío! Yo no la veo así —protestó Hudson, aunque sus palabras no podrían estar más lejos de la verdad.

Bruiser se acercó a su amigo y bajó el tono de voz.

—Hacer el amor no daña al bebé. A mí también me preocupaba cuando se le empezó a notar a Jacqueline. De modo que le pedí que se lo preguntara al médico, y este le dijo que podía practicar sexo hasta el momento del parto.

—Hay otras cuestiones.

—Como...

—He dicho que no quiero hablar de ello. ¿Podemos terminar de jugar antes de que te marches?

—Eres condenadamente testarudo —Bruiser sacudió la cabeza—. Ellie es especial, Hudson. No la dejes escapar.

Él opinaba lo mismo, pero esa mujer exigía demasiado.

—Creía que no te fiabas de ella, que tenías miedo de que intentara atraparme.

—He cambiado de idea. Es una de las personas más sinceras que he conocido jamás.

—Estamos mejor como amigos —insistió Hudson, aunque decirlo le entristecía, pues sabía que Bruiser tenía razón.

Ellie había hecho una gran elección como compañero de por vida. Hudson nunca había conocido a alguien que le gustara tanto. Y ella ya estaba embarazada de su hijo. Pero se merecía más, más amor, confianza y devoción de la que él podría darle nunca.

Y temía que, si le permitía acercarse demasiado, ella descubriría que no merecía la pena ser amado.

El sonido de alguien golpeando la puerta de entrada arrancó a Hudson de su sueño. No era un sonido que escuchara muy a menudo. Vivía rodeado de una valla de seguridad, que mantenía alejados a la mayoría de visitantes indeseados. Pero no recordaba haber cerrado la verja después de volver de la gala benéfica la noche anterior.

De hecho, no la había cerrado. La había dejado abierta para que saliera Bruiser, y no se había molestado en pedirle que la cerrara cuando se marchara.

Los golpes continuaron y Hudson se preguntó si necesitarían algo los jardineros. Eran las únicas personas que podrían tener algún motivo para molestarle a esas tempranas horas. No eran más que las ocho de la mañana. Quizás no habían podido despertar a Maggie, o la mujer había salido a la compra o lo que fuera.

Decidido a detener el ruido antes de que molestara a Ellie, saltó de la cama y se puso un pantalón de chándal.

—Ya voy, ya voy —murmuró mientras bajaba la escalera saltando los peldaños de dos en dos.

Lo que vio del visitante le dijo a Hudson que no se trataba de uno de los jardineros. El hombre, de elevada estatura, que aguardaba en el porche pasaba de los setenta años. Llevaba una camisa de franela abotonada hasta arriba y los cabellos grises peinados hacia atrás, como si intentara ofrecer un aspecto presentable.

¿Quién era? Ese tipo parecía nervioso y no paraba de moverse y mirar hacia atrás.

Algún aficionado que lo había encontrado, supuso Hudson. Quizás uno de los parroquianos había presumido de su presencia en la ciudad y le había indicado dónde se encontraba su casa. Seguramente habría sucedido en el bar la noche anterior. Ese hombre tenía aspecto de vivir dentro de una botella.

—¿Qué puedo hacer por usted? —preguntó Hudson mientras abría la puerta.

La mirada de los ojos legañosos recorrió el cuerpo de Hudson de pies a cabeza, fijándose en sus cabellos revueltos, la ausencia de camisa, los pantalones de chándal y los pies descalzos, antes de posarse en sus ojos.

Quienquiera que fuera, había tenido una vida dura, decidió Hudson. Tenía una cicatriz en la mejilla, estaba excesivamente delgado, y apestaba a tabaco. ¿Había estado bebiendo también? ¿Así había conseguido el valor para acercarse a la casa y llamar como si tuviera derecho a irrumpir en el hogar de alguien que ya recibía demasiada atención de los extraños?

—Hudson —fue una afirmación, como si pretendiera decir, «por fin te encuentro».

Hudson rechazó su teoría original. Ese hombre no era un aficionado. El anciano tenía un motivo concreto para estar ahí, y no era conseguir un autógrafo.

—¿Sí?

—Me llamo Cort, Cort Matisson. Siento pillarte desprevenido, pero... ¿tendrías un minuto? Necesito hablar contigo. De verdad.

Hudson sintió el impulso de apartarse y cerrar la puerta de golpe. No era una reacción habitual en él, pues ese hombre no tenía ninguna posibilidad de superarlo en fuerza, ni resultaba amenazador en sentido físico.

—Lo siento. No tengo por costumbre invitar a un completo extraño a entrar en mi casa. Si quiere algo de mí, un donativo o... o pedirme que hable en algún evento, tendrá que hacerlo a través de mi agente. Encontrará la información de contacto *online*. Yo repaso todas las solicitudes con él. Sería la manera más adecuada de manejar esto —no apareciendo sin más, sin anunciarse ni ser invitado, en su casa.

—No creo que quieras que me ponga en contacto con tu agente —el anciano no hizo el menor movimiento para marcharse.

Un escalofrío recorrió la columna de Hudson.

—Porque...

El hombre se dio una palmadita en la pechera de la camisa, allí donde guardaba lo que parecía un paquete de cigarrillos. Hudson se había dado cuenta de que se moría por encender uno, pero sabiamente decidió dejarlos en el bolsillo.

—Se trata de un asunto personal.

Hudson tuvo la inquietante sensación de que lo que tuviera que decirle ese hombre no iba a ser bien recibido.

—Tendrá que darme alguna pista sobre el motivo de su visita, o no mantendremos esa conversación. Ni esa ni ninguna otra.

El hombre pareció no saber muy bien cómo proseguir. Miró hacia atrás, hacia el camino de entrada, donde seguramente habría aparcado el vehículo que lo había trasladado hasta allí, como si deseara poder marcharse. Al fin, hizo una mueca de desagrado y se rascó la nuca.

—¿Y bien? —insistió Hudson.

—Soy la persona que te dejó bajo ese seto.

Capítulo 21

—¿Cómo has encontrado mi casa? —Hudson había dejado entrar a Cort Matisson, pero no le había invitado a sentarse. Estaban de pie en el salón.

Visiblemente incómodo, Matisson hacía girar una y otra vez las llaves alrededor de sus encallecidos dedos.

—No fue difícil. Te he estado siguiendo en las noticias. Leí la noticia cuando ese repartidor de pizzas te entregó a las autoridades. Conozco cada detalle y todas las estadísticas de tu carrera desde que empezaste a jugar. Incluso he leído lo de tu voluntariado con los chicos de New Horizons.

—Así me encontraste.

—Sí. Hace un año leí un artículo en el que se hablaba de que habías comprado una propiedad en esta zona, y sabía que la gente de por aquí podría decirme dónde vivías.

Hudson no pudo evitar sentirse traicionado por los lugareños. ¿Justo cuando empezaba a estar a gusto en Silver Springs? ¿Él, que tanto había aportado a la escuela?

—¿Y por qué iba alguien a darte esa información, a ti?

—Les conté que me habías contratado para entregarte una carga de leña, pero que había perdido tu dirección

—señaló con un pulgar por encima de su huesudo hombro, hacia el camino, aunque la chimenea estaba de por medio–. Llevo un cargamento de leña en mi camioneta, de modo que resultó creíble. No te enfades por ello. El hombre con el que hablé solo intentaba ayudar. Está muy orgulloso de que formes parte de la comunidad.

—En otras palabras, mentiste. Montaste el numerito con toda esa madera.

—Me dedico a servir leña. Así me gano la vida, pero sí –admitió–, necesitaba pensar en algún modo de llegar hasta ti. Supuse que te estaría haciendo un favor mintiendo. Supuse que preferirías que mintiera a que contara la verdad.

Desde luego, si se trataba de la misma «verdad», que le había contado a grandes rasgos el detective, cuando le había preguntado si realmente le gustaría que se supiera eso de él, Cort Matisson estaba en lo cierto.

—¿Qué parentesco guardas conmigo? Si eres realmente quien me abandonó bajo ese seto, ¿por qué lo hiciste?

Una expresión de dolor apareció en el arrugado rostro del anciano.

—Es una larga historia. Y no es una historia bonita. No puedo decir que me sienta orgulloso de cómo era entonces...

—Ahórrame la pena y las justificaciones y limítate a contestar la pregunta –le interrumpió Hudson.

Si ese hombre había hecho lo que le habían contado, no iba a tener ninguna paciencia con sus excusas.

—Me entró el pánico. Así de sencillo.

De manera que era cierto. Cort Matisson debería haber matado a Hudson al nacer.

—Yo no era más que tu pequeño y sucio secreto, y por eso intentaste deshacerte de mí –espetó en un trémulo susurro.

—¡No sabía qué hacer!

Ese hombre, lo que había hecho ese día, antes y después de su visita a Bel Air, revolvía el estómago de Hudson, que temía incluso devolver.

—Me estás diciendo que eres mi padre y, también, mi abuelo.

Hudson lo dijo en voz baja porque no soportaba la idea de que alguien, sobre todo Ellie, a quien respetaba, lo oyera.

Incluso Cort Matisson dio un respingo al oír las palabras.

—¿No es cierto? —exigió saber Hudson—. ¿No dejaste embarazada a tu propia hija cuando solo contaba dieciséis años?

Él asintió. Era un sí.

—Entonces yo soy el resultado de ese sucio, reprobable, abominable acto criminal.

De nuevo Cort asintió, admitiendo el peor escenario posible que Hudson podría haberse imaginado. ¿Cómo podía un hombre hacerle algo así a su propia hija? ¿Y cómo podía ese hombre vivir con lo que había hecho?

—Lo siento —murmuró Matisson.

Hudson cerró los puños y tuvo que hacer acopio de todo su control para no utilizarlos. Ese hombre casi lo había destrozado, había destrozado ciertos aspectos de su personalidad. Gracias a su «padre», desconfiaba de todo el mundo e intentaba levantar un muro a su alrededor para evitar sufrir de nuevo el rechazo de que había sido objeto de niño.

—Bastardo enfermo. La violación ya es bastante mala. Solo por eso mereces ser apaleado hasta quedar al borde de la muerte. Pero ¿incesto? ¿Acostarte con tu propia hija? Alguien debería castrarte por ello, o peor.

El anciano comenzó a temblar y, una vez más, palmeó

el paquete de cigarrillos en su bolsillo. ¿Lo hacía para tranquilizarse?

—No fue así —se defendió—. Yo jamás la forcé. No hubo violencia.

—Supongo que porque ella no se resistió. Confiaba en ti para que la cuidaras, para que fueras bueno con ella.

—Sí —Cort agachó la cabeza.

—Entonces, ¿por qué? —gritó Hudson—. ¿Por qué lo hiciste?

El hombre alzó ambas manos en un gesto de impotencia.

—No tengo una explicación que puedas entender, ni tú ni nadie más. Mi esposa murió en un terrible accidente de coche poco antes de aquello. Yo conducía ese coche. No lo pude soportar. Me sentía perdido, solo, y creía que jamás me recuperaría. Y Julia estaba allí, también sufriendo, y me necesitaba.

—Eso lo empeora todo aún más —insistió Hudson con una mueca de desagrado—. ¡Te aprovechaste de ella cuando acababa de perder a su madre!

—La amaba más que a nada ni a nadie. No tenía intención de que ese amor se volviera sexual...

—Uno no se mete en la cama de una niña por accidente —gruñó Hudson—. Y los bebés tampoco se abandonan por accidente para que mueran.

—Después de hacer lo que hice —su padre levantó la vista—, no podía permitirle quedarse contigo. Sabía que la verdad acabaría por aflorar si lo hacía.

—De modo que la obligaste a dar a luz en casa y le dijiste que el bebé había nacido muerto y que lo habías enterrado.

Matisson no contestó, pero Hudson no necesitaba que le confirmara esa parte de la historia. A pesar de que el detective privado no le había facilitado ningún nombre, había relacionado los hechos fundamentales de la situación. No tenía ni idea de cómo Samuel Jones había encontrado el artículo de prensa que hablaba de ese hombre, condenado por abusar de su propia hija. Jones le había contado que había investigado a todas las personas que podrían haber tenido algún motivo para estar en la zona y, a través de varias entrevistas con la policía, había averiguado que había un hombre que había trabajado como manitas para varias familias de la vecindad. Aunque había sido interrogado entonces, nunca se le llegó a considerar sospechoso. No fue hasta algunos años más tarde que la hija, ya treintañera, de ese hombre, había acudido a la policía acusando a su padre de abusos. Jones había sido un genio al juntar todas las piezas.

Hudson deseó haber contratado a alguien menos riguroso o, mejor aún, no haber contratado a nadie. Menudo estúpido había sido. En una ocasión había mencionado la caja de Pandora a Bruiser, y allí estaba, mirando directamente en su interior.

—¿No fue eso lo que ocurrió? —insistió Hudson cuando Matisson ni confirmó ni negó lo que le había dicho.

—Sí —contestó el anciano, aunque sin levantar la cabeza—. Eso hice. Me aterrorizaba la idea de que la verdad pudiera salir a la luz, sabía que mis padres, mi hermano, cualquier persona que me conociera, pensaría que era un monstruo. De manera que te metí en el coche y conduje hasta Bel Air, donde yo había estado trabajando. Supongo que esperaba que alguno de los ricachones que vivía en ese barrio te encontrara y se ocupara de ti. Ellos lo tenían todo, mucho más de lo que yo podría darte jamás.

—¿Y cómo pretendes que me crea que te importaba lo más mínimo si ni siquiera me dejaste en un sitio en el que fuera probable que me encontraran? —preguntó Hudson—. Querías que yo muriera. Así tu secreto moriría conmigo.

Pero no tuviste las agallas necesarias para matarme tú mismo. Decidiste que el hambre y el frío lo hicieran por ti.

–No…

–Entonces, ¿por qué no me llevaste a un parque de bomberos o a un hospital?

–No podía. ¡Tenía miedo de ser visto!

–En resumen, te importaba más tu pellejo que un inocente recién nacido.

No hubo respuesta.

Hudson soltó un juramento por lo bajo. La persona por la que llevaba preguntándose toda su vida estaba allí, enfrente suya. Pero no era la feliz reunión con la que siempre había soñado. Su última esperanza para hallar una solución feliz al dolor y el rechazo que había sufrido de niño acababa de ser aplastada.

–Eres asqueroso.

–Lo siento –repitió Cort.

–Sabías que había sobrevivido –Hudson ignoró las disculpas, jamás podría aceptarlas–. Lo has dicho.

–Sí.

–Y has estado siguiendo mi carrera.

El hombre asintió.

Hudson esperaba que, al menos, le hubiera servido en parte de castigo el ver cómo su hijo ascendía hasta la cima de la liga profesional, sin poder reclamar el parentesco. Sin embargo, esa idea despertó otra nueva. ¿Por qué se arriesgaba Cort Matisson a una segunda condena al salir a la luz? ¿Se sentía tan mayor que ya le daba igual terminar entre rejas?

Lo que no se creía Hudson era que la conciencia de su padre al fin hubiera aflorado. Un hombre como él no tenía conciencia, de lo contrario jamás habría hecho lo que hizo. Sin duda estaba allí para pedir algo.

—Cuando te encontraron, la noticia saltó a todos los medios —le explicó Cort—. Por eso lo supe. La policía incluso me interrogó, me preguntó si había visto u oído algo raro en el barrio ese día.

—Y, por supuesto, mentiste. Pero... ¿no interrogaron a tu hija, a pesar de que acababa de tener un bebé?

—Ellos no sabían nada de eso. Abandonó los estudios en cuanto descubrió que estaba embarazada, y apenas salía de casa. Justo después de que tú nacieras, nos mudamos.

Aquello parecía tan surrealista que Hudson temió estar sufriendo una pesadilla. Aturdido, sacudió la cabeza.

—Me alegré de que estuvieras bien —añadió Matisson—, aunque dejarte vivir me pusiera a mí en peligro.

Hudson soltó una sonora carcajada, carente de todo humor.

—¡Vaya! Qué generoso por tu parte alegrarte de que no muriera. ¿Se supone que debo admirarte por ello?

—No quise decir... No, claro que no. Es que... yo no tenía nada contra ti, personalmente.

—Me alegra oír eso, «papá». Todos estos años me preocupaba no saber qué había hecho mal, nada más nacer.

Matisson dio un respingo ante el sarcasmo, pero a Hudson le daba igual. Tenía ganas de arremeter contra él, hacer que ese hombre sufriera tanto como había sufrido él durante años.

—Cuando tu hija por fin le contó a la policía que había tenido un hijo tuyo, ya habían pasado unos cuantos años. ¿Por qué no hiciste lo correcto y confesaste, por su bien? —preguntó Hudson—. Si sentías el más mínimo remordimiento, deberías haberlo hecho. Sin embargo, reconociste que había un bebé, pero le contaste a la policía la misma mentira que le habías contado a ella, que el bebé había nacido muerto y que no recordabas dónde lo habías enterrado.

Jones le había contado que la policía no acababa de creerse del todo la historia de Matisson. Pero nunca habían relacionado a ese hombre con el recién nacido abandonado en Bel Air. Matisson y su hija vivían en Arizona cuando ella acudió a la policía. Lo que sospecharon fue que había matado al bebé, aunque sin cadáver no podían demostrarlo.

Matisson hundió las manos en los bolsillos de sus desgastados vaqueros.

—Cualquier otra admisión se habría traducido en una mayor condena. Con todo y con eso, me cayeron siete años.

—¿Y para qué has venido? —Hudson se dejó caer en el sofá—. Debo advertirte que lo que me apetecería hacerte es mucho peor que cualquier cosa que podrías haber sufrido en prisión.

—Lo comprendo, sí, señor.

—No me llames señor, como si sintieras algún respeto por mí. Tú no respetas a nadie.

—Sabía cómo te sentirías por mí, Hudson.

A Hudson tampoco le gustaba que el tipo ese pronunciara su nombre. Pero lo que de verdad le molestaba era estar emparentado con esa escoria.

—Y sin embargo has venido.

—Por mí no habría venido. Si lo he hecho es porque no tengo ninguna elección.

—Tonterías. Nadie te ha arrastrado hasta aquí.

—Tú eres mi única esperanza.

Hudson se puso de pie de un salto y agarró al anciano por el cuello de la camisa, arrastrándole hacia él hasta quedar pegados nariz contra nariz.

—Será mejor que no hayas venido a pedirme dinero —gruñó.

El color abandonó el rostro de Matisson.

—No. No es para mí. Es para tu madre.

Su madre había sido una cría de dieciséis años, abusada por su propio padre. Hudson no había querido pensar en ella, se había negado a aceptar todo lo que el investigador privado le había dicho.

—Esa Julia que has mencionado, y que nunca he conocido. Has venido por ella.

—Sí. Se casó una vez. Tiene un par de críos, dos niños, uno de diez y otro de ocho. Pero se ha divorciado, y su ex no es capaz de conservar un trabajo. No quiere conservar un trabajo, diría yo. Hace más de un año que no lo ve, ni siquiera sabe dónde está, y por tanto difícilmente podrá contar con él como apoyo.

—¿Y esperas que yo dé un paso al frente y rellene ese hueco, sabiendo lo que sé? Comprendo que no fue culpa suya, que ella es tan víctima como yo, pero ¿qué te hace pensar que quiero tener algo que ver con ninguno de los dos?

—Esperaba que sintieras algo de compasión... por Julia, no por mí —aclaró Cort—. Tiene cáncer. Mientras esté recibiendo tratamiento no podrá trabajar, y no podrá pagar las facturas. Con tu posición tan desahogada, pensé que quizás podrías ayudarla un poco. Eso es todo. No era más que una niña inocente que... que confió en la persona equivocada.

¿Se trataba de algún tipo de estafa? La hija de Cort había acabado por denunciar a su padre, pero a saber qué relación mantenían en ese momento. ¿Se habían reconciliado y urdido toda esa historia con la esperanza de recibir un pellizco de dinero?

—Entonces ella sabe que estoy vivo.

—No. Aún no se lo he dicho a nadie. Quería... quería darle algo de dinero, para ver si así al menos acepta hablar conmigo. No responde a mis llamadas, no me deja entrar cuando voy a verla.

—Y mi dinero sería como una ofrenda de paz.
—Solo quiero ayudarla.
—Pero estoy seguro de que, durante todos estos años, ha necesitado un montón de cosas, cosas que tú sabías que yo podría proporcionarle.
—Nunca había estado en una situación tan desesperada. Cuando descubrí a esa persona rebuscando entre mi basura, llevándose las botellas de cerveza vacías, comprendí que la verdad estaba a punto de salir a la luz. No soy el tipo más listo del mundo, pero supe qué buscaba ese detective privado antes de hacerle frente.
—¿Y te contó que yo lo había contratado?
—No. No quiso contarme nada, pero sí me ofreció su tarjeta. En cuanto vi que se trataba de un detective privado, supe de qué iba aquello. Siempre he sabido que alguien acabaría por llamar a mi puerta. Uno no puede huir de su pasado eternamente.

Hudson tenía la sensación de que la presión atmosférica se había disparado y amenazaba con aplastarlo.

—Pues has huido de él durante bastante tiempo, y ojalá siguieras haciéndolo. O mejor aún, ojalá me hubieras matado ese día. Habría sido mejor que averiguar lo que acabo de descubrir.

Cort parecía escandalizado ante la convicción que emanaba de la voz de Hudson.

—Tienes una buena vida —protestó—. Mira esta casa.
—Tú no sabes nada de mí —contestó Hudson—. Y ahora márchate. Sal de aquí y no vuelvas a ponerte en contacto conmigo nunca más.
—¿Y qué pasa con Julia? Si no consigue ayuda, morirá y dejará a esos niños sin madre.
—¡He dicho que fuera de aquí! —gritó Hudson.

El asesinato que estaba considerando cometer debió haberse reflejado en su rostro, pues Cort corrió hacia la puerta tan rápido como sus flacuchas piernas fueron capaces de llevarlo, sin detenerse para mirar atrás.

Y en ese momento Hudson se volvió y vio a Ellie, claramente espantada, al pie de las escaleras, la boca abierta.

Y estuvo casi seguro de que lo había oído todo.

Capítulo 22

Hudson apenas soportaba la compasión que se reflejaba en el rostro de Ellie. Toda su vida había sido «ese chico». Diferente. Un intruso. Alguien con el que pocas personas podían identificarse. Si Cort Matisson estaba tan desesperado por conseguir dinero como había asegurado, podría vender su historia a la prensa. ¿Qué se lo impedía? Y, si lo hacía, ni siquiera su fama podría parar el golpe. Justo cuando empezaba a sentirse ilusionado ante la perspectiva de tener un hijo propio, cuando sentía que, quizás, podría dejar atrás su pasado y ser casi como los demás, el motivo de su abandono podría salir a la luz, inmortalizado por su fama.

«Has tenido una buena vida», le había dicho Cort. Menuda locura, pues el viejo bastardo tenía razón en eso, al menos durante la última década. Había alcanzado una cima que pocas personas alcanzaban, aunque fueran deportistas profesionales. Se había esforzado mucho por rellenar los huecos en su vida, por hacerse envidiable, ya que no podía ser amado. No era justo que algo así, algo totalmente fuera de su control, lo ensombreciera todo al final.

Ni se atrevía a imaginarse lo que haría la prensa con Cort Matisson y su hija, cuyo nombre Hudson se negaba a recordar, porque la convertía en algo demasiado real, demasiado familiar. Cuando saliera a la luz que habían encontrado a sus padres, después de treinta y dos años, junto con las circunstancias que habían rodeado su nacimiento, más escandalosas que cualquier cosa que uno pudiera imaginarse, la información se extendería como la pólvora. Su nombre saldría asociado al término «incesto», en todas las cadenas televisivas. Y sería recordado por ello, no por los pases que hubiera completado, los partidos que hubiera ganado, o los anillos de la Super Bowl que hubiera acumulado. No habría nada que pudiera hacer para compensarlo, como había intentado hacer toda su vida en el pasado.

—Hudson —la voz de Ellie, cargada de compasión, llegó hasta él cuando empezó a subir las escaleras.

Sin embargo, Hudson la esquivó. No quería que sintiera lástima por él. Quería que ella estuviera orgullosa de él, tanto como él lo estaba de ella.

—¿Podemos hablar de lo que acaba de suceder? —preguntó ella cuando él pasó a su lado.

¿Qué había que hablar? Su contribución genética al hijo que esperaban estaba manchada. Se sentía mucho más que avergonzado, mucho más que humillado.

—Deberías regresar a Miami, olvidar que alguna vez me conociste. Yo me encargaré de enviarte puntualmente el dinero.

—Hudson, espera —ella lo siguió y se quedó en la puerta mientras él se vestía bruscamente—. No exageres.

¿Exagerar? Él se volvió.

—¿Cómo iba a poder exagerar esto alguien? ¿Acaso podría haber algo peor?

—Lo que ha dicho ese hombre es horrible, averiguar que estás relacionado con todo eso es horrible…

—No solo estoy relacionado con eso. Soy el resultado

de eso. No estaría aquí de no ser por lo que ese hombre hizo.

—Pero tú no eres el acto que te creó. Eres especial, con o sin el fútbol. Fueron las acciones de ese hombre las depravadas, no tú. Tú no tuviste nada que ver en ello. Tú no eres más que una víctima de su egoísmo. Y tu madre también.

—Eso es fácil de decir para ti —Hudson se ató los zapatos—. Yo ni siquiera soy capaz de pensar en ello sin sentir ganas de vomitar.

—¿Y qué vas a hacer? —ella lo miró con expresión preocupada.

—Me marcho —anunció mientras agarraba la cartera y las llaves del Porsche.

—¿Adónde?

—No lo sé.

—¿Cuándo volverás?

—No lo sé —repitió él—. Puede que no vuelva.

—No te marches —Ellie lo miró con ojos desorbitados—, así no. Estás muy alterado. Si te quedas, haré lo que pueda para hacerte sentir mejor. Lo solucionaremos entre los dos, conseguiremos que seas capaz de vivir con ello. Estoy aquí. Siempre estaré aquí para ti.

—No hay nada que puedas hacer. Nada que nadie pueda hacer —él se dirigió de nuevo hacia las escaleras, pero ella lo siguió.

—¿Cómo sabes que ese hombre está contando la verdad? ¿Cómo sabes que tu madre, suponiendo que sea tu madre, está enferma? Comprobemos su historia, investiguémoslo a él, antes de preocuparnos en exceso.

—¿Para qué perder el tiempo? —preguntó Hudson—. El día que llegamos aquí, Samuel Jones, el detective privado que contraté, me dijo que había encontrado a alguien que había dejado embarazada a su propia hija, y que yo podría ser el resultado de ese acto.

—Por eso estabas tan alterado aquella noche.

Ojalá pudiera estrangular a Jones. Lo que había sucedido era culpa suya por contratar a alguien. Pero ¿por qué no había dejado ese detective el asunto al ser descubierto por Matisson mientras revolvía entre su basura? ¿Por qué le había entregado su tarjeta a Matisson? Lo que había hecho que Matisson comprendiera que Hudson buscaba a sus padres había sido leer las palabras *detective privado*, en la tarjeta, y eso había precipitado su visita.

—¡Hudson, para! —Ellie le agarró el brazo, pero él se sacudió.

—Déjalo ya, Ellie. Hay lo que hay. Y no puedo hacer nada al respecto. Nunca he podido hacer nada.

—Al menos solicita una prueba de paternidad —el tono empleado por Ellie era una súplica para que él se calmara y la escuchara—. Para asegurarte de que todo esto es cierto.

—Tengo un kit de ADN en el armario de los medicamentos. Jones me lo envió. ¿Crees que cambiaría algo si me lo hago?

Hudson abrió la puerta, pero ella la sujetó.

—Hudson, no te vayas. Te necesito. Y nuestro bebé también te necesita.

Hudson desearía poder detenerse, pero no podía. Había disfrutado mucho de Ellie desde su llegada a California, tanto que casi se había convencido a sí mismo de que podría superar su infancia. Que quizás pudieran ser capaces de crear un futuro, juntos, los dos y su bebé. Renunciar a todo eso había roto algo en su interior, algo que dudaba poder reparar jamás.

—Vuélvete a Miami, Ellie.

Después de que Hudson se hubiera marchado, Ellie deambuló por la enorme casa, preocupada por él, por dónde estaría, por lo que estaría haciendo, y también dándole vueltas a la visita de Matisson. En su cabeza seguía oyendo al hombre balbucear palabras que sonaban a disculpas vacías. No se había tragado que hubiera acudido a él por el bien de su pobre hija. No le sonaba a cierto. Ellie no podía dejar de sospechar que Matisson esperaba ganar algo, y le enfurecía pensar que intentaba utilizar una situación tan trágica como la lucha de su hija contra el cáncer para manipular a Hudson y sacarle dinero. También le enfurecía que Matisson ni siquiera pareciera haber considerado lo que un secreto tan terrible podría hacerle a un hombre tan exitoso y orgulloso como Hudson, lo deprisa que lo derribaría de su pedestal.

Ellie se sintió tentada de enviarle un mensaje a Hudson. De suplicarle que regresara. Necesitaba su ayuda para realizar la investigación que tenía pendiente. Era él quien disponía del número de teléfono del investigador privado que había sacado toda esa información a la luz. También era él el que tenía que realizarse la prueba de ADN que debería ser el primer paso a seguir.

Pero sabía que él no le contestaría al mensaje. Estaba demasiado alterado. Le había dicho que se marchara de vuelta a Miami.

Ellie rememoró todo el tiempo que habían compartido, lo mucho que echaba de menos su voz, su sonrisa, reírse de sus chistes. Estaba enamorada de Hudson y, lentamente, a lo largo de las semanas transcurridas, había sucumbido a la tentación de esperar y creer que él también sentía algo por ella, que quizás algún día podrían formar una familia. No estaba dispuesta a rendirse tan fácilmente.

Sacó el móvil del bolsillo y llamó a Aiyana en New Horizons para conseguir el número de teléfono de Bruiser. En pocos minutos estaba hablando con el mejor amigo de Hudson.

—Me estás tomando el pelo —exclamó él cuando Ellie le explicó lo sucedido.

Ellie se sentía mal por haberle tenido que contar algo que, sin duda, para Hudson era muy privado, pero sabía que él le habría contado a Bruiser mucho más que a nadie, que confiaba en su amigo y presentía que iba a necesitar su ayuda.

—No, no lo estoy.

—¿Adónde crees que ha podido ir?

—No se me ocurre nada. Pero nunca lo había visto tan alterado.

—Me siento fatal. Yo lo animé a buscar a sus padres. Pensé que si los encontraba, si conseguía algunas respuestas, quizás encontraría la paz. Jamás pensé que lo llevaría a algo así.

—Lo curioso es que… no creo a Matisson. No puedo creerle.

—¿Por qué?

—Todas sus acciones del pasado indican claramente que sus hijos no le importaban nada. ¿Por qué ha cambiado de repente? No admitió la verdad sobre Hudson, ni lo que hizo con él, cuando su hija lo denunció. Incluso entonces puso por delante sus propios intereses.

—¿Y por qué iba alguien a inventar una historia tan terrible?

—¡Porque está convencido de que va a recibir dinero!

—¿Y no crees que está intentando ayudar a su hija, enferma de cáncer?

—Puede que lo considere un efecto colateral positivo. Pero estoy segura de que también cree que él sacará algún beneficio de ello.

—Hudson no es estúpido. Jamás permitiría que eso sucediera.

—No sé si será capaz de ser tan objetivo como necesitaría ser en esta situación.

—Eso es verdad...

—Hudson no tiene nada que ver con Matisson —observó ella—. No se parece a él. No se comporta como él. Es justo todo lo contrario, demasiado sensible para su propio bien. No consigo verlos emparentados.

—Ellie, podrías simplemente estarte haciendo ilusiones.

—O puede que sea mi mente científica la que me está diciendo que hay que comprobar todos los hechos antes de llegar a una conclusión.

—La prueba de ADN demostrará, o descartará, su parentesco. Tenemos que asegurarnos de que se la haga antes de darle nada de dinero a Matisson. Pero ¿no llevará mucho tiempo?

—No debería. Espera —Ellie activó el altavoz del móvil y utilizó una herramienta de búsqueda para encontrar varios enlaces sobre pruebas de paternidad—. Si conseguimos una muestra de Hudson y el detective tiene una muestra de Matisson, podríamos tener la respuesta en dos días.

—Intentaré contactar con él —prometió Bruiser—, intentaré hacerle volver a su casa y hacer esa prueba.

Ellie sabía que Hudson no se mostraría ansioso ante la idea. Aunque parecía haberse resignado a lo peor, y estaba sin duda reaccionando a ello, una pequeña parte de él tenía que estarse aferrando a un pequeño hilo de esperanza, esperanza fundada, siempre que no tuviera la prueba ante sus ojos. Y por eso, seguramente, la prueba de ADN que había enviado el investigador privado seguía en el armario de las medicinas.

—No estoy segura de que vaya a volver.
—¿Tan alterado estaba?
—Deberías haberlo visto —ella recordó la desesperación en su mirada.

Hudson condujo lentamente calle abajo. Estaba en la intersección entre Hudson y King, el lugar en el que lo habían abandonado para morir. De no ser por ese repartidor de pizza... ¿y si la familia que había encargado la pizza hubiera decidido cocinar esa noche?, y sin la tozuda naturaleza que le había hecho aferrarse a la vida y llorar para pedir ayuda, no habría sobrevivido.

Tras detenerse a un lado de la calle desde el que pudiera ver ese seto, apagó el motor del coche y observó a varias personas cruzar el barrio para entregar muebles, colocar persianas, cortar césped y limpiar casas. Siendo él niño, todo el mundo había dado mucha importancia al hecho de que lo hubieran encontrado allí, en un barrio tan adinerado. Siempre había soñado con que sus padres fueran ricos y que algún día lo sacarían del orfanato. Soñado con tener una Navidad normal, cumpleaños normales, como los niños normales. Soñado con que sus padres lo apuntarían a la liga de fútbol infantil, o de Pop Warner, y que fueran a ver todos sus partidos, grabándolos en video. Soñado con tener a alguien que asistiría a su graduación en el instituto y, luego, en la universidad.

Pero, cumplidos los treinta y dos años, su padre había aparecido por fin. Sin embargo, Cort Matisson estaba a años luz de cualquier cosa que él se hubiese imaginado. No era un hombre del que pudiera sentirse orgulloso.

Todos esos sueños infantiles parecían muy estúpidos...

En cuanto se hubo despejado la calle, salió del coche y se acercó andando para tener una mejor visión del lugar exacto en el que había sido abandonado. Y allí descubrió una placa escrita con una letra muy tosca que rezaba: *Hudson King, el mejor* quarterback *de la historia, fue rescatado en este lugar exacto siendo un bebé recién nacido. Alabado sea el Señor. Adelante, Devils.*

Hudson no tuvo más remedio que echarse a reír, a pesar de todo. Alguien, un aficionado de los Devils, debía haber comprado la casa desde la última vez que había estado allí, porque nunca había visto ese letrero.

—¡Eh, ni te atrevas a tocar mi placa!

El sol brillaba con tanta fuerza que apenas se veía, pero cuando Hudson se volvió le pareció ver a una anciana de pie en la casa, mirándolo tras una puerta de mosquitera.

—No estoy estropeando nada —le respondió él, aunque oyó el chirrido de la puerta al abrirse.

Efectivamente, se trataba de una diminuta anciana con unas gafas anticuadas y un jersey blanco sobre su vestido, a pesar de que debían estar a más de veintiséis grados. La puerta se cerró de golpe tras ella y su andador arañó el cemento mientras se acercaba a defender su placa.

—Si la destroza, la volveré a colocar —le advirtió.

—Solo la estaba mirando.

—Y bien… ¿ha venido para sustituir los desagües?

La mujer gritaba tanto que él supuso que debía tener un problema de oído.

—No, solo pasaba por aquí —Hudson se dio la vuelta para marcharse, pero ella lo llamó.

—¿Es uno de los amigos de Archie? Porque esta mañana he hecho un pan de nueces y dátiles, por si quiere una rebanada.

No podía marcharse sin al menos contestarle. Esa pobre mujer parecía estar muy sola, y, tras comprobar que su placa seguía intacta, se mostraba bastante amable.

—No, gracias. Me temo que no conozco a Archie.

—Pues aquí viene —señaló ella cuando un SUV Cadillac negro entró por el camino—. Archie es mi hijo. Tiene que conocerlo.

Hudson se moría por largarse antes de ser reconocido, pero esa anciana parecía feliz de tener visita, aunque no estuviera allí para verla a ella, así que esperó. Podría saludar a esa gente. No lo mataría.

—Archie, ¿por qué has tardado tanto? —preguntó la anciana—. Dijiste que vendrías a comer, pero eso fue hace horas.

—Lo siento, mamá. Me retuvieron en el trabajo —el hombre bajó del coche con aspecto agobiado, como si visitar a su madre le supusiera un trabajo excesivo, pero se sintiera obligado a cumplir con ese deber. Al mirar hacia Hudson estuvo a punto de tropezar.

—¡Oh, Dios mío! —exclamó—. ¿Cómo has conseguido que venga Hudson King? No me digas que, por fin, ha respondido a tus cartas.

—¿Este es Hudson King? —la anciana estuvo a punto de caerse de bruces, y tuvo que agarrarse al andador—. Necesito gafas nuevas, aunque ya me pareció que había algo familiar en usted. Soy Cecille. Cecille Burns —la mujer señaló con una mano artrítica mientras miraba a su hijo—. ¿Lo ves? Te dije que vendría.

—¿He sido invitado a venir? —Hudson miraba de madre a hijo.

—¿No lo sabía? —preguntó Archie—. Mi madre lleva años escribiéndole. Es su mayor fan. No se pierde ni un partido. Le mencioné que esta casa estaba en venta cuando se estaba mudando desde San Diego, y ella insistió en comprársela, solo porque lo encontraron aquí mismo —señaló hacia la placa escrita a mano—. Y luego hizo eso y lo colocó ahí. Los vecinos no paran de intentar arrancarla.

Dicen que es un adefesio. Pero ella la vigila estrechamente, no permite que nadie toque esa maldita cosa.

—Eso de ahí es suelo sagrado —anunció la anciana como si esperara que todos respondieran «amén»—. Dios lo salvó —continuó—. Sabía que estaba destinado a hacer grandes cosas.

—No estoy seguro de que jugar al fútbol americano entre dentro de las «grandes cosas» —opinó Hudson tras aclararse la garganta.

La mujer se sujetó las gafas e inclinó la cabeza para mirarlo fijamente a los ojos.

—Yo no estoy hablando de fútbol. Estoy hablando de lo que hizo por mi nieto.

—¿Su nieto? —respondió Hudson, sorprendido.

—Sean Parks. Lo adoptaron con dos años. Tenía problemas de comportamiento y depresión. Empezó a tomar drogas a los doce. Cómo las conseguía escapa a mi conocimiento —añadió mientras sacudía la cabeza desconcertada—. Pero a los quince ya no estábamos seguros de que llegara a los dieciséis. Cuando le llevamos a New Horizons estábamos completamente desesperados...

—Lo recuerdo —la interrumpió Hudson, recordando de repente a un muchacho tímido de cabellos y ojos oscuros que había conocido hacía casi diez años, nada más empezar a trabajar con el centro.

—Él estaba convencido de que usted era capaz de caminar sobre las aguas —continuó la anciana—. El hecho de que superara lo que había vivido, e hiciera lo que ha hecho, le dio esperanzas. Estuvo allí en el momento justo, y eso fue lo que lo sacó adelante. Ahora se ha licenciado, está casado y espera un bebé —ella sonrió feliz—. Usted es su héroe, pero también el mío. Adoro a ese muchacho.

—No tenía ni idea de que mi aparición en la vida de Sean hubiera tenido ningún efecto —Hudson no se había centrado demasiado en él, porque el muchacho tenía una familia que lo quería. Solía pasar más tiempo con los que no tenían apoyo de nadie y, además, al principio su implicación con el centro había sido más limitada.

—Nunca se llevó bien con su padre, el ex de mi hija. Si quiere saber mi opinión, yo creo que Drew lo maltrataba. En cualquier caso, ese hombre ya no está en la foto. Pero usted fue el modelo a seguir de Sean, alguien a quien admiraba, justo cuando más lo necesitaba. No se imagina lo agradecida que le estoy, y mi hija también, por lo que hace en esa escuela.

—Me gusta mucho trabajar con los chicos —admitió él.

—Y sabe cómo llegar a ellos, porque sabe lo que es vivir una infancia complicada. Le ha vuelto atento, empático y dispuesto a hacer algo en lugar de quedarse sentado y disfrutar de su dinero. Por eso no permitiré que mis vecinos quiten esa placa. Me da igual si no les gusta. Esta señal significa algo. Significa que siempre se puede hacer algo con lo que la vida te ofrezca. Yo me alegro de que pudiera superar lo que vivió de niño. No permitió que le destrozara, no señor, y eso sirve de ejemplo para otros. Por eso el fútbol es importante. El fútbol es lo primero que todo el mundo ve de usted, y a partir de ahí pueden seguir su ejemplo.

Las palabras de la anciana impactaron tanto a Hudson que no fue capaz de responder de inmediato. Se había estado compadeciendo de sí mismo, comprendió, había permitido que su dolor y su decepción lo destruyeran, como le sucedía a muchos de los chicos. Lo que tenía que hacer era superarlo. Ser el faro que esa mujer creía que era. Él no era el único en haber sufrido, pero se le había concedido una oportunidad única para marcar una diferencia.

—Gracias —contestó al fin—. Gracias por colocar esa placa. Necesitaba verla.

–Pues le aseguro que no se va a mover de ahí –le aseguró la mujer, indicando que estaba dispuesta a enfrentarse a cualquier desafío.

–Es una mujer increíble –murmuró él antes de acercarse a ella y abrazarla.

–Y usted es incluso más guapo de cerca. Si tuviera cuarenta años menos, no seguiría soltero, no si yo pudiera evitarlo.

Hudson soltó una carcajada y saludó con la mano a Archie, que también reía, mientras se alejaba.

Capítulo 23

Ellie se había ido tarde a la cama, aunque no podía dormir. Bruiser tampoco había sido capaz de contactar con Hudson, y no tenía ni idea de dónde podría estar. No soportaba pensar que estaba sufriendo y que ella no podía hacer nada por ayudar. No dejaba de imaginárselo saliéndose de la carretera en la Autopista 1, una serpenteante carretera que bordeaba la costa de California, por ir demasiado deprisa o por no prestar la debida atención.

Quería volver a llamarlo, pero lo había intentado ya muchas veces. Estaba casi segura de que Hudson había apagado el móvil. Sus llamadas se dirigían automáticamente al buzón de voz y a Bruiser le ocurría lo mismo.

Hudson acabaría por ponerse en contacto con ellos. Tarde o temprano iba a tener que regresar a su vida, a ella.

¿No?

—Estará bien —se dijo a sí misma, aunque la preocupación, que devoraba su estómago como el ácido, no disminuyó.

A medida que pasaban los minutos y ella seguía con la mirada fija en la pantalla del móvil, esperando saber algo de él, de dónde estaba, las lágrimas que llevaba todo el día conteniendo, empezaron a rodar por sus mejillas.

Se sentó y consultó la hora en el reloj de alarma que había junto a la cama. En Francia era mediodía, y llamar a sus padres resultaba de lo más tentador. Siempre habían estado ahí para ella, siempre dándole su amor y apoyo cuando más lo había necesitado. Asustada y alterada, los echaba de menos más que nunca. Quería hablar con ellos. Además, hacía tiempo que tenían que haber mantenido una conversación muy seria.

Aún no estaba de siete meses, pero casi. Ya era hora de hablarles del bebé. De todo.

Hudson despertó sobresaltado. El sol apenas asomaba por el horizonte, y un patrullero de la autopista lo estaba mirando. Se frotó el rostro con una mano y se desperezó antes de erguirse para bajar la ventanilla.

–¿Hudson King? –preguntó el agente, como si no pudiera creerse del todo lo que veía.

Un coche pasó a toda velocidad y una ráfaga de viento fresco revolvió los cabellos de Hudson.

–¿Sí?

–¿Qué hace a un lado de la carretera?

–Intentaba volver anoche a mi casa en Silver Springs, para darle una sorpresa a mi novia. Pero me sentía muy cansado. Tuve que parar a un lado. Y eso es lo último que recuerdo.

El policía frunció los labios mientras reflexionaba sobre la excusa de Hudson.

–¿Ha bebido?

–Ni una gota –contestó él.

Sin embargo, hizo falta una prueba de alcoholemia, que dio cero, para que el agente se mostrara satisfecho.

—No es seguro dormir aquí en medio de la nada —le advirtió—. Cualquiera podría haberle abordado, sacar un arma, robarle la cartera o incluso el coche —el hombre soltó un silbido al contemplar el Porsche—. No creo que le gustara perder esta preciosidad.

—No tenía pensado quedarme tanto tiempo.

—¿Y cómo se siente ahora?

—Bien —Hudson pisó el freno para poner en marcha el motor—. Ya es hora de seguir mi camino.

—¿Me haría un favor antes de marcharse?

—Claro —contestó él tras dudar un instante—. ¿Qué quiere?

—Mi hijo y yo somos grandes fans suyos —el agente lo miró con expresión de timidez—. ¿Le importaría firmar algo que pudiera llevarle a casa?

—Por supuesto —mientras aguardaba a que el agente le llevara un papel del coche patrulla, Hudson buscó el móvil.

Lo había apagado para ahorrar batería, ya que se había olvidado el cargador en la camioneta, pero lo encendió. Bruiser y Ellie le habían dejado varios mensajes. Quiso llamarlos a ambos, decirles que estaba bien. Pero era demasiado temprano. No había ningún motivo para despertarlos. Ya llamaría a Bruiser después. Y solo estaba a una hora de Silver Springs.

Estaría en casa antes de que Ellie despertara.

Después de llorar un buen rato mientras hablaba con sus padres, demasiado preocupados por lo que podría estar pasando con Hudson para estar enfadados con ella por no habérselo contado antes, Ellie al fin se quedó profundamente dormida. Sin embargo, no dejó de soñar con Hudson, y por eso pensó que era otro sueño cuando le oyó susurrar su nombre, lo sintió acariciarla y besarle la frente mientras la levantaba de la cama.

—¿Hudson? —murmuró ella medio dormida—. Estaba muy preocupada por ti. ¿De verdad has vuelto?

—Sí, estoy aquí.

—¿Y estás bien?

—Estoy bien —le aseguró él mientras la llevaba en brazos fuera de la habitación.

Tranquilizada por su proximidad, ella le rodeó el cuello con los brazos y apretó la mejilla contra el fuerte pecho.

—Por Dios, qué susto me has dado. No dejaba de imaginarte demasiado alterado para conducir con cuidado.

—Lo siento.

—¿Recibiste mis mensajes? —Ellie levantó la cabeza.

—Sí.

—Vamos a comprobar cada detalle de lo que Cort Matisson te dijo. Asegurarnos de que sea verdad. Y, ¿si es verdad? pues nos enfrentaremos a ello. Juntos.

—Ya hablaremos de todo ese lío después.

—¿Y ahora qué vamos a hacer? —preguntó ella mientras Hudson la tumbaba en su cama.

—Vamos a celebrar que tengo a alguien en mi vida por quien merece la pena aguantar. Eso es en lo que debo centrarme, porque es lo que más importa —se irguió—. Suponiendo que me desees tanto como yo te deseo a ti.

—Nunca había deseado tanto a alguien —ella le sonrió.

Hudson adoraba ese abultamiento en la barriga de Ellie, saber que pronto daría a luz a su hijo. Los tres estarían unidos durante el resto de sus vidas por unos lazos que no podrían ser cortados fácilmente. Se casaran o no, ella siempre sería la madre de su hijo, y ese hijo siempre les pertenecería a ambos. Salvo que sucediera alguna tragedia, Ellie y su hijo formarían parte del resto de su vida.

La sensación de su cuerpo desnudo contra el suyo era el perfecto recordatorio de que era tan afortunado en algunos aspectos como desafortunado en otros. Debía aprender a valorar las cosas que le hacían sentirse pleno y feliz, aferrarse al amor que Ellie le ofrecía y seguir luchando por alejarse de su pasado, independientemente de los detalles de su nacimiento o la humillación que iba a sufrir si esos detalles fueran hechos públicos.

Con cuidado para no aplastar al bebé, apoyó casi todo el peso sobre sus codos y rodillas mientras deslizaba a Ellie bajo su cuerpo.

—¿Cómo vamos a llamar a nuestro hijo?

Sabía que Ellie tenía un libro de nombres de bebés y que había estado marcando algunos con posibilidades. Incluso le había mencionado unos cuantos.

—Podríamos llamarle como su padre —sugirió ella mientras le apartaba el cabello de los ojos.

—No, mi nombre es un constante recordatorio de mi pasado.

—Y también debería serlo de todo lo que has logrado, a pesar de tu pasado.

—No quiero cargarle con mis tonterías, sobre todo ahora.

—Entonces, ¿qué sugieres tú?

Hudson le besó el cuello, saboreándola con la lengua. Había soñado con hacerlo desde la última vez que le había hecho el amor.

—Ryan suena bien.

—¿No crees que ya hay bastantes Ryan en el mundo?

—No. Jamás he conocido a ningún Ryan que estuviera en una situación difícil. Ryan Gosling, Ryan Reynolds, Ryan Seacrest, Ryan Tedder.

—¿Quién es Ryan Tedder?

Hudson rio por lo bajo, sorprendido de que ella no hubiera preguntado también por los demás que había nombrado.

—El cantante de One Republic.

—Ah, una banda. Yo esperaba ponerle un nombre más... exclusivo. ¿Qué tal Cameron? O, mejor aún, ¿Garrison?

—Garrison King suena bien. También podría llamarse Guido. Nunca he conocido a un Guido fuera del cine. Eso sí que es exclusivo.

—¿Lo dices en serio? —preguntó Ellie con una punzada de pánico.

—No —él rio.

—¡Uf! Me alegra que participes en esto, pero, por favor, no elijas Guido. Suena a mafioso.

—Ya lo hablaremos después —respondió él mientras buscaba su boca—. Ahora mismo solo puedo pensar en ti.

Ella hundió las manos en sus cabellos y abrió la boca. Aquello era mucho mejor que la mayoría de las otras noches que habían compartido desde su llegada a California. Debería habérsela llevado en brazos a su habitación mucho antes, y hacerle el amor cada vez que ella se lo hubiera permitido. Las últimas seis semanas de repente se le antojaron una pérdida de energía, intentando no amarla. Era agradable ceder a lo que sentían desde hacía tiempo.

—Te gusta California, ¿verdad? —preguntó Hudson mientras le besaba la barbilla—. ¿Te gusta vivir aquí conmigo?

—¿De qué hablas? —preguntó ella, tomándole el rostro entre las manos.

—No irás a anunciarme de repente que te vuelves a Miami, ¿verdad? ¿Puedo contar con que te quedes aquí hasta que el bebé cumpla seis meses, tal y como acordamos? ¿Me concederás todo ese tiempo?

—Hudson, no pienso ir a ninguna parte. No sin ti.

Él la miró fijamente mientras le separaba las piernas y se hundía en su interior. Cuando Ellie cerró los ojos y arqueó la espalda, como si su unión, sobre todo en ese momento, significara tanto para ella como significaba para él, Hudson empezó a embestir con una posesividad que no se había permitido sentir hasta entonces.

—A partir de ahora siempre dormirás aquí –le anunció.

—¿Y eso qué significa? –ella lo miró.

—Significa que estamos saliendo oficialmente. Estoy harto de desearte y de que tú estés en la habitación de al lado.

—Ten cuidado –ella jadeó cuando él posó los labios sobre su pecho–. Te estás acercando tremendamente a un compromiso –bromeó.

—Cualquier cosa –murmuró él–, con tal de no perderte.

Durante su relación con Don, Ellie había estado convencida de estar enamorada de él, y supuso que debían haber disfrutado de una forma de amor, pero no había tenido esa fiereza que sentía cada vez que miraba a Hudson, sobre todo cuando lo hacía mientras él dormía, como en esos momentos. La fuerza de sus emociones la abrumaba y asustaba, le hacía temer haber dejado libre al dragón que al final acabaría por destruirla. Aunque a Hudson parecía irle mejor, seguía luchando contra los demonios de su pasado. Esas cosas no desaparecían sin más.

¿Iba a poder recuperarse? ¿Iba a poder dejar atrás el tema de su abandono?

Quizás. O quizás no. Ellie todavía podía perderlo ante los oscuros pensamientos que lo atormentaban. Hudson podría decidir rechazar su amor, apartarla de su lado, aislarse e inmunizarse contra el dolor. Y si no era capaz de sentir dolor, tampoco podría sentir nada más. Esa era la cuestión.

Ella se amoldó a la forma de su cuerpo.

—No permitas que el pasado destruya lo que tenemos ahora —le susurró, aunque sabía que no la oía.

Cuando Hudson despertó, mantuvo los ojos cerrados durante varios minutos para poder saborear la sensación del suave cuerpo de Ellie y poder respirar el olor de sus sedosos cabellos. Había encontrado a la mujer junto a la que deseaba despertar cada mañana. Gracias a Dios había sido capaz de bajar la guardia lo suficiente para poder darse cuenta.

Aunque lo cierto era que no había bajado la guardia. Las últimas seis semanas lo demostraban. Había luchado contra sus sentimientos desde el comienzo, pero, de algún modo, Ellie había sido capaz de escalar la muralla, simplemente siendo ella misma. Ella lo tranquilizaba, lo centraba, lo sanaba.

Movió una mano para poder sentir al bebé.

—¿Te estás despertando? —murmuró ella mientras posaba una mano sobre la suya, deslizándolas sobre la barriga.

—Sí.

—¿Por qué? ¿Te esperan en New Horizons?

—No. Hoy es sábado.

Algunos fines de semana se llevaba a Aaron, o a unos cuantos chicos, de compras, al cine o a tomar una pizza. O jugaba con ellos al tenis de mesa o a los videojuegos en la sala de juegos del centro. Pero ese día no tenía nada planeado, y se alegraba. Por mucho que disfrutara estando con Ellie, tenerla entre sus brazos, no había olvidado a Cort Matisson. Tenía que hacerse el test de ADN y enviárselo a Samuel Jones. También tenía que llamar a Jones y pedirle todo el material que había reunido sobre Cort Matisson. Quería saberlo todo sobre él. También quería saber si Julia estaba tan enferma como había asegurado Cort y, de ser así, averiguar qué podía hacer él. A lo mejor necesitaba algo más que dinero, a lo mejor necesitaba un médico mejor, un cuidador mejor, un lugar mejor para vivir con sus hijos. Había decidido que iba a ayudarla, pero no quería tener nada que ver con Cort. Iba a asegurarse de que ese hombre no recibiera absolutamente nada, ni un autógrafo suyo.

—Entonces, ¿por qué te levantas tan temprano?

—Ya es casi mediodía.

—Pero nos dormimos pasadas las ocho de la mañana. Cuatro horas no son suficientes. Durmamos todo el día.

Hudson le apartó el pelo para poder besarle el cuello.

—Lo haría si pudiera, pero tengo que enviar ese test de ADN.

—Es verdad —ella se volvió—. ¿Puedo hacerte alguna sugerencia sobre cómo proceder a partir de aquí?

—¿Con Matisson, te refieres?

—Sobre cómo manejar a la prensa.

—Creo que habría que prepararse para lo peor. La publicidad puede resultar bochornosa —admitió él—. Para los dos. Y dado que se te relacionará conmigo, tú también la sufrirás.

—Me da igual…

—Eso es fácil de decir antes de oír las burlas y los comentarios que sin duda nos dedicarán. Espera a ver toda esa mierda sobre la endogamia que imprimirán en carteles que los hinchas de los equipos contrarios colgarán de las gradas. Hará que te sientas cohibida por llevar a mi bebé.

—¡Eso es horrible! ¿Quién podría gastar bromas sobre algo así?

—Créeme, sucederá. A algunas personas les parecerá gracioso. Como soy famoso creen que pueden decir de mí lo que les apetezca. Supongo que habrás visto la sección de tuits maliciosos en el programa de Jimmy Kimmel...

—Pues no.

Hudson puso los ojos en blanco y soltó una carcajada.

—Claro que no. Se me olvidaba con quién estoy hablando.

—Déjalo ya —Ellie le propinó un codazo en el costado—. Desde que vine aquí he estado viendo más televisión. Me voy a poner a toda velocidad al día en cultura popular.

—No sé si quiero que lo hagas. Me gustas tal y como eres, un poco fuera de la realidad —él volvió a reír para que supiera que sus palabras no habían sido una crítica. Pero enseguida se puso serio—. Esto ni siquiera parará cuando me retire. Me seguirá el resto de mi vida.

—Ojalá pudiera discutírtelo.

—Tengo razón.

—Puede que sí. Algunos de los jugadores de los equipos rivales seguramente harán comentarios durante el partido, para intentar desconcentrarte, pero no puedes permitir que eso suceda.

—Una vez más, es más fácil decirlo que hacerlo.

Ellie le acarició la barbilla con el pulgar.

—Si el test de ADN no nos da los resultados que queremos, yo propondría convocar una rueda de prensa.

—¿Una rueda de prensa?

—Deberías ser tú quien lo sacara a la luz.

—¿Quieres que comunique al mundo lo que no quiero que sepa? ¿Lo que no quiero que sepa nadie?

—Sería lo mejor. Si dejas bien claro que lo sucedido fue terrible, censurable, pero que no tuviste nada que ver, establecerá el tono de lo que siga después. No puedes comportarte como si no quisieras que saliera a la luz, como si te avergonzaras o te sintieras herido o lo que sea. Eso sería como entregarles a tus detractores una pistola cargada.

−Ya tienen una pistola cargada, aunque aún no lo sepan.

−Aun así, sería tu mejor jugada, lo único que puedes hacer para controlar las repercusiones. ¿No crees?

Hudson frunció el ceño mientras consideraba las palabras de Ellie. No le gustaba la idea de suicidarse ante las cámaras, pero ella tenía razón.

−Sí −él se incorporó para levantarse de la cama, pero ella lo agarró del brazo.

−Ayer, después de que te marcharas, hice un poco de investigación. Los incidentes de incesto quedan, en gran parte, deplorablemente sin denunciar. Tiene que haber otros, muchos otros, en tu misma situación. No son cosas de las que la gente suele querer hablar.

−Incluyéndome a mí −Hudson gruñó.

−Lo que quiero decirte es que no estás solo. No todos los casos terminan con un bebé, pero estoy segura de que se producen muchos más embarazos de los deseables.

−No debería producirse ni uno.

−Ya sabes a qué me refiero.

Cuando ella lo soltó, Hudson se dirigió a la ducha, pero oyó vibrar su móvil, que seguía en el bolsillo del pantalón. Estuvo a punto de ignorarlo. Si él había descubierto las circunstancias de su nacimiento, otros también podrían hacerlo, y esa llamada podría ser del primer periodista. Cort Matisson se había marchado enfadado de allí y podría haber contactado con algún reportero para soltárselo todo. Hudson no iba a comprobarlo, pero en cuanto entró en el cuarto de baño y cerró la puerta, la abrió casi de inmediato y buscó el teléfono.

La pantalla le indicó que no se trataba de ningún reportero.

—Es el detective privado —le informó a Ellie, que lo miraba con una expresión de preocupación.

Decidió contestar, pero no le dio a Samuel Jones ni siquiera la oportunidad de saludar.

—Muchas gracias —espetó—. Le diste tu tarjeta a ese gilipollas de Cort Matisson.

—No le mencioné que trabajara para ti.

—¡No hizo falta! ¿Quién si no contrataría a un detective privado para husmear en su vida? Supuso que yo andaba buscando a mis padres y ayer apareció en mi casa.

—Lo siento —se disculpó Jones.

—Te dije que no le dijeras a nadie lo que intentaba averiguar, mucho menos a la persona a la que estaba buscando. Dijiste que serías discreto.

—Temía que llamara a la policía.

—¿Y qué importaría eso? Para cuando hubieran aparecido ya te habrías marchado hacía rato.

—Podría haberles facilitado el número de la matrícula, en cuyo caso podrían identificarme fácilmente.

—¿Estabas haciendo algo ilegal?

—Pues en realidad no...

—De modo que si la policía acudía a ti, podrías haberles explicado que estabas trabajando en un caso. Hoy en día casi ningún violador o asesino acaba en la cárcel. ¿Cuál podría ser la pena por rebuscar entre la basura de otra persona?

—Tienes razón —contestó el detective tras una larga pausa—. Conseguí lo que buscaba, una botella de cerveza para hacer una prueba de ADN. Después debería haberme marchado sin contestar. No sé en qué estaba pensando.

Jones le había parecido listo, había conseguido lo que la policía no. El que se hubiera mostrado tan obtuso en casa de Matisson no tenía ningún sentido.

–¿Para qué llamabas?

–Tengo algo que podría considerarse buenas noticias.

Hudson percibió el énfasis que Jones había puesto en «podría», de modo que no se mostró optimista.

–Te escucho.

–Cort Matisson acaba de llamarme.

–Él te ha llamado a ti...

–Sí. Estaba disgustado porque le habías echado de tu casa cuando solo intentaba hablar contigo, pero dijo que iba a darte otra oportunidad.

Hudson se tensó visiblemente. En su opinión, Matisson se había ido de rositas.

–Otra oportunidad, ¿para qué?

–Para que ayudes a su hija. Si transfieres un millón de pavos a su cuenta, no volverá a contactar contigo. Tampoco dirá nada a la prensa sobre lo de ser tu padre. Las circunstancias de tu nacimiento y los detalles de tu abandono permanecerán en secreto, al menos para el resto del mundo.

–¿Me está chantajeando? –Hudson se quedó con la boca abierta.

–Te pide que...le abones una cantidad.

¿Y qué diferencia había?

–No puede salir a la luz –observó Hudson–. No sin arriesgarse a enfrentarse a cargos criminales, quizás incluso por intento de homicidio, por abandonarme para que muriera.

–Está dispuesto a correr el riesgo por el bien de su hija.

Hudson sujetó el teléfono con más fuerza y estuvo a punto de decirle a Jones que le transmitiera a Cort su deseo de que se fuera a la mierda. Aunque estaba dispuesto a ayudar a Julia, se negaba a ser coaccionado.

Las palabras se quedaron en la punta de la lengua cuando un destello de esperanza se abrió paso en medio de su ira y le hizo pensárselo mejor. ¿Podría acabar con todo eso a base de dinero? Ya era demasiado tarde para escapar al conocimiento de su vergonzosa concepción. Pero sería más fácil de soportar si solo él, y los más allegados, Ellie y Bruiser, a quien se lo habría contado si Ellie no lo hubiera hecho ya, supieran cómo había sido concebido. Con todo el dinero que ganaba, ni siquiera notaría la merma. De hecho, le había ofrecido esa misma cantidad a Ellie a cambio de la custodia.

—¿Está amenazando con acudir a la prensa? —Ellie se arrodilló sobre la cama, cubriéndose con la sábana.

Hudson cubrió el teléfono con una mano.

—Matisson dice que cerrará la boca y desaparecerá si le doy cierta cantidad de dinero.

—Supongo que no lo harás, ¿no? —ella frunció el ceño, visiblemente furiosa—. Como bien has dicho, no puede salir a la luz, no sin incriminarse.

—Asegura que lo hace por su hija.

—¿Y si no está enferma siquiera? De momento, lo único que tenemos es su palabra, y a mí no me ha parecido muy de fiar.

A Hudson tampoco. Lo único que quería era que todo el asunto acabara lo antes posible, quería regresar a su vida con Ellie, disfrutar de los preparativos para la llegada de su hijo, sin ese nubarrón sobre su cabeza, haciéndole sentirse despreciable cada vez que su mente regresaba al encuentro con Matisson en el salón de su casa.

Apartó la mano del teléfono para comunicarle al detective que accedía a las condiciones de Matisson. Al menos estaría ayudando a una mujer moribunda, una mujer con hijos.

Pero después de haberle entregado el dinero, no habría nada que impidiera a Matisson vender su historia a la prensa para conseguir aún más, o amenazarle con hacerlo cada vez que necesitara dinero. Sería un imbécil si creyera a alguien como Cort, alguien capaz de dejar embarazada a su propia hija y a su bebé abandonado en la calle para morir. Si Hudson quería ayudar a Julia, tendría que ser bajo sus propias condiciones.

—Intenta conseguir algo de tiempo —susurró Ellie—. Si Julia está tan enferma como dice él, puede que de todos modos quieras ayudarla. Y si no lo está...

—Si no lo está, ese tipo será el parásito que aparenta ser, y no puedo permitir que ponga sus garras sobre mí.

—Así es como yo lo veo también —Ellie asintió.

Hudson regresó a su conversación con Jones.

—Voy a considerarlo, pero con dos condiciones.

—No sé si deberías meterte con este tipo, Hudson —contestó el detective—. Imagina lo que será tu vida si decide acudir a la prensa.

—La suya será peor dado que, seguramente, acabará entre rejas —señaló él—. Dile que quiero conocer a Julia, hablar con ella personalmente. Y consigue su historial médico para verificar su historia. Luego hablaremos de dinero.

—No quiere que ella sepa quién eres —le explicó Jones tras una larga pausa—. No quiere que descubra lo que hizo con su bebé. Y tú tampoco deberías querer eso. Si lo haces, habrá más personas que sabrán la verdad y puedan sacarla a la luz.

—Pues entonces que se invente algo. Que le diga que la apuntó a una lista de una organización benéfica con la que colaboran estrellas del deporte, y que yo quiero conocerla. Algo así.

—De acuerdo —accedió el detective tras otra pausa.

Hudson sentía la mirada de Ellie sobre él.
–¿Qué opinas? –preguntó ella.
–Creo que debería haberme conformado con ser rico y famoso –él arrojó el teléfono sobre la cama.
Ellie rio, pero se notaba que no estaba bromeando del todo.

Capítulo 24

Ellie acompañó a Hudson a la oficina de correos para enviar el test de ADN a Samuel Jones, quien expresó su deseo de recoger una muestra nueva de Cort Matisson en lugar de utilizar la de la botella de cerveza que había encontrado en la basura de ese hombre. Después desayunaron en un pequeño restaurante de la ciudad. Ellie sentía sobre ella las miradas envidiosas de las camareras y el interés de los demás clientes, que no paraban de mirar hacia ellos, emocionados por ver a Hudson comer en el mismo local.

Hudson fingía no darse cuenta, pero sonreía y asentía con la cabeza a quienes lo miraban al pasar mientras se dirigían hacia la salida del establecimiento, básicamente todos.

–Llevas muy bien la fama –observó ella al salir a la calle.

–Lo creas o no, le estoy agradecido –Hudson le tomó una mano.

–¿Agradecido? Yo creía que te molestaba la falta de privacidad.

–En ocasiones sí, pero solo hay una cosa peor que ser tan deseado: no serlo en absoluto –le aseguró mientras abría la puerta del coche, del lado del pasajero.

A Ellie le costaba imaginarse a ese hombre no siendo deseado. Tenía muchas cosas por las que amarlo. Pero también sabía que su infancia no había sido fácil.

En cuanto llegaron a su casa y aparcaron en el garaje, Ellie le pidió que le enseñara el informe policial original, de cuando fue abandonado, para echarle un vistazo.

—¿Por qué perder el tiempo? —preguntó él.

—Sé muy poco de lo que sucedió el día que naciste, y de lo que se hizo para encontrar a la persona que te abandonó. Con quién habló la policía, qué declararon esas personas. No me gusta no estar informada de las cosas que investigo, sobre todo de algo que me produce frustración, temor o disgusto.

—Pero lo que pone en ese informe ya no importa. Ahora todo depende del ADN. O bien mi ADN se corresponde con el de Matisson o no. Nada podría cambiar mi destino, no si se corresponde.

—¿Y si no se corresponde? —preguntó ella, preocupada por el tono fatalista en la voz de Hudson.

—¿Qué posibilidades hay de que eso suceda? Jones repasó cada uno de los documentos de ese informe. Vas a volver a hacer el trabajo que él ya hizo.

—Ahora mismo no tengo nada mejor que hacer, y puede que tengamos que esperar un tiempo. ¿Quién sabe cuánto tiempo hará falta para que Jones se reúna con Matisson, consiga una nueva muestra y la envíe? Tiene que volar a su encuentro, realizar el test, añadir tu muestra cuando llegue, enviar ambas y esperar los resultados. Yo diría que nos enfrentamos a una semana o diez días, y eso si la cosa va rápida. No veo ningún motivo para no aprovechar ese tiempo.

Hudson parecía a punto de discutir, de modo que Ellie le rodeó el cuello con los brazos y le dio un beso en los labios.

—¿Por favor? Jones hizo lo que hizo para que le pagaras. Y estoy segura de que te va a cobrar más por volver a intervenir, aunque haya sido él el causante de todo esto por darle su tarjeta a Matisson. Lo hago porque me importas. ¿Cuál de los dos crees que se va a implicar más en proteger tus intereses, Jones o yo?

—De acuerdo —Hudson suspiró mientras la abrazaba, sujetándola contra él—. No veo por qué no ibas a poder ver ese archivo. Pero yo no me siento capaz de volver a leerlo.

Ellie lo comprendía perfectamente. Hudson estaba demasiado inquieto, demasiado preocupado. Verlo era como estar viendo a una pantera enjaulada, los ojos dorados mirando con rabia y resentimiento, y la promesa de que las cosas no le irían nada bien a quien se atreviera a desafiarlo. Hacer frente a unas emociones tan fuertes le resultaba especialmente duro porque la liga de fútbol ya se había terminado y no podía canalizar su rabia y resentimiento, transformándola en energía. Había momentos en que Ellie tenía la sensación de que Hudson empezaba a aceptar la información recién obtenida. Pero la mayoría de las veces lo sentía apartando esa información de su mente, haciendo cualquier cosa para evitar pensar en ello.

—No tienes que hacerlo —le aseguró ella—. Me comentaste algo sobre ir a Los Ángeles para una reunión del equipo.

—Tengo que estar allí el lunes a primera hora, tendría que marcharme mañana por la tarde.

—Entonces estudiaré el informe mientras tú no estés. Me dará algo con lo que distraerme.

—Esperaba que me acompañaras a Los Ángeles —él le recogió un mechón de cabellos detrás de la oreja.

Se notaba que a Hudson le había dado miedo apoyarse en ella. Y sus palabras demostraban que empezaba a confiar. Pero Ellie no podía acompañarlo.

—Desafortunadamente, tengo cita con el médico, aquí, el lunes por la mañana, ¿recuerdas?

—Supongo que entonces tendré que ir solo —Hudson frunció el ceño.

A Ellie no le importaba que la dejara allí. Quería estudiar ese informe mientras él estuviera ocupado en otras cosas.

Había dado por hecho que tendría que esperar a que él se marchara para ponerse con ello. Mientras estaba en casa, Hudson quería que jugara al billar con él y nadara e hiciera el amor. Pero al día siguiente, mientras desayunaban, llamó su agente y Hudson se metió en su despacho para hablar de la renovación de su contrato, lo que le proporcionó a Ellie la oportunidad de abrir ese fichero un poco antes de lo inicialmente previsto.

Se lo llevó, junto con el portátil, al comedor y estaba inmersa en la lectura de la declaración del repartidor de pizzas que había salvado al recién nacido, cuando Hudson se unió a ella.

—¿Todavía no te has aburrido? —preguntó él, inclinándose detrás de ella para frotar la nariz contra su nuca.

—No.

—En cuanto lo hayas revisado, verás lo impresionante que resulta que Jones lo dedujera todo. No hay mucho ahí que señale a Matisson como uno de los implicados. Por mucho que haya leído ese informe, nunca se me había ocurrido fijarme en él.

Hudson había estado al teléfono casi dos horas, bastante tiempo para que ella pudiera echarle un vistazo por encima a los documentos. Lo único que había encontrado, de momento, sobre Matisson era una declaración de un párrafo que no contenía ninguna información que pudiera considerarse particularmente interesante.

—¿Y cómo lo relacionó Samuel Jones con tu abandono?

—Hizo una lista con todas las personas que estuvieron por la zona ese día —Hudson se sentó en una silla al lado de Ellie—, y los investigó a todos. Empezó por los que habían llamado la atención de la policía, el vecino cuya hija ya había sufrido dos abortos, el paseador de perros que había dejado embarazada a una mujer y había intentado atropellarla para que su esposa no se enterara. Pero al final la policía no había encontrado nada, ni el detective tampoco. A continuación pasó a investigar a otras personas, incluso a los menos claros. Intentó averiguar qué había sido de cada una de las personas que hubieran tenido algún contacto con el caso.

—Menudo trabajo.

—Y muy bien pagado por mi parte.

—¿Cuánto tiempo le llevó?

—Tres o cuatro meses.

—De modo que en cuanto se puso con Cort, que estuvo ese día en el barrio, ¿realizó una investigación a fondo?

—Ellie buscó la declaración de Matisson.

—Básicamente, sí. Me dijo que encontró un artículo de un periódico en el que se mencionaba que había un tipo relacionado con mi caso que había sido llevado ante los tribunales, más o menos por la época en que yo llegué a New Horizons, por abusar sexualmente de su hija cuando esta era adolescente.

—Y él supuso que un tipo así sería la clase de persona capaz de abandonar a un bebé.

—Me dijo que le convenció para husmear más a fondo.

Ellie se acercó el portátil. Y, por supuesto, en cuanto tecleó el nombre de Matisson y revisó los enlaces que se correspondían con personas con nombres similares en Facebook, topó con el artículo del periódico *The Arizona Republic*. El artículo mencionaba la denuncia de Julia contra su padre, e incluía una cita en la que hablaba de su bebé nacido muerto.

–Buen trabajo –ella no pudo por menos que sentirse impresionada por Samuel Jones. El nexo no era demasiado claro, pero él había relacionado a Cort con el barrio y con un hijo indeseado.

Pero entonces Ellie leyó más atentamente la afirmación de Julia.

A los dieciséis años tuve un bebé. El niño era suyo, sin duda alguna. No había estado con nadie más. Él se mostraba tremendamente celoso de cualquier chico que pareciera interesado en mí. En cualquier caso, lo único que tiene que hacer la policía es descubrir dónde está enterrado mi bebé, y el ADN hará el resto. Da igual que hayan pasado quince años. Se puede extraer ADN de huesos. Lo he visto en televisión.

Al principio, Ellie estaba tan absorta en las trágicas palabras que acababa de leer, y por lo que Julia había sufrido, que no se dio cuenta de que las fechas no cuadraban. Pero justo antes de pasar a la siguiente entrada, se le ocurrió. El artículo había sido publicado hacía quince años, en noviembre. Si Julia había tenido a su bebé quince años antes de que se escribiera, ese niño tendría treinta años. Hudson tenía treinta y dos.

¿Podría Julia haber hablado en sentido amplio?

A fin de cuentas no había mencionado una fecha concreta...

–¿Qué pasa? –preguntó Hudson.

Ella parpadeó y se estiró para aliviar el dolor de su espalda.

–Nada –seguramente Julia no estaba hablando de manera específica cuando había afirmado...

—¿Ya estás lista para abandonar? —Hudson señaló todos los documentos que ella había esparcido por la mesa.

—No. Esto es importante.

—Lo único que importa aquí es el test de ADN.

—Julia también debe hacérselo. Puede que no sea realmente la hija de Cort. O puede que tú no seas su hijo. ¿Has vuelto a tener noticias de Jones? ¿Accederá Matisson a tus condiciones?

—Aún no ha dicho nada —Hudson estiró el cuello a un lado y luego al otro—. Por lo que sabemos, Cort ya está en contacto con la revista *People's*, intentando vender su historia por más de un millón.

El nudo de preocupación que se había asentado en el pecho de Ellie se apretó un poco más. Esperaba que no llegara a suceder.

—¿Aunque iría a prisión si admitiera haber abandonado a un bebé para que muriera?

—Con todo ese dinero, la vida dentro de prisión será, seguramente, mejor que la que ha conocido fuera.

—¿Preferirías pagarle para comprar su silencio?

—Si con ello supiera que no volvería a saber nada de él... —Hudson se rascó la cabeza.

—Pero...

—Pero temo que, en cuanto se lo gastara todo, volvería a llamar a mi puerta.

—Eso me temo yo también —ella dejó escapar el aire—. Esperar es difícil, pero no creo que tengamos otra elección.

—No hay una manera sencilla de salir de esto —él asintió mientras se levantaba de la silla.

Durante las horas que siguieron hasta que Hudson se marchó para cenar con Bruiser en Los Ángeles, Ellie no pudo dejar de repasar en su mente la declaración de Julia en ese artículo de periódico. Quince era una cifra muy redonda, podría haber sido una aproximación. Muchas personas hablaban en cifras redondas. Pero una madre que lamentaba la pérdida de su hijo, ¿no sabría con exactitud cuánto tiempo hacía que había perdido a su bebé?

La mayoría de las madres emplearían términos más parecidos a: «Hace diecisiete años, dos meses y trece días, tuve un hijo…».

Quizás fuera un poco exagerado, pero Julia al menos debería haber acertado en el año.

O quizás no. Cada persona era un mundo.

En cuanto Hudson se despidió de ella con un beso, Ellie corrió de vuelta al comedor. Le sorprendía la cantidad de personas que aparecían en ese informe, no solo las que vivían en el barrio sino sus familias extensas y amigos, y el personal contratado. De entre tantas posibilidades, ¿por qué tenía que ser Cort Matisson el padre de Hudson?

Ellie suspiró y volvió a repasar la declaración del repartidor de pizzas, un tal Stan Hinkle. El hombre había asegurado que tras oír un débil llanto se había acercado a investigar. Y así había descubierto a Hudson. Pero Ellie no se explicaba cómo había podido oír llorar a un bebé que estaba a dos casas de él. Quizás dos casas no parecieran gran cosa en un barrio normal, pero en Bel Air las casas estaban bastante separadas las unas de las otras.

Abrió Google Earth para echar un vistazo.

Y, desde luego, la distancia era considerable.

Incapaz de aguantarse, Ellie llamó a Hudson.

—¿Mantienes algún contacto con el repartidor de pizzas que te encontró?

—No.

—¿Por qué no?

—No lo sé. Él solo tenía veinticuatro años, me entregó a las autoridades y ya está.

—Pero te salvó la vida. Podría haber mostrado algún interés, aunque solo fuera para enviarte una tarjeta de Navidad una vez al año.

—Jamás tuve noticias de él, pero tampoco es tan raro. A lo mejor tenía miedo de sentirse obligado a hacer más por mí de lo que estaba dispuesto. No hubo muchas personas que mostraran su interés, hasta que les demostré a todos que sabía jugar al fútbol.

De nuevo Ellie repasó la declaración de Hinkle.

—¿Y ha contactado contigo después de que te hicieras famoso?

—No. Reconozco que me he preguntado alguna vez por qué ni siquiera me ha escrito para pedirme unas entradas para algún partido. Yo se las daría gustosamente. ¿Por qué?

—Simple curiosidad —contestó ella.

Pero si la muestra de ADN de Hudson no se correspondía con Cort, iba a investigar un poco más a ese Hinkle.

El teléfono de Ellie sonó, indicándole que tenía una llamada. Quizás fueran sus padres. A su madre le estaba resultando más complicado que a su padre perdonarla por no hablarles del embarazo. Ellie seguía intentando calmarla y arreglarlo todo, y por eso tenía que contestar, por si era su madre la que llamaba. Sus padres iban a acortar el viaje, pero solo unos pocos meses, de manera que, al menos, no les arruinaría todo el año.

El identificador de llamadas le indicó que se trataba de Amy, con la que Ellie tenía muchas ganas de hablar.

—De acuerdo. Disfruta de la cena con Bruiser.

—Ya te echo de menos —contestó él.

Sorprendida, ella titubeó. Hudson se había esforzado tanto en rechazar a casi todo el mundo que se había privado a sí mismo de amor. Pero la necesitaba a ella, necesitaba a alguien. Sin embargo, Ellie no podía saber si alguna vez iba a poder amarla tanto como ella empezaba a amarlo a él.

—Iré a Los Ángeles en cuanto salga de la cita con el médico. Quizás te resulte más sencillo esperar los resultados de ADN allí, en tu casa. Con más distracciones – añadió.

—No. Volveré a Silver Springs. Los Ángeles estaba muy bien cuando era más joven, pero ahora que vamos a tener un bebé, Silver Springs me parece más un hogar.

El miedo a que Hudson no fuera capaz de comprometerse en su relación a medida que progresara hizo que Ellie se preguntara si, en algún momento, ella lamentaría todo lo que había invertido para llegar hasta él. Al principio le había parecido inalcanzable, pero desde que se mostraba tan implicado, quería creer que se había equivocado en su primera impresión. Solo el tiempo lo diría.

—Entonces te espero aquí.

Para cuando colgó la llamada, Amy también había colgado, pero Ellie la llamó de inmediato.

—¿Qué tal va el embarazo? —preguntó su amiga—. No me has enviado tu foto semanal.

—Cada día estoy más gorda —Ellie se colocó de lado para hacerse un nuevo *selfie*, que incluyera el estómago, y se lo envió a Amy.

—Qué bien —contestó ella al recibirlo—. Por fin se ve una barriga. Aunque muy pequeña, si quieres saber mi opinión…

Ellie recordó cómo Hudson le había acariciado la barriga, con amor, de manera posesiva.

—No es nada pequeña, pero gracias por intentar hacerme sentir mejor.

—Para eso están las amigas —contestó Amy—. ¿Qué tal el famoso deportista?

Había estado mejor. Ellie deseó poder contarle a su amiga lo que estaba pasando, pero sabía que a Hudson no le iba a gustar. Era tan celoso de su intimidad y, comprensiblemente, no quería que «cualquiera», supiera lo de Cort Matisson.

—Está bien —ella jugueteó con su pelo—. Acaba de decirme que me echa de menos, y no ha pasado ni una hora desde que nos hemos despedido.

—¡Vaya! Eso dice mucho.

Dado que Hudson no era muy dado a hablar de sus sentimientos, Ellie quiso estar de acuerdo. Sin embargo, ¿no se estaría engañando a sí misma?

—Tengo miedo, Amy.

—¿De qué?

—De lo fuertes que son mis sentimientos por él.

—Parece que te has enamorado de él —contestó su amiga tras una ligera pausa.

—Ya nunca duermo sola, eso sí puedo asegurarte.

—¿Ya no?

—No. Esta mañana me ha pedido que traslade todas mis cosas a su habitación. No puedo evitar amarlo, no cuando no para de acariciarme, besarme o hacerme reír. Nunca me harto de Hudson King, y eso me hace sentirme condenadamente vulnerable.

—No te vuelvas loca —le aconsejó Amy—. Todo saldrá bien. Estás muy emotiva por las hormonas del embarazo.

Ellie se sentó y apoyó la cabeza en el respaldo de la silla. Ojalá no fuera más que eso, pero tenía la sensación de que tenía mucho más que ver con Hudson.

—Espero que tengas razón.

—Yo también —contestó ella—. ¿Qué pasó con la prudencia?

—No puedo ser prudente y a la vez darle lo que necesita.

—¿Y qué es lo que necesita? A mí no me parece que necesite nada.

—Es humano, Amy. Tiene las mismas necesidades que todos nosotros. Pero es tan... terco. Rechaza lo que más desea.

—Sip. Desde luego te has enamorado.

—Completamente —Ellie se desplomó en la silla.

—A lo mejor deberías descansar de él una temporada, venir aquí de visita.

—Ya estoy de veintiocho semanas. Seguramente no debería volar.

Y en esos momentos no podía dejar a Hudson.

—Yo iría a verte si pudiera, pero estoy muy ocupada, y necesito el dinero.

—Preferiría que vinieras cuando haya nacido el bebé. Querrás conocerlo, ¿verdad?

—Por supuesto. No olvides que soy su madrina. ¿Ya se lo has dicho a tus padres?

—Se lo he dicho esta semana.

—¡Madre mía! Ha habido un montón de cambios, ¡y no me habías contado nada!

—He estado demasiado absorta en Hudson. Lo siento.

—Lo entiendo. Yo también estaría absorta con él —contestó su amiga con una carcajada.

Ellie le preguntó por su vida amorosa y cómo estaban sus padres. Luego le habló un poco más de sus propios padres y su reacción ante la noticia.

—No se alegraron por haber sido excluidos, pero comprenden por qué lo hice —le aseguró.

—¿No van a volver?

—Hasta dentro de unas semanas no. Estarán aquí para el parto, pero les aseguré que estoy en buenas manos, y

Hudson y yo estamos en California y necesitamos algún tiempo a solas para establecer lazos.

–Esa ha sido una respuesta muy aguda.

Considerando la visita de Cort Matisson, Ellie se alegró especialmente de haber protegido su tiempo con Hudson. Él no necesitaba más estrés del que ya tenía.

–Eso creo.

–Bueno, pues no te olvides de buscar un jugador de la liga nacional de fútbol para mí –le recordó Amy–. No me vendría mal un descansito del salón.

Ellie deseó que aún vivieran cerca la una de la otra.

–Será más fácil en cuanto empiece la liga. Aún no conozco al equipo, solo al mejor amigo de Hudson, que ya está casado.

–¿Crees que Hudson descubrirá alguna vez quiénes fueron sus padres? –preguntó Amy.

–Es posible. Supongo –Ellie contuvo la respiración–. ¿Por qué?

–Solo me lo preguntaba. Debe ser muy duro saber que fuiste abandonado y no tener ni idea de cuáles son tus orígenes.

Lo único que podría ser peor que eso sería averiguarlo, al menos cuando se trataba de alguien como Cort Matisson.

–Te voy a dejar –Ellie temía que, si seguían hablando sobre el pasado de Hudson, acabaría por soltarle lo que le tenía tan preocupada.

–De acuerdo, pero antes de que cuelgues, quiero contarte que Don vino al salón para cortarse el pelo, y llevó a Leo con él.

Estar prometida a Don le pareció, de repente, algo que había sucedido hacía más de un siglo, y ya era casi insignificante.

–¿En serio? ¿Y qué se contaba?

—No mucho. Me preguntó cómo estabais, tú y el bebé.
—¿Y qué les dijiste?
—Les mostré la última foto que me enviaste, y Don se la quedó mirando durante tanto rato que tuve la sensación de que te echaba de menos.
—Supongo que, si lo pienso bien —Ellie se apartó el cabello del rostro—, hay cosas de él que también echo de menos. Él entendía mi trabajo y mi amor por la ciencia, lo compartía conmigo. En muchos aspectos éramos muy parecidos.
—¡Y Hudson y tú sois completamente diferentes!
—Eso es cierto. Pero quizás por eso funcionamos mejor como pareja. Al menos, en mi cabeza es así.
—Me alegra que seas feliz.
—Gracias —contestó Ellie.
El problema era que las cosas tan buenas no parecían durar. Y, respiró hondo mientras contemplaba los papeles esparcidos sobre la mesa del comedor, tenía la sensación de que Hudson no se tomaría bien que el resultado del test de ADN fuera positivo, aunque esperara que fuera así.

Capítulo 25

Samuel Jones llamó cuando Hudson estaba a punto de entrar en la reunión del equipo. Por la expresión de su rostro cuando contestó la llamada, Bruiser comprendió que se trataba del momento que su amigo estaba esperando. Inmediatamente se dirigió a los demás y les explicó que Hudson tenía que ocuparse de un asunto personal y que se reuniría con ellos en un minuto.

–¿Y bien? –Hudson se apartó–. ¿Qué ha dicho Matisson?

–Su hija no está nada bien –contestó Jones–. No quiere esperar, dice que está desesperado.

–¿De cuánto tiempo estamos hablando? –Hudson echó la cabeza atrás y cerró los ojos.

–Si no recibe el dinero hoy, acudirá a la prensa.

¡Mierda! Cort contaría su historia a alguna revista de cotilleos, aprovechándose al máximo. ¿Por qué hacerlo gratis?

–De modo que no está dispuesto a permitirme conocer a Julia ni a hablar con ella.

–No, está demasiado nervioso. Tiene miedo de que ella deduzca la verdad.

–¿Cómo lo va a deducir si cree que su bebé murió?

—No lo sé, Hudson. Ese tipo no es la persona más tratable del mundo, ¿de acuerdo? No puedo decirte más. Es un bala perdida. Te sugiero que pagues y acabes con esto. Tienes dinero de sobra.

Hudson se tensó ante el último comentario del detective.

—No se trata solo de dinero. Esto es el principio. No me gusta que un desgraciado me chantajee, sobre todo cuando no tengo ninguna garantía de que mantenga su palabra.

—Yo creo que sí lo hará.

—¿Cuánto tardarán los resultados de ADN?

—Una semana o más.

—¿Por qué tanto? Hoy has recibido mi muestra.

—Tengo que llevarla conmigo a Arizona, conseguir otra de Matisson y luego enviarla. Quién sabe lo que tardará el laboratorio.

—No debería tardar más de dos días. Lo he comprobado. Hay laboratorios que trabajan las veinticuatro horas del día.

—Puede que tarde menos. Lo intentaré, pero tengo que hacerlo bien.

—Sí, lo sé —Hudson cerró el puño de su mano libre, deseando poder estamparlo contra la cara de Matisson.

—¿Y bien? ¿Qué dices? ¿Accedemos al trato, nos olvidamos ya de todo?

Hudson se acercó a la ventana y contempló el exuberante paisaje.

Si un millón de dólares lograba evitar que Cort Matisson vendiera su historia, quizás sería un estúpido al resistirse. Y si el dinero iba a ayudar a una mujer moribunda, incluso podría justificarlo.

Pero ¿llegaría el dinero realmente a Julia? Ese era el problema a resolver. Y, si Matisson estaba tan desesperado por ayudar a su hija, ¿por qué no permitía que él la conociera?

—No.

—¿No?

La estupefacción del detective se reflejó claramente en su tono de voz.

—¿En qué estás pensando, tío? Tienes una imagen pública que proteger.

—Si Matisson vende su historia a alguna revista, se estará incriminando al mismo tiempo. Si me ofrece la prueba que le estoy pidiendo, podemos dejar atrás el pasado. Sin duda preferirá eso a un cargo por tentativa de homicidio.

—Ese tío está loco —insistió Jones—. Está dispuesto a arriesgar su libertad.

—Pues entonces que lo haga —Hudson colgó la llamada antes de poder cambiar de idea.

La posibilidad de leer la historia de Matisson en la siguiente edición de la revista *People*, le ponía enfermo. Pero no podría respetarse a sí mismo si cedía a las exigencias de ese bastardo, no sin hacer primero los deberes. Se negaba a ser tan estúpido.

Bruiser salió de la sala en la que se estaba celebrando la reunión. Hudson lo oyó acercarse y levantó la vista.

—Eh, ¿ya has terminado de hablar? Se trataba del investigador, ¿verdad?

—Sí.

—¿Y qué tal ha ido?

—No pienso darle ni un céntimo a ese bastardo —Hudson sacudió la cabeza—, no a no ser que esté dispuesto a demostrarme quién es y para qué necesita el dinero.

—Debería haberme imaginado que decidirías eso —Bruiser se frotó las enormes manos.

—La verdad es la que es. Pase lo que pase, tendré que enfrentarme a ello.

—Eres un testarudo hijo de perra —observó su amigo con una sonrisa afectuosa—. Pero en este caso, me alegro.

—¿Qué has dicho que hizo? —Ellie se pasó el teléfono a la otra oreja.

—¿No te lo ha contado? —respondió Bruiser.

—No lo mencionó, no. Me llamó después de la reunión para contarme que el dueño del equipo...

—Craig Thompson.

—Eso. Lo siento, no me acordaba de su nombre —cuando Hudson había llamado estaba demasiado absorta en la lectura del informe. Había entendido que iba a quedarse unos cuantos días más para cumplir con algunos compromisos, pero no había prestando demasiada atención a los detalles—. En cualquier caso, me dijo que Craig le pidió que jugara al golf con él y luego quería presentarle a un amigo esta noche, durante la cena, pero no mencionó que hubiera tenido noticias de Jones, y yo no le pregunté porque prefiero no agobiarle con ello. Hudson ya tiene demasiadas cosas en la cabeza.

—Hablamos de ello durante la reunión y después también, mientras Hudson esperaba a Craig. Ahora que se ha negado a darle el dinero a Matisson, creo que está conteniendo la respiración, esperando ver qué sucede.

Ellie había leído el informe lo más rápidamente que había podido, pero era muy denso, y no quería perderse nada. Todavía no había terminado con todo el material.

—No soporto que, después de lo que hizo, Cort Matisson intente hacerle daño de nuevo a Hudson, aunque lo haga por su hija enferma. Abandonó a Hudson para que muriera. No tiene derecho a volver y pedirle ayuda.

—Aunque compadezco a la hija, suponiendo que de

verdad esté enferma, estoy de acuerdo contigo. Si ese viejo acude a la prensa...

—Sería una estupidez por su parte. Con suerte no lo hará, continuará negociando un trato con Hudson.

—Salvo que, según Jones, Julia no está nada bien. De modo que Matisson tiene prisa.

—Entonces debería proporcionarle a Hudson una muestra de su enfermedad. Eso es lo que le pidió.

—Jones asegura que no lo hará.

Ellie se mordió el labio y contempló desesperada los papeles que había organizado en distintos montones. No había nada tangible en lo que había leído, nada que pudiera ayudar a Hudson.

—Ojalá hubiera algo que pudiéramos hacer para conseguir las pruebas que necesita.

—Lo mismo digo. Pero es imposible. Necesitamos el ADN de Matisson para saber si realmente están emparentados. Y aunque lo tuviéramos, Jones le ha dicho a Hudson que los resultados tardarán de una semana a diez días.

—Las pruebas no tardan tanto. Lo he consultado. Y en Los Ángeles hay un laboratorio con certificado AABB. Si tuviésemos el ADN de Matisson, podríamos llevarlo allí antes de las cinco de la tarde. Y los resultados estarían el miércoles.

—Pero si Matisson ya anda por ahí buscando a alguien que le compre la historia, incluso dos días sería demasiado tarde.

—No necesariamente. El hombre que vi parecía algo torpe. Puede que no sepa muy bien cómo vender la historia, seguramente no sabe a quién acudir. Y las negociaciones podrían llevar un tiempo. Si lo que intenta es sacar el máximo, podría iniciarse una guerra de cifras, y eso lo ralentizaría todo.

—Me temo que estamos soñando despiertos.

Ellie se frotó los cansados ojos. Desde que había entrado en el tercer trimestre, el bebé parecía estarle chupando toda la energía.

—Puede que sí, pero no estoy dispuesta a rendirme.

—No veo qué alternativa tenemos. Hudson me dijo que Matisson vive en Arizona. No tenemos ningún modo de conseguir su ADN antes que Jones. Y, además, Jones cuenta con su colaboración.

Ellie dejó caer la cabeza entre sus manos y se frotó la frente. Ojalá Hudson le hubiera ofrecido algo de beber a Matisson cuando estuvo en la casa. Así tendrían su ADN, allí mismo, en Silver Springs.

De repente levantó la cabeza. Bruiser le estaba diciendo algo, pero ella apartó el teléfono de la oreja. Un recuerdo estalló en su mente. Cort Matisson llevaba encima un paquete de cigarrillos. Le había visto darse palmadas en el pecho como si estuviera desesperado por fumar. Y olía como un cenicero. El olor le había llegado claramente hasta las escaleras...

—Bruiser, te vuelvo a llamar enseguida —tenía tanta prisa que dejó el móvil sobre la mesa sin siquiera colgar la llamada. Dudaba que fuera a tener tanta suerte, a fin de cuentas habían pasado dos días desde la visita de Matisson, de modo que, aunque se hubiera fumado un cigarrillo fuera de la casa, antes de llamar a la puerta, el viento o los jardineros seguramente lo habrían retirado.

Aun así, corrió al exterior y buscó en el porche, los macizos de flores y los arbustos. Incluso recorrió el camino circular de entrada, buscando en los bordes por si hubiera tirado allí un cigarrillo al bajarse del coche y la colilla hubiera rodado a un lado.

Desafortunadamente, no encontró nada.

—Mierda —murmuró. Una colilla hubiera sido una buena fuente de ADN. Le habría encantado encontrar una.

Sacudió la cabeza, decepcionada, y echó a andar hacia la casa. Estaba pensando en contratar a otro detective privado, uno que no tuviera ningún contacto con Matisson y que simplemente investigara a Julia, su fecha de nacimiento e historial médico, cuando vio algo blanco pegado a la base de la fachada.

Casi sin respirar, se acercó para investigar, y sintió formarse una sonrisa en su rostro al agacharse. No había lugar a dudas, había descubierto una colilla, que podría muy fácilmente pertenecer a Matisson.

—He oído que estás saliendo con alguien —dijo Craig.

Hudson tomó su copa. Habían terminado de jugar al golf, Hudson había perdido ante Craig por primera vez desde que habían empezado a jugar, lo cual no había mejorado su ánimo, y en esos momentos estaban sentados en el bar de un elegante restaurante especializado en carnes y marisco. El local presumía de tener cinco estrellas, pero estaba situado en Bel Air, no muy lejos de donde había sido encontrado al poco de nacer. Normalmente no debería haberle inquietado, estaba acostumbrado a vivir cerca de ese barrio. Pero con todo lo que había sucedido ese día, habría preferido que Craig hubiese elegido otro lugar.

—Así es. Se llama Ellie Fisher.
—Es científica o algo así, ¿no?
—Sí. Está especializada en inmunología.
—Debe ser muy lista.
—Lo es. Vamos a tener un bebé este verano.
—Felicidades.

Hudson estaba seguro de que Craig ya sabía también lo del bebé. Bruiser sin duda lo había mencionado al hablar de Ellie, seguramente en una conversación espontánea con Craig, en la que el dueño del equipo le habría preguntado qué tal le iba a su amigo, pero, dado que no era ningún secreto, no le importó.

—Gracias —contestó con una sonrisa forzada.

A Hudson no le importaba hacerle un favor a Craig, asistiendo a fiestas en su casa, y para conocer a su familia y amistades, pero en ese momento no estaba de humor. No dejaba de preguntarse si no había sido una estupidez rechazar el trato con Matisson. ¿Estaba permitiendo que su orgullo le impidiera tomar una buena decisión?

Eso sería típico de él. ¿Qué pasaría si, al día siguiente, abriera el periódico y se encontrara el titular que más temía? *Famoso* quarterback *de la NFL, ¿producto de un incesto?*

El teléfono de Hudson vibró. Aunque era una grosería demostrar lo distraído que estaba consultando la identidad del llamante, dado que el amigo de Craig aún no había aparecido, Hudson se excusó y se dirigió al servicio. Una vez allí comprobó de quién era la llamada.

Era de Ellie, tal y como había pensado que sería.

—Hola, aún estoy con Craig —le informó—. ¿Te llamo después?

—Siento molestarte —respondió ella—. Pero necesito pasarme por allí para que salgas un momento y me des una muestra de saliva.

—Eh, un momento. ¿Estás aquí? ¿En Los Ángeles?

—Sí. ¿Me podrías conceder un minuto?

Hudson se asomó detrás de una enorme planta que lo ocultaba de Craig. El dueño del equipo se había levantado de la silla y estrechaba la mano de otro hombre. El amigo de Craig acababa de llegar.

—Sí podría. Pero ¿por qué vamos a hacer otra prueba de ADN? ¿Qué pasa con la que envié?

—Esta es para nuestro propio test, uno que controlemos nosotros.

—¿Y de qué servirá sin el ADN de Matisson?

—Estoy casi segura de tener el ADN de Matisson. Y también tengo a un técnico esperando en un laboratorio de confianza.

Hudson se apartó para dejar paso a un camarero que pasaba a su lado.

—¿Cómo has conseguido el ADN de Matisson?

—He encontrado lo que, espero, sea una colilla de sus cigarrillos.

—De…

—De fuera, junto a la puerta principal de la casa.

—Supongo que no habrás mencionado mi nombre, ¿verdad? Digo cuando llamaste al laboratorio.

—No, claro que no. Solo les ofrecí pagar el doble si un técnico estuviera dispuesto a esperarme. Supuse que no te importaría el incremento en el precio.

—En absoluto. Gracias.

—Sin problema. En cualquier caso, necesito centrarme para no fastidiarla y perderme algún giro. ¿Podrías enviarme tu ubicación?

—Ya lo estoy haciendo.

—Perfecto. Hudson, los resultados deberían estar el miércoles. También he contratado a otro investigador privado, otro gasto que, doy por hecho, no te molestará.

—No me molesta, pero ¿para qué?

—Está investigando todo lo que hay sobre Julia, para que no tengamos que esperar a que lo haga Jones, dado que ya se está ocupando de Matisson y va camino de Arizona.

Dado que llevaba todo el día ocupado y no hacía más que darle vueltas a sus problemas, Hudson se sintió agradecido por la ayuda de Ellie.

—¿Crees que servirá de algo?

—Merece la pena intentarlo. Pura calderilla comparada con un millón de dólares.

—Nunca había conocido a nadie como tú —Hudson bajó la mirada a sus pies.

—Espero que eso sea bueno —bromeó Ellie.

—Lo es. Doy gracias por haberme fijado en ti en ese club, y por abordarte.

—Yo también. Te quiero, Hudson, aunque me advertiste que no lo hiciera.

Ellie habló rápidamente y enseguida colgó. Hudson tuvo la sensación de que temía su respuesta, y por eso ella no le oyó murmurar:

—Gracias a Dios que no me hiciste caso.

Capítulo 26

Cuando Hudson por fin regresó a su casa de Los Ángeles, encontró a Ellie dormida en el sofá, frente al televisor, mucho más grande que el ya de por sí enorme que había comprado para la casa de Silver Springs. Cada vez que lo veía le entraba la risa. Le recordaba a esos concursos para ver quién meaba más lejos, y en los que alguna vez había participado con jugadores de otros equipos, y ese mismo impulso era el que le había hecho buscar y comprar el televisor más grande. Le encantaba ese televisor, y también a los muchachos. Siempre iban a su casa para ver alguna pelea, o evento deportivo que les apeteciera ver juntos.

En esos momentos estaban echando un *reality show*, aunque nadie lo estaba viendo ni oyendo. Ellie parecía llevar un rato dormida. En alguna ocasión había mencionado lo a menudo que se cansaba en esa etapa del embarazo y, según lo que le había dicho por teléfono, había tenido un par de días muy largos desde que él se hubiera marchado. Se había quedado levantada hasta tarde, estudiando ese informe, y se había levantado temprano para reanudar la investigación, antes de ponerse en marcha tras descubrir esa colilla.

—Eh —él se arrodilló a su lado y le levantó la camisa para besarle la barriga—. Ya estoy en casa.

Ellie abrió unos pesados párpados para fijar la mirada en él, y sus labios se curvaron en una dulce sonrisa.

—Me alegro.

—¿Te gusta la casa? —preguntó Hudson mientras volvía a besarle la barriga.

—Lo que he visto está bien.

—¿No la has recorrido entera?

—Tenía miedo de perderme —bromeó.

—Créeme —Hudson le bajó la camisa—, yo te habría encontrado.

Ella hundió los dedos en sus cabellos.

—En realidad me sentía un poco incómoda al cotillearlo todo si tú no estabas en casa. Así que decidí que esperaría a que tú me la enseñaras.

—Solo tú harías algo así —repitió él—. No conozco a nadie que no hubiera husmeado por toda la casa.

—¿Eso hiciste en mi casa de Miami? —ella rio.

—Eché un vistazo —Hudson dio un respingo—. Pero claro, yo no soy tan considerado como tú.

—¿Estás haciéndote el gracioso?

—Ojalá.

Ellie siempre parecía pensar en los demás, y por eso Hudson sentía que podía confiar en ella. A lo mejor, precisamente por eso, confiaba en ella, más de lo que había confiado nunca en otra mujer.

—Siento llegar tan tarde.

Craig había insistido en que Hudson lo acompañara a su casa a tomar unas copas y saludara a su familia. Ellie le había enviado un mensaje confirmando la entrega de la muestra de ADN al laboratorio, y también que había encontrado la casa. Él había avisado a la asistenta, que no vivía en la casa, para que acudiera a abrirle. Pero de todos modos se sentía mal por haberla hecho esperar tanto y que ella no se hubiera decidido a ponerse cómoda.

—Deberías haberte acostado en mi cama.

—Aquí estoy bien. Es un sofá enorme. Y nunca había visto un televisor de ese tamaño.

—Sí, me pasé un poco —él se volvió hacia la pantalla.

—Todo en tu vida es enorme. Tu nombre. Tu cuenta bancaria. Tus casas.

—Sigue, sigue —él le guiñó un ojo y ella se echó a reír.

—¿Es de lo que más orgulloso estás?

—Soy un tío. ¿Qué puedo decir? —Hudson le tomó una mano y frotó los nudillos contra su mejilla—. ¿Así que conseguiste llevar el ADN al laboratorio?

—Sí.

—¿Y lo sabremos pasado mañana?

—El tipo que me estaba esperando no quiso comprometerse, pero dijo que era posible.

Hudson apoyó la cabeza sobre el regazo de Ellie. Toda frivolidad desapareciendo en un instante.

—Hablé con Jones antes de entrar en la reunión.

—Lo sé. Bruiser me lo contó.

—¿Y te contó que Matisson ha amenazado con ir a la prensa si no le transfiero el dinero de inmediato, sin aportar ni una prueba?

—Sí, lo hizo. Por un lado es preocupante, pero por otro... yo lo veo como algo esperanzador.

—¿En qué sentido? —él levantó la cabeza.

—Si está apretando tanto, a lo mejor es que no puede ofrecer ninguna prueba. Y si no puede ofrecer una prueba, quizás no esté contando la verdad.

—Qué más quisiera yo...

—Aunque venda su historia a la prensa, van a necesitar comprobar los documentos, de modo que tendrá que probar su versión.

Hudson agarró el mando de la mesita de café y apagó el televisor antes de sentarse en el sofá.

—Quiero saber una cosa.

—¿El qué?

—A ti no te gusta toda la atención que atraigo, preferirías que yo no fuera famoso. Ya lo has dejado claro alguna vez.

—Es cierto, pero —ella sonrió—, nadie es perfecto.

Sin embargo, Hudson no sonrió y Ellie posó una mano en su brazo.

—No le des más vueltas. Eres quien eres, y estoy dispuesta a aceptarlo.

Hudson se mesó los cabellos.

—Pero si no te gusta la atención positiva que recibo, ¿cómo vas a enfrentarte a la negativa?

Ella le quitó el mando de las manos y lo dejó a un lado para empujarlo hasta que quedó tumbado sobre el sofá.

—Me enfrentaré a ello de la misma manera que tú. Seguiremos adelante, centrándonos en las cosas buenas.

—Cosas como...

Él aguardó expectante mientras Ellie le desabrochaba el botón del pantalón y le bajaba la cremallera.

—Cosas como esto...

A la mañana siguiente, cuando Ellie despertó, Hudson ya no estaba en la cama. Tras ponerse una bata bajó a buscarle a la cocina, pero allí no estaba. Al final lo encontró en el gimnasio. Se paró en la puerta y lo observó un rato mientras él levantaba pesas. En su rostro se reflejaba la concentración y el esfuerzo al que estaba sometiendo a su cuerpo, y comprendió que estaba haciendo lo que hiciera falta por mantenerse ocupado.

—¿Va todo bien? —preguntó ella.

Hudson se volvió hacia ella al darse cuenta de su presencia.

—Si lo que me preguntas es si Matisson ha dado señales de vida —volvió a repetir una serie de pesas—, no creo —la barra golpeó el suelo con un ruido metálico cuando él la dejó caer los últimos centímetros—. Todavía no. Tampoco he encontrado nada nuevo sobre él en Internet. Ya veremos qué pasa hoy.

—¿Por eso has bajado aquí tan temprano? ¿No podías dormir?

Hudson se acercó y, a pesar de los intentos de ella por rechazarlo, la estrechó entre sus brazos.

—¿Qué haces? —se quejó Ellie—. ¡Estás sudando!

—Exactamente. Y mi plan es que tú también acabes sudando. Así querrás ducharte conmigo.

Hudson hizo ademán de volver a las pesas antes de esa ducha, de modo que Ellie se aseguró de que eso no sucediera. Se abrió la bata y llevó la mano de Hudson hasta su pecho, atrayéndolo hacia sí para disfrutar de un beso más intenso.

—¿Adónde crees que vas?

—A ninguna parte —le aseguró él mientras deslizaba la mano más abajo—. Me alegra que estés despierta.

—¿Lo de anoche no fue suficiente? —bromeó ella.

—Jamás podría tener suficiente de ti.

Ellie sentía lo mismo por él, y por eso le asustaba tanto la situación tan precaria concerniente a Matisson. Intentó no pensar en lo complicada que podría resultar el resto de la semana, y no le fue muy difícil cuando Hudson la empujó al interior del dormitorio más cercano y la tumbó sobre la cama. Sin embargo, una vez quedaron ambos satisfechos, la cruda realidad irrumpió de nuevo. Shelly Gómez, la detective privada que ella había contratado, le envió un mensaje con fotos y un breve video, que Ellie recibió justo en el momento en que salían de la ducha.

—¿Qué es?

Hudson se acercó a ella. Se había dado cuenta de que Ellie no se estaba vistiendo, mientras que él ya se había puesto los calzoncillos y los vaqueros.

Ellie le mostró el móvil para que pudiera verlo por él mismo.

—Julia Matisson, ahora Julia Bowers. A mí me parece que está bastante bien de salud.

—¿Esta mujer es Julia? —él pasó rápidamente todas las fotos.

—Según Shelly Gómez, es ella y sus dos hijos.

—¿Cómo ha conseguido Gómez estas fotos, y tan deprisa?

—Vive en Phoenix, no muy lejos. En parte por eso la elegí. Le dije que le pagaría el doble de su tarifa habitual si encontraba a Julia de inmediato y me ofrecía alguna información concreta.

—Pues al parecer te tomó en serio.

—Debió ponerse a ello en cuanto hablé con ella.

—Tiene dos hijos —observó Hudson—. En eso no ha mentido. Pero Julia Bowers tiene un evidente sobrepeso. Y conserva todo el pelo.

No eran detalles concluyentes, pero sí unos indicadores bastante buenos de que no se encontraba en su lecho de muerte.

—De estar al borde de la muerte estaría enganchada a una bomba de morfina o algo así —Ellie asintió—. ¿Y has visto el video?

Hudson tocó la pantalla sobre la flecha que puso en marcha el video.

—¡Mierda! También parece tener energía de sobra.

El video mostraba a Julia gritando y peleándose con

un tipo, que parecía un repartidor, delante de lo que Ellie asumió debía ser su casa.

—Parece casi tan fuerte como él, ¿verdad?

Hudson volvió a ver el video y soltó un silbido.

—Si esta mujer tiene cáncer, no puede estar en la etapa que asegura Matisson. ¿Estás segura de que esta es la hija de Cort y no cualquier otra Julia?

—Vamos a averiguarlo —Ellie le envió un mensaje a Shelly Gómez y recibió una respuesta de inmediato.

Shelly: Es la Julia que buscamos. Hace treinta y dos años acusó a su padre de haberla dejado embarazada y aseguró haber tenido un bebé.

Julia: ¿Hace treinta y dos años? ¿Y qué pasa con el artículo de prensa que te envié en el que asigna a su bebé una edad de treinta años?

Shelly: No estaba siendo muy concreta al realizar esa afirmación. Fue lo primero que comprobé y pude verificar la fecha a través del testimonio en el juicio contra su padre. Ese bebé debería tener ahora treinta y dos años.

Ellie suspiró. Al final no había ninguna discrepancia con las fechas.

—¿Qué ha dicho? —preguntó Hudson mientras se ponía la camiseta.

—Asegura que es nuestra Julia.

—¿De verdad podría ser esa la mujer que me dio a luz? —preguntó él señalando hacia el móvil.

Ellie sabía que se estaba refiriendo al video y al comportamiento, nada edificante, de Julia, delante de sus hijos.

—Vamos a averiguarlo.

—Al menos no está enferma.

—Eso es cierto.

—No pareces muy contenta con las noticias —él la agarró del brazo.

Ellie había albergado cierta esperanza de que Hudson no fuera realmente hijo de Julia.

—Me alegra que no esté enferma —contestó.

Y no lo decía solo por el dinero. Después de todo por lo que había pasado Hudson con Aaron, se alegraba de que no se viera de nuevo envuelto en las difíciles emociones de una lucha contra esa enfermedad. Sobre todo si Julia era su madre, lo cual parecía más probable que nunca.

—No puedo obligar a Ellie a pasar por eso —le aseguró Hudson a Bruiser, vía *bluetooth*, al día siguiente mientras conducía hacia el condado de Orange.

Los resultados de la prueba de ADN que Ellie había entregado en el laboratorio estarían listos en cualquier momento. Hudson quería oírlos, sentado a su lado, pero, dado que estaba en la ciudad, le había prometido a Craig que haría alguna actividad de promoción, incluyendo una visita a algún niño enfermo en algún hospital cercano.

—Espera. Acabas de decir que Julia no está en su lecho de muerte.

—Y no lo está.

—Pero yo creía que ese era el único detalle que podría hacerte cambiar de idea.

—No me parece que esté enferma —Hudson aceleró para cambiar de carril—. Pero ahora debo pensar en Ellie. Y en nuestro hijo. No quiero que se sienta avergonzada y, desde luego, no quiero que nuestro hijo crezca con esa noticia aireada en la prensa cada vez que se mencione mi nombre.

—Las cosas entre Ellie y tú parecen haber cambiado un montón en la última semana —observó Bruiser.

—Preferiría no hablar de Ellie —Hudson tuvo que aminorar.

—¿Aún sigues así? ¿Por qué no?

—Nunca he sentido algo parecido por nadie. Tengo miedo de fastidiarla.

—Deja de ser tan supersticioso —Bruiser rio por lo bajo—. Nada puede fastidiarlo. Está enamorada de ti.

—Razón de más para intentar protegerla.

—Ellie no querría que le dieras a Matisson el dinero por ella.

—A lo mejor ella no sabe qué es lo mejor.

—O a lo mejor sí lo sabe. Confía en ella, Hudson. Su amor es más fuerte de lo que tú te crees.

—Eso sería una sorpresa agradable —contestó él, dado que no tenía experiencia ninguna con un amor duradero.

Bruiser y él siguieron hablando de algunas otras cosas, la cena con Craig y cómo el dueño del club no paraba de pedirle favores, pero en cuanto llegó a su salida, colgó la llamada. Necesitaba el GPS para orientarse, ya que nunca había estado en ese hospital.

Acababa de entrar en el aparcamiento cuando recibió una llamada de Samuel Jones.

Al ver el nombre del detective en la pantalla, Hudson deseó disponer ya de los resultados de la prueba de ADN de la colilla. Pero no los tenía, de modo que tendría que proceder sin esa información. Tras consultar el reloj para asegurarse de que tenía unos minutos, descolgó la llamada.

—¿Qué pasa ahora?

—Buenas noticias —contestó Jones.

Hudson aparcó el Porsche en un hueco y apagó el motor.

—¿Has dicho buenas noticias?

—Sí. Vine a Arizona y hablé con Matisson.

—¿Y?

—Le dije que no podía esperar que le entregaras tanto

dinero, no sin recibir algo a cambio. De modo que ha accedido a proporcionar la prueba que pediste.

—¿Estás diciendo que me va a permitir conocer a Julia? ¿Hablar con ella?

—No, eso no lo puede hacer. Ya te conté que tiene miedo de que ella adivine el verdadero motivo. Pero dice que te enviará por correo electrónico su historial médico. Y he conseguido una muestra de su ADN, así podremos cotejar la tuya con la de ellos dos.

Hudson se removió en el asiento. ¿Qué demonios estaba pasando allí?

—¿La has visto?

—Sí —contestó el detective—. Hace tan solo unos minutos que he abandonado el hospital. Así conseguí su ADN.

Hudson activó el altavoz del móvil para poder repasar las fotos que Ellie le había reenviado el día anterior.

—¿Cuánto tiempo lleva postrada en la cama?

—No lo sé. Un par de semanas o más. Cáncer de páncreas, una mierda.

Hudson ya sabía eso. Pero ¿cómo podían estar hablando de la misma mujer? Tenía una copia del video grabado el día anterior por la mañana, y que mostraba a Julia golpeando a un tipo que, seguramente, sería su novio, dado que estaba gritando algo sobre otra mujer.

—¿Hudson? ¿Sigues ahí?

—Sí, aquí estoy —Hudson se rascó la cabeza y siguió repasando las fotos.

—También tengo buenas noticias sobre la prueba de ADN —continuó Jones—. Voy a entregar el kit a un laboratorio de Phoenix. Me han prometido que le darán la máxima prioridad. Deberíamos tener el resultado mañana.

Hudson se pellizcó el puente de la nariz. O su detective o el de Ellie estaba equivocado, y tenía una ligera sospecha de quién de los dos mentía.

—Suena bien —contestó—. Llámame en cuanto sepas algo.

—Lo haré, pero... también hay una mala noticia.

Aunque Hudson seguía en el coche, estiró la pierna para poder guardarse las llaves en el bolsillo.

—¿Cuál es la mala noticia?

—Matisson quiere ahora dos millones.

Hudson permaneció en silencio tanto tiempo que Jones se aclaró la garganta para llamar su atención.

—¿Me has oído?

—Sí, lo he oído.

—No debería suponer ningún problema, ¿verdad? Tienes el dinero.

Aunque Hudson sintió tensarse los músculos, intentó que su enfado no se trasluciera en su voz.

—Sí, tengo el dinero.

—Estupendo. Te enviaré por correo electrónico los datos para la transferencia. En cuanto recibas la prueba, tendrás veinticuatro horas para ingresar el dinero en la cuenta de Matisson. ¿Entendido?

Hudson miró a su alrededor, pero en realidad no veía nada. Estaba recordando lo mucho que le había molestado que Jones fuera tan estúpido como para entregarle a Matisson su tarjeta.

—Entendido.

—Lo recibirás todo en algún momento mañana, de modo que ten el dinero preparado —insistió Jones antes de colgar.

Hudson permaneció inmóvil durante varios segundos. Y después llamó a Ellie.

—¿Va todo bien? —preguntó ella. Era evidente que le sorprendía saber de él cuando acababan de separarse.

—Jones está metido —le anunció.

—¿En qué?

—En el chantaje. Creo que es él el que está detrás de todo.

—¿Lo dices en serio?

Hudson le explicó lo que Jones acababa de contarle sobre Julia y el hospital.

—Está mintiendo. Tiene que estar mintiendo. Seguramente ni siquiera esté en Arizona.

—Sospecho que, cuando descubrió quién era Matisson, se dio cuenta de lo mucho que me importaría que esa información viera la luz, y decidió cobrarme algo más que la tarifa habitual.

—De modo que lo organizó todo con Matisson. Están juntos en esto.

—Tienen que estarlo. ¿Te imaginas a un tipo como Matisson, alguien que no duda en acostarse con su propia hija o abandonar a su hijo como si fuera basura, renunciando a la posibilidad de ganar un millón? ¿O dos? —al recordar la frialdad con la que Jones había duplicado el precio le hirvió la sangre—. Apuesto a que fue él quien le proporcionó a Matisson mi dirección. No algún pobre lugareño.

—¡Vaya! —Ellie soltó el aire lentamente.

—Puede que incluso fuera él quien se inventó la parte de que Julia estaba en su lecho de muerte, como un medio para retorcerme el brazo.

—Pero tiene que saber que no te resultaría tan difícil comprobarlo...

—Estoy seguro de que contaba con que, si le pedía a alguien que verificara las afirmaciones de Matisson, ese alguien sería él. A fin de cuentas es un investigador privado. Su plan podría haber funcionado si no hubieses contratado a Shelly Gómez. Eso seguro que no lo vio venir.

—Gracias a Dios por ella.

—Gracias a Dios por ti —un último vistazo al reloj le indicó que si no se ponía en marcha, llegaría tarde.

—Lo habrías terminado por averiguar de todos modos —le aseguró Ellie.

—Pero seguramente no a tiempo.

—Entonces, ¿qué clase de prueba van a ofrecer? —preguntó ella.

—Pronto lo sabremos —Hudson se bajó del coche y corrió hacia la entrada del hospital.

—Falsificar un registro, y que sea convincente, no debería resultarle nada fácil a un ladronzuelo de bajo nivel como Matisson —observó Ellie.

—Pero a Jones sí.

—Cierto. Eso significa que sea lo que sea que nos envíen, el resultado será de coincidencia, estés o no emparentado con él.

—Lo sé, pero gracias a esa colilla que encontraste, tendremos nuestros propios resultados.

—Suponiendo que esa colilla pertenezca realmente a Matisson. No tenemos ninguna garantía.

Ninguno de los jardineros fumaba. Hudson nunca había visto colillas alrededor de su casa. Pero si las pruebas no coincidían, tendrían que hacer una tercera.

—Acudiremos a la policía y exigiremos una prueba en persona que determine, de una vez por todas, si existe alguna relación entre nosotros.

—Como lo hagas, no habrá manera de evitar que todo esto se haga público.

—Pero ya no tendrán nada con lo que chantajearme.

—Tendrás que seguir haciendo frente a la humillación que estás intentando evitar.

—Y por eso rezo para que tu prueba tenga una muestra correcta, y que resulte negativo.

—Uf. Espero que no me eches la culpa si todo esto estalla.

Hudson recordó la escena en la ducha aquella mañana,

con Ellie, cómo había disfrutado tocándola y besándola, aunque ya habían hecho el amor. Recordó que esa mujer era diferente de todas las demás que había conocido. Iba a pedirle que se casara con él.

—No lo haré. Estamos juntos en esto, no lo olvides.

—Sí, lo recuerdo —la voz de Ellie se suavizó.

Concluida la llamada, él encontró la entrada del hospital.

—¡Hudson, por fin! —exclamó Craig en cuanto entró por la puerta.

Los reporteros que habían estado esperando su llegada se acercaron a él a la carrera.

Capítulo 27

Hudson tardó varias horas en volver a casa.

—Siento haber estado tanto tiempo fuera —se excusó cuando Ellie lo abrazó a su llegada—. El acto ha durado más de lo esperado.

—No pasa nada. Me alegra que pudieras visitar a esos niños. Apuesto que ha significado mucho para ellos. Y, de todos modos, yo he estado ocupada.

—¿Haciendo qué?

—Ejercicio —contestó ella orgullosamente.

—¿Tú? —preguntó Hudson en tono de burla.

—¡Sí, yo! —Ellie golpeó amistosamente el brazo de Hudson—. ¿Por qué te sorprende?

—Supongo que siempre hay una primera vez para todo.

Ella puso los ojos en blanco.

—¿Has tenido noticias de Aaron?

—He hablado con él de camino a casa.

—¿Qué tal le va? Seguro que no le ha gustado que te hayas tenido que marchar tan pronto de Silver Springs.

—Está muy bien —Hudson lanzaba las llaves de una mano a otra—. Comprende que tengo mi propia vida y que no puedo estar todo el tiempo en New Horizons.

—¿Alguna noticia sobre su evolución?

A Ellie casi le daba miedo preguntar, sobre todo en ese día en que Hudson ya había tenido una buena dosis de emociones, pero él mismo le había confesado que, últimamente, Aaron iba mejor, de manera que podría estar bien.

—He hablado también con Aiyana. Me dijo que el médico opina que el cáncer está en fase de remisión. Por supuesto van a seguir haciéndole revisiones una vez al año. En cualquier momento podría reproducirse.

—Pero ¿de momento está limpio?

—Esa es la última noticia —afirmó Hudson—. ¿Alguna noticia del laboratorio?

—Todavía no —Ellie consultó la hora, como había estado haciendo durante todo el día.

—¿Has intentado llamarles?

—Sí. Me han asegurado que están trabajando en ello.

—¿Y cierran a las cinco?

Ella asintió. Eso significaba que les quedaban dos horas.

—Vamos a cenar algo. A lo mejor así el tiempo pasa más deprisa. Hay muchos buenos restaurantes en Los Ángeles a los que puedo llevarte.

Ellie fue en busca de los zapatos y el bolso. Al regresar, Hudson la sorprendió mirándola con una extraña expresión.

—¿Qué pasa?

—He cambiado de idea. No estoy preparado para comer, a no ser que tú tengas hambre.

—Comí hará un par de horas, no hay prisa. ¿Qué prefieres que hagamos?

—Buscar un anillo.

—¿Un anillo?

Hudson le tomó ambas manos y la atrajo hacia sí.

—Por si quisieras casarte conmigo…

—¿Te estás declarando? —Ellie lo miró boquiabierta—. ¿Ahora?

—Debería haber esperado. Organizado algo especial, pero... no sé. No soy capaz de aplazarlo.

Ella le acarició delicadamente la mejilla.

—¿Eso ha sido un sí? —preguntó él—. Porque me encantaría oírtelo decir con palabras.

—Eso ha sido un sí —admitió ella—. Te amo. Ya te lo dije.

—¿Eres consciente de cómo van a ser las próximas semanas, la siguiente temporada de liga, si Matisson resulta ser mi padre? ¿La tormenta mediática que se desatará si sale a la luz?

—Eso no cambia nada.

Ellie vio cómo se levantaba el pecho de Hudson al respirar hondo.

—De acuerdo. Vamos a comprarte un diamante.

Caso de que se hubiera equivocado enamorándose de Hudson, no haría más que empeorarlo al prometerse de por vida con él. Pero no podía creer que amarlo fuera un error. Cierto que vivirían tiempos difíciles, pero todos los matrimonios los tenían. Ellie sentía que estaban hechos el uno para el otro, que ella era la mujer más afortunada del mundo por haberlo encontrado.

—¿Cuándo te gustaría que se celebrara la boda?

—Me da igual, siempre que sea antes de que nazca el bebé.

—¡Eso solo nos deja un par de meses! Y me coloca en un vestido de novia con este aspecto —ella se llevó las manos a la barriga.

—A mí me parece que estás preciosa.

—¡Pero yo no quiero que me vean de novia así!

—¿Tanto te importa? Porque yo siempre he deseado tener una familia tradicional, y es lo que me gustaría ofrecerle a nuestro bebé.

—No se trata solo de ponerme un vestido de novia estando en el tercer trimestre de embarazo, Hudson. ¿Estás convencido de este paso? No hay prisa. No te cases conmigo a no ser que estés seguro de amarme. ¿Por qué no esperar a que llevemos juntos uno o dos años? Para ver qué tal nos va.

—Te seré sincero, Ellie —Hudson le levantó la barbilla con un dedo—. No estoy seguro de qué es el amor. Seguramente porque nunca he pronunciado esas palabras. Pero si amar es sentir que me muero de ganas de verte cuando no estoy contigo, entonces te amo. Si amar es querer tocarte constantemente, aunque acabemos de practicar el sexo, entonces te amo —bajó la voz y su expresión se volvió más seria—. Si amar es sentir que preferiría morir antes que permitir que algo malo te sucediera, entonces te amo.

—No necesito oír más. La respuesta es sí —contestó ella—. Me casaré contigo vestida con una tienda de campaña si es lo único que me vale.

Hudson no pudo evitar reír por lo bajo mientras ella se ponía de puntillas para besarlo.

—Siempre podremos dejar el banquete para después.

Ellie se dirigió hacia un lateral de la tienda, donde se mostraban los diamantes menos caros y de tamaño más moderado. Había dejado claro que no veía ningún motivo para desperdiciar el dinero en comprar algo ostentoso, pero Hudson se negaba a permitirle ser ahorrativa al respecto. Había encontrado a la mujer con la que iba a pasar el resto de su vida y tenía la intención de darle todo lo que pudiera, y eso incluía un enorme diamante tallado de tres quilates.

—Me acabarán asesinando por este anillo —murmuró ella cuando al fin abandonaron la joyería.

Sin embargo, Hudson sabía que, en el fondo, estaba encantada. El que se hubiera conformado con menos, el que no exigiera cosas caras, hacía que despilfarrar dinero en ella fuera aún más divertido. Ellie había sonreído tímidamente, sonrojándose, cuando el joyero la había animado a probarse el anillo que había terminado por comprarle. En cuanto lo vio sobre su dedo lo había mirado como si no hubiese visto nada más bonito en su vida. De modo que, aunque se lo quitó de inmediato y lo devolvió al oír el precio, Hudson había ignorado sus protestas y se lo había comprado de todos modos.

–¿Estás seguro de que todo esto del matrimonio no es más que una reacción al miedo y el estrés al que estás sometido ahora mismo? –preguntó ella mientras se dirigían a la casa.

–Completamente seguro.

Ellie no apartaba la mirada del pedrusco que llevaba en la mano izquierda, como si temiera que desapareciera si le quitaba un ojo de encima.

–De todos modos, creo que no deberíamos haber comprado un anillo que cuesta tanto como una casa. ¿Y si decides pagarle a Matisson lo que te pide? Podrías necesitar el dinero.

–Deja de preocuparte. Tengo de sobra.

–Pero yo no trabajo. Ahora mismo no puedo contribuir con nada.

–Llevas a nuestro bebé ahí dentro. Esa es tu contribución. Aunque no estuvieras embarazada, no necesitarías trabajar. No vas a necesitar trabajar nunca.

–¿Y si quiero hacerlo? –ella se mordió el labio–. No te importará, ¿verdad?

La mirada de incredulidad le dijo que había sido una locura preguntarlo siquiera.

–¿Por qué iba a importarme?

–Porque podría estar menos disponible, y me impediría viajar contigo.

—No voy a pedirte que sacrifiques algo que adoras por casarte conmigo. Además, estoy orgulloso de lo que haces.

—De acuerdo —ella extendió una mano—. Madre mía qué grande es. Es difícil imaginar ser tan rico como tú. Por favor, dime que no vas a malcriar a Garrison.

—¿Garrison? ¿Ese es el nombre elegido?

—¿Te sigue gustando?

—Sí, pero no puedo prometerte que no lo vaya a malcriar. Lo más seguro es que os malcríe a los dos.

El teléfono sonó antes de que Ellie pudiese responder.

—¡Oh, Dios mío, es el laboratorio!

Hudson se detuvo a un lado de la carretera. El corazón le latía a toda prisa.

—¿Hay coincidencia?

Ella le hizo un gesto para que se callara y así poder oír al técnico.

—Pero dijo que lo tendrían hoy... ¿Entonces cuándo?... ¿Seguro? No se imagina lo importante que es. Lo entiendo... De acuerdo... Mañana entonces.

—¿Y bien? —preguntó Hudson cuando Ellie colgó—. ¿Qué ha dicho?

—Uno de los técnicos se puso enfermo esta mañana. Este tipo, Dane no sé cuántos, pensó que podría tenerlo listo hoy, pero no le ha dado tiempo. Me ha prometido que mañana me llamará para darme los resultados.

—Mierda —Hudson suspiró—. Toca esperar más.

—Solo un día más —era evidente que Ellie intentaba animarlo, pero se notaba que a ella también le parecía una eternidad.

No fue hasta las once de la noche que Hudson recibió la «prueba», junto con las instrucciones para realizar la transferencia, en un correo electrónico enviado por Samuel Jones. Los documentos, y el hecho de que Jones intentara engañarlo, sobre todo de un modo tan retorcido, enfurecieron tanto a Hudson que supo que sería incapaz de conciliar el sueño.

—Espera a que le ponga las manos encima —exclamó mientras caminaba de un lado al otro del salón, donde Ellie y él habían estado viendo una película—. Aunque Matisson sea mi padre, Jones va a lamentar haber intentado hacer ganancia con mi desgracia.

—Él te ve como alguien con dinero suficiente para gastar. Seguramente ni siquiera se siente mal por ello —señaló Ellie.

—Pues voy a asegurarme de que se sienta mal por ello. Le propondré que venga a casa a recoger el dinero. Y entonces le enseñaré qué les pasa a los tipos que...

—Hudson —interrumpió ella—, no puedes tocarlo, porque entonces el que irá a la cárcel serás tú. Y no te conviene. Y tampoco necesitas la publicidad negativa que conseguirás si le rompes la mandíbula —ella cerró un pequeño puño—. Pero ojalá pudiésemos tenderle una emboscada. Apuesto que si le golpeo con este pedrusco, le dolería.

Hudson no fue capaz de reír, aunque sabía que ella solo intentaba que se relajase.

—Tú mantente alejada de él. Con mi suerte, te secuestraría y me pediría un rescate —Hudson contempló furioso los resultados impresos del ADN que, se suponía, provenían de un laboratorio de Arizona y leyó: *Según los resultados del análisis obtenido de los loci de ADN citados, la probabilidad de paternidad es del 99.9998 por ciento.* También había un informe sobre el ADN de Julia. Los documentos le revolvían el estómago, aunque ya sabía que lo que Jones iba a enviarle daría positivo, a los dos—.

Sabemos que el historial médico de Julia es falso. Pero ¿estos resultados son reales?

—Cualquiera podría fabricar un documento como ese —le explicó Ellie—, luego basta con poner en la parte superior el nombre de un laboratorio, una dirección, y lo conviertes en un archivo PDF. Hay muestras *online* de resultados de pruebas de paternidad. Lo he comprobado, mientras tú estabas al teléfono, con la esperanza de poder detectar un posible fraude cuando llegaran los resultados.

—¿Y?

—No es tan fácil. Ha hecho un buen trabajo.

—Menos mal que estamos haciendo un doble control.

—Sí, y me alegra que él no lo sepa. Si lo hiciera, dudo mucho que hubiera enviado estos resultados, ya que, si está mintiendo, lo incriminan gravemente.

Seguramente por eso el detective había intentado conseguir el dinero sin enviar ningún documento.

Hudson repasó el historial médico que Jones había enviado junto con las dos pruebas de ADN.

—Esto también parece real.

—Me pregunto si no le pediría a Matisson que le pidiera a Julia su historial médico, y luego le añadió el diagnóstico de cáncer de páncreas, junto con la medicación —Ellie frunció el ceño—. Aunque también podría ser que descargara de internet el historial médico de algún paciente de cáncer y cambiara los datos personales para que coincidieran con los de Julia. ¿Cómo si no iba a conocer los nombres de los medicamentos, y las dosis y todo eso?

—Bastardo —gruñó Hudson.

—También podría ser que Julia estuviera implicada. ¿Lo has pensado?

—Sí. Pero, si lo está, ¿no crees que habrían hecho que me llamara? La lacrimógena llamada telefónica de una madre agonizante me habría vuelto loco. Incluso podría haberme hecho ceder.

—Cierto. Y esa mujer envió a su padre a la cárcel, de modo que no hay muchas posibilidades de que sigan en contacto. Eso me hace pensar que no está implicada.

—Pues si no lo está, pero es mi madre, le enviaré algo de dinero de todos modos. Después de todo por lo que ha pasado, estoy seguro de que le iría bien.

Ellie sonrió.

—¿Qué? —preguntó Hudson.

—Tienes el corazón muy blando.

—¿A qué te refieres? —él la miró con fingido enfado—. Soy un tipo duro.

Ellie soltó una carcajada y se levantó. Al verla acercarse, Hudson comprobó lo grande que se estaba poniendo el bebé.

—Garrison va a ser enorme —observó.

—No me asustes —respondió ella mientras él la besaba.

Ellie apagó el televisor y convenció a Hudson para que se fueran a la cama. Pero él estaba demasiado preocupado para hacer otra cosa que no fuera tomarle la mano hasta que ella se durmió. Después, abandonó silenciosamente la habitación y bajó a la planta inferior. En los últimos seis meses habían cambiado muchas cosas. Y muchas más iban a cambiar. Estaría casado, sería padre. Y también se convertiría en hijo si Matisson resultaba ser su padre, aunque eso no entraría en la categoría de positivo.

Paseó por la casa y jugó un poco al billar, vio la televisión, incluso nadó algo, cualquier cosa para apartar de su mente los resultados. Permaneció despierto toda la noche, de modo que cuando oyó a Ellie llamarlo a la mañana siguiente, estaba agotado, pero preparado para lo peor. Quizás por eso apenas pudo creerlo cuando ella lo encontró en el pasillo y se arrojó en sus brazos.

—¡La prueba de ADN ha dado negativo, Hudson! Quienquiera que fumara ese cigarrillo, y estoy prácticamente segura de que fue Matisson, no es tu padre. ¡Han mentido sobre todo! El hecho de que Julia Matisson tuviera a su bebé el mismo año en que naciste, y que fuera niño, no es más que una coincidencia de la que sacar partido.

Las rodillas de Hudson casi cedieron. Se había mentalizado para tener que enfrentarse a lo contrario. Por supuesto iban a tener que realizar un tercer análisis para confirmar los resultados que acababan de recibir. Pero al menos tenía esperanza. Aún con la incertidumbre sobre si la colilla pertenecía realmente a Matisson, Hudson estaba convencido de que el análisis realizado en Los Ángeles era más fiable que el de Jones.

—Entonces, ¿qué pasó con el bebé de Julia?

—A saber. A lo mejor nació muerto, tal y como aseguró siempre Matisson.

—O a lo mejor lo mató Matisson, como sospecha la policía. Ahogó al bebé antes de que pudiera siquiera llorar.

—Qué triste. Pero es una posibilidad.

Hudson cerró los ojos, aliviado.

—¿Hudson? —llamó ella.

—¿Qué?

—¿Todavía quieres casarte conmigo? Quizás deberías reconsiderarlo, ahora que...

—¿Bromeas? —él le tomó el rostro entre las manos—. Lo que más deseo en el mundo, sobre todo ahora que ya no tengo motivos para preocuparme por causarte vergüenza, es que seas mi esposa.

—Siempre me sentiré orgullosa de ti, pase lo que pase —le aseguró ella.

Epílogo

A pesar de que la temperatura en el hospital era baja, Hudson sudaba. Y Ellie también. Su labio superior estaba perlado de sudor mientras él le proporcionaba trocitos de hielo, lo único que el médico le permitía ingerir. Llevaba veinticuatro horas de parto y los dolores empeoraban a cada momento. Verla sufrir lo estaba matando, le hacía desear poder hacer algo más que quedarse allí de pie, preocupándose por si algo terrible le sucedía a Ellie o a su hijo antes de que acabara la noche. Ellie se había convertido en parte esencial de su vida. Jamás se había imaginado que le fuera a gustar tanto estar casado, y era incapaz de imaginarse la vida sin ella.

Se dijo a sí mismo que estaba exagerando. La gente tenía bebés todos los días. Pero… el parto de Ellie se estaba convirtiendo en un proceso largo y agónico.

–Creo que habría que practicar una cesárea –sugirió Hudson a la doctora Billinger cuando se acercó para comprobar el estado de Ellie. Los padres de Ellie llevaban allí desde la medianoche. Habían regresado a Miami hacía un mes y, dado que Ellie había salido de cuentas hacía una semana, ya llevaban en California diez días para asistir al nacimiento del bebé. Pero cuando la enfermera les comunicó que Ellie aún no había dilatado lo suficiente y que el bebé seguramente no nacería hasta por la mañana, habían regresado a casa de Hudson para descansar un poco.

—No creo que sea necesario —opinó la doctora Billinger—. Va un poco más lento de lo que me gustaría, pero no hay motivo para asustarse. Es el primer bebé. Los primeros pueden tardar lo suyo.

—No quiero que esto continúe ni un minuto más —insistió Hudson—. No quiero ponerla en peligro.

—Lo mejor, tanto para la madre como para el bebé, es que el parto sea vaginal. Todo va bien, Hudson —la doctora le dio una palmada en la espalda, una más de todas las que le había dado durante ese día. A continuación agarró el brazo de Ellie para llamar su atención—. Estás bien, ¿verdad, Ellie?

Ellie no respondió. Parecía en algún lugar profundo de su interior, buscando la fuerza necesaria para aguantar. Hudson vio cómo se contraían sus músculos ante una nueva contracción.

—Esto es demasiado para ella —murmuró al oído de la doctora.

—De ser así nos lo haría saber. El bebé está monitorizado. Si sufre, lo sabremos.

—Pero si solo ha dilatado tres centímetros —susurró él—, aún falta mucho para el final. Me temo que no sea capaz de advertirnos de que esto es demasiado. Y no quiero que siga sufriendo.

La doctora intentó hablar de nuevo con Ellie, pero ella la ignoró. Desde hacía una hora apenas había hablado. Parecía totalmente agotada. Hudson deseó poder prestarle algo de su fuerza. Se habían decidido por un parto natural, pero tenía la sensación de que Ellie ya había dado todo lo que tenía.

—¿Ellie? —la doctora alzó la voz.

Ellie, por fin, abrió los ojos.

—¿Qué tal vas?

Ellie parecía intentar responder, pero otra contracción, muy seguida de la anterior le hizo gritar.

Hudson se sentía totalmente impotente. Enfadado con la doctora por no hacer más.

—¿Quiere hacer algo, por favor?

La doctora miró a Ellie, que intentaba recuperar el aliento, y asintió. Pero en cuanto se acercó a ella, dispuesta a iniciar el procedimiento que hubiera planeado, soltó una exclamación.

—¡Vaya! Qué rapidez. Está en fase de transición. El bebé podría nacer en cualquier momento.

—¿Qué significa eso? —preguntó Hudson.

—Significa que tienes que relajarte y dejarme hacer mi trabajo —Billinger lo fulminó con la mirada.

—Hudson —gimió Ellie.

—Estoy aquí —él corrió a su lado.

—Necesito la epidural. Que me pongan la epidural, ¿de acuerdo?

—Ya es tarde para eso —respondió Billinger mientras dos enfermeras procedían a levantar las barreras a los lados de la cama.

—¿Quieres un espejo para poder verlo? —le preguntó una enfermera a Ellie.

Ellie estaba claramente preparándose para la siguiente contracción, pero consiguió asentir débilmente, y la enfermera colocó un espejo a los pies de la cama.

A partir de ese momento, todo se aceleró. Hudson ni siquiera tuvo tiempo de avisar a sus suegros de que el bebé ya estaba en camino. La doctora empezó a animar a Ellie a que empujara, y de repente apareció la coronilla de una cabeza oscura.

—Ahí está. ¿Lo has visto? —preguntó Billinger.

Hudson sí lo veía, pero no podía celebrarlo. Aún no. Había tantas cosas que aún podrían salir mal...

—¿Va todo bien?

Nadie contestó. Estaban todos demasiado ocupados. Ellie estaba empujando y la doctora intentaba facilitar el parto con un poco de aceite.

Cuando la cabeza de Garrison por fin asomó del todo, los ojos de Hudson se llenaron de lágrimas. Rápidamente se pasó el dorso de una mano por la mejilla para eliminarlas, pero otras nuevas sustituyeron a las anteriores. Aunque la médico sujetaba la cabeza del bebé, Garrison estaba morado... «muerto», y Ellie no parecía capaz de hacer salir el resto del cuerpo.

Hudson se tambaleó hacia atrás mientras varias enfermeras entraron en la habitación. Nadie decía nada, pero él se daba cuenta de su preocupación, sabía que algo iba mal. Una de ellas saltó sobre la cama y empezó a empujarle la barriga para ayudar a que salieran los hombros de Garrison.

El pánico hizo que a Hudson se le helara la sangre. Temía que se estuviera haciendo realidad su peor pesadilla, y sin poder hacer nada. Pero todos se relajaron de golpe en cuanto el cuerpo de Garrison se deslizó hacia el exterior.

La doctora succionó el fluido de sus pulmones.

—Tienes un hijo —anunció por encima de los berridos del bebé.

Hudson dejó escapar el aire. Garrison había salido, y Ellie parecía estar bien. Se sentía mareado, pero se sujetó apoyando una mano contra la pared.

Tras abrazar al niño contra su cuerpo, Ellie miró a su alrededor, a las enfermeras que le estaban bloqueando la visión.

—Hudson —llamó—. Ven a conocer a tu hijo.

Hudson consiguió acercarse a la cama sin tambalearse, y se agachó para besar la frente de Ellie.

—Menos mal que estás bien —murmuró—. Menos mal que estáis los dos bien.

—Estoy más que bien —ella rio—. Ya puedes dejar de preocuparte.

—¿Preparado para cortar el cordón umbilical? —preguntó la doctora.

Hudson se sintió algo avergonzado ante su reacción tan extrema. Debería haber confiado más. Pero todo lo que le importaba en el mundo había estado en juego.

—Sí —contestó mientras se volvía a secar las lágrimas de las mejillas con la mano cuando la doctora le entregó las tijeras.

Más tarde, cuando tanto Ellie como el bebé estuvieron limpios, las enfermeras y la doctora se marcharon y él se encontró con su hijo, dormido, en sus brazos. Ellie le ofreció una sonrisa cargada de cansancio.

—Estás muy serio —observó—. ¿En qué piensas?

Hudson no estaba seguro de si debería contárselo. No quería desanimarla cuando ambos se sentían eufóricos.

—En nada.

—Cuéntamelo —insistió ella.

—En mi madre —Hudson suspiró.

Hacía dos meses que habían averiguado que el repartidor de pizzas, Stan Hinkle, el que lo había «encontrado», también había sido quien lo había abandonado. Cuando el intento de chantaje de Matisson llegó a la prensa, la policía volvió a interrogar a Hinkle, quien al final admitió que había dejado a Hudson debajo de ese seto porque su esposa se había quedado embarazada de otro hombre y él no se sentía capaz de enfrentarse a la perspectiva de cuidar todos los días del hijo de otro. Estaba a punto de acudir a entregar una pizza cuando ella llamó para contarle que había dado a luz en el cuarto de baño. Quería que la llevara al hospital, pero él se había negado. Tomó al bebé y lo dejó bajo ese seto antes de marcharse calle abajo para entregar la pizza.

Hudson podría haber muerto bajo ese seto si Hinkle no hubiese olvidado entregar los palitos de pan que iban con la pizza. Cuando su jefe lo envió de vuelta, su conciencia pudo con él. Recogió a Hudson y lo entregó a las autoridades, asegurando que alguien lo había abandonado. Por qué su esposa, la madre de Hudson, nunca dio un paso al frente, seguía siendo un misterio. Tres años más tarde, Hinkle y ella se habían separado y la mujer enseguida había iniciado otra relación, se había metido en drogas, muriendo en un accidente de moto.

—Ojalá no hubiera muerto, y pudieras conocerla —dijo Ellie.

—Yo también siento no haber podido conocerla —contestó Hudson. Stan Hinkle le había negado esa posibilidad.

Hudson pensaba que sería posible encontrar a su padre si contrataba a otro detective privado, pero Stan solo conocía su nombre de pila y, después de lo que había sufrido Hudson, decidió no buscar. Estaba feliz con su vida, feliz con Ellie y Garrison. No quería introducir un elemento desconocido, sobre todo cuando no tenía ninguna garantía sobre la clase de hombre que podría ser su padre.

—Lo que hizo Hinkle fue tremendamente injusto —se quejó Ellie—. Espero que le condenen a varios años en prisión.

—Dudo que llegue a ingresar en la cárcel.

—¿Cómo? Lo último que oí fue que la policía intentaba acusarle de algo.

—Hace unos días hablé con el detective asignado al caso. Han pasado treinta y dos años, demasiado tiempo para juzgarlo por poner en peligro la vida de un niño. Y, dado que al final me rescató, no podrán acusarlo de tentativa de asesinato.

—¡Pero queda el secuestro!

—Que sería muy difícil de demostrar. Con mi madre muerta, nadie puede asegurar si ella le permitió hacer lo que hizo, o no. No da la sensación de que ella intentara detenerlo. Ni siquiera me buscó después de separarse de él —y por eso Hudson estaba bastante seguro de que no habría sido gran cosa como madre.

—Aun así, cuesta creer que pueda haberle hecho algo así a un bebé sin que tenga ninguna consecuencia.

Hudson deslizó un dedo sobre la suave y aterciopelada mejilla de su hijo.

—Al final, lo que importa es que mi madre lo eligió a él y no a mí. Así lo verá casi todo el mundo. Yo fui institucionalizado. Al menos Matisson y Jones sí cumplirán su condena.

—Dos años no es suficiente en mi opinión —Ellie frunció el ceño.

—No te puede caer mucho por un intento fallido de chantaje, sobre todo porque no hubo amenazas, ni violencia física. En cualquier caso, ya no pueden hacernos daño.

Ella metió las manos bajo la almohada.

—¿Entonces vas a poder dejar realmente atrás tu pasado?

—No quiero aferrarme a él. Tengo mucha vida por delante —Hudson sonrió cuando Garrison abrió los ojos y lo miró con expresión muy seria, una expresión que hizo que Hudson tuviera la impresión de que el bebé intentaba encontrarle algún sentido a lo que le rodeaba.

Agachó la cabeza y susurró:

—Hola, hijo. Soy papá.

ÚLTIMOS TÍTULOS PUBLICADOS EN HQN

El camino del amor de Sherryl Woods

Antes beso a un hobbit de Carla Crespo

El ático de la Quinta Avenida de Sarah Morgan

La princesa del millón de dólares de Claudia Velasco

Hora de soñar de Kristan Higgins

El año del frío de Jane Kelder

Las chicas de la bahía de Susan Mallery

Con solo tocarte de Victoria Dahl

La chica del sombrero azul vive enfrente de María Draghia

La viuda y el escocés de Julia London

El guerrero más oscuro de Gena Showalter

Spanish Lady de Claudia Velasco

Enamorarse: clases prácticas de Olga Salar

El viaje más largo de Sherryl Woods

Fuera de combate de Anna Garcia

CPSIA information can be obtained
at www.ICGtesting.com
Printed in the USA
LVHW091112260421
685586LV00001B/51